德国文学中的中国和日本
（1773—1890）

[德] 英格里德·舒斯特　著

陈琦　丁思雨　译

上海社会科学院出版社

编委会

丛书主编： 叶　隽

学术委员会委员：

（按姓氏拼音顺序排列）

曹卫东　北京体育大学

陈洪捷　北京大学

范捷平　浙江大学

李明辉　台湾"中央研究院"

麦劲生　香港浸会大学

孙立新　山东大学

孙周兴　同济大学

谭　渊　华中科技大学

卫茂平　上海外国语大学

杨武能　四川大学

叶　隽　同济大学

叶廷芳　中国社会科学院

张国刚　清华大学

张西平　北京外国语大学

Adrian Hsia　夏瑞春　加拿大麦吉尔大学

Françoise Kreissler　何弗兹　法国东方语言学院

Iwo Amelung　阿梅龙　德国法兰克福大学

Joël Thoraval　杜瑞乐　法国高等社会科学研究院

Klaus Mühlhahn　余凯思　美国印第安纳大学

Michael Lackner　郎密榭　德国埃尔郎根大学

总　序

一、中、德在东、西方（亚欧）文化格局里的地位

华夏传统,源远流长,浩荡奔涌于历史海洋;德国文化,异军突起,慨然跃升于思想殿堂。作为西方文化,亦是欧陆文化南北对峙格局之重要代表的德国,其日耳曼统绪,与中国文化恰成一种"异体"态势,而更多地与在亚洲南部的印度文化颇多血脉关联。此乃一种"相反相成"之趣味。

而作为欧陆南方拉丁文化代表之法国,则恰与中国同类,故陈寅恪先生谓:"以法人与吾国人习性为最相近。其政治风俗之陈迹,亦多与我同者。"诚哉是言。在西方各民族文化中,法国人的传统、风俗与习惯确实与中国人诸多不谋而合之处,当然也不排除文化间交流的相互契合:诸如科举制的吸纳、启蒙时代的诸子思想里的中国文化资源等皆是。如此立论,并非敢淡漠东西文化的基本差别,这毕竟仍是人类文明的基本分野;可"异中趋同",亦可见钱锺书先生所谓"东海西海,心理攸同;南学北学,道术未裂"之言不虚。

在亚洲文化(东方文化)的整体格局中,中国文化属于北方文化,印度文化才是南方文化。中印文化的交流史,实际上有些类似于德法之间的文化交流史,属于地缘关系的亚洲陆地上的密切交

流,并由此构成了东方文化的核心内容;遗憾的是,由于地域太过辽阔,亚洲意义上的南北文化交流有时并不能相对频繁地形成两种文化之间的积极互动态势。两种具有互补性的文化,能够推动人类文明的较快推进,这可能是一个基本定律。

西方文化发展到现代,欧洲三强英、法、德各有所长,可若论地缘意义上对异文化的汲取,德国可拔得头筹。有统计资料表明,在将外语文献译成本民族语言方面,德国居首。而对法国文化的吸收更成为思想史上一大公案,乃至歌德那一代人因"过犹不及"而不得不激烈反抗法国文化的统治地位。虽然他们都说得一口流利的法文,但无论正反事例,都足证德意志民族"海纳百川"的学习情怀。就东方文化而言,中国文化因其所处地理中心位置,故能得地利之便,尤其是对印度佛教文化的汲取,不仅是一种开阔大度的放眼拿来,更兼备一种善择化用的创造气魄,一方面是佛教在印度终告没落,另一方面却是禅宗文化在中国勃然而起。就东方文化之代表而言,或许没有比中国更加合适的。

中德文化关系史的意义,正是在这样一种全局眼光中才能凸显出来,即这是一种具有两种基点文明代表性意义的文化交流,而非仅一般意义上的"双边文化关系"。何谓?此乃东西文化的两种核心文化的交流,即作为欧洲北方文化的条顿文明与亚洲北方文化的华夏文明之间的交流。这样一种质性文化的交流,具有重要的范式意义。

二、作为文明进程推动器的文化交流与中国文化的"超人三变"

不同文明之间的文化交流,始终是文明进程的推动器。诚如季羡林先生所言:"从古代到现在,在世界上还找不出一种文化是不受外来影响的。"①其实,这一论断,也早已为第一流的知识精英所认知,譬如歌德、席勒那代人,非常深刻地意识到走向世界、汲取不同文化资源的重要性,而中国文化正是在那种背景下进入了他们的宏阔视域。当然,我们要意识到的是,对作为现代世界文明史巅峰的德国古典时代而言,文化交流的意义极为重要,但作为主流的外来资源汲取,是应在一种宏阔的侨易学视域中去考察的。这一点歌德总结得很清楚:"我们不应该认为中国人或塞尔维亚人、卡尔德隆或尼伯龙根就可以作为模范。如果需要模范,我们就要经常回到古希腊人那里去找,他们的作品所描绘的总是美好的人。对其他一切文学我们都应只用历史眼光去看。碰到好的作品,只要它还有可取之处,就把它吸收过来。"②此处涉及文化交流的规律性问题,即如何突出作为接受主体的主动选择性,若按陈寅恪所言:"其真能于思想上自成系统,有所创获者,必须一方面吸收输入外来之学说,一方面不忘本来民族之地位。此二种相反而适相成之态度,乃道教之真精神,新儒家之旧途径,而二千年吾民族与他

---

① 季羡林:《文化交流的必然性和复杂性》,载季羡林、张光璘编:《东西文化议论集》(上册),经济日报出版社1997年版,第8页。
② 德文原文为:"Wir müssen nicht denken, das Chinesische wäre es oder das Serbische oder Calderon oder die Nibelungen, sondern im Bedürfnis von etwas Musterhaftem müssen wir immer zu den alten Griechen zurückgehen, in deren Werken stets der schöne Mensch dargestellt ist. Alles übrige müssen wir nur historisch betrachten und das Gute, so weit es gehen will, uns daraus aneignen." Mittwoch, den 31. Januar 1827. in Johann Peter Eckermann: *Gespräche mit Goethe-in den letzten Jahren seines Lebens*(《歌德谈话录——他生命中的最后几个年头》). Berlin und Weimar: Aufbau-Verlag, 1982. S.198.中译文见[德]爱克曼辑录:《歌德谈话录》,朱光潜译,人民文学出版社1978年版,第113—114页。

民族思想接触史之所昭示者也。"①这不仅是中国精英对待外来文化与传统资源的态度,推而广之,对各国择取与创造本民族之精神文化,皆有普遍参照意义。总体而言,德国古典时代对外来文化(包括中国文化)的汲取与转化创造,是一次文化交流的质的提升。文化交流史的研究,其意义在此。

至于其他方面的双边交流史,也同样重要。德印文化交流史的内容,德国学者涉猎较多且深,尤其是其梵学研究,独步学林,赫然成为世界显学;正与其世界学术中心的地位相吻合,而中国现代学术建立期的第一流学者,如陈寅恪、季羡林等就先后负笈留德,所治正是梵学,亦可略相印证。中法文化交流史内容同样极为精彩,由启蒙时代法国知识精英对中国文化资源的汲取与借鉴到现代中国发起浩浩荡荡的留法勤工俭学运动,其转易为师的过程同样值得深入探究。总之,德、法、中、印这四个国家彼此之间的文化交流史,应当归入"文化史研究"的中心问题之列。

当然,不可否认的是,作为中国学者,我们或多或少会将关注的目光投入中国问题本身。必须强调加以区分的是所谓"古代中国""中世中国"与"现代中国"之间的概念分野。其中,"古代中国"相当于传统中国的概念,即文化交流与渗透尚未到极端的地步,尤以"先秦诸子"思想为核心;"中世中国"则因与印度佛教文化接触,而使传统文化受到一种大刺激而有"易",禅宗文化与宋儒理学值得特别关注;"现代中国"则以基督教之涌入为代表,西

---

① 《冯友兰〈中国哲学史〉下册审查报告》,载刘桂生、张步洲编:《陈寅恪学术文化随笔》,中国青年出版社1996年版,第17页。

学东渐为标志,仍在进程之中,则是以汲取西学为主的广求知识于世界,可以"新儒家"之生成为关注点。经历"三变"的中国,"内在于中国"为第一变,"内在于东方"为第二变,"内在于世界"为第三变,"三变"后的中国才是具有悠久传统而兼容世界文化之长的代表性文化体系。

先秦儒家、宋儒理学、新儒家思想(广义概念)的三段式过渡,乃是中国思想渐成系统与创新的标志,虽然后者尚未定论,但应是相当长时期内中国思想的努力方向。而正是这样一种具有代表性且兼具异质性的交流,在数量众多的双边文化交流中,具有极为不俗的意义。张君劢在谈到现代中国的那代知识精英面对西方学说的盲目时有这样的描述:"好像站在大海中,没有法子看看这个海的四周……同时,哲学与科学有它们的历史,其中分若干种派别,在我们当时加紧读人家教科书如不暇及,又何敢站在这门学问以内来判断甲派长短得失,乙派长短得失如何呢?"[1]其中固然有个体面对知识海洋的困惑,同时也意味着现代中国输入与择取外来思想的困境与机遇。王韬曾感慨地说:"天之聚数十西国于一中国,非欲弱中国,正欲强中国,非欲祸中国,正欲福中国。"[2]不仅表现在政治军事领域如此,在文化思想方面亦然。而当西方各强国

---

[1] 张君劢:《西方学术思想在吾国之演变及其出路》,《新中华》第 5 卷第 10 期,1937年 5 月。
[2] 《答强弱论》,载王韬:《弢园文录外编》,中州古籍出版社 1998 年版,第 304 页。另可参见钟叔河:《王韬的海外漫游》,载王韬等:《漫游随录·环游地球新录·西洋杂志·欧游杂录》,岳麓书社 1985 年版,第 12 页。同样类型的话,王韬还说过:"合地球东西南朔九万里之遥,胥聚之于一中国之中,此古今之创事,天地之变局,此岂出于人意计所及料哉? 天心为之也。盖善变者天心也。"《答强弱论》,载王韬:《弢园文录外编》,中州古籍出版社 1998 年版,第 304 页。

纷纷涌入中国,使得"西学东渐"与"西力东渐"合并东向之际,作为自19世纪以来世界教育与学术中心场域的德国学术,则自有其非同一般的思想史意义。实际上,这从国际范围的文化交流史历程也可看出,19世纪后期逐渐兴起的三大国——俄、日、美,都是以德为师的。

故此,第一流的中国精英多半都已意识到学习德国的重要性。无论是蔡元培强调"救中国必以学。世界学术德最尊。吾将求学于德,而先赴青岛习德文"[①],还是马君武认为"德国文化为世界冠"[②],都直接表明了此点。至于鲁迅、郭沫若等都有未曾实现的"留德梦",也均可为证。中德文化研究的意义,端在于此,而并非仅仅是众多"中外文化交流史"里的一个而已。如果再考虑到这两种文化是具有代表性的东西方文化之个体(民族—国家文化),那么其意义就更显突出了。

三、在"东学西渐"与"西学东渐"的关联背景下理解中德文化关系的意义

即便如此,我们也不能"画地为牢",因为只有将视域拓展到全球化的整体联动视域中,才能真正揭示规律性的所在。所以,我们不仅要谈中国文化的西传,更要考察波斯—阿拉伯、印度、日本文化如何进入欧洲。这样的东学,才是一个完整意义上的东学。当东学西渐的轨迹,经由这样的文化交流史梳理而逐渐显出清晰

---

① 黄炎培:《吾师蔡孑民先生哀悼辞》,载梁柱:《蔡元培与北京大学》,北京大学出版社1996年版,第12页。
② 《〈德华字典〉序》,选自《马君武集》,华中师范大学出版社2011年版,第273页。

的脉络时,中国文化也正是在这样一种比较格局中,才会更清晰地彰显其思想史意义。这样的工作,需要学界各领域研究者的通力合作。

而当西学东渐在中国语境里具体落实到20世纪前期这辈人时,他们的学术意识和文化敏感让人感动。其中尤其可圈可点的,则为20世纪30年代中德学会的沉潜工作,其标志则为"中德文化丛书"的推出,至今检点前贤的来时路,翻阅他们留下的薄薄册页,似乎就能感受到他们逝去而永不寂寞的心灵。

昔贤筚路蓝缕之努力,必将为后人开启接续盛业的来路。光阴荏苒,竟然轮到了我们这代人。虽然学养有限,但对前贤的效慕景仰之心,却丝毫未减。如何以一种更加平稳踏实的心态,继承前人未竟之业,开辟后世纯正学统,或许就是历史交给我们这代人的使命。

不过我仍要说我们很幸运:当年冯至、陈铨那代人不得不因民族战争的背景而颠沛流离于战火中,一代人的事业不得不无可奈何地"宣告中断",今天,我们这代人却还有可能静坐于书斋之中。虽然市场经济的大潮喧嚣似也要推倒校园里"平静的书桌",但毕竟书生还有可以选择的权利。在清苦中快乐、在寂寞中读书、在孤独中思考,这或许,已是时代赠予我们的最大财富。

所幸,在这样的市场大潮下,能有出版人的鼎力支持,使这套"中德文化丛书"得以推出。我们不追求一时轰轰烈烈吸引眼球的效应,而希望能持之以恒、默默行路,对中国学术与文化的长期积淀略有贡献。在体例上,丛书将不拘一格,既要推出中国学者自己的研究著述,也要译介国外优秀的学术著作;就范围而言,文学、历史、哲学固是题中应有之义,学术、教育、思想也是重要背景因素,至于社会学、政治学、经济学等鲜活的社会科学内容,也都在"兼容并包"之列;就文体而言,论著固所必备,随笔亦受欢迎;至于编撰旧文献、译介外文书、搜集新资料,更是我们当今学习德国学者,努力推进的方向。总之,希望能"水滴石穿""积跬步以至千里",经由长期不懈的努力,将此丛书建成一个略具规模、裨益各界的双边文化之库藏。

叶 隽
陆续作于巴黎—布达佩斯—北京

作为国际学域的"中德文学关系研究"
——"中德文化丛书"之"中德文学关系系列"小引

"中德文化丛书"的理念是既承继民国时代中德学会学人出版"中德文化丛书"的思路,也希望能有所拓展,在一个更为开阔的范围内来思考作为一个学术命题的"中德文化",所以提出作为东西方文明核心子文明的中德文化的理念,强调"中德文化关系史的意义,是具有两种基点文明代表性意义的文化交流与互动。中德文化交流是东西方文化内部的两种核心子文化的互动,即作为欧洲北方文化的条顿文明与亚洲北方的华夏文明之间的交流。中德文化互动是主导性文化间的双向交流,具有重要的范式意义"①。应该说,这个思路提出后还颇受学界关注,尤其是"中德二元"的观念可能确实还是能提供一些不同于以往的观察中德关系史的角度,推出的丛书各辑也还受到欢迎,有的还获了奖项(这当然也不足以说明什么,最后还是要看其是否能立定于学术史上)。当然,也要感谢出版界朋友的支持,在如今以资本和权力合力驱动的时代里,在没有任何官方资助的情况下,靠着出版社的接力,陆续走到了今天,也算是不易。到了这个"中德文学关系系列",觉得有必要略作说明。

---

① 叶隽:《中德文化关系评论集》,上海外语教育出版社2008年版,封底。

德国文学中的中国和日本(1773—1890)

中德文学关系这个学术领域是20世纪前期被开辟出来的,虽然更早可以追溯到彼得曼(Woldemar Freiherr von Biedermann, 1817—1903)的工作,作为首创歌德与中国文化关系研究的学者,其学术史意义值得关注①;但一般而言,我们还是会将利奇温(Adolf Reichwein)的《中国与欧洲——18世纪的精神和艺术关系》②视为此领域的开山之作,因其首先清理了18世纪欧洲对中国文化的接受史,其中相当部分涉及德国精英对中国的接受。陈铨1930—1933年留学德国基尔大学,完成了博士论文《德国文学中的中国纯文学》,这是中国学者开辟性的著作,其德文本绪论中的第一句话是中文本里所没有的:"中国拥有一种极为壮观、博大的文学,其涉猎范围涵盖了所有重大的知识领域及人生问题。"(China besitzt eine außerordentlich umfangreiche Literatur über alle großen Wissensgebiete und Lebensprobleme.)③作者对自己研究的目的性有很明确的设定:"说明中国纯文学对德国文学影响的程序""就中国文学史的立场来判断德国翻译和仿效作品的价值。"④其中展现的中国态度、品位和立场,都是独立的,所以我们可以说,在"中德文化关系"这一学域,从最初的发端时代开始,

---

① 他曾详细列出《赵氏孤儿》与《埃尔佩诺》相同的13个母题,参见 Woldemar Freiherr von Biedermann: *Goethe Forschung*(《歌德研究》). Frankfurt am Main, 1879. S.110-111。
② Adolf Reichwein: *China und Europa - Geistige und künstlerische Beziehungen im 18 Jahrhundert*. Berlin: Österheld, 1923. 此书另有中译本,参见[德]利奇温:《十八世纪中国与欧洲文化的接触》,朱杰勤译,商务印书馆1991年版。
③ Chen Chuan: *Die chinesische schöne Literatur im deutschen Schrifttum*(《德国文学中的中国纯文学》). Inaugural-Dissertation zur Erlangung der Doktorwürde der Hohen Philosophischen Fakultät der Christian-Albrecht-Universität zu Kiel. vorgelegt von Chuan Chen aus Fu Schün in China. 1933. S.1. 基尔大学哲学系博士论文。
④ 陈铨:《中德文学研究》,辽宁教育出版社1997年版,第4页。

就是在中、德两个方向上同时并行的。当然,我们要承认陈铨是留学德国,在基尔大学接受了严格的学术训练并完成的博士论文,这个德国学术传统是我们要梳理清楚的。也就是说,就学域的开辟而言是德国人拔得头筹。这也是我们应当具备的世界学术的气象,陈寅恪当年出国留学,他所从事的梵学,那也首先是德国的学问。世界现代学术的基本源头,是德国学术。这也同样表现在德语文学研究(Germanistik,也被译为"日耳曼学")这个学科。但这并不影响我们独立风骨,甚至是后来居上,所谓"弟子不必不如师,师不必贤于弟子,闻道有先后,术业有专攻"[(唐)韩愈《师说》],这才是求知问学的本意。

当然,这只是从普遍的求知原理上而言之。中国现代学术是在世界学术的整体框架中形成的,既要有这个宏大的谱系意识,同时其系统建构也需要有自身的特色。从这个意义上来说,当陈铨归国以后,用中文出版《中德文学研究》,这就不但意味着中国日耳曼学有了足够分量的学术专著的出现,更标志着在本领域之内的发凡起例,是一个新学统的萌生。它具有多重意义,一方面它属于德文学科的成绩,另一方面它也归于比较文学(虽然在当时还没有比较文学的学科建制),当然更属于中国现代学术之实绩。遗憾的是,虽然在 20 世纪 30 年代前期即已有很高的起点,但出于种种原因,这一学域的发展长期中断,直到改革开放之后才出现薪火相传的迹象。冯至撰《歌德与杜甫》,大概只能说是友情出演;但他和德国汉学家德博(Günther Debon,1921—2005)、长居德国的加拿大华裔学者夏瑞春(Adrian Hsia,1940—2010)一起推动了中德文学关系领域国际合作的展开,倒是事实。1982 年在海德堡大学召开了"歌德与中国"国际学术研讨会，以冯至为代表的6名中国学者出席并提交了7篇论文。① 90年代以后，杨武能、卫茂平、方维规教授等皆有相关专著问世，有所贡献。②

进入21世纪，随着中国学术的发展，中德文学关系领域也受到更多关注，参与者甚多，且有不乏精彩之作。具有代表性的是谭渊的《德国文学中的中国女性形象》③，此书发掘第一手材料，且具有良好的学术史意识，在前人基础上将这一论题有所推进，是值得充分肯定的一部著作。反向的研究，即德语文学在中国语境里的翻译、传播、接受问题，则相对被忽视。范劲提出了德语文学符码与现代中国作家的自我问题，并且将研究范围延伸到当代文学。④ 笔者的《德国精神的向度变型》则选择尼采、歌德、席勒这三位德国文学大师及其代表作在中国的接受史进行深入分析，以影响研究为基础，既展现冲突、对抗的一面，也注意呈现其融合、化生的成分。⑤ 卢文婷讨论了中国现代文学中所接受的德国浪漫主义影响。⑥ 此

---

① 论文集 Günther Debon & Adrian Hsia（Hg.）：*Goethe und China - China und Goethe*（《歌德与中国—中国与歌德》）．Bern：Peter Lang Verlag，1985.关于此会的概述，参见杨武能：《"歌德与中国"国际学术讨论会》，载杨周翰、乐黛云主编：《中国比较文学年鉴1986》，北京大学出版社1987年版，第351—352页。亦可参见《一见倾心海德堡》，载杨武能：《感受德意志》，四川人民出版社2001年版，第7—28页。
② 此处只是略为列举若干我认为在各方面有代表意义的著作，关于中德文学关系的学术史梳理，参见谭渊：《德国文学中的中国女性形象》，武汉大学出版社2017年版，第7—15页；叶隽：《六十年来中国的德语文学研究》，重庆出版社2016年版，第211—219页。
③ 谭渊：《德国文学中的中国女性形象》，武汉大学出版社2017年版。
④ 范劲：《德语文学符码与现代中国作家的自我问题》，华东师范大学出版社2008年版。
⑤ 叶隽：《德国精神的向度变型——以尼采、歌德、席勒的现代中国接受为中心》，中央编译出版社2015年版。
⑥ 卢文婷：《反抗与追忆：中国文学中的德国浪漫主义影响（1898—1927）》，中国社会科学出版社2014年版。

外，中国文学的德译史研究也已经展开，如宋健飞的《德译中国文学名著研究》探讨中国文学名著在德语世界的状况①，谢淼的《德国汉学视野下中国当代文学的译介与研究》考察中国当代文学在德国的译介和研究情况②，这就给我们展示了一个德语世界里的中国文学分布图。当然，这种研究尚处于初步阶段，现在做的还主要是初步材料梳理的工作，但毕竟是开辟了新的领域。具体到中国现代文学的文本层面，探讨诸如中国文学里的德国形象之类的著作则尚未见，这是需要改变的情况。至于将之融会贯通，在一个更高层次上来通论中德文学关系者，甚至纳入世界文学的融通视域下来整合这种"中德二元"与"文学空间"的关系，则更是具有挑战性的难题。

值得提及的还有基础文献编目的工作。这方面旅德学者顾正祥颇有贡献，他先编有《中国诗德语翻译总目》③，后又编纂了《歌德汉译与研究总目（1878—2008）》《歌德汉译与研究总目（续编）》④，但此书也有些问题，诚如有批评者指出的，认为其认定我国台湾地区在 1967 年之前有《少年维特之烦恼》10 种译本是未加考订

---

① 宋健飞：《德译中国文学名著研究》，外语教学与研究出版社 2016 年版。
② 谢淼：《德国汉学视野下中国当代文学的译介与研究》，南京大学出版社 2017 年版。
③ Gu Zhengxiang, wissenschaftlich ermittelt und herausgegeben: *Anthologien mit chinesischen Dichtungen*, Teilbd. 6. In Helga Eßmann und Fritz Paul hrsg.: *Übersetzte Literatur in deutschsprachigen Anthologien: eine Bibliographie*; [diese Arbeit ist im Sonderforschungsbereich 309 "Die literarische Übersetzung" der Universität Göttingen entstanden] (Hiersemanns bibliographische Handbücher; Bd. 13), Stuttgart: Anton Hiersemann Verlag, 2002.
④ 顾正祥编：《歌德汉译与研究总目（1878—2008）》，中央编译出版社 2009 年版。顾正祥编：《歌德汉译与研究总目（续编）》，中央编译出版社 2016 年版。

的,事实上均为改换译者或经过编辑的大陆重印本。① 这种只编书目而不进行辨析的编纂方法确实是有问题的。他还编纂有荷尔德林编目《百年来荷尔德林的汉语翻译与研究:分析与书目》②。

当然,也出现了一些让人觉得并不符合学术规律的现象,比如此前已发表论文的汇集,其中也有拼凑之作、不相关之作,从实质而言并无什么学术推进意义,不能视为严格意义上的学术专著。更为严重的是,这样的现象现在似乎并非鲜见。我以为这一方面反映了这个时代学术的可悲和背后权力与资本的恶性驱动力,另一方面研究者自身的急功近利与学界共同体的自律消逝也是须引起重视的。至少,在中德文学关系这一学域,我们应努力维护自己作为学者的底线和基本尊严。

但如何才能在前人基础上"百尺竿头,更进一步",创造出真正属于这个时代的"光荣学术",却并非一件易与之事。所以,我们希望在不同方向上能有所推动、循序渐进。

首先,丛书主要译介西方学界的中德文学关系研究成果,其中不仅包括学科史上公认的一些作品,譬如常安尔(Eduard Horst von Tscharner, 1901—1962)的《至古典主义德国文学中的中国》③。常安尔是钱锺书的老师,在此领域颇有贡献。杨武能回忆

---

① 主要依据赖慈芸:《台湾文学翻译作品中的伪译本问题初探》,《图书馆学与信息科学》2012年第38卷第2期,第4—23页;邹振环:《20世纪中国翻译史学史》,中西书局2017年版,第92—93页。
② Gu Zhengxiang: *Hölderlin in chinesischer Übersetzung und Forschung seit hundert Jahren: Analysen und Bibliographien*. Berlin & Heidelberg: Metzler-Verlag & Springer Verlag, 2020.
③ Eduard Horst von Tscharner: *China in der deutschen Dichtung bis zur Klassik*. München: Reinhardt, 1939.

说他去拜访钱锺书时,钱先生对他谆谆叮嘱不可遗忘了他老师的这部大作,可见其是有学术史意义的,①以及舒斯特(Ingrid Schuster)先后完成的《德国文学中的中国和日本(1890—1925)》《德国文学中的中国和日本(1773—1890)》;②还涵盖德国汉学家的成果,譬如德博的《魏玛的中国客人》③。在当代,我们也挑选了一部,即戴特宁的《布莱希特与老子》。戴特宁是德国日耳曼学研究者,但他对这一个案的处理却十分精彩,值得细加品味。④ 其实还应当提及的是斯洛伐克汉学家高利克的《从歌德、尼采到里尔克——中德跨文化交流研究》。⑤ 高利克是东欧国家较早关涉中德文学关系研究的学者,一些专题论文颇见功力。

比较遗憾的是,还有一些遗漏,譬如奥里希(Ursula Aurich)的《中国在 18 世纪德国文学中的反映》⑥,还有如夏瑞春教授的著作也暂未能列入。夏氏是国际学界很有代表性的中德文学关系研究的开拓性人物,他早年在德国,后到加拿大麦吉尔大学任教,可谓毕生从事此一领域的学术工作,其编辑的《德国思想家论中国》《黑塞与中国》《卡夫卡与中国》在国际学界深有影响。我自己和他交往虽然不算太多,但也颇受其惠,可惜他得寿不遐,竟然在古

---

① 《师恩难忘——缅怀钱锺书先生》,载杨武能:《译海逐梦录》,四川文艺出版社 2018 年版,第 95 页。
② Ingrid Schuster: *China und Japan in der deutschen Literatur: 1890 – 1925*, Bern & München: Francke, 1977. Ingrid Schuster: *Vorbilder und Zerrbilder: China und Japan im Spiegel der deutschen Literatur 1773 – 1890*. Bern & Frankfurt a.M.: Peter Lang, 1988.
③ Günther Debon: *China zu Gast in Weimar*. Heidelberg: Guderjahn, 1994.
④ Heinrich Detering: *Bertolt Brecht und Laotse*. Göttingen: Wallstein, 2008.
⑤ [斯洛伐克]马立安·高利克:《从歌德、尼采到里尔克——中德跨文化交流研究》,刘燕等译,福建教育出版社 2017 年版。
⑥ Ursula Aurich: *China im Spiegel der deutschen Literatur des 18. Jahrhunderts*. Berlin: Ebering, 1935.

稀之年即驾鹤西去。希望以后也能将他的一些著作引进,譬如《中国化:17、18世纪欧洲在文学中对中国的建构》等。①

其次,有些国人用德语撰写的著作也值得翻译,譬如方维规教授的《德国文学中的中国形象(1871—1933)》。② 这些我们都列入了计划,希望在日后的进程中能逐步推出,形成汉语学界较为完备的"中德文学关系研究"的经典著作库。另外则是在更为多元的比较文学维度里展示德语文学的丰富向度,如德国学者宫多尔夫的《莎士比亚与德国精神》(Shakespeare und der deutsche Geist, 1911)、俄国学者日尔蒙斯基的《俄国文学中的歌德》(Гёте в русской литературе, 1937)、法国学者卡雷的《法国作家与德国幻象(1800—1940)》(Les écrivains français et le mirage allemande 1800—1940, 1947)等都是经典名著,也提示我们理解"德国精神"的多重"二元向度",即不仅有中德,还有英德、法德、俄德等关系。而新近有了汉译本的巴特勒的《希腊对德意志的暴政——论希腊艺术与诗歌对德意志伟大作家的影响》则提示我们更为开阔的此类二元关系的可能性,譬如希德文学。③ 总体而言,史腊斐的判断是有道理的:"德意志文学的本质不是由'德意志本质'决定的,不同民族文化的交错融合对它的形成产生了

---

① Adrian Hsia: *Chinesia: The European Construction of China in the Literature of the 17th and 18th Centuries*. Tübingen, Niemeyer Verlag, 1998.
② Fang Weigui: *Das Chinabild in der deutschen Literatur 1871 - 1933: ein Beitrag zur komparatistischen Imagologie*. Frankfurt a.M.: Suhrkamp, 1992.
③ [英]伊莉莎·玛丽安·巴特勒(Eliza Marian Butler):《希腊对德意志的暴政——论希腊艺术与诗歌对德意志伟大作家的影响》(*The Tyranny of Greece over Germany: A Study of the Influence Exercised by Greek Art and Poetry over the Great German Writers of the Eighteenth, Nineteenth and Twentieth Centuries*),林国荣译,社会科学文献出版社2017年版。

深远的影响……"①而要深刻理解这种多元关系与交错性质,则必须对具体的双边关系进行细致清理,同时不忘其共享的大背景。

最后,对中国学界来说,更为重要的是如何推出我们自己的具有突破性的中德文学关系研究的代表性著作。时至今日,这一学域已经走过了近百年的历程,几乎可以说是与中国现代学术的诞生、中国日耳曼学与比较文学的萌生是同步的,只要看看留德博士们留下的学术踪迹就可知道,尤其是那些用德语撰写的博士论文。②当然在有贡献的同时,也难免产生问题。夏瑞春教授曾毫不留情地批评道:"在过去的25年间,虽然有很多中国的日耳曼学者在德国学习和获得博士学位,但遗憾的是,他们中的绝大部分人或多或少都研究了类似的题目,诸如布莱希特、德布林、歌德、克拉邦德、黑塞(或许是最引人注目的)及其与中国的关系,尤其是像席勒、海涅和茨威格,总是不断地被重复研究。其结果就是,封面各自不同,但其知识水平却始终如一。"③夏氏为国际著名学者,因其出入中、德、英等多语种学术世界,娴熟多门语言,所以其学术视域通达,能言人之所未能言,亦敢言人之所未敢言,这种提醒或批评是非常发人深省的。他批评针对的是德语世界里的中国学人著述,那么,我以为在汉语学界里也同样适用,相较于德国学界的相

---

① [德]海因茨·史腊斐(Heinz Schlaffer):《德意志文学简史》(*Die kurze Geschichte der deutschen Literatur*),胡蔚译,北京大学出版社2013年版,第103页。
② 参见《近百年来中国德语语言文学学者海外博士论文知见录》,载吴晓樵:《中德文学因缘》,上海外语教育出版社2008年版,第178—198页。
③ [加]夏瑞春:《双重转型视域里的"德国精神在中国"》,《文汇读书周报》2016年4月25日。

对有规矩可循,我们的情况似更不容乐观。所以,这样一个系列的推出,一方面是彰显目标;另一方面则是体现实绩,希望我们能在一个更为开阔与严肃的学术平台上,与外人同台较技,积跬步以至千里,构建起中国学术走向世界的桥梁。

叶 隽

2020 年 8 月 29 日沪上同济

目录

- 001　前言
- 007　第一章　政治经济背景
- 022　第二章　耶稣会的作用：传教中的外交、调整与文化适应
- 022　　一、在日本相遇：茶道
- 046　　二、日本文化在德语地区的传播
- 063　　三、耶稣会戏剧《日本兄弟》
- 084　　四、儒家伦理作为欧洲教育理念：孝道与敬畏
- 102　第三章　中国婚恋故事：中国文学于18和19世纪在德国的接受
- 102　　一、不忠的寡妇
- 114　　二、愉快的婚恋故事
- 128　　三、蛇女
- 152　第四章　中国符号：德语文学中的中国风
- 152　　一、英式与中式的景观园林：论歌德的三部作品
- 174　　二、中式园亭：谈拉贝的《运尸车》
- 182　　三、丝织中国人像与纸制中国庙宇：论施蒂弗特与凯勒的两部中篇小说
- 193　　四、中国鬼魅：论冯塔纳《艾菲·布里斯特》

211	第五章　手工艺术、通俗文学和民间舞台中的欧洲与东亚
211	一、"二手制作"：钟表和自动装置
247	二、两部通俗小说的历史背景：凡·德·维尔德的《使者访华游记》和格拉布纳的《日本男人》
270	三、中国的施塔伯勒和日本的瑞士：民间戏剧中的远东情结
296	第六章　我眼中的日本：诗与真之间的旅游小记
329	结束语
333	附录Ⅰ　德语区的耶稣会日式戏剧一览
343	附录Ⅱ　19世纪日本文学的知名译本
346	参考文献
396	译后记

前　言

1773年，教皇克雷芒十四世解散耶稣会。我们以这一年作为研究的切入点，也许会有人觉得奇怪。难道就没有更合适的年份么？比如1783年，美国独立，英国开始将商业利益的重点转移至印度与中国；抑或1890年的德国，俾斯麦终结了其在德国的统治。

事实上，英国等欧洲国家彼时的政策调整并未进一步推动其与中国和日本的文化往来并取得外交上的进展。直到鸦片战争爆发，中国的皇帝才同意与其他国家在更广的范围内建立贸易关系，互派外交使节。在这之前，外国人甚至不能踏进北京城。19世纪欧洲与中国的关系充斥着各种猜疑与误解，这不仅一再导致战乱纷争，也使中国无暇顾及内部改革，日渐衰弱。

与之相反，在耶稣会遭受了近200年的歧视贬损之后，它在中国及日本（耶稣会在日本与在中国遵循基本相同的传教原则）的传教活动，重新获得了罗马教廷的赏识和国际认可。① 这样的声望不仅为其带去了新的传教之光，也为其命运赋予了新的内涵。近来有观点认为："早在17世纪末至18世纪初关于中国的礼

---

① 1939年耶稣会在罗马获得认可。关于耶稣会的工作评价以及与东亚地区其他传教情况的对比，参见如卡洛·卡尔达罗拉：《基督教：日本之路》，莱顿：布里尔出版社（Brill）1979年版。

仪之争①中,罗马方面就做出了一些后果严重的决定,这些决定为中西方19及20世纪的恶性冲突埋下伏笔。"②

事实上,有许多事件可以印证这一观点。可以肯定的是,耶稣会的解散对东亚的政治文化发展产生了深远影响。

我们之所以强调1773年之后耶稣会对促进欧洲与中日的关系起到了重要作用,是因为传教士们有关东亚的论述一直影响到19世纪。尤其是对于日本的文化遗产的论述,时至今日仍有人关注。在第一章简单介绍东亚政治经济背景的基础上,第二章首先论述耶稣会在中国和日本的作用。以茶道为例,我们将论证1600年前后的日本就已经具备了文化适应与交融——相关族群的生活感受、适应意愿与适应能力——的前提。③ 接下来将阐述耶稣会是如何通过戏剧,将日本文化遗产融入其灵魂改造与传教中的。对中国儒家思想的接受,则主要通过"孝"的理念得以实现:孝道与《圣经》中十诫的第四诫有着惊人的相似之处。只要与《圣经》对照,欧洲人就会更容易理解孝的含义。不寻常的是,这条《圣经》中的戒律恰恰在一个非基督教的国度里得到了生动的回应,而

---

① 传教士詹森主义者和耶稣会派别之间以及梵蒂冈理论家和索邦派之间的分歧和对抗。他们争论的焦点在于,在不违背基督教本意的前提下,可以在多大程度上依照儒家传统进行调整。参见乌尔斯·比特利(Urs Bitterli):《野蛮与文明:欧洲与非欧洲文明之间的相遇》,慕尼黑:德国袖珍书出版社(dtv)1982年版,第61页。
② 傅吾康(Wolfgang Franke):《中国与西方》,哥廷根:樊登霍克与鲁普雷希特出版社(Vandenhoeck & Ruprecht)1962年版,第51页。
③ "文化适应与文化融合的过程可以历经数代,永远不会真正结束。它随着文化接触和交往而产生,且只有通过密切的文化交流,从而形成一种带有多元文化特征的混合文化,才可能获得其历史的独立性。这种融合文化涉及双方经济、社会和宗教生活等所有领域,并扬弃了那些自我文化中相互矛盾的成分。"(比特利:《野蛮与文明:欧洲与非欧洲文明之间的相遇》,慕尼黑:德国袖珍书出版社1982年版,第161页)

耶稣会人士们却由于中国礼仪之争而表现得非常克制。

在介绍完说教文学后,本书第三章将对中国叙事散文等文学作品进行研究,探讨其早期翻译、改编等。总体来说,19世纪的德国对该类文学的兴趣相对不大,通常在改编时就将其中国特色一并剔除。对此,歌德也是这么认为的。

而"中国"这一概念,在当时具有代表性的德语叙事文学中,是通过具有东方艺术风格的"中国风"的形式表现出来的。这些"中国风"的作品不仅体现出欧洲当时在对待中国问题上的矛盾心理,还对西方的经历与弊病进行了隐晦的评判。本书第四章将主要讨论以上话题。

与上述文学作品中细腻的表现方法相对的是手工艺术、通俗文学和民间舞台对东亚的诠释。无论是钟表、自动装置,还是通俗小说和民族戏剧,无一不以自己的方式呈现出欧洲与中日的关系(第五章)。

第六章即最后一章只涉及日本。虽然在欧美坚船利炮的威逼胁迫下,中国先于日本开放了港口,然而直到1912年,中国对自身地位的认知及治国方略仍未做改变;日本则大刀阔斧地对传统进行了改革,在接受新生事物的同时,也保留了对自我的认同。本章将重点讨论西方人眼中改革前后的日本以及与其相关的文学塑造。

读者可能会问,为什么本书只对叙事散文、说教文学以及舞台剧作进行讨论,而只字未提中国和日本的诗歌?原因有二:

其一,是诗歌在文化交流初期的地位并不重要。在所有的文学类型当中,诗歌被公认为最难翻译的一类。直到19世纪末期,中国唐诗及日本诗歌才被引入德国。在这之前,德国出版最多的是《诗经》的德译本。① 如今我们在诗歌译介中常常提及忠于原文和保留诗歌形式的要求。而彼时那些作品通常要经历二次或三次加工修订,因此很难再符合上述两项要求。比如一些由"译者"创作出来的诗歌作品,往往最受人们的欢迎。② 中国原创诗歌的流行度,远不及仿写后具有"中国风"元素的诗歌。

其二,对于中国诗歌已经有很多详尽的研究,既包括对仿写作品,也包括对真正中国诗歌的研究,因此本书没有必要再着墨探讨这一主题。③ 只有一个例外,那就是在本书中有关德语文学里中

---

① 1833年,弗里德里希·吕克特(Friedrich Rückert)出版《诗经,中国诗集》;1844年,约翰·克拉默尔(Johann Cramer)出版《诗经,或中国诗歌》;1880年,维克多·冯·施特劳斯(Victor von Strauß)出版《诗经》优秀译本。然而,中国经典诗集的公众影响力却较小。关于德国人后来对唐诗的热情,以及对日本诗歌的接受,请参见英格里德·舒斯特:《德国文学中的中国和日本(1890—1925)》第一、三章,伯尔尼、慕尼黑:弗兰克出版社(Francke)1977年版。
② 艾伯特·艾伦斯坦(Albert Ehrenstein)在1992年进行了《诗经》的修订。他倾向于将吕克特的个人创作加入《诗经》当中。"因为这些创作效果出人意料,音律独具魅力。尤其是吕克特不受外语习语的限制而进行创作,充分发挥其语言能力。"托马斯·伊莫斯:《弗里德里希·吕克特对诗经的传承》,因根博尔:狄奥多西印刷所(Theodosius)1962年版,第36页。汉斯·霍普芬(Hans Hopfen)的叙事诗《明的毛笔》(1868)以及汉斯·冯·贡彭贝格(Hanns von Gumppenberg)基于此创作的喜剧《颖的毛笔》(1914),均来源于阿道夫·伊莱亚森(Adolf Ellissen)的一首德汉诗歌,这首诗被伊莱亚森编入中国诗歌集《茶花与金穗花》(1840)中。参见恩斯特·罗泽(Ernst Rose):《一首所谓中国叙事诗的命运》(Das Schicksal einer angeblich chinesischen Ballade),载罗泽:《看东方——歌德晚期作品及十九世纪德国文学中的中国形象研究》(Blick nach Osten. Studien zum Spätwerk Goethes und zum Chinabild in der deutschen Literatur des neunzehnten Jahrhunderts),舒斯特编,伯尔尼、美因河畔法兰克福:彼得·朗出版社(Peter Lang)1981年版。
③ 主要见托马斯·伊莫斯有关吕克特的作品,罗泽有关夏米索、海塞(Heyse)的作品和《一首所谓中国叙事诗的命运》,以及伊丽莎白·塞尔登(Elizabeth Selden):《1773—1833年德语诗歌中的中国》(China in German Poetry from 1773 to 1833),伯克利、洛杉矶:加利福尼亚大学出版社(University of California Press)1942年版。另参见克里斯丁·瓦格纳-迪特玛尔(Christine Wagner-Dittmar):《歌德与中国文学》(Goethe und die chinesische Literatur),载E. 特伦茨(E. Trunz)编:《歌德晚期作品研究》(Studien zu Goethes Alterswerken),美因河畔法兰克福:阿森瑙姆出版社(Athenäum)1971年版,第172—218页。

国风的部分,我们会对歌德的组诗《中德四季晨昏杂咏》进行分析。

另外,对于中国风需要说明的是,在当今这个分工明确的专业化时代,我们有时会忽略一些事实:政治、经济、文学、艺术、宗教等领域实则紧密交织,互相融合又互为基础。以第五章所涉及的中式钟表及自动装置为例:它们起初被当作国家和教会的外交礼物,后来则成为用以谋利的商品,同时又在工艺与设计上不断得到完善。人们发明了各式各样的装置,它们一方面能够像人一样具有演奏、书写和绘画的本领,另一方面却在同时期的文学作品中以恐怖怪诞的形象出现。戏剧里同样存在这样的"人造人"。这种像机器一样的举止行为,通过充满异域风情的角色呈现出来,就会收到喜剧效果。约翰·内斯特罗依就十分懂得运用这种表现手法。如果说本书中的某些研究一再重复这些背景信息的话,那么也都是为了强调上述种种现象的交叉融合。

需说明的是,本书并不是要对影响中日政治和文化生活的所有因素进行全面分析。鉴于在该领域已经取得了很多研究成果,本书旨在揭示至今尚未受到很大关注的某些相关的内在联系。

下面的研究已经以不同的形式发表于学术期刊:《儒家伦理作为欧洲教育理念》发表于《教学研究与实践》1985年第7卷第1期;《蛇蝎妇人》发表于《研讨会》1982年第18卷第1期;《中国鬼魅:冯塔纳的〈艾菲·布里斯特〉》发表于《常用词》1983年第33卷第2期;《二手工艺品:钟表与自动装置》发表于《技术历史》1985年第32卷第1期;《中英园林:歌德的三部作品》发表于《阿卡迪亚》1985年第20卷第2期。

最后感谢瑞士各图书馆的工作人员，他们为我提供了一些难以获取的文献资料。因为人数众多，这里不一一致谢。其中，特别感谢索洛图恩中央图书馆及其工作人员彼得·普罗布斯特先生，也感谢主教堂牧师艾伯特·卡伦博士和纽约大学退休教授恩斯特·罗斯博士提供的信息与宝贵指导。此外，还感谢蒙特利尔市麦吉尔大学。为完成本书，本人在麦吉尔大学进行过两次学术休假，同时感谢加拿大社会及人文科学研究理事会两度为学术休假提供助学资金。最后，郑重感谢瑞士亚洲研究协会会长玛蒂娜·多伊希勒教授博士，以及瑞士人文学会对本书排印工作的大力支持。

英格里德·舒斯特

第一章 政治经济背景

两大政治事件贯穿并主导了19世纪欧洲与东亚的关系。其一,1839—1842年,英国对中国发动了鸦片战争。该战争敲开了中国国门,使其卷入世界经济的洪流当中。其二,佩里准将奉美国政府之命,在1853—1854年迫使日本结束了仇外锁国政策。这两起政治巨变看似事发突然,实则不然。外交冲突仅仅是危机的表征,而危机根源则须追溯至多年以前。

1783年美国独立之后,英国政府不得不转移对外政策的重点。"由于先前的经济剥削与海上垄断给殖民国带来了极大利益,那么在失去美国这块殖民地后,英国就更需要加强对贸易及海上航线的把控。"[1]特别是与印度之间的经贸往来,已成为亚洲殖民政策的决定性因素:"……英国在中国的利益,取决于英国在印度的殖民需要。而这些利益,最初仅限于纯粹的贸易活动。英国东印度公司长期以来将从印度低价收购的货物销往广东,再用所赚取的利润,采购茶叶以满足本土之需。对印度经济而言,对华贸易尤为重要。"[2]截至1833年,英国的对华贸易都由东印度公司所垄

---

[1] 大卫·K.菲尔德豪斯(David K. Fieldhouse):《十八世纪以来的殖民帝国》,美因河畔法兰克福:费舍尔出版社(Fischer)1965年版,第66页。
[2] 同上书,第164页。

断。自1786年起在广东设立分公司之后,英方便想方设法扩大贸易数额并寻求政策上的保障:1792—1794年,马戛尔尼(Macartney)勋爵率英国使团访华,希望能与中国互遣外交使节,并缔结自由贸易协定。① 然而清廷拒绝了该使团的所有要求。1816年,阿美士德(Amherst)勋爵再次率团访华,较上次也未取得更多进展。

众所周知,鸦片作为东印度公司的主要贸易货物,对英国而言是最为有利可图的,却对中国经济及民众健康损害极大。"1796年、1814年及1815年,鸦片交易曾受到过严格管制。其后因为众多官员暗地里从中牟利,鸦片走私之路便一路畅通无阻。1816年,东印度公司不再限制鸦片交易,使得贩卖鸦片的行为愈演愈烈。"② 1839年,鸦片最终成为战争爆发的导火索。钦差大臣林则徐从广东的英国商馆收缴并销毁共计19 179箱、2 119袋鸦片。1839年5月,广东境内的英国人被全部驱逐。随后该冲突日益升级,直到英国政府选择了武力的"解决方法",迫使中国做出了关键性让步:开放五处通商口岸。③ 第二次鸦片战争则由英法联合发动,最终与清廷签订了《天津条约》(1858)。条约授权公使常驻北京,增设十处通商口岸,并准许基督教教士自由传教。④《天津条约》之后,清廷又在续增条约里准许英国招募华工出国,并向英国割让九龙地区。⑤ 作为战胜国,俄

---

① 1788年,卡斯卡特上校已受派携使团访华,然而此次出使因其在来华途中病逝而夭折。
② 福赫伯、陶泽乐:《中华帝国》,美因河畔法兰克福:费舍尔出版社1968年版,第313—314页。
③ 同上书,第314—315页,以及菲尔德豪斯:《十八世纪以来的殖民帝国》,美因河畔法兰克福:费舍尔出版社1965年版,第164页。
④ 同上书,第324页。
⑤ 戈特弗里特-卡尔·金德曼(Gottfried-Karl Kindermann):《工业时代世界政治中的远东》,洛桑:漫谈会出版社(Edition Rencontre)1970年版,第36页。

国与美国同样从中获益。1861年,英、法、俄、美四国公使均驻至北京。

在这些对华贸易争端中,德国始终扮演着局外人的角色。尽管早在1752—1757年,埃姆登(Emden)皇家普鲁士亚洲贸易公司就已派商船至华,并在1792年前多次派遣普鲁士商船至广东,然而拿破仑(Napoleon)在欧洲大陆的封锁政策终结了这项贸易活动。1815年后,中德关系进展缓慢。① 尽管如此,德国商行在鸦片战争后同样开始对清廷趁火打劫。1843年5月31日,《奥格斯堡汇报》记载了中国局势的变化:

> 整个欧洲社会的贸易形势发生了令人欣喜的改变。过去德国半是因为自身原因,半是因为外在环境而处处缩手缩脚。现在则至少如同报道所言,德国正在向新开辟的贸易天堂大踏步进发。普鲁士、奥地利、不莱梅及汉堡领事处的人们皆在谈论,要向中国新开设的五个港口输送何种货物。②

事实上在1842年后,德国与中国确实保持着小规模的贸易往来。据1844年由林则徐参与编纂的《海国图志》记载,中方也乐见这样的贸易往来。③ 书中有两章介绍了德国的政治制度、民族性格、

---

① 参见赫尔穆特·施托克(Helmuth Stoecker):《十九世纪的中国和德国》,柏林:吕滕与洛宁出版社1958年版,第37、38及40页。
② 同上书,第40页。
③ 与德国不同的是,18世纪瑞士已然出现于中国的一本书中。据《皇清职贡图》(*Huang Ch'ingchih-kungt'u*)记载,"合勒未祭亚省,属热尔玛尼亚国中。其人躯体壮阔,极忠义,受德必报。乡内公设学塾。习武者约居大半。尝有游往他国,彼君上必用为侍卫之属。……善造室。妇人贞静质直,工作精巧,能徒手交错金线,不用机杼。布最轻细。土生黄金,掘井恒得金块。河底常有豆粒金珠。山产獐鹿兔豹。家畜大牛,以供珍馐。"引自傅吾康:《中国与西方》,哥廷根:樊登霍克与鲁普雷希特出版社1962年版,第79—80页。

各联邦州以及自由城市的情况。其对汉堡和不莱梅是这样描述的:

> 在日耳曼国内,尚有自主之城邑不隶属国王管辖,各自通商,设官以掌其政。一曰汉堡,在易北河口,系各国之易市……其船只亦赴中国经商。……一曰北悯城,居民四万两千丁,在威悉河滨。其船亦赴广东通商。①

1850年,中国百年以来最大规模的农民起义②——太平天国运动爆发。起义伊始,有欧洲观察家认为这是一场真正的革命。鸦片战争之前,著名地理学家卡尔·李特尔(Carl Ritter)就已预见:"正如北美的茶叶贸易是引起当地政治变革的诱因一样,茶叶这一受到全球所有文明国家青睐的商品,也同样可以是一种反作用力,影响到茶叶的来源国——中国。福建与浙江一带的民众,会摆脱封建压迫,与国外进行自主贸易。未来将证明这一切。"③卡尔·马克思(Karl Marx)在1853年发表过类似言论,却将革命原因归结为鸦片贸易:

> 无论是何种社会原因引发了过去十年间中国境内的一系列暴动,包括现如今这场轰轰烈烈的革命,也无论中国最终会接受何种宗教、政权及政体形式,这场革命的导火索,毋庸置疑

---

① 傅吾康:《中国与西方》,哥廷根:樊登霍克与鲁普雷希特出版社1962年版,第83—84页。
② 福赫伯、陶泽乐:《中华帝国》,美因河畔法兰克福:费舍尔出版社1968年版,第315页。
③ 卡尔·李特尔:《亚洲地理》第三卷:《地处亚洲高地的东南亚》,柏林:赖默尔出版社(Reimer)1834年版,第826页。

是英国输送至中国的那些毒品,即我们称之为鸦片的东西。①

马克思认为,1853 年的中国已经宣告走向衰落。赫尔德(Herder)早在 1787 年就将中国称为"描刻着象形文字、裹覆丝绸的木乃伊"②。黑格尔(Hegel)则将中国称为"停滞的国度",马克思也将中国比作"存放在密封棺材中的木乃伊"。只有棺材裂开,木乃伊才能在新鲜的空气中醒来。③ "然而,中国的这场革命,很可能会对随后的欧洲民族起义,以及接下来的为自由共和及更好的政体而战起到至关重要的作用。"④

但是,历史却朝另一个方向发展。1862 年时马克思已改变了看法。

1850 年马克思对太平天国运动曾抱很高的期望,主要是因为他认可太平天国所提倡的天朝田亩制度。1853 年他称这场革命的根本原因是工业资本主义对相对稳定的亚洲经济的冲击。马克思开始对此持积极观点,是因为他视其为能够点燃欧洲革命的星星之火。1862 年他则改而谴责这场运动,认为它披着宗教的外衣,施行无意义的暴行。⑤

---

① 伊林·费切尔(Iring Fetscher)编:《卡尔·马克思与弗里德里希·恩格斯著作集(共四卷)》第四卷,美因河畔法兰克福:费舍尔出版社,第 122 页。
② 约翰·冯·穆勒(Johannv. Müller)编:《约翰·哥特弗雷德·赫尔德全集》第一卷第五章:《政治和历史》,卡尔斯鲁厄:德国经典作家出版社(Büro der derdeutschen Classiker)1820 年版,第 16 页。
③ 伊林·费切尔编:《卡尔·马克思与弗里德里希·恩格斯著作集》,美因河畔法兰克福:费舍尔出版社,第 124 页。
④ 同上书,第 122 页。
⑤ 唐纳德·M. 洛韦(Donald M. Lowe):《马克思、列宁和毛泽东对中国的作用》,伯克利、洛杉矶:加利福尼亚大学出版社 1966 年版,第 22 页。

事实证明,太平天国运动对欧洲政局并没有产生丝毫的影响;相反,欧洲帝国主义加强了对中国的控制。在《天津条约》签订后发生了几次局部武装冲突,英法两国向北京派遣军队,于圆明园进行了野蛮的烧杀抢掠。① 中国相应做出了更多的妥协,包括最终将鸦片贸易合法化。②

1858年的《天津条约》使得英、法、美、俄四国得到最惠国待遇。而就在同年,普鲁士政府也欲使德国从中获利。③ 无论是在华的德国商人,还是汉萨同盟与普鲁士,都要求其在东亚的商业利益受到保护。1861年9月2日,普鲁士与清廷签订了协议,以保护德国的在华贸易,并规定普鲁士对外代表德国,取得了与其他四大国同等的在华待遇。

瑞士也对与华通商表现出极大的兴趣。尽管1815年已有钟表匠受派入华,并于境内成立工厂,但却尚未达成任何协定。④ 1869年,奥地利也与中国签订了相关协定。⑤

福赫伯(Herbert Franke)与陶泽乐(Rolf Trauzettel)总结了鸦片战争对国际政治产生的意义及影响:"人们可以将第一次鸦片战

---

① 参见福赫伯、陶泽乐:《中华帝国》,美因河畔法兰克福:费舍尔出版社1968年版,第324页。
② 同上。
③ 参见施托克:《十九世纪的中国和德国》,柏林:吕滕与洛宁出版社1958年版,第49—61页。
④ 参见利奥·维兹(Leo Weisz):《瑞士贸易与工业史研究》第二卷,苏黎世:新苏黎世报出版社(Verlagder Neuen Zürcher Zeitung)1940年版,第48—53页。霍华德·杜布瓦(Howard Dubois):《瑞士和中国》,伯尔尼、美因河畔法兰克福:彼得·朗出版社1978年版,第20—25页。阿尔弗雷德·查皮斯(Alfred Chapuis):《中国表》新版,洛桑:斯拉特金出版社(Slatkine)1983年版。
⑤ 参见卡尔·冯·舍尔泽(Karl von Scherzer):《奥匈帝国及皇家海军考察团的印度、中国、逻罗和日本之行:1868—1871》,斯图加特:尤利乌斯·麦尔出版社(Julius Maier)1873年版。

争的历程与结果视为中国与工业国之间关系的缩影,这种关系于19世纪后半叶得到发展。西方世界不仅采取各种或明或暗的侵略行为来满足自身需求。几十年来发生的种种冲突事件,均源于东西双方对彼此巨大的误解。"①

造成这种误解的根本原因之一,要追溯至18世纪耶稣会的解散以及中国皇帝发布的禁教令。欧洲自此再也无法通过传教士向中国朝廷施加影响。"本可以在中国扎根的、坚固而隐秘的基督教,能够成为连接中国与西方的桥梁。"②当然这并不意味着只靠耶稣会信徒或基督徒,就能够改变清廷对西方的态度。清廷拒绝了欧洲在外交与自由贸易上所做的一切努力。这种态度源于其作为世界中心的认知,即"……中央之国无须依靠其他国家,中国即代表了文明社会"③这种思想。另一方面,如果有更多的传教士把一个全面、传统的中国形象带回欧洲,也可以影响日后英、法等国对待中国的态度。

19世纪是欧洲自我认知上的转折点,其对于外来文化也有了新的看法。拿破仑战争之后,政治、经济及精神生活上开放的理念让位于民族主义与本位主义。

天主教会对耶稣会信徒的抹黑以及公众舆论的转向,同样也使得欧洲人不关注,甚至不相信传教士们对中国的描述。18世纪的启蒙学者,如莱布尼茨(Leibniz)与伏尔泰(Voltaire)都在传教士的相关记载中证实了这种观点。19世纪的中国被视为在宗教与

---

① 福赫伯、陶泽乐:《中华帝国》,美因河畔法兰克福:费舍尔出版社1968年版,第323页。
② 傅吾康:《中国与西方》,哥廷根:樊登霍克与鲁普雷希特出版社1962年版,第51页。
③ 鲍吾刚(Wolfgang Bauer):《华夏与异族——3000年的战争与和平中的对抗》,慕尼黑:贝克出版社(Beck)1980年版,第35页。

政体上的反动势力。罗伯特·普鲁茨(Robert Prutz)的《新自由时代》一诗就这样写道：

> 尽管曾有矛盾和沉睡，
> 古老的时代，
> 把我们带回：
> 我们一度领先，
> 我们将是中国人——
> 中国人，多么幸运！
> 哦，中国，礼俗的国度，
> 中央的国度，
> 神圣的国度！
> 国民无须担心，
> 日日循环往复，
> 进入永恒的轨道！
>
> 你的榜样教会我们，
> 回归简单纯朴
> 代罪的民族：
> 我们削发，
> 在辫子上涂上油膏，
> 最粗的辫子最有理！①

---

① 普鲁茨：《诗歌新编》，苏黎世、温特图尔：文学出版社(Literarisches Comptoir)1843年版，第130—131页。

学者们也认为,中华民族是达到早期文明程度即停滞不前的一个民族。卡尔·里尔特在1834年写道:"……中国极度自信,已经发展到令人吃惊的程度。中国人所提出的文化与自然和谐统一的思想尚能被我们理解。但他们却如此的因循守旧,对一切新生事物置若罔闻。世界上恐怕也只有中国人满足并止步于自己所创造的早期文明。"①另一方面,阿德贝尔特·冯·夏米索(Adelbert von Chamisso)在1815—1818年以学者的身份参加了科学考察。他在考察报告当中写道,文化沙文主义将在19世纪成为常态:"奥格萨人、博托库多人、爱斯基摩人以及中国人,我们在国内将比在国外更容易见到他们。世界上所有的动物,无论是犀牛和长颈鹿,还是蟒蛇和响尾蛇,都可以在家门口的动物园和博物馆中看到……"②

事实上,1823年也确有过在柏林被"展出"的中国人。正如海涅(Heine)在给一位友人的信中写道:"……你与洪先生的外表惊人地相似。在贝仁大街花上60芬尼就有机会看到他与另一位文人。"③在《哈茨山游记》中海涅又一次提及这两个中国人:"两年前在柏林供别人观赏的那两个中国人,现在在哈雷作为教师,传授中国艺术。"④然而海涅也意识到,这样的展览生意对被展出者而言,是一种人格上的侮辱。他在《哈茨山游记》中加入了一篇讽刺性

---

① 李特尔:《亚洲地理》第三卷,《地处亚洲高地的东南亚》,柏林:赖默尔出版社1834年版,第727页。
② 夏米索:《环游世界:夏米索作品集》第三卷,H. 塔尔德(H. Tardel)编,莱比锡、维也纳:文献研究所出版社(Bibliographisches Institut o. J.),第78页。
③ 海因里希·海涅(Heinrich Heine):《书信集》第一卷,F. 希尔德(F. Hirth)编并作序,美因茨、柏林:弗洛里安·库普菲贝格出版社(Florian Kupferberg)1965年版,第61页。
④ 海涅:《文集》(Sämtliche Schweickert)第二卷,克劳斯·布里格勒布(Klaus Briegleb)编,慕尼黑:汉泽尔出版社(Hanser)1969年版,第146页。

文章,描绘了一个德国人在中国有偿展览自己的场景。①

直到19世纪末,中国和中国人给公众的印象还是以负面形象居多。② 伴随着"黄祸"这一流行语以及有关义和团运动的报道,中国的声望跌至谷底。

19世纪中叶,日本的处境在许多方面与中国类似,其境内的耶稣会也与当地的思想界联系紧密。但如同中国一样,自从传教士被驱逐、基督徒被除尽以后,日本同样不再保持对外文化交流,而是举国上下充满了仇外的氛围。在近200年里,日本尽力在国家政治上维持现状,不与西方发展任何外交与经济关系,拒绝西方国家一切形式的试探性接触。③ 荷兰在长崎出岛设立的贸易站,作为"世界之窗",对日本而言已然足够。这就像中国直到1839年,一直把与西方的贸易局限在广东境内一样。最终,日本也在国家内政方面逐渐产生危机。身处幕府、在大名统治下的日本人,鲜少能摆脱"国之将亡"的苦痛。④ 此外,无论在城市还是农村,老百姓的生活日益贫困,与传教活动相关的骚乱频发,预示着政权的灭亡。⑤

但在几个关键问题上,日本的情况与中国还是不同的。中国

---

① 海涅:《文集》第二卷,克劳斯·布里格勒布编,慕尼黑:汉泽尔出版社1969年版,第146页。
② 参见罗泽:《中国作为德国反响的象征:1830—1880》(China als Sinnbild der Reaktion in Deutschland: 1830‑1880),载罗泽:《看东方——歌德晚期作品及十九世纪德国文学中的中国形象研究》,舒斯特编,伯尔尼、美因河畔法兰克福:彼得·朗出版社1981年版,第90—129页。
③ 参见唐纳德·基恩(Donald Keene):《日本的欧洲发现,1720—1830》,斯坦福:斯坦福大学出版社(Stanford University Press)1969年版。福斯特·瑞亚·杜勒斯(Foster Rhea Dulles):《洋基队和日本武士》,纽约:哈珀与罗出版社1965年版。
④ 约翰·惠特尼·霍尔(John Whitney Hall):《日本帝国》,美因河畔法兰克福:费舍尔出版社1968年版,第230页。
⑤ 同上书,第232页。

在与英国冲突中所遭受的惨痛经历为日本敲响了警钟。1853年，在美国准将佩里面前，日本人只有两个选择：要么自行开放，要么与美发生军事对峙。而日本在两害之中选择了较轻者。

美国为何要采取这样的行动呢？自1844年同中国签订贸易条约之后，美国对华的通商贸易额便大幅增长。但也因此，大量的美国货船需要借助停靠日本港口并进行能源补给。此外，美国自然也希望能够与日本结成类似的贸易关系。①

日本当时"自行"选择的西化政策，从长远看来，使得其内政外交上的问题得以一并化解。而中国持续至1864年的太平天国运动，反而却巩固了原有朝廷的统治。② 但是，日本的根本性政治变革并未与中心主义和天赋皇权的理念相悖。幕末危机令天皇得以收回实权。1867年，年轻的明治天皇登基，其政府于1868年决定适应新局势，实施近代化改革。当然，我们首先看到的是一种矛盾的情况，正是那些早期致力于实施内部改革而反对与西方往来的政党，在倒台后，却被迫施行其曾经强烈抵制的维新政策。

至少在最开始，西方势力未能对日本政局做出明确的判断。这点显然对日本有利，使得日本在时间与策略上有了可以利用的喘息余地。

在全盘西化之后，日本进入了选择性的适应时期：令观察者

---

① 霍尔提出的另外两点原因为：美国的"文化使命感"以及"西方列强带给美国的竞争压力，使其进驻亚太地区"。(《日本帝国》，美因河畔法兰克福：费舍尔出版社1968年版，第245页)。
② 参见福赫伯、陶泽乐：《中华帝国》，美因河畔法兰克福：费舍尔出版社1968年版，第319页："尽管满洲贵族的地位受到了极大的冲击，其与中国上层阶级之间的盟约再次得到巩固。封建官吏是真正的胜利者，但从更长远的角度和中国的整体发展来看，这是一次代价沉重的胜利。"

们惊讶的是,日本在短短几十年间就成功实现了现代化。1902年,日本已成为英国在太平洋地区的盟国。欧洲人在中国与日本之间,更加偏爱后者。普鲁士海军官员莱因霍尔德·维尔纳(Reinhold Werner)的态度,或许可以被视作典型代表。在1860—1861年暂住日本后,他这样写道:"离开日本时,(我)这样坚信着:尽管它只有3 500万居民,却会在50年后远超中国,成为全亚洲最繁荣昌盛的强国之一。……我从日本人那里学会了尊重与热爱。尽管我阅历无数,在动荡的生活中接触和认识了不同的民族,但还没有发现哪一个民族具有像日本这样的品质。"①

日本于1858年与美、英、俄、荷、法五国签订了友好贸易条约,普鲁士随后成为德国首个与日本达成协议的邦国。在神圣罗马帝国解体并遭受拿破仑的打击之后,普鲁士看到了自己跻身强国之列的机会。此外,日益壮大的市民阶层有意增强其经济实力。在普鲁士派往东亚的使团当中,也出现了学者的身影——18世纪及19世纪初期,不正是两名随荷兰出访的德国学者汇编了有关日本的重要信息么?恩格尔伯特·肯普费(Engelbert Kaempfer)与菲利普·弗朗兹·冯·西博尔德(Philipp Franz von Siebold)所记载的内容,难道不是继16与17世纪的耶稣会报道之后,最为可靠的信息来源么?1859年普鲁士派出了4艘军舰中的第一批(其中包含一艘蒸汽巡航舰)。1861年1月,弗里德里希·奥伊伦堡伯爵(Friedrich Graf zu Eulenburg)携844人的使节团,与日本成功签署了条约。

---

① 维尔纳:《1860、1861及1862年普鲁士考察团的中国、日本及暹罗之行:旅途信件往来》第二卷,莱比锡: F.A. 布罗克豪斯出版社(F.A. Brockhaus)1863年版,第176页。

第一章　政治经济背景

1864年，瑞士同样与日本签订了条约。① 1868年，奥匈帝国派"帝国及皇家海军考察团"前往东亚。

尽管西方国家与日本接触最早是出于通商目的，但到了明治天皇执政时期（1868—1912），各国便开始了在新领域的竞争。每个国家都想令日本信服其成就与制度的优越性。"明治时代的日本已经成为反映各国国际影响力的'文化晴雨表'。"阿道夫·弗赖塔格（Adolf Freitag）在《明治时期德国人看日本人》中这样写道。② 该现象导致的结果，是"日本效仿了美国的金融业与报业，英国的舰船与海上军事力量，法国的行政体系与私法（如民法、商法等）。而在更多方面，日本则是以德国为师，全面学习其医学、自然经济（包括农业与林业）、音乐、教育、公共法律及公安等。在最初效仿过法国之后，日本在军队建设及战略制定方面均开始向德国靠拢"③。然而，影响这种"文化晴雨表"的关键因素却与真正的文化无关："德国之所以在日本奉之为师的诸国当中居于首位，这可能是1870年德国在普法战争中取得胜利后在地理层面上所产生的最深远影响。"④

日本在一段时期内聘请了大量外国顾问，并派遣大量留学生前往欧美。70年代前期，在日顾问总数超过500人，其中德国顾问的数量居第二位。⑤

---

① 详见中井保罗（Paul Akio Nakai）：《瑞士与日本的关系，1859—1868年的外交往来》，伯尔尼、斯图加特：保罗·霍普特出版社（Paul Haupt）1967年版。
② 弗赖塔格：《明治时期德国人看日本人》，莱比锡：哈拉索威兹出版社（Harrassowitz）1939年版，第C5页。
③ 同上。
④ 同上。
⑤ 同上书，第C7页。

正如后来的旅行者那样,当时有许多商人、外交家和科学家在造访日本时也对他们的所见所闻进行了详细记载,留下了不同的版本,使欧洲人有机会了解到一个全面的日本。[①] 尽管欧洲对日本(及中国)的评价始终存在正负两面,不能忽略的是,这些评价的前提往往也都是主观的:"欧洲认为自己居于世界中心,是先进国家。因此对其而言,'欧洲''信奉基督'与'文明先进'几近相同……当然,其他地域也有着自己的文明和社会组织形式,但它们是那么的遥远、孤立、消极,正如日本和中国……"[②] 许多人因此将中国视作一条有待驯服的巨龙,认为日本则应以另一种方式征服:"日本像是一位迷人的佳丽。为得到她,人们必须同一切强大的阻力抗争,诸如湍流、迷雾以及错绘的地图……"[③] 德国的外交家们也并非始终致力于促进德日邦交。弗赖塔格提到"才能出众的巴兰德先生",说他"给德国带回了许多有关日本人的不实评价"。[④] 德皇威廉二世在俾斯麦下台后,积极推行殖民扩张政策,因而将亚洲的利益重心置于了中国,对日态度则"渐趋冷漠"。[⑤] 德国于1897年占领青岛,1898年租占胶州湾,日本则于1902年与英国结成同盟,在第一次世界大战中站到了德国的对立面。

19世纪上半叶,日本在德国民众的心中并不占据主要地位。

---

① 德国方面详见弗赖塔格的文章。
② 戈洛·曼(Golo Mann)编:《廊柱世界史》第八卷:《十九世纪》,柏林、维也纳:乌尔斯坦-廊柱出版社(Propyläen Verlagbei Ullstein)1960年版,第376页。
③ 维尔纳:《1860、1861及1862年普鲁士考察团的中国、日本及暹罗之行:旅途信件往来》第二卷,莱比锡:F.A. 布罗克豪斯出版社1863年版,第174页。
④ 弗赖塔格:《明治时期德国人看日本人》,莱比锡:哈拉索威兹出版社1939年版,第C18页。马克思·冯·巴兰德(Max von Brandt)于1860—1862年随普鲁士考察团前往东亚,1863—1875年任德国驻日使馆代办,1875—1893年任德国驻华使馆公使。
⑤ 同上书,第C19页。

人们对这遥远而神秘的国度仅有些模糊的印象，认为日本人冷血、残暴，却也英勇、自律。欧洲在与日本接触日益频繁后，对日本的关注也开始增加。日本于1895和1905年分别打败中国及俄国，也提升了其政治声望。瑞士在对待日本的态度上与欧洲其他国家基本一致。只是瑞士的天主教会直到19世纪中叶还保留着16—17世纪由耶稣会传播来的日本文化遗产。1862年，当人们纪念1597年在日本殉教的26名基督徒，且在同一年，瑞士派遣使团赴日签订条约时，新旧时代的更迭节点在此相交。

第二章　耶稣会的作用：传教中的外交、调整与文化适应

一、在日本相遇：茶道

方济各·沙勿略（Franz Xaver）曾经提到："在与僧侣们探讨信仰问题时，他们总会提出各式各样的问题。每个人都从自己的角度出发，针对不同的教义而提出不同的想法、观点甚至疑问。"沙勿略的做法是："用一种统一的答案消解了这些不同的疑惑，并且起到了跟每个人分别作答一样的效果。"① 沙勿略用这种方式进行传教都是为了一个目标，那就是"使人们知晓耶稣基督这位造物、救世的圣主"。②

像一位效命于国王的外交官一样，沙勿略计划借助外交活动，同日本进行首次接触，并与这一未知国度的君主会面。1549年，葡萄牙商人的书信使他确信时机已然成熟。"日本派遣使节团谒见葡萄牙国王，希望能向神父学习基督教的教义。"③ 沙勿略于7

---

①　乔治·舒哈默（Georg Schurhammer，耶稣会会士）：《方济各·沙勿略传》第二卷：《亚洲（1541—1552）》，第三子卷：《日本和中国（1549—1552）》，弗莱堡、巴塞尔、维也纳：赫尔德出版社1973年版，第234页，注35。
②　同上书，第98页。（出自沙勿略于1549年11月5日写给果阿教友的一封信。）
③　同上书，第13页，注70。舒哈默补充说明："这里指的是计划派往印度总督的使团，沙勿略也在此行当中。然而该使团最终未能成行。"

第二章　耶稣会的作用：传教中的外交、调整与文化适应

月20日这样写道，并在没有葡萄牙商船可用的情况下，仍然决定前往日本。他计划作为印度总督的公使出访"国王所在的日本岛"，受国王接见，"并获准于日本布道"。①总督加西亚德萨(Garcia de Sá)和果阿主教委托沙勿略，向日本国王呈递外交文书。"文书誊写于羊皮纸上，华丽多彩"。除此以外，印度总督和马六甲首领唐·佩德罗·达·席尔瓦(Dom Pedro da Silva)还为沙勿略备下了"贵重的礼物"②。

沙勿略在抵达日本后，以这种方式拜见了各地领主(大名)。尽管有时礼物并不丰厚甚至无礼可送，岛津贵久仍"允许沙勿略在其领地萨摩布道，民众可依自身意愿入基督教"③。修士们随葡萄牙船只进入平户地区，当地大名松浦隆信"同样应允了他们的请求，准许他们在平户传教……"④尽管如此，沙勿略仍未忘却本心，不久即离开平户，前往日本国王——天皇的所在地——京都。他首先要做的是了解局势、熟悉环境，毕竟在冬天启程，路途苦寒而又艰辛。因为没有礼品相送，衣着破烂，仅有两位随从，沙勿略选择了中断旅途，暂留山口传教。山口大名"从近臣处听闻，外国僧人沙勿略来自沙加的家乡天竺，便主动提出想要一见"⑤。然而由

---

① 舒哈默：《方济各·沙勿略传》第二卷：《亚洲(1541—1552)》，第三子卷：《日本和中国(1549—1552)》，弗莱堡、巴塞尔、维也纳：赫尔德出版社1973年版，第20页、第210页，注42。
② 同上书，第230—231页。沙勿略在鹿儿岛时，曾号召欧洲的神父前来日本。他们同样"携带了礼物，以及(奉政府之命)呈给日本天皇的信件"。见第109页。
③ 同上书，第69页。"沙勿略到达那里之后，给岛津贵久送了几样礼物，于是便以外籍人士的身份，受到了他极为恭敬的款待。岛津贵久的领地内多山，人民贫困，因而他极为重视对外贸易。"
④ 同上书，第146页。
⑤ 同上书，第167页。

于大名不喜基督教义,会面被迫终止,沙勿略再度启程出发。途经繁荣的港口城市堺市时,沙勿略一行人受到了一位商人的礼待,后于1551年1月抵达京都。由于未备礼物,沙勿略不曾得见天皇。尽管如此,他认识到极为重要的一点,那就是日本境内的中央集权早已不复存在。在给一位欧洲教友的信中,沙勿略这样写道:"谁手中握有更多的权力,谁就高他人一等。人们有一个共同的天皇,但皇权式微已长达一百五十余年,因而国内各势力混战不休。"[1]

如此一来,沙勿略只能针对现状,采取最佳对策。修士们造访过的所有大名之中,山口的大内义隆是至关重要的一位。其领地"是日本最为繁荣的重要都市之一,居民多达一万余户……"[2]因而沙勿略决定,将本打算献给天皇的礼物改送给大内义隆,借此向他求得传教许可。3月中旬沙勿略返回平户,"4月底与随从穿戴一新,再度前往山口首府,面见大内义隆"[3]。这次会面同样宾主尽欢:"书信与礼物都很受大内义隆的喜爱……他当即命人上街发出布告,表明自己对修士在山口布道的支持,并保证不会禁止民众的入教行为。他同时还下令,禁止任何人伤害传播天主教的修士。"[4]5个月后,沙勿略终于得见第四位大名——这次是受到了大名的亲自邀请以及葡萄牙商人的热情礼待。[5] 丰后大名大友义镇同样"乐于见到国内有教士布道。他为沙勿略提供了住所,殷切周

---

[1] 舒哈默:《方济各·沙勿略传》第二卷:《亚洲(1541—1552)》,第三子卷:《日本和中国(1549—1552)》,弗莱堡、巴塞尔、维也纳:赫尔德出版社1973年版,第466页。
[2] 同上书,第158页。
[3] 同上书,第229页。
[4] 同上书,第232—233页。本次会面与所送礼物见第230—232页。
[5] 同上书,第261—264页。

到地关照他。葡萄牙人杜阿尔特·达·伽马(Duarte da Gama)的船只就停泊在丰后,葡籍商人在此贩卖货物"。① 甚至在沙勿略随杜阿尔特·达·伽马返回印度时,大友义镇还委派了一名官方使节与之同行,前去造访印度总督。作为一名武士,该使节"准备了一件日式铠甲作为厚礼,和书信一起,携带着呈给葡萄牙国王……以及印度总督"。在信件中,"大友义镇向国王表达了问候,并邀请其派遣传教士前来丰后。他允诺会尽全力为传教士提供各种帮助"②。

沙勿略对外交手段的重视,同样体现在其前去中国传教的前期准备之中。这次他计划组建一支高规格的官方使团,并试图"说服印度总督派出公使,同中国建立良好关系,请求清廷释放在华的葡籍囚犯,为福音进入封闭的中国开辟一条通路"③。(当时中国仅准许外国公使进入境内)如果在中国传教能够顺利开展,那么基督教在日本也会得到迅速传播。因为"日本若看到中国认可了基督教,就会很快摒弃其原有信仰"④。但是1552年,马六甲的阿尔瓦罗·德·亚戴德(Alvaro de Ataide)在最后时刻阻止了沙勿略及其使节一行。⑤ 据记载,直到1601年,耶稣会传教士才首次受到中国皇帝接见。

沙勿略十分清楚,葡日建交只因彼此皆有利可图。他在鹿儿岛时,写信给安东尼奥·戈麦斯:"在印度生活的经验告诉我,那里

---

① 舒哈默:《方济各·沙勿略传》第二卷:《亚洲(1541—1552)》,第三子卷:《日本和中国(1549—1552)》,弗莱堡·巴塞尔·维也纳:赫尔德出版社1973年版,第274页。
② 同上书,第315页。在此期间大内义隆政权垮台并被迫自杀。他原本同样打算派使团携带回礼前往印度。见第233页。
③ 同上书,第333页。
④ 同上书,第465页。
⑤ 同上书,第616—623页。

绝不会有人仅是因为热爱上帝,就携神父出航,前来日本。"①所以戈麦斯应告知果阿总督,日本天皇一旦改信基督,"则意味着葡萄牙人可在堺市设立商馆",因而"葡萄牙国王将获利极丰"。为使传教士们得以出海,沙勿略寄出了"一张清单,其中列举了在堺市港口售价较高的货物"②。同时他也向马六甲首领唐·佩德罗·达·席尔瓦汇报了在堺市设立商馆的计划。他此举一方面是想再次向外界宣告已获得的支持,另一方面也想引起对日本传教事业的关注。③ 其实,前往北京的使节原本也可为葡萄牙开辟重要市场,而他们自己也能从携带的货物中谋利。

　　日本人并不缺少现实思维。沙勿略曾常住过的、被当地大名准许传教的四个地方,其中萨摩、平户以及丰后三地已经有葡籍商人从事贸易活动了。三位大名也均希望日后仍能有葡商到来,经海陆停靠他们的港口。而在山口,恰恰是这些具有异域风情的礼物维系了人们与"南部蛮人"的友好关系。沙勿略一行人上京途中,曾经路过堺市。一位当地商人对他们热情相待。④ 这位商人知晓多少有关欧洲贸易的事情,以及是否想使葡籍商船来堺,无从确定。但他绝对曾听闻过,有一些高鼻子的人从南方乘"黑船"而来。

　　在通过外交手段为成功出使创造了政治经济条件之后,沙勿略仍需完成的一项重要任务是融入社会。日本社会森严的等级制

---

① 舒哈默:《方济各·沙勿略传》第二卷:《亚洲(1541—1552)》,第三子卷:《日本和中国(1549—1552)》,弗莱堡、巴塞尔、维也纳:赫尔德出版社1973年版,第109页。
② 同上。
③ 同上书,第104页。
④ 同上书,第193页。

第二章 耶稣会的作用：传教中的外交、调整与文化适应

度，甚至体现在其语言当中。因而传教士必须首先确立自己的社会地位。只有这样，才能获得社会尊重与安全保障，传教活动才能顺利开展。

外交关系的发展也对社会领域产生了影响。民众对外国传教士的态度，主要取决于当地大名。当大名正式准许基督教在其领地传播，其下属武士才有可能入教。在信仰上相对自由，可以不受当地政府影响的，就只有普通民众。丰臣秀吉于1587年下令驱逐传教士，4年后他声明说："他不在乎普通民众是否加入基督教，但上流人士绝不可入教。"①此外，日本极其看重传教士们在欧洲社会所享有的地位和受到的尊敬。比如当沙勿略到来的时候，停靠在平户与丰后的葡籍商船皆为其升旗鸣炮表示欢迎。这一事实被日本人看在眼中。当沙勿略前去谒见丰后大名之时，葡籍商人竟为他安排了一队的护卫，这再次给日本人留下了深刻的印象：

> 杜阿尔特·达·伽马等葡萄牙人携其一众奴仆，乘小艇而来。小艇装饰华美，人人衣着光鲜。沙勿略及其同伴随达·伽马抵达都城码头，而后列队庄严前行。队伍穿过人潮拥挤的街道，在路人们的注目下，行至城市另一头的皇宫。……葡萄牙人将贵重的外套铺在地上，供神父坐下。这给宫中侍臣们留下了深刻印象。②

---

① 阿尔方斯·克莱泽（Alfons Kleiser，耶稣会会士）：《1588—1591年范礼安神父前往日本拜见日本统治者丰臣秀吉的使团之旅》，载《日本纪念文集》第一卷，1938年版，第93页。
② 舒哈默：《方济各·沙勿略传》第二卷：《亚洲（1541—1552）》，第三子卷：《日本和中国（1549—1552）》，弗莱堡、巴塞尔、维也纳：赫尔德出版社1973年版，第262—264页。

正如日本人保罗(Paul)从神圣的信仰中认识到的那样,葡萄牙人的举动并非总对传教士有益。沙勿略在马六甲时,曾想搭一艘中国船只前往日本。当时保罗以蹩脚的葡萄牙语说道:

上帝促成了这样的情况:跟葡萄牙人协商多次,仍旧未果,而现在中国人接纳了他。如今神父和葡萄牙人同去日本,神父在那儿做的是符合教规的好事,葡萄牙人却干尽坏事。因此,日本人会愤怒地质问:"他们也算是基督徒么?他们的举止怎么可以违背教规?神父您所说所做的都非常好,您的随从人员也同样友好,可为什么其他这些基督徒的行为却如此恶劣?"[1]

因此,在传教士们融入社会的过程中,外交手段只能发挥有限的作用。他们最终还须以自身高尚的品格,获得来自贵族、僧侣及民众的认可。尤其在最初几年,他们常常要忍受讥讽与嘲笑、恶言与蛮行、诽谤与诋毁。他们异样的服饰、蹩脚的日语、奇怪的手势,都使当地的听众很难接受。然而神父们却懂得,如何以其他方式赢得声望。日本人尤为看重个人的两种品性:自我克制与无惧生死。以下列举两例:

有一天,〔费尔南德斯(Fernandez)〕神父在街上布道,一位听众为侮辱他,朝他脸上吐了口水。神父只是平静地拿出手帕,在擦汗时顺手抹掉口水,然后继续布道。这种强大的忍

---

[1] 舒哈默:《方济各·沙勿略传》第二卷:《亚洲(1541—1552)》,第三子卷:《日本和中国(1549—1552)》,弗莱堡、巴塞尔、维也纳:赫尔德出版社1973年版,第10页。

第二章 耶稣会的作用:传教中的外交、调整与文化适应

耐力,深切地影响了另一位在场的听众。他成为山口第一位要求接受洗礼的人。①

还是这一时期:

> 有的贵族在同他(沙勿略)讲话时态度轻慢,并不以"您"相称。因此他要求传道者以牙还牙,以相同方式与贵族们说话。随行的传道者不得不从,却无时无刻不担心着,被对方腰间的佩剑砍杀。但沙勿略却这样说道:"如果那些人做不到像对待他们所敬重的僧侣一样尊重我们,那么他们也不会相信我们的话,不会接受我们的信仰。我们要让他们看到,我们是多么的视死如归。"②

沙勿略所追求的,是使传教士在日本享受到与世俗贵族及与佛门僧侣(其掌控着日本的"大学")平等的社会地位,一种耶稣会在欧洲已然享有的地位。

拥有哲学与科学知识,是赢获敬重与权威的另一种方式。1552年4月9日,沙勿略在给依纳爵(Ignatius)的信中恳切说道:

> 根据我在日本的经验,神父如果想去那里传教,尤其是进

---

① 舒哈默:《方济各·沙勿略传》第二卷:《亚洲(1541—1552)》,第三子卷:《日本和中国(1549—1552)》,弗莱堡、巴塞尔、维也纳:赫尔德出版社1973年版,第172页。
② 同上书,第166页。参见沙勿略1552年1月29日写给依纳爵的信:"所有人在日本要面临的最严峻的考验,是时时刻刻存在着的死亡危险。"(同上书,第463页。)

入大学中布道的话,有两件事尤为重要。首先他必须历尽世上的各种磨砺,积累无数经验,清醒地认识自己。因为到了日本,神父们将遭受到比在欧洲时更加残酷的考验。……另一件重要的事,是神父们必须掌握科学知识,以应对日本人提出的种种问题。神父们最好能精通哲学。而掌握雄辩术,同样对他们有益无害。这使得他们在辩论中,能够对日本人的异议给予有力的驳斥。另外他们应知晓天体学说。因为日本人乐于听闻相关的事,诸如天体的运动、日食以及月亮的圆缺,雨、雪、冰雹、雷电和流星等自然现象的形成原理等。能讲清这些事物,就能赢得日本人的好感和信任。①

另一位被视作"沙勿略的继任者"②的叫范礼安(Alessandro Valignano)。他同前辈们一样,在日本持续布道。范氏同样注重外交事宜:1582年日本使节到访欧洲,1591年范礼安作为印度总督的公使,携贵重礼物,由身着华服的葡萄牙人护送,亲去拜见当时日本的掌权者丰臣秀吉。③ 范礼安同样想借葡日贸易,为在日本传教争取实际利益。④ 1579年,他曾作为巡察使抵日。当时他不顾布教长弗朗西斯科·卡布拉尔(Francisco Cabral)的反对,坚

---

① 舒哈默:《方济各·沙勿略传》第二卷:《亚洲(1541—1552)》,第三子卷:《日本和中国(1549—1552)》,弗莱堡、巴塞尔、维也纳:赫尔德出版社1973年版,第583—584页;以及第235页,注36。
② 克莱泽:《1588—1591年范礼安神父前往日本拜见日本统治者丰臣秀吉的使团之旅》,载《日本纪念文集》第一卷,1938年版,第70页。
③ 参见克莱泽:《1588—1591年范礼安神父前往日本拜见日本统治者丰臣秀吉的使团之旅》,载《日本纪念文集》第一卷,1938年版。
④ 参见C. R. 博克舍(C.R. Boxer):《日本基督教百年,1549—1650》,伯克利、洛杉矶:加利福尼亚大学出版社1967年版,第91—121页。

持推行文化适应政策,并制定了一系列行为规范,即《在日耶稣会士礼法指要》。自此,传教士们必须主动适应当地文化,而不是要求日本教众改变固有习俗。传教士均应在初到日本时即开始语言学习,这样他们就不会在口头或书面交流时触犯忌讳。神父与修士应接纳日本人作为新的成员。神学院的学生应在日文的读、写之外,学习日本人的习俗与交际方式。①沙勿略就曾说过:"除非是对上帝的亵渎,如果改变一件事情无益于更好地解决问题,那么还不如使它维持原状。"②伏若望(Luis Frois)在有关日本的报告中称:"……就像沙勿略神父经常讲的那样,日本人在文化、礼节与风俗等诸多方面,都比西班牙人做得好。这说起来令人惭愧。而如果中国人对日本的评价尚且不高,只是因为他们仅同日本的商人打过交道。这些商人住在沿海地区,是礼数不太周全的一群人。"③

沙勿略与范礼安的文化融合策略通过先进的传教方式得以实现:

> 本土化的融合模式试图创造出一种新的基督教生活,在其中,传统的文化元素将与基督教相容。它认为文化在本质

---

① 弗兰茨·约瑟夫·许特(Franz Josef Schütte,耶稣会教士):《范礼安对日传教准则》第一卷第二部,罗马:历史与文学出版社(Edizionidi Storiae Letteratura)1958年版,第207—265页。另参见海老泽有道:《文化相遇》,载迈克尔·库珀(Michael Cooper,耶稣会会士)编:《南蛮,在日本的首批欧洲人》,东京、帕洛阿尔托:讲谈社国际出版社(Kodansha International)1971年版,第137—139页。另参见燕鼐思:《日本天主教史,从发端至明治时代初期(1549—1873)》,东京:东方宗教研究所(Oriens Institute for Religious Research)1973年版,第46—49页。
② 舒哈默:《方济各·沙勿略传》第二卷:《亚洲(1541—1552)》,第三子卷:《日本和中国(1549—1552)》,弗莱堡、巴塞尔、维也纳:赫尔德出版社1973年版,第253页。
③ 1565年4月27日,伏若望这样写给果阿的教友。引自舒哈默:《方济各·沙勿略传》第二卷:《亚洲(1541—1552)》,第三子卷:《日本和中国(1549—1552)》,弗莱堡、巴塞尔、维也纳:赫尔德出版社1973年版,第587页。

上没有优劣之分,因此无须以全新的文化取而代之。文化反映了基本的价值观,可以通过传播基督教价值观使其丰富改善。反对派拒绝所有非基督教的规范,仅支持新的价值观念,而融合派则选取了当地传统文化中的重要元素,基于基督教教义促使其继续发展。虽然融合过程中也存在紧张的对峙局面,但它本质上是具有创造性的。这种以成长为导向,试图从两种旧文化的互动中,创造出一种全新文化的模式,包括尼布尔所定义的三种本土化模式,即"基督高于文化""基督悖于文化""基督变革文化"。①

燕甫思(Joseph Jennes)指出,范礼安制定的这些准则,在当今日本的传教事业中仍有借鉴意义。② 卡洛·卡尔达罗拉(Carlo Caldarola)则对一名日本基督徒的境况作出如下描述,进一步证实了这一观点:"基督徒的举止本应是体现西方特征的。作为日本的基督徒,是介于两者之间的,他们生活在两种文化中,并不完全属于其中的任何一种。"③

范礼安选择临济宗这一禅宗派别,作为神父们正式融入社会的切入点。因为"禅宗在当时日本的各种宗教中最有名望,且与日

---

① 卡尔达罗拉:《基督教:日本之路》,莱顿:布里尔出版社 1979 年版,第 18 页。
② 他提到范礼安不得不解决的难题:"他们不仅让我们清楚了解当时传教的内部问题,而且为我们解决今天面临的困难提供了有益的建议。"(燕甫思:《日本天主教史,从发端至明治时代初期(1549—1873)》,东京:东方宗教研究所 1973 年版,第 42 页及第 44 页)
③ 卡尔达罗拉:《基督教:日本之路》,莱顿:布里尔出版社 1979 年版,第 15 页。另见太田祐三:《关于传教士传教权利的几点思考——以内村鉴三(1861—1930 年)为例》,载 T. 布朗(T. Brown)和 Ch. 林德(Ch. Lind)编:《正义使命:教会议程》,安大略省:三位一体出版社(Trinity Press)1985 年版。

第二章　耶稣会的作用：传教中的外交、调整与文化适应

本社会各阶层的来往最为密切"①。信众有许多是出身高贵的武士。因此在日后的言行举止及忏悔礼节等诸多社交礼仪上，神父们应以这个佛教教派的仪式为基准。连教会中的等级，也应该依照禅宗划定。② 禅宗僧人的洞察力与学识令早期的传教士们印象深刻。1551年，格斯梅·德·多列（Cosme de Torres）在提及他们时这样说道："僧人们说世上没有灵魂，人死则万事休，又说生于虚无的事物必将归于幻灭。这些僧人似乎洞悉一切，人们很难令其领会基督教的教义，并且要花费很多功夫将其说服。"③字里行间看得出传教士日后对待禅宗的态度：一方面是尊重与钦佩，另一方面是对峙与抗衡。事实上，禅宗僧人并非始终对传教士怀有敌意，他们也常常会对其施以援手。④

禅宗身上有两个方面深深吸引着传教士。其一是彰显于艺术与建筑中的美学，另一点则是坐禅时的冥想。两者在茶道这一复杂仪式中完美结合。下文我们将基于茶道文化，论述传教士不仅外

---

① 许特：《范礼安对日传教准则》第一卷第二部，罗马：历史与文学出版社1958年版，第224页。此处参见利玛窦（Matteo Ricci）在中国的行为：他同样选择了对他而言最适合融入的一个社会群体。利玛窦遵循范礼安指定的有关在日传教的准则，并于1582年再次在澳门同范礼安相见。利玛窦甚至誊写下范礼安改进在日传教工作的决议（Risolutioni）（参见许特：《范礼安对日传教准则》第一卷第二部，罗马：历史与文学出版社1958年版，第63页，注86。)利玛窦认为在中国，佛教僧人并不是合适的榜样，他宁愿选择效仿文官。"在了解过中国的官制以后，他得出了重要结论：只有与掌权的文官阶层（即'绅士'），更确切地说是与该阶层的中上层人士紧密联系，才能够为在华的传教事业创造相对稳固的条件并受到尊重。"(傅吾康：《中国与西方》，哥廷根：樊登霍克与鲁普雷希特出版社1962年版，第33页。)前提与在日本时相同，是对一个国家语言、风俗及文化的基本了解。
② 许特：《范礼安对日传教准则》第一卷第二部，罗马：历史与文学出版社1958年版，第225—226页。
③ 舒哈默：《方济各·沙勿略传》第二卷：《亚洲（1541—1552）》，第三子卷：《日本和中国（1549—1552）》，弗莱堡、巴塞尔、维也纳：赫尔德出版社1973年版，第285页。
④ 参见海因里希·杜默林：《禅的历史与形象》，伯尔尼：弗兰克出版社1959年版，第200—205页。

在地主动适应日本文化,而且内在地——在传教的使命之外——与日本文化进行心灵接触。①

13世纪时,茶叶就已在日本广受欢迎,但却是茶师千利休(1522—1591)为茶汤(喝茶)赋予了"道"的内涵。茶道结合了美学、哲学、经济、社会等各方面,成为一种"生活艺术的信仰"②。"千利休使茶道从达官贵人的消遣转变为一种观念和生活方式。"③茶道中煮茶、敬茶、茶具的选择、茶室的构造以及通向茶室的小径如何布局,都有其独特的规定。这些看似零散的细节实则反映出一种与时代相符的全新美学体验,以及一种合乎哲学与道义的生活观念。通过强调清寂朴素、欣赏自然之美,推崇古旧的茶具以及仪式化的严苛礼节(这种礼节却在不经意地脱离常规中得以完善),千利休缓和了武士们的战争生活。战场上充斥着领土与权力的争夺,身处茶室则可以思考人生,感叹现世的短暂;战争中各方势力或彼此出卖或结成同盟,茶室中却只有知己相会的和谐之乐。茶道面前众生平等,例如丰臣秀吉在北野举办的著名品茗大会(1587),参与者都可以体验茶道的乐趣。

不过通常来讲,每次参与茶道的人以不超过5人为宜。在仪式上,客人从内至外分步有序地进行身心调整。换鞋、洗手象征着净化心灵,庭院小径"将茶室与外界隔绝,激发一种新的感受"④。

---

① 正如上文所提,自然科学对认知理解有着很重要的作用。对日本人而言,似乎对月食的解释与上帝造物的学说属同一类知识。就像自然科学与在华传教一样。
② 冈仓天心:《茶之书》,荷斯特·汉弥恪(Horst Hammitzsch)转译,威斯巴登:岛屿出版社(Insel)1952年版,第22页。
③ A.L.萨德勒:《茶之汤,日本茶道》第九卷,拉特兰郡、佛蒙特州、东京:查尔斯·E.塔特尔出版社(Charles E. Tuttle Co.)1963年版。
④ 冈仓天心:《茶之书》,荷斯特·汉弥恪转译,威斯巴登:岛屿出版社1952年版,第39页。

第二章 耶稣会的作用:传教中的外交、调整与文化适应

小径"象征着冥思的第一阶段"①,因为挣脱尘世羁绊以及思考哲学与美,都是茶道中极为重要的部分。茶道与禅宗之间的密切关系,从千利休讲的一则逸事中便可见一斑:

> 千利休看过儿子少庵洒扫后的庭院,认为小径上不够干净,要求他再扫一次。少庵仔细打扫了一个小时之后,对千利休说:"父亲,该做的都已经做完了。我打扫了三次台阶,也给石灯笼和树洒过了水。苔藓映出青葱的绿意,地上也再没有落叶和残枝。""傻孩子,"千利休却责怪少庵说,"院子可不是像你这样扫的。"说着他走进庭院,摇晃起一棵树来。金红二色的树叶顿时纷飞在庭院当中,仿佛是一匹碎裂的秋之锦缎。②

通过这则故事,我们看到的不仅是何谓清净、何谓自然之美(空白与浑然天成的景象)。故事用实例而无须长篇大论,就借由教义的矛盾之处,向我们揭示了禅宗的内涵。只有平心静气、朴素谦恭才能实现清净,启迪自我。就连最尊贵的武士也必须在茶室外放下武器,伏低身子,才能通过低矮狭窄的房门。茶室内陈设简朴,光线柔和,烘托出令人身心舒畅的自然之美。这种美来自茶室本身,来自茶具,也来自精挑细选的珍贵的艺术佳品。体验者应当在茶道中感受到"寂(sabi)",即"无常世事中身为旅者的超然孤独",以及"侘"

---

① 冈仓天心:《茶之书》,荷斯特·汉弥恪转译,威斯巴登:岛屿出版社1952年版,第39页。
② 同上书,第41—42页。

(wabi),即"艺术与生活中的朴素与自律"。① 在烹茶时也是如此:茶室主人庄重地完成仪式的每一道程序,体验者则在一旁静静地关注,这可不仅是纯粹的观赏行为,而是在理解并深刻领会茶道的内涵。

从这种共同的经历和彼此的理解过程中,一种休戚与共的感觉便会油然而生。良好的人际关系也随着享受茶道这项美学与精神的统一应运而生。就这一点而言,茶道给爱好者带来了诸多益处,A.L.萨德勒(A.L. Sadler)甚至将它与贵格会和共济会进行类比。② 当时日本国内混战不休、争权夺势的各方大名,注意到了茶道的这种益处。霍斯特·哈米斯(Horst Hammitzsch)这样描述日本当时最强势的大名织田信长:"他也四处寻找合适的茶道大师,希望部下可以向其学习茶道。他将心中的热忱系于茶道之上。当时的茶道可以说成为一种统治的工具,经历着自身发展的黄金时期。"③德富苏峰在其作品《近世日本国民史》中强调,如果不懂茶道,就无法理解16世纪后期的日本。"茶道不仅是贵族的一项娱乐活动,更是统治阶级的生活所需。他们借这种虔诚的仪式来赢得人心。大名们靠茶道来巩固统治,丰臣秀吉就是其中最具代表性的一位。"④千利休以茶头的身份侍奉过织田信长,又在织田信长被暗杀后转而侍奉丰臣秀吉。依据前文不难理解,千利休对于

---

① 库珀编:《南蛮,在日本的首批欧洲人》,东京、帕洛阿尔托:讲谈社国际出版社1971年版,第120页。
② 参见萨德勒:《茶之汤,日本茶道》第十卷,拉特兰郡、佛蒙特州、东京:查尔斯·E.塔特尔出版社1963年版。
③ 荷斯特·汉弥恪:《茶道,茶之路》,慕尼黑:O.W.巴尔特出版社(O.W. Barth)1958年版,第87页。
④ 萨德勒:《茶之汤,日本茶道》第十五卷,拉特兰郡、佛蒙特州、东京:查尔斯·E.塔特尔出版社1963年版。

第二章 耶稣会的作用：传教中的外交、调整与文化适应

日本的掌权者而言，具有极强的影响力。

16世纪后半叶，茶道的地位尤为重要。然而布教长弗朗西斯科·卡布拉尔在范礼安到来以后，甚至拒绝以简单的形式饮茶。茶是日本的国民饮品，卡布拉尔对茶的蔑视与抵制，恰恰显示出他不肯向日本文化低头的态度。① 在日本之行当中，范礼安却并未忽视茶道之于民众生活的意义。他的礼仪手册重点记载了主人奉茶的流程，这显示出他对茶道礼仪的重视。如果说之前传教士们都忽视了这一点，那么现在他们不仅会为每位来访者献上茶叶，还视访客身份而分为两种情况：一种是平常的以茶待客，几乎每个来访者都会享受到此种礼遇，一般在门旁两处客座的其中一处进行。② 另一种是对尊贵客人的仪式化接待。"就算是小型的住院，也设有中门及客座。大城市中常有名流拜访神父，在这样的地方以及大名居住的宫殿当中，都必须再设两处客座。贵宾的客座在茶室稍靠内的位置，整洁且装饰精美……这样的客座须和专门的茶屋相接，远处另辟出水屋的区域，设架子摆放茶具……"③ 人们通常认为，"只有符合了日本人观念的待客方式，才算是对客人的尊重。如果呈上劣质的茶叶或米酒，抑或供客人落座的位置与其身份不符，那么这就不是正确的待客之道，而是对客人的侮辱"。④ 尽管可以肯定，范礼安在日本之行中亲身体验并了解了茶道，但他对茶道的遵循，更多的是出于策略上的考量。就像他在《耶稣会在

---

① 许特：《范礼安对日传教准则》第一卷第二部，罗马：历史与文学出版社1958年版，第52页。
② 同上书，第254—255页，另见第262页。
③ 同上书，第262—263页。
④ 同上书，第239页。

东印度群岛的早期工作,1542—1564》一书中记述的那样,对于茶道中的美学与冥思,他本人并未在意。①

在传教士的住所,有专门对茶道人员的培训,对此我们了解的不多。范礼安把这些人称为"茶道守护者",他们随时负责接待来访的客人。"他们需要明确自己的工作职责,尤其是当一些重要人士来访的时候。他们的任务是确保所需的各种等级的茶叶库存充足,这样才能依照客人身份的级别,加以区分。他们不是去做粗活的,而是从事读写、碾茶(在茶臼中将茶叶磨成细粉)这样的事。"②"大型的传教士住所经常有达官贵人出入,因此应有懂茶道的日籍平信徒随时候在那里。日籍上长在外巡察时,身旁也应有精通茶道的平信徒跟随。"③跟随者即所谓的"同宿"④,他们过去曾向茶师学习茶道。此外,也有一些神父自行学习了茶道。传教士奥尔加提诺(Organtino Gnecchi-Soldo)与陆若汉(João Rodrigues Tcuzu)长期生活在日本,对茶禅一味的茶道艺术有着很深刻的见解,并在行事时遵循日本的价值观念。两人之所以会如此,是因为曾接受过耶稣会的培训。也许这理由听起来有些荒谬,但他们毕竟肩负着在日传教的职责。

当时,茶道最忠实的拥趸是武士阶层里的好战者及佛教信徒。

---

① 该段翻译自库珀编:《他们来到日本——关于日本的欧洲报道选集1543—1640》,伯克利、洛杉矶:加利福尼亚大学出版社1965年版,第260—262页。
② 许特:《范礼安对日传教准则》第一卷第二部,罗马:历史与文学出版社1958年版,第238页。
③ 同上书,第255—256页。
④ 他们是特定群体中的成员,该群体作为助理人员,用实际行动贴近日本教会,并借鉴本土佛寺的生活方式。他们对日本的教会发展有极深远的影响。许特:《范礼安对日传教准则》第一卷第二部,罗马:历史与文学出版社1958年版,第50页。

第二章 耶稣会的作用：传教中的外交、调整与文化适应

据铃木氏记载，武士的名望建立在忠、孝与仁爱之上。"但要成功做到以上几点，尚有两个前提：一是在思想和行动上亲身履行道德禁欲，二是时刻做好向死的准备，即在必要的时刻果断牺牲自己。"①很显然这与耶稣会的道德伦理及赴死精神有一定的相通之处。神父们也将自己视作信仰之战的战士，"基督仁慈高尚的同道者"。他们秉承依纳爵的意志，肩负起传道于天下的使命并为此而战。②传教士时刻准备为上帝献身，强烈渴望着能够殉教。在这方面，他们与武士别无二致。武士同样是忠实的仆臣，为他们现世的主人奔赴疆场，并甘愿马革裹尸。坐禅（禅宗的一种冥想方式）的益处之于武士，就如同依纳爵·罗耀拉（Ignatius von Loyola）的《神操》之于耶稣会传教士。

如今日本等地的坐禅已融入天主教的祷告仪式中，东京秋川的神冥窟就是一家天主教的坐禅道场。耶稣会的雨果·M.埃宫-拉萨尔（Hugo M. Enomiya-Lassalle）曾这样记述道："这种坐禅有两个功能。其一是为沉思做准备活动，其二是冥想。"③值得一提的是，在罗耀拉所著的对耶稣会成员十分重要的《神操》一书中，对禅道与祷告做了如下比较：

> 依纳爵·罗耀拉所主张的第二种祷告形式，可能就是坐

---

① 铃木大拙（Daisetz TSuzuki）：《禅与日本文化》，普林斯顿：普林斯顿大学出版社（Princeton University Press）1971年版，第70页。
② 佩德罗·莱图里亚（Pedro Leturia）关于依纳爵退修的来源，引自约瑟夫·斯蒂尔里（Josef Stierli）编：《依纳爵·罗耀拉："在万物中寻求上帝"》，奥尔滕、弗莱堡：沃尔特出版社（Walter）1981年版，第47页。
③ 雨果·M.埃宫-拉萨尔（耶稣会会士）：《禅之冥想》，苏黎世、艾因西德伦、科隆：本齐格出版社（Benziger）1975年版，第83页。

禅的前一个阶段。他建议祷告者在遇到祷语中触动自己的话语时,应该停下来。无论祷告是否完成,祷语中的每一个字都应烙印在心底,并于心灵深处发挥作用。罗耀拉的名言"age quod ages"正是意指人们在祷告时要做自己。

罗耀拉认为所有祷告的真谛在于无声地面对上帝。他每天写百余封信,或是坚持以这种方式祷告。同样地,坐禅也是在日常与当下,而不是坐禅那一刻才发挥它的作用。

坐禅与基督教灵修的最大区别,就如圣十字约翰或罗耀拉曾体会到的那样:基督教的无声祷告最终是为了求得怜悯与恩赐,是要经过长时间不断的祷告才可能获得的。

而坐禅,则可以直接开始这样的行为。①

"如果说耶稣会的教规要求人们不断修习灵性,我们可以把它称为灵修之体的话",②是否就如海因里希·杜默林(Heinrich Dumoulin)认为的那样,当时的传教士们完全忽略了禅宗当中的神秘因素?③ 能够想到的是,肯定又是范礼安,使罗耀拉避静的灵修范式在向日本传教的事业中变得重要。范礼安于1579年7月抵达日本,随后灵修的效用才真正在教团内显现出来。"在范礼安为日本教区传教时,灵修成为一种内省的有力手段。"④范礼安促成了《神

---

① 埃宫-拉萨尔:《禅之冥想》,苏黎世、艾因西德伦、科隆:本齐格出版社1975年版,第161—162页。
② 斯蒂尔里编:《依纳爵·罗耀拉:"在万物中寻求上帝"》,奥尔滕、弗莱堡:沃尔特出版社1981年版,第126页。
③ 杜默林:《禅的历史与形象》,伯尔尼:弗兰克出版社1959年版,第210页。
④ 许特:《日本早期基督教的依纳爵式退修》,载《日本纪念文集》第六卷,1943年版,第383页。

操》的日译工作,并使其成为修士们的必修功课。① 禅宗是否也曾给他启发,从而令他向基督徒介绍坐禅这种佛教的祷告方式呢?

耶稣会葡籍会士陆若汉(1561—1634)在关于茶道的学术文章中,论述过他对茶、禅的内涵及两者关系的深刻理解,并同时阐释了《神操》的思想理念:

> 茶道是一种寂寞的信仰,首创它的人想达成的,是教给倾心此道的人何为善德、何为克制。禅宗思想家们避世而居,他们依照本性,而不是根据哲学大师的指引进行沉思。佛教的其他派别也是如此,而创立茶道的人,同样效仿了禅宗的思想。禅宗大师们看淡俗世,不为其所累。他们通过静心养性的生活与沉思,以及最初指引过他们的玄妙观点来克制热烈的情感,只专注于观察自然事物,从而获得对原道的认知。根据在事物中的所见,他们通过心灵的权衡使自身远离丑恶,从而感受浑然天成的完美与原道。因此他们不参与学术争论,诸事皆任人自行衡量。这样一来,他人会基于自身情况,达成自我的完善,禅宗思想家们便无须对弟子进行教导。禅宗讲师则大多内心坚定,辛勤、严谨、果敢,且有男子气概。他们拒绝铺张浪费的生活方式,毕竟清贫简朴才是他们的隐居之道。讲师们身上有淡然沉着的气质,外表谦逊朴素。更确切地说,以代表禁欲主义的斯多葛学派观点看来,禅宗讲师完美地伪

---

① 许特:《日本早期基督教的依纳爵式退修》,载《日本纪念文集》第六卷,1943年版,第386页。

装着自我。

这些隐逸的禅宗人士,为茶道修行者所效仿。因此,所有无神论的茶师都是禅宗的一员。有的即使先祖曾信仰过其他宗教,也会在这一代皈依禅宗。尽管茶道艺术汲取了禅宗观念,茶师却并不因此迷信或进行任何宗教礼仪。因为他们承自禅宗的并非那些礼仪,而仅仅是远离尘世的隐逸寂寥,再加上禅宗讲师的坚定、果敢、辛勤等良好品行。除此之外,茶师还学到了如何观察自然事物。这种观察却与禅宗不同,它并非从外物获取认知,感悟原道的存在,而是从事物内部看出其自然天性,获得感动,爱上寂静,远离世俗的喧嚣。①

罗耀拉避静的灵修方法同样主张使人们远离凡尘,通过观想,令心灵远离"优柔、怠惰、奢侈以及软弱"。从世间尘嚣中出走,以禁欲的方式将"生自贫寡的冷漠"②摒除。铃木甚至将茶道中的禅宗内容直指向基督教的神秘主义及埃克哈特大师(Meister Eckhart)的"贫寡"理念。"因此我们看到,在构成茶魂的四谛之中,'寂'最为重要,它意味着一种美学上对埃克哈特所言'贫寡'的观照。茶师根据对象不同,以'寂(sabi)'或'侘(wabi)'来表述这一要素。"③

---

① 库珀编译:《日本岛,陆若汉有关 16 世纪日本的报告》,东京、纽约:讲谈社国际 1973 年版,第 272—274 页。此处另引杜默林:《禅的历史与形象》,伯尔尼:弗兰克出版社 1959 年版,第 215—216 页。
② 依纳爵·罗耀拉:《神操》,阿道夫·哈斯(Adolf Haas)译注,冉诺(Karl Rahner)作序,弗莱堡、巴塞尔、维也纳:赫尔德出版社 1975 年版,第 10 页。
③ 铃木大拙:《禅与日本文化》,普林斯顿:普林斯顿大学出版社 1971 年版,第 289 页。另见第 294、296 页,埃克哈特大师的注。

第二章 耶稣会的作用：传教中的外交、调整与文化适应

在"退修流程的删节本"①《原则和基础》中，有如下表述：

> 人们以避静（退修）的方式赞美我主，敬爱他，服侍他，并借此拯救自己的灵魂。地球上的其他生物皆是为人类而创造的，以帮助他追寻自身存在的意义。因此为达目标，人们应该借助一切能借助的，放下一切能产生阻碍的事物。故而在面对无法禁锢人们的事物时，人们必须保持心态上的沉静，平等对待生命中的健康与疾病，富庶与贫穷，荣耀与屈辱，视死生如一，待万物皆如此。人类唯一应予以重视的，只是那些能帮助自己探寻存在意义的事物。②

禅宗人士力求感悟"浑然天成的完美与原道"，《神操》中也"要求人们深入了解由上帝创造并存在于其中的宇宙"。③ 如果人们像海因里希·杜默林一样观察东西方价值观的差异，就会发现罗耀拉的"在万物中寻找上帝"与禅宗的"感悟原道"实则相近："（罗耀拉的）'在万物中寻找上帝'教导西方人在令其沉迷的事物中，依据世事固有的神性寻求心灵的长久平静。东方人则以此在既有事物的神圣中，看到了超然于感知的光辉神性。"④

因此耶稣会的《神操》对践行茶道而言，不是阻碍，而是助益。

---

① 斯蒂尔里编：《依纳爵·罗耀拉："在万物中寻求上帝"》，奥尔滕、弗莱堡：沃尔特出版社1981年版，第118页。
② 依纳爵·罗耀拉：《神操》，阿道夫·哈斯译注，冉诺作序，弗莱堡、巴塞尔、维也纳：赫尔德出版社1975年版，第25—26页。
③ 杜默林：《东方冥想与基督教神秘主义》，弗莱堡、慕尼黑：卡尔·阿伯出版社（Karl Alber）1966年版，第158页。
④ 同上书，第125页。

当时日本的两位知名教徒,皆在茶道上享有极高的声誉,这绝非偶然。大友宗麟(义镇,教名普兰师司怙)及高山重友(右近,教名尤斯图斯)同为战国知名大名,并同属极少数地位显赫的基督徒。两人在1600年以前就以平教徒身份参加过退修会。① 弗朗西斯科·卡布拉尔在向上级汇报时,就曾提及大友宗麟:"他在第一周的神操中承蒙上帝的恩惠,在灵修上有了极大的进展。过去他已然对本教感悟颇深,负有盛名,而如今他则返璞归真,恢复初入本教时的模样。"② 从那时起,大友宗麟每年都进行退修。高山重友则在其告解神父奥尔加提诺的引领下,开始了初次的神操修行。③ 片冈弥吉形容其为"一个理想的日本武士,同时也是一个热情积极的基督徒"。高山重友或许是利休七哲当中,最为出色的一人。④ 千利休余下的6名弟子当中,还有四人同时是大名/将军及基督徒。他们分别是织田信长的弟弟织田有乐斋,织田信长的女婿蒲生氏乡,濑田扫部以及芝山监物。⑤ 尽管细川忠兴未入基督教,其妻格拉西亚(Gracia)身为基督教徒的事情却常被人们提起。⑥ 作为千

---

① 许特:《日本早期基督教的依纳爵式退修》,载《日本纪念文集》第六卷,1943年版,第383页。
② 同上书,第379—380页。
③ 片冈弥吉:《高山右近》,载《日本纪念文集》第一卷,1938年版,第162页。片冈弥吉未说明具体日期,但因为奥尔加诺的活动区域为京都,时间可确定在1589年之前。1589年年报指出,高山右近前往长崎进行退修。参见许特:《日本早期基督教的依纳爵式退修》,载《日本纪念文集》第六卷,1943年版,第380页。
④ 片冈弥吉:《高山右近》,载《日本纪念文集》第一卷,1938年版,第162页。另见耶稣会会士约翰内斯·劳瑞斯(Johannes Laures):《高山右近与日本教会之源》,明斯特:阿什多夫舍出版社(Aschendorffsche Verlagsbuchhandlung)1954年版,第310页:"高山右近何时开始与千利休接触,没有明确来源可考,但一定是开始于1587年日本的宗教迫害前。"
⑤ 片冈弥吉:《高山右近》,载《日本纪念文集》第一卷,1938年版,第167页。
⑥ 参见克莱泽:《多纳·格拉西亚·细川的改宗历程,来自P.安东尼奥·普莱斯蒂诺(P. Antonio Prenestino)的原始报道》,载《日本纪念文集》第二卷,1939年版,第277—284页。

第二章 耶稣会的作用：传教中的外交、调整与文化适应

利休的弟子，古田织部（1545—1615）离开西村之后，侍奉德川幕府的二代将军秀忠，并同样信奉了基督。①

千利休之死也揭示出基督教与茶道的紧密联系。1591年，丰臣秀吉突然将千利休赐死。尽管千利休身为基督徒仅仅是个传说，但人们探寻其死因时，若抛开丰臣秀吉对千利休声名之大的嫉妒，便可以看到更深之处，丰臣秀吉是出于政权的考虑而对基督徒心生猜疑的。在千利休的弟子中，基督徒人数众多，且同传教士来往密切。尽管反对传教士的法令仍在生效，丰臣秀吉心中却可能认为，千利休等人是在组建基督教的秘密集会，以威胁自己的政权。从这个角度出发，可以将千利休的死视为丰臣秀吉的政治防御。尽管无任何迹象能够表明，千利休有谋反之意。②

人们不能简单地将茶道视为传教手段。茶道仅是在尊重与理解的前提下，促成了基督教内外之间的人文交流。尽管茶道也曾对基督教有过间接性的帮助，使修习茶道的上层人士认识并尊崇基督教的教义，但茶道中真正重要的却并非宗教信仰，而是不同的人各自的品行与生活方式。高山重友等人以自身为例，显现了基督教不仅能够适应日本文化，更能与日本文化相交融。许多茶具上面点缀有基督教的十字标志，茶道大师则将"基督教石灯笼"布置在茶庭当

---

① 参见杜默林：《禅的历史与形象》，伯尔尼：弗兰克出版社1959年版，第223—224页，及燕蒲思：《日本天主教史，从发端至明治时代初期（1549—1873）》，东京：东方宗教研究所1973年版，第128页。两人均以西村庭为依据。
② 丰臣秀吉对日本基督徒的怀疑态度很可能曾因范礼安携使团来访而加深。1591年春天，范礼安在4名从罗马返回日本的使节的陪同下，受到丰臣秀吉的接见。4名使节均为基督徒，过去曾奉九州几位基督教大名（以大友宗麟为首）之命，游历欧洲。丰臣秀吉得知来龙去脉后极为震怒。

中。这些迹象皆表明基督教元素已渗透于日本的茶文化中。①

二、日本文化在德语地区的传播

受耶稣会的鼓动,第一批日本人前往欧洲。沙勿略早就意识到,日本人具有强烈的民族自尊心,如果他们在欧洲受到礼遇,将会对传教事业大有裨益。在引荐马特乌斯(Matheus)和伯纳多(Bernardo)这两位日籍教徒入欧的信中,沙勿略这样写道:"以敬爱与侍奉我主之名,特此向你们请求:亲爱的教友西蒙(Simon),请你关照这二人,让他们在返航时不留遗憾。因为他们会把愉快的经历讲述给自己的同胞,为我们赢得更好的声望。日本人对世界上的其他国家知之甚少。"②

欧洲天主教会当时正受宗教改革与反宗教改革运动的影响,如果日本贵客到来,对其而言也是一件好事。然而上层武士及学识渊博的僧侣们对于远行并无太多兴致。马特乌斯和伯纳多属于穷人,所以"他们二人才随我从日本到印度,而最终是为了前往葡萄牙。……我还想带上几位僧侣和学者一同前去,你们将会从他们身上看到,日本人是多么才华出众,睿智犀利。可惜因为他们都是惜命之人,且身份高贵,不愿远行"③。马特乌斯和伯纳多都未再回到

---

① 《南蛮,在日本的首批欧洲人》中描绘了两款该类茶具,见第 198—199 页。石灯笼见燕蒲思:《日本天主教史,从发端至明治时代初期(1549—1873)》,东京:东方宗教研究所 1973 年版,第 128 页。石灯笼呈十字架形状,常刻有花押字及祷告中的人物塑像。基于对基督教及茶道间的关系,这样的手工艺品几乎算不上一种流行趋势。另外"流行"也与茶道的准则相悖。
② 舒哈默:《方济各·沙勿略传》第二卷:《亚洲(1541—1552)》,第三子卷:《日本和中国(1549—1552)》,弗莱堡、巴塞尔、维也纳:赫尔德出版社 1973 年版,第 578 页。
③ 同上书,第 580 页。

日本,前者死于印度,后者则在葡萄牙加入了教会,卒于回乡前夕。①

将沙勿略的计划付诸实践的,是其后继者范礼安。大友宗麟、有马晴信、大村纯忠三位基督教大名在范礼安的提议下,派遣了一支使团前往葡萄牙及罗马。4名年轻的使者于1584—1586年访问了葡萄牙、西班牙、罗马及意大利,取得了惊人的成就。② 欧洲人因此对日本的兴趣骤增,仅是16世纪就有78部介绍日本使团访欧的著作出版,③向人们传达了更多有关日本的信息。一篇1585年的文章这样写道:"1585年3月,日本国王为了信仰派使者前来罗马,有关他们的消息传遍诸国……"④

不过,若要了解有关日本人在生活方式和思想方面的具体情况,仍要依靠传教士,尤其是耶稣会的神父们带来的消息。在他们的书信及年度汇报中,不仅向欧洲教友讲述了传教事业的进展,也介绍了日本人的政治制度、社会关系、本土信仰、道德观念以及文化成就。这些令人悦见的信息在欧洲广泛传播,不仅对教会内部的革新运动,也对反宗教改革产生了影响。欧洲修士们还将这些关于日本的信息传播到更广阔的领域:在学校、布道、戏剧与宗教故事创作中,都出现了日本的身影。1586年,一部详尽介绍日本

---

① 据舒哈默称(《方济各·沙勿略传》第二卷:《亚洲(1541—1552)》,第三子卷:《日本和中国(1549—1552)》,弗莱堡、巴塞尔、维也纳:赫尔德出版社1973年版,第70页),沙勿略到达鹿儿岛后,第一个施洗的就是伯纳多。1557年,伯纳多于科英布拉去世。
② 该使团有:伊东曼吉奥(日向国王的侄子,受大友宗麟委派)、千千石米盖尔(有马晴信的侄子,大村纯忠的表亲,并受后者委派)。通常也把原马罗奇诺与中浦朱利安这两名随行者也算入使团成员。
③ S.A.伯斯卡洛(S.A. Boscaro):《欧洲十六世纪首批日本访欧使团印刷册,分类书目》,莱顿:布里尔出版社1973年版。
④ 同上书,第72页。

的作品《关于岛国日本的报道》德文版在瑞士出版,其创作来源就是耶稣会所提供的信息。作者伦瓦德·齐萨特(Renward Cysat)受雇于卢塞恩市,是当地新建耶稣会中学的资助者。该校校长对在日传教事业颇感兴趣。

在耶稣会学校中,在日传教的历程及日籍教徒在遭受迫害时的无畏表现成为作文、翻译、演讲及学术讨论等科目的主题。这样做的目的有两个:一是以在日本发生的实例教育学生,使他们坚定自己的信仰;二是对启蒙运动及宗教反对者施加影响,他们常抹黑日本的传教事业。例如,阿尔布雷希特·冯·哈勒(Albrecht von Haller)在他的《虚假的人性美德》一诗中插入了一节,将日本人对基督徒的迫害视为对叛变者的正当报复:

> 沙勿略在神奇的东方传教,
> 抹杀日本的诸神,宣扬上帝;
> 佛祖也成了牺牲品,
> 因肆无忌惮的传教而支离破碎:
> 沙氏死后,信仰使国家陷入动荡。
> 君主在最后一刻觉醒,用火焰及迟来的怒意
> 将国家的敌人消灭;
> ……

另外哈勒对日籍基督徒的信仰动机也表示过怀疑。如果一个人只不过是成千上万殉教者中的一员,那么他的死远不如休伦人那样英勇:

第二章 耶稣会的作用:传教中的外交、调整与文化适应

……同样的英勇气概;
在两种死亡中闪耀,在两种血液里翻涌,
寺庙和祭坛认可这种殉难,
加拿大的休伦勇士横尸犬前。
……
恶行遭到了恶报;
践踏国家法律的人,
扰乱国土的安宁,玷污神圣的信仰,
放肆地辱骂君王,播撒动乱的种子,
死,是因为该死,他却在绞刑架旁,
以英雄的身份自我夸耀么?①

日本传教史是耶稣会学校教学计划中的重要内容,以至于后来教会解散、学校实现世俗化变革之后,课程中仍然保留了这些内容。甚至在19世纪,布里格的讨论课中仍有与日本相关的教学主题。在1832年开设的"拉丁语翻译入门Ⅰ、Ⅱ"这两门课中,其教学大纲的副标题就是"一个日本孩子的宽容美德",而在另一门"人文主义与雄辩术"的课程大纲中,是这样记录的:

善于雄辩的学生以"商讨除教"一幕开始课程。内容选自一段日本的历史,幕府将军决定以暴力铲除境内的基督教势力,召集全国上流人士商讨此事。将军血腥严酷的镇压行

---

① 阿尔布雷希特·冯·哈勒:《阿尔卑斯山及其他诗歌》,斯图加特:雷克拉姆出版社(Reclam)1965年版,第44—45页。

为,使得大家在讨论后一致赞成上层的决定。

整个课程包含了一段演讲和十段激烈的讨论……

综上可以看出,日本的传教事业背后,隐藏的是欧洲的政教之争。在文学作品中我们能看到诸如"日本为基督教的倒台默哀(拉丁语)"这样的标题。1839 年,弗里堡圣米歇尔学院三年级教研组将"一位坚定不移的日本年轻人"纳入"综合项目"课程;1843 年,在"句法与语法学"课程中,由全体新生上演了"日本的基督教英雄"。

1585 年 12 月 21 日,彼得·卡尼修斯(Peter Canisius)在弗里堡的一个教区布道时,首次提到了日本的基督徒,并号召教众学习他们的虔诚。① 随后神父们甚至在布道时纷纷援引海外教区虚构的事例,如"在墨西哥与日本的神迹或奇遇"。安东·冯·布赫(Anton von Bucher)在一次四旬节布道中曾经严厉批判过这种行为。② 这些故事大多来自耶稣会,特别是 1600 年前后所提供的文献资料。层出不穷的新故事,特别是有关修士们不可思议的经历、新晋圣人的传说③和来自其他地区的传教故事,都不断丰富着中世纪时期的素材。④

我们可以跟神父们在日本所做的灵修实践做一比较。1564

---

① 唐纳德·F.拉赫(Donald F. Lach):《十六世纪欧洲人眼中的日本》,芝加哥、伦敦:芝加哥大学出版社(The University of Chicago Press)1968 年版,第 703 页。
② 埃尔弗里德·莫泽-哈斯(Elfriede Moser-Rath)编:《巴洛克时期布道故事,来自南德的宗教事例、传说、逸事、寓言》,柏林:德古意特出版社(de Gruyter & Co.)1964 年版,第 82 页。
③ 沙勿略于 1622 年被封圣。
④ 莫泽-哈斯编:《巴洛克时期布道故事,来自南德的宗教事例、传说、逸事、寓言》,柏林:德古意特出版社 1964 年版,第 71 页。

年，伏若望曾经在报告中讲道："周日下午，人们在地位最高的教徒家聚会，进行2—3小时的集体灵修。在聚会中，人们或者倾诉自己遇到的困难，或者让其他弟兄给他们讲一些圣人的故事，回家后再讲给家人听。"①这样看来，日本教徒的这种宗教活动形式与德国国内基督徒去教堂做礼拜的情况如出一辙。巴瑟萨·科内灵（Balthasar Knellinger）这样描述在布道中插入传说故事的做法："每当故事快要讲完时，大家的注意力就不那么集中了，而是互相看着彼此，不断重复所听到的内容，以便回家把故事讲给家人。"②

与欧洲相同，日本教众也希望布道不仅是给人训导，同时能愉悦和鼓舞人心。异域的传说故事往往能够被社会各阶层、各年龄的教众接受。事实也证明了这一点：1591年，日本耶稣会出版的第一本书就是关于圣人生活事迹的汇编。这本书用日文的拉丁语注音，便于日语欠佳的神父在布道时诵读。《伊索寓言》也是深受欧洲与日本教众喜爱的读物。1593年，该书同样以拉丁语注音版出版，供神父在布道时作为素材使用。可惜大卫·希贝特（David Chibbett）没有认识到这类书的用途，认为其与宗教和语言都没有什么关系。③ 确实，如果我们仅看印出来的书，看不出什么稀奇，但实则神父们在口述这些故事时，会为日本听众加入适当的阐释

---

① 伏若望：《日本史（1549—1578）》第二卷，由舒哈默及E. A. 沃列泽兹（E. A. Voretzsch）根据里斯本阿茹达图书馆的手稿译、注，莱比锡：亚洲专业出版社（Verlagder Asia Major）1926年版，第215页。
② 莫泽-哈斯编：《巴洛克时期布道故事，来自南德的宗教事例、传说、逸事、寓言》，柏林：德古意特出版社1964年版，第87页。
③ 大卫·希贝特：《日本印刷与书籍插图史》，东京、纽约、旧金山：讲谈社国际1977年版，第66页。

与说教。① 由于平等、道德这些理念与佛教所推崇的信仰有着惊人的相似,像《狗和它的影子》这类寓言甚至更能触动日本观众。奥地利耶稣会士彼得斯·黑勒(Petrus Hehel,1679—1728)在布道中这样讲述该则寓言:

> 很多人都缺乏这样的认识:有些人手握最宝贵的财富,却不自知,仍然觊觎更贵重的东西。最终非但得不到更贵重的,还失去原本有的。就像伊索寓言里的一条狗,它不知从哪里得到了一块美味的火腿,在叼着它过河的时候,小心翼翼地观察是否有其他狗来抢它的食物。就在这时狗看到了河面上的倒影,以为水中另一只狗叼着的食物比自己的更好。于是它咬向了水里的影子,但是它一张开嘴,嘴里的肉就掉进了水里,没了踪影。可怜的蠢物,丢了食物,只好挨饿。②

再如,长谷川等伯(1539—1610)的一幅水墨画寓意了众所周

---

① 神父在演说时对民间故事做了阐释,使它们具有了宗教色彩。这些故事在日本对基督教的迫害下,仍然保留了下来。在发生驱逐神父的事件后,《伊索寓言》是耶稣会出版的欧洲书籍中,唯一为日本文化所吸纳的。这本书以《伊索的物语》(日文)为名,一再翻印。唐纳德·基恩指出,民间文学作家浅井了意熟知《伊索寓言》,甚至在其《浮世物语》一书中对每则寓言逐一进行过改编,并学习了伊索的叙事技巧。参见基恩:《墙中世界,日本文学的前现代时期,1600—1867》,伦敦:瑟克与瓦伯格出版社(Secker & Warburg)1976年版,第160页。千惠子·莫亨(Chieko Mulhern)给出了欧洲童话与日本民间文学相融合的证据:"日本的灰姑娘故事具有耶稣会文学的所有特征。它由日本基督教徒与意大利传教士合作撰写,目的是赞颂基督教大名和夫人们,鼓舞信徒,并就17世纪初的迫害宣扬爱与忍的信念。"参见莫亨:《灰姑娘与耶稣会——御伽草子中的基督教文学》,载《日本纪念文集》第三十四卷,1979年版,第446页。
② 莫泽-哈斯编:《巴洛克时期布道故事,来自南德的宗教事例、传说、逸事、寓言》,柏林:德古意特出版社1964年版,第388—389页。

第二章 耶稣会的作用：传教中的外交、调整与文化适应

知的佛教思想。画中一只倒挂在树枝上的猴子正在捞取水中的月亮。其寓意不难理解：人们不懂得世上万物之间的关联，就会如同这只猴子一样，一味地热衷于追求虚幻的事物。"佛教信徒认为，事实的本质往往隐藏于事物的相互关联当中，错综的表象会误导人们的认知与理解。人们身处幻想，蒙昧无知，贪欲使他们愈发深陷其中。只有拼尽全力，激发内在的潜力，人们才能拨开迷雾，得见真知。"①

可以肯定的是，在耶稣会的布道形式及听众的反响上，欧洲与日本极为相似。此外，欧洲巴洛克式的生活感悟也能找到与日本佛教的类似之处：我们所认知的真实世界，只不过是其表象。它能做的只是不断激起我们的贪欲，令诸事无常，走向幻灭。正如茶道一章探讨过的那样，无论欧洲还是日本，人们为逃离这样的现世，都选择了宗教神学作为出路。

尽管德国巴洛克时期的布道记录中，使用日本素材的有关记录较少，但也有人对耶稣会戏剧中的涉日题材进行过统计。1930年，约翰内斯·穆勒（Johannes Müller）汇总了德语地区有关日本殉教者的剧目，②1963年，托马斯·伊莫斯（Thomas Immoos）增补了瑞士部分的剧目。③ 当今最完整的统计收录在简-玛丽·瓦伦丁（Jean-Marie Valentin）的《德语国家耶稣会戏剧汇编：按时间排

---

① 杜默林：《禅的历史与形象》，伯尔尼：弗兰克出版社1959年版，第24页。
② 穆勒（耶稣会会士）：《德语国家的耶稣会戏剧》（*Das Jesuitendrama in den Ländern deutscher Zunge*）第二卷，奥格斯堡：本诺·费尔瑟出版社（Benno Filser）1930年版，第111—112页。
③ 伊莫斯：《瑞士巴洛克戏剧中的日式题材》（*Japanese themes in Swiss baroque drama*）。载约瑟夫·罗根多夫（Joseph Roggendorf）：《日本文化研究》（*Studies in Japanese Culture*），东京：上智大学出版社（Sophia University）1963年版，第86—87页。

列》一书中。这本书于1983年和1984年出版,其中包含了170余部剧目,且尚未算入赞颂沙勿略的作品。①

穆勒指出,剧目的题材除了殉教之外,还包括一些如关于因果报应的主题。值得注意的是,儿童和少年作为主角,也出现在许多戏中。在情节上,除了忠于上帝之外,还涉及子女对父母的孝顺。剧中弘扬了孝当先的品德,也批判了某些不孝行为。戏剧大多取材自《圣经》故事,但也有少数来自如让·科迪埃(Jean Cordiers)《圣人之家》的神学作品。这些作品大多根据二手资料创作,并非所有人物都真实可考,尤其是与孩子相关的角色。即使是在涉及织田信长、大友宗麟、有马晴信等知名人士的故事时,作者也会根据作品需要进行一定的文学加工。同一素材常被多次使用并进行改编。因此,如若剧作情节与原本大相径庭,也并不稀奇。学校在引进外来作品时,也会根据当地需要进行改编。

鉴于此,根据史料中的真实人物,对这些戏剧作品进行分类并没有多大意义。② 真实的历史并不构成这些剧的主要内容,而仅是提供了故事发生的背景。真正打动观众的是舞台上的剧情与人物。埃米尔·埃马廷格尔(Emil Ermatinger)指出,真正关键的是演出取得效果。③ 剧中人物的命运,皆以基督教的世界观为标准进行诠释。根据主题可以大致分为三类:

---

① 该表中涵盖德语区所有上演日本题材剧的学校团体。剧名及日期收录于该卷附录。
② 伊莫斯根据剧中主角的籍贯进行分组,并大致确认了他们的历史身份。
③ 埃马廷格尔:《瑞士德语区的诗歌及精神生活》(Dichtung und Geistesleben der deutschen Schweiz),慕尼黑:贝克出版社1933年版,第266页。直到18世纪中叶,戏剧仍然以拉丁语演出。因此大多数观众只能通过舞台场景及节目的德语解释来理解剧情。

1. 虔诚主题

反面形式为：背离或不信上帝

2. 虔诚和孝顺主题

反面形式为：背离上帝,不孝敬父母

3. 孝顺主题

事实上,孩子以及家庭关系之所以频繁作为主题在剧中出现,主要是因为该类戏剧的首要功能在于其教育意义。其作者多为神父或耶稣会的教职人员,表演者则为学生,因此不难理解基督教戒律中的"忠于上帝"以及"孝敬父母"总是处于剧中的核心位置。宗教与世俗的规矩都要遵守。① 另一方面应当看到,这些作品的素材,都来自日本的传教故事。尽管在创作时做了必要的文学加工,但并不是完全虚构而来。日本和中国的神父们将孝道摆在了同信奉上帝同等重要的位置。为什么呢？传教士"多次强调,孝是日本人最为看重的美德,因此可以……以此为切入点,进行布道……"②孝与忠是儒家伦理的两大要素,而儒家伦理在日本的地位日渐重要。织田信长与丰臣秀吉曾将茶道作为统治的工具,并赋予其正统的哲学意义。而后在丰臣秀吉政权的末期,儒学渐兴,在德川家康掌权之后,甚至一跃成为国学。

也因为这样,神父们的处境变得艰难了。一方面他们一直寻求掌权者对传教事业的认可与支持,另一方面则无法阻止儒学毫

---

① 其他有关孝顺主题的作品,见依莱达·玛利亚·斯塞罗塔(Elida Maria Szarota)：《德语区耶稣会戏剧》第一卷,慕尼黑：芬克出版社(Fink)1979年版,第75页。

② 休伯特·切希利克(Hubert Cieslik)：《海老泽有道的书评——切支丹史的研究(1942)》,载《日本纪念文集》第六卷,1943年版,第452页。

无争议地成为国学。1605年的《妙贞问答》一文记载了神父们解决该问题时的各种尝试:他们拒绝承认儒学是一种宗教,而仅将其视为一种学说,并尽可能将其结合进基督教中。① 对于基督教的戒律,神父们这样解释道:"戒律规定,晚辈有服从长辈的义务;人不应该有二心,要忠于上帝。"②儒家讲求五种基本的人伦关系,即——父子、君臣、兄弟、夫妇和朋友。这五伦旨在维系既有的社会秩序与家庭和谐。《妙贞问答》一书中将其与基督教的第四诫联系起来。文章末尾处,作者将侍奉上帝与侍奉国家相结合,进一步向日本当权者保证基督徒的忠诚。

"在拜过上帝之后,教义还令我们时时刻刻都发自内心地敬爱皇帝和将军,敬爱国家中上上下下的各位领主,并服从他们。"③这种对儒家准则的适应和主动结合,记录在耶稣会士寄往欧洲的文献中,并以不同形式为戏剧创作所借鉴(详见后文)。跟倡导儒学的人一样,耶稣会人士在创作时借助典型的事例及行为方式揭示人类的社会属性。④

日本的耶稣会戏剧在德语地区流传甚广,其演出的场数和受欢迎程度都证明了这一点。早期戏剧主要是有关殉教者的故事,约翰内斯·穆勒视《日本的殉教者》为其中最早的一部。1607年

---

① 《妙贞问答》的前两部分在宗教观点上反对佛教、神道教以及儒家学说,第三部分则积极阐释基督教教义,尤其是十诫。
② 皮埃尔·亨伯特克劳德(Pierre Humbertclaude):《〈妙贞问答〉,1605年一位日本基督徒的辩护》,载《日本纪念文集》第二卷,1939年版,第259页。
③ 亨伯特克劳德:《〈妙贞问答〉,1605年一位日本基督徒的辩护》,载《日本纪念文集》第二卷,1939年版,第263页。
④ 参见埃马廷格尔:《瑞士德语区的诗歌及精神生活》,慕尼黑:贝克出版社1933年版,第267页。

第二章 耶稣会的作用：传教中的外交、调整与文化适应

该剧首演于格拉茨，恰是日本 26 位圣人殉教 10 年的日子。当时在日本还没有发生对基督徒的大规模迫害，德川家康也尚未下令驱逐传教士（1614）。自第一批日本使团到欧洲之后，欧洲对日本始终保持着浓厚的兴趣。1622 年发生集体处决基督徒事件后，德国也出现了以日本殉教者为主题的戏剧。瑞士第一部宗教剧则在 1638 年上演于卢塞恩："1628 至 1630 年，日本对基督徒进行过残忍的迫害。"日式题材如此受欢迎，以至于不仅在楚格的耶稣会学校，就连在艾因西德伦当地也上演这类戏剧。[①] 1773 年，耶稣会解散之后，瑞士仍保留着演出此类戏剧的传统。在布里格、锡永及索洛图恩，耶稣会戏剧直到 19 世纪中期仍在上演。

在长达 200 年间，三种题材的戏占据主要地位：其一，关于无畏臣子提图斯（Titus）的故事；其二，关于权欲熏心的统治者普罗泰西乌斯（Protasius）的故事；其三，关于日本孝顺三兄弟的故事。三者均与殉教无关。三种故事的结局分别是：提图斯（五次献身却最终存活下来）最终得到了好报；普罗泰西乌斯虽死于迫害基督徒者之手，却是在赎他之前犯下的罪；三兄弟则不必为救母丧命。

提图斯剧是上演最多的日本题材作品。在德国、奥地利及瑞士的校园舞台上至少有过 35 次的演出。该剧首演于 1623 年多瑙河畔的诺伊堡，最后一次演出则是在 1807 年前后的索洛图恩。这部作品最初有三幕和五幕两个版本，后来演变为一部两幕的歌剧，并被赋予了《日本基督徒之家》这一新名字，情节上则没有发生改变。

[①] 参见伊莫斯：《瑞士巴洛克戏剧中的日式题材》，载约瑟夫·罗根多夫：《日本文化研究》，东京：上智大学出版社 1963 年版，第 87 页。

提图斯是位日本长者，在丰后宫廷享有很高的声望。国王对他唯一不满的地方，就是他信仰基督。国王软硬兼施地试图令提图斯改宗，却均未得逞。最后国王想出了一条诡计。他先是要把提图斯的妻子、女儿和大儿子拉上断头台，又要将提图斯最爱的小儿子处死，最后又对提图斯判了死刑。对妻儿的爱及对死亡的恐惧均未动摇提图斯忠于上帝的决心。国王最终因为提图斯的坚定不移，免除了他的死罪，准许了他们一家人自由信仰宗教，并恢复了提图斯的名望。①

提图斯不是真实存在的历史人物②，但这部戏的内容却真实地反映了日本17世纪社会转型时期，基督徒所面临的困境。日本是个封建国家，各领主均要求其臣下绝对忠诚。他们认为，如果加入基督教，就会削弱臣下对自己的忠诚度，因为在他们眼中，基督教毕竟是来自"南蛮之地"的外来学说。值得注意的是，提图斯是因寻求欧洲国王的帮助而被指控的。③ 剧中赞扬了提图斯对上帝的忠诚和信仰的坚定。日本武士对圣子的仇视④则令人深思。该剧于索洛图恩上演时，提图斯在第一幕唱道：

是的，上帝，造物主，您的手

---

① 戏剧《提图斯》的剧目介绍，1747年由布里格耶稣会中学出演。
② 在教会故事中，可以找到提图斯的身影。例如科尼利厄斯·哈扎特（Cornelius Hazart，耶稣会会士）：《教会故事——这是遍布世界各地的天主教》第五部，维也纳：利奥波特·沃伊特出版社（Leopold Voigt）1678年版，第165—166页。
③ 参见戏剧《提图斯》的剧目介绍。
④ 参见1721年该剧于哈勒上演时的预告。

第二章 耶稣会的作用：传教中的外交、调整与文化适应

给了我宝贵的保障。
您给了我孩子，
现在我将他归还于您，
肯定的是，我会心痛，
但是，无论您要求什么，我都会献出！①

事实上并非上帝，而是国王要求提图斯为了信仰而放弃孩子。为什么提图斯毫不迟疑就接受了如此灭绝人性的要求？可以认为，上帝是在借国王来考验提图斯。提图斯认识到了这点，所以他才服从了国王的所有命令，而唯不放弃对上帝的信仰。

如果将故事置于日本的社会历史背景下，则存在另外一种解读方式。提图斯作为基督教武士，将上帝摆在了高于其主人的位置。而根据儒家伦理，主人的位置则高于提图斯的家人。因此提图斯才会毫不犹豫地任其妻儿和自己随时献身。他对主人是无比的忠诚与臣服："在您的国度还有谁像他一样忠于您呢？……哦！别逼他改宗了，他是您最忠实的仆人。"②因而国王在最后赦免了提图斯：提图斯绝不会背叛国王，他们一家遵循的正是儒家伦理。只要国王一声令下，妻儿便去赴死。该剧赞颂的不仅是对基督教的忠诚，还有忠君爱国的儒家美德。这在西方国家的政治统治中也的确很有必要。

本文无法一一介绍该剧的诸多特点，只能顺便提及剧中也使用了很多日式道具及与日本相关的场景。布里格版本中，国王通

---

① 索洛图恩歌剧的剧目介绍中有四段独唱、两段二重唱、一段三重唱及一段四重唱，以及剧末的合颂。
② 索洛图恩歌剧的剧目介绍，第四段独唱。

过提图斯的佩剑辨识出他基督徒的身份。基督徒武士常在剑刃、盔甲或旗帜上饰以十字纹样。在1741年康斯坦茨的版本中,一个侍卫依照"日本习俗"在露天舞台上切腹自尽。该剧原本并无这些细节,其核心是宗教与儒学的冲突。未信上帝的领主们渐渐认为两者不能相容,而日本基督徒则相信基督教能够与儒学融合。该剧以圆满结局,从两个方面向欧洲观众展现了它欲表达的道理:其一,教会的力量远在世俗之上(如宗教改革与启蒙运动);其二,尽管上帝高于国王,政教却完全有可能相互融合。

第二部日式戏剧与第一部主题相同,不过以反面事例呈现。该剧直到19世纪仍在上演,主人公有马晴信既是教会知名人士,也是日本历史上著名的大名。有马晴信,教名为约翰内斯·普罗泰西乌斯(Johannes Protasius),在意大利神父范礼安抵日之前,本是基督教的反对者,却在范礼安到来后被其人格感召,信奉基督。他于1580年受洗,大力推行基督教的传播。1582年,千千石米盖尔作为他的特使,带领使团赴欧。后来有马晴信被权力蛊惑,背叛了基督,投入德川家康的门下。但后来在他隐瞒德川家康,暗中收复自己的领地时,被儿子有马直纯揭发。有马晴信和他另外两个私生子被流放并处死,有马直纯也背弃了基督,继承了家业。

这部剧首演于1642年的莱奥本城,其后在1660年和1662年,在英戈尔施塔特以及瑞士的索洛图恩再次上演。其中有14次以有马晴信为主角,其余11次,剧情则主要围绕背叛者及杀死手足者有马直纯(教名米歇尔)展开。

这部剧中,基督教教义同样与儒家伦理结合。普罗泰西乌斯与其恶子米歇尔正是从对立面说明了这一点。一个背叛信仰的基督徒,既无法成为忠实的仆臣,也无法成为合格的父亲或是儿子。也许观众们对这种儒家伦理知之甚少,但是就如《提图斯》一剧,西方人轻易就能将这种道德准则同自身关联起来。

《普罗泰西乌斯》一剧在瓦莱的校园舞台上上演的时间最长。1788年及1807年,该五幕剧在布里格上演,而后于1826年在锡永上演。在锡永上演时的导语,解释了该剧为何被称为一部日本式悲剧:"多年来我们以本土素材创作悲剧,如今我们依照形势做出改变,走近日本的历史,从中挑选出各个角色,希望观众们仍能喜欢。日本在200年前就已经引起了整个欧洲的关注,而从这些角色身上,可以看出日本的礼俗传统。"①锡永的导语向观众点明了剧中的异国色彩。在当地的演出中,该剧的异国元素主要体现在对一般道德问题的个人诠释上:"尽管普罗泰西乌斯内心仍旧信仰上帝,最终却屈从于对权力的渴望,听信了奸臣的话。狡诈的臣子献计,让他劝说自己信仰基督的儿子米歇尔,离婚后再娶皇帝的侄女,以借姻亲来巩固政权。② 这条计谋令普罗泰西乌斯走入歧途,好在他最终受到上帝的感召,通过赎罪改邪归正。"③

当提图斯在信仰上帝与遵从儒家伦理之间做出抉择时,普罗泰西乌斯所面临的问题则是道德的缺陷。"常有这样的人,他们心中不乏对上帝的忠诚,却过于听信旁人的话,没能压制住内心的恶念,因而脱离了正义的行列,堕入罪恶的深渊。"④尽管没有关于演

---

① 《普罗泰西乌斯》在锡永上演时的导语,第3—4页。
② 该事件出自真实的历史故事。
③ 《普罗泰西乌斯》在锡永上演时的导语,第5—6页。
④ 同上书,第6页。

出形式的信息,从参演人数中可以看出,19世纪的演出规模并不大。1807年布里格共有11人参演,1826年锡永增加了4个演员,饰演随从和卫兵。① 整部剧的时长相对较短,因为在布里格和锡永的场次之后都还各有另一场戏剧演出。17世纪时则并非如此:康斯坦茨的耶稣会中学于1667年上演该剧时,共有五幕30场,130名演员参演。20世纪初,普罗泰西乌斯题材的剧曾经历过一次复兴:约瑟夫·斯皮尔曼(Joseph Spillmann)将其改编成一部小说。该小说名为《十字架与菊花》,出版于1902年,并于1957年再次出版了简略读本。②

第三类题材从17世纪到19世纪,始终活跃在戏剧舞台之上。该题材出自日本儒家教育文学,下一章将详细讲述其在日本的发展及与耶稣会戏剧的渊源。

耶稣会传教士和其他天主教神父不遗余力地将日本历史及日本人的精神世界介绍给欧洲大众,并树立了日本人的正面形象。想到这点,我们不禁会问,为何巨大的努力却并未使日本文化在欧洲产生深远影响,相反同时期的中国风却吹遍了欧洲的精神、文化及手工艺等各个领域?

对此有两种解释。其一,除荷兰以外,整个欧洲从1639年开始就中断了与日本的直接联系。只有从与日本有贸易往来的荷兰人那里,尚能偶尔听到跟日本相关的消息,且大多局限在有关民

---

① 《提图斯》一剧上演于索洛图恩时(1807)也是如此,6位主角与6个士兵同台出演。
② 《日本上空的十字架》,短篇历史小说,卢塞恩:瑞士大众图书出版社(Schweizer Volks-Buchgemeinde)1957年版。斯皮尔曼的创作取材于皮埃尔-弗朗索瓦-格扎维埃·德·夏利华(Pierre-François-Xavier de Charlevoix)的九卷本《日本历史概述》(巴黎,1736)。

族、植物及地理等领域。① 日文的翻译著作却几乎没有。其二,相较于日本,中国的耶稣会则以生动的方式介绍着中国传统哲学与历史领域的最新成就,不断向人们描述这一遥远国度里令人着迷的一面。② 有关中国的文学作品及工艺材料,如丝绸、瓷器、玉器、象牙雕刻、陶器和绘画等,首先被介绍到西方,实物给人留下的直观印象,其效果是任何语言描述或者舞台场景都无法达到的。只有亲眼见到这些物件,才有可能效仿、与欧洲风格相融或汲取其异国成分后再次展现出来。而日本只有在其重新向欧美开放港口,将本土的工艺品输送至欧洲展会、博物馆及商馆后,日本风才有可能如中国风一般盛行起来。

三、耶稣会戏剧《日本兄弟》

耶稣会日式戏剧中最为精彩的就是关于三兄弟的这一部。与前文提到的几部剧不同,该剧并非只是将历史或改编的历史故事搬上舞台,而是旨在建构日式儒学伦理规范。带有童话色彩的人物设计,使这部剧可以在不同舞台上呈现出不同的版本。如在施特劳宾演出时,为取悦一位身份高贵人士,就增添了诸多喜剧成分;在弗里堡的版本中,则把该剧作为一部描述日本基督教徒遭受迫害的历史剧上演;在卢塞恩,又变成了一部能够引起强烈情感反

---

① 他们在日本的活动范围仅限于长崎的出岛之上,再者就是参加每年一度的远行,但是必须被商馆的负责人带到江户的将军府中,且受到严格监控。
② 其中最著名的是王致诚(Attiret)教友的信。这封信写于1743年的北京,1749年公开发表,"成为欧洲了解中国园林的最佳途径"。奥斯伍尔德·喜仁龙(Osvald Sirén):《中国园林》(*Gardens of China*),纽约:罗纳德出版社(Ronald Press)1949年版,第123页。另见利奇温:《中国与欧洲——18世纪的精神和艺术关系》,柏林:厄斯特赫德出版社(Oesterheld & Co.)1923年版。

应的悬疑侦查剧。剧中不仅突出了教育功能,也凸显了教育者(即神职人员)本身的作用。18世纪中期,这部剧不仅上演于耶稣会的舞台:在楚格,第一次上演德语版,并在原有的基础上增加了许多幽默的过场,使这部古典民间戏变得不再沉闷。19世纪时,这部剧最终发展成为一部具有紧凑的结构与丰富浪漫情感的教育戏剧。①

在逐一介绍这五个最具代表性的版本之前,本文将对日本17世纪社会转型时的儒家教育文学进行简述。儒家思想在日本的传播,最早可追溯至4世纪。然而直到德川家康(1542—1616)时期,该思想才成为国学。中国思想家朱熹为儒学赋予了新的内涵,下级对上级的绝对服从以及子女对父母的孝顺变得尤为重要,深刻影响着日本几个世纪以来的社会伦理。对于彼时正处于转型时期的日本而言,就连茶道之中也体现了儒家的孝道准则。明惠上人在"茶十德"中提出,茶有"诸天加护"以及"父母孝养"之功效。②

儒家十分重视对子女的教育,这是显而易见的。与之相关的书籍中,最为经典的是《孝经》(其作者相传为孔子本人)以及《二十四孝》。这两本书之于日本的重要性,从其出版历程中便可见一斑。丰臣秀吉在征战朝鲜时带回了活字印刷技术,并献给了后阳成天皇。天皇组织印刷的首批书籍中就有《孝经》。该书于1593年印成,1599年翻印。③《二十四孝》则同样在日本的印刷史上占有独特地位。在日本的庆长时期(1696—1615),著名的嵯峨本

---

① 该剧楚格版的作者对剧本进行了评注并予以出版。
② 参见萨德勒:《茶之汤,日本茶道》,拉特兰郡、佛蒙特州、东京:查尔斯·E. 塔特尔出版社1963年版,第94页。
③ 该书日文名为"Kobun Kokyo(古文孝经)"。见希贝特:《日本印刷与书籍插图史》,东京、纽约、旧金山:讲谈社国际1977年版,第69页。

第二章 耶稣会的作用：传教中的外交、调整与文化适应

《二十四孝》问世，它是日本较早期的配图活字印刷书册。① 知名的画家与木刻家们也纷纷创作"二十四孝系列"图画，均包含了百余个孝道事例。② 同期在日本本土，也出现了一系列孝子典型，如浅井了意的《大倭二十四孝》(1665)和井原西鹤的讽刺集《本朝二十不孝》。

耶稣会传教士清楚地看到，儒家伦理在日本的社会及政治领域变得越来越重要。就如过去对茶道一样，传教士慢慢理解、接受儒学并将其与传教事业相适应与融合。在后阳成天皇下令印刷《孝经》的同年，作为第一批从欧洲引进的出版物，儒家名言警句的汇编《格言集》在日首次出版。该书以日语编纂，标有拉丁语注音，方便日文欠佳的神父阅读及援引。《格言集》不仅具有宣教功能，其本身更是一种讯号，即向日本政府传达出传教士已经做好准备，要将儒学与基督教义，忠孝与信仰上帝有机结合。这种倾向在上文所述1605年的《妙贞问答》中也有显著体现。③

《二十四孝》因其常被艺术家配以插图呈现，故为日本神父们

---

① 希贝特：《日本印刷与书籍插图史》，东京、纽约、旧金山：讲谈社国际1977年版，第114页。该书日文名为"Nijushi-ko（二十四孝）"。希贝特提到嵯峨本时说（第75页）："嵯峨本不仅在日本的文学史，在印刷史上也具有特殊地位，因为日本文集首次以印刷的形式出版，某些故事也首次以印刷和插图文学的形式出版……"该系列作品因收录了一整套中国的"二十四孝"，所以更具特殊意义。
② 参见威廉·安德森（William Anderson）：《大英博物馆所藏日本与中国绘画目录》，伦敦：朗文出版社（Longmans & Co.）1886年版，第171—172页。
③ 《妙贞问答》的作者是日本耶稣会修士不干斋巴比庵（Fabian Fukan）。此人后又以基督教叛逆者的身份，著有《破提宇子》一书。这是首本系统抨击基督教教义的书。针对十诫当中的第一诫，他旗帜鲜明地指出，这一条要求人们违逆父母与上级，有损忠、孝两种美德。借此他将基督教阐释为一种反叛性的宗教。《破提宇子》，参见燕蒲思：《日本天主教史，从发端至明治时代初期（1549—1873）》，东京：东方宗教研究所1973年版，第174—176页。

所熟知。据陆若汉记载:"他们常画一些著名故事及古代的东西,如二十四孝,父子相处之道等。"①日本兄弟的这个故事,很可能是中国二十四孝中"张孝""张礼"②故事的本土化产物。在《大倭二十四孝》中,故事版本如下:12世纪平源合战时期,源氏家族一方有一户隐居在坂本琵琶湖附近的人家。两兄弟一直照料父母的生活,但如今已然入不敷出。于是兄弟二人动身前往都城,打算卖掉最后的家当,一把宝剑,可惜卖剑换来的钱很少。正当这时,他们听说有人在平氏宫殿前放置诽谤性小册子,官方正在寻找这名放置小册子的罪犯,谁能抓到此人,就能得到一大笔赏金。两兄弟想出一个办法,由弟弟将哥哥作为犯人报送官府。当然这样的话,哥哥必然会被处死。当弟弟拿着赏金回家的时候,父母却要求弟弟回都城替哥哥领罪。然而哥哥却平安回到了家中,因为天照大神(太阳女神)在行刑时从沸腾的锅中救出了哥哥,免他一死。但是故事并未结束。平氏政权走到了尽头,源氏掌权,两兄弟均得到了富饶的封地。故事中有处细节颇为有趣:哥哥的名字叫木村友治,被称呼为太郎(大儿子),而弟弟则被称为三郎(三儿子),说明有可能还存在二儿子。

我们不知道耶稣会是否把这一典型的孝道事例用于布道中,但可以肯定的是,他们在向欧洲传递积极的信息时,特意选取了这

---

① 库珀编译:《日本岛,陆若汉有关16世纪日本的报告》,东京、纽约:讲谈社国际1973年版,第304页。
② 张孝、张礼两兄弟尽心侍奉母亲。在国人都吃不饱饭的时候,张孝得到了一颗圆白菜。回家时,他路遇强盗,受到生命威胁。因为母亲已经饿了很久,张孝恳请强盗们准许他先行回家,把菜带给母亲,之后他会亲自回来赴死。弟弟听说了这件事后,从附近赶过来,要代替哥哥去死。两兄弟的献身精神深深打动了强盗们,因此他们两人都活了下来。参考安德森:《大英博物馆所藏日本与中国绘画目录》,伦敦:朗文出版社1886年版,1804年戈特利布·康拉德·普费弗尔将该故事改写为教化诗。

第二章 耶稣会的作用：传教中的外交、调整与文化适应

类被日本传教士广泛传播的故事。时至今日，我们仍能在陆若汉所作《日本大文典》（长崎，1604—1608）中的引用及参阅处见到。①浅井了意也极有可能是通过这个故事对此类素材产生兴趣（其改写过部分由耶稣会宣讲的《伊索寓言》）。

根据最早流传至欧洲的记录，三兄弟的故事是这样的：在都城（京都）有三个兄弟一同照料母亲。无奈时局动荡，他们生活贫穷，难以生计。正巧这时，三兄弟听闻官府正在缉拿一名犯人。凡抓到此人者，皆有重赏。穷途末路之际，三兄弟生出一计：其中一人假扮犯人，由其他两兄弟将他送官。经抽签决定，由三弟来当犯人。事情既成，三弟只有待在牢中等死，而两个哥哥得到了赏金。当他们挥泪诀别时，官员看到了这一幕，心生疑窦，暗派仆人尾随两个哥哥。仆人来到三兄弟的家中，得知了事情真相，看到母亲宁死也不肯收下这笔赏金。故事的结局团圆美满，当时国家的最高权力者德川家康被这种孝行感动，将三弟放了回去，并赏赐了三兄弟。

三兄弟故事的欧洲版本最早见于弗朗索瓦·索列尔（François Solier）的《岛国日本的教会史》（1627—1629），书中记载该故事发生在 1604 年。② 索列尔作为利摩日的修辞学教师和教研室主任，

---

① "耶稣会出版社出版了众多物语。尤为有趣的是对这些物语的频繁援引。物语以日语口语的形式记录，如教友保罗·尤厚（Paulo Yoho）的一些故事，例子有《黑船物语》以及《丰后物语》。如今这些故事均已失传，其内容除陆若汉在《日本大文典》中引用的部分外，再无源头可考。"库珀：《译者陆若汉：日本和中国的早期耶稣会》，纽约、东京：韦瑟希尔出版社（Weatherhill）1974 年版，第 228 页。此外陆若汉也多次引用了《伊索寓言》的日本版，以及孔子的话。
② 索列尔：《岛国日本的教会史》第二卷，巴黎：S.克拉穆瓦西出版社（S. Cramoisy）1929 年版，第 337—339 页。作者强调，无论这个故事是否与基督教相关，对他而言都具有价值。索列尔给定了事件发生的时间，说明该故事并非虚构。故事的中国原型也通常具有相似的生活经历，这证实了他们的历史性。

无疑是从日本传教士寄来的书信及报告中获悉了该故事。而其后的耶稣会教育者们则从他的作品中摘取了这个特别的故事,进行加工创作。菲利普·德乌特曼(Philippo d'Outreman)在其《基督教教育学》(EA 1634)中将日本兄弟的异国故事树立成孝道典型,让·科迪埃的《圣人之家》(EA 1643)也将这个故事讲述得跌宕起伏。两人的创作均参考了索列尔的《岛国日本的教会史》一书。科尼利厄斯·哈扎特在教会故事中引入这个孝道事例时,则并未注明出处。① 圣克拉拉修道院的奥古斯汀派修士亚伯拉罕(Abraham),在将这个故事编入其著名的长篇小说《骗子犹大》时,却没有提及故事是发生在日本。② 使该故事得到最广泛传播和产生最深远影响的是教会学校的戏剧改编。教育者、学生甚至更多教育程度低下的人皆知晓了这个故事,其魅力也通过舞台得以尽显。能够考证的德语地区的相关演出年表如下:③

1674	兰茨胡特	三个孝子和一个母亲的贫困生活
1687	施特劳宾	日本三孝子
1689	弗里堡	日本三兄弟照料母亲
1689	明德尔海姆	善良的三个儿子照料贫苦的父母
1695	科隆	照顾父母的义务

---

① 哈扎特:《教会故事——这是遍布世界各地的天主教》第五部,维也纳:利奥波特·沃伊特出版社1678年版,第156—157页。
② 故事在该书第一部的第六章,1686年在萨尔茨堡由梅尔基奥尔·哈恩(Melchior Haan)首次出版。
③ 耶稣会戏剧演出参见简-玛丽·瓦伦丁:《德语国家耶稣会戏剧汇编:按时间排列》第二卷,斯图加特:希尔斯曼出版社(Hiersemann),1983—1984年。艾伯特·卡伦(Albert Carlen)博士提供了该剧锡永和布里格版的相关信息,笔者对此深表感谢。

第二章 耶稣会的作用：传教中的外交、调整与文化适应

1707	卢塞恩	三兄弟照料父母
1711	科隆	日本兄弟
1723	科隆	孝顺的基督徒
1724	英戈尔施塔特	孝心的回报
1736	考夫博伊伦	子女的责任
1738	费尔德基希	孩子对父母的责任
1747	楚格	烈火中的贫穷
1752	慕尼黑	模范三兄弟照料父母
1755	卢塞恩	三兄弟对父母的爱
1812	索洛图恩	孝的胜利
1835	锡永	日本兄弟或孝的胜利
1857	布里格	日本兄弟或孝的力量

几乎所有演出都采用了三幕剧的形式，故事来源大多标注为来自科迪埃或哈扎特。如果仔细看各场剧的情节，会发现实际上出入很大。下文将对前面提到的5个典型版本逐一加以介绍。

（一）施特劳宾

在施特劳宾上演时，正值节庆活动，故与传统教育戏剧不尽相同。这部剧源于《日本三子对双亲的爱与忠诚》，[①]虽然在每学年结束时都会上演并获得过嘉奖，但其目的并非观看手册上所写的那样，仅是树立基督教美德典范并宽慰父母，它还是特别送

---

① 本小节所有引用都摘自该剧的剧目介绍，其中不仅有拉丁语，还有德语版介绍。

给"尊贵的让·鲍姆嘉通男爵（IOAN：VVIGVLEI Freyherrn von Paumbgarten），以表崇敬之意"的献礼。这位男爵十分富有，官位显赫，给予了这所耶稣会中学不少资助，因而这场戏剧才能够有足够的经费支持，参演人数也达到 129 人（其中一些人分饰两到三个角色）。该剧中最为出彩的，是它所展现的奇幻与幽默的成分。

耶稣会教育戏剧当中，常常用男性角色（该剧中指父亲）替换女性角色（母亲）。这部剧就生动展现了一位父亲的困苦生活："可怜的老父亲吃着饭，并向御厨讲述着自己的不幸遭遇。三个儿子从监狱中出来，认出了自己的父亲。老父亲看到儿子们身上的枷锁，十分心疼，却只能独自返回自己破烂的家中。"

随着剧情继续发展，故事的基调也显得愈加轻松明快。在匿名犯罪者的设计上，该剧没有采用盗窃或是谋杀的情节。皇帝的宠物——一只大象被人秘密射死。宫廷小厮认为他的兄弟是凶手，"因为他似乎对那只大象有不满情绪。"第一幕结束时，过场喜剧以合颂的形式呈现："祭司在神灵面前自问，但诸神总是不给他答案，这令他十分困惑。战俘刺死了自己，取代了山羊作为祭品。"

此外，在剧情过半时，国王接见了来自西班牙、土耳其、法国及埃塞俄比亚的使臣。其间特意加入了奇装异服及搞笑对话，充分利用了异国色彩的魅力，而幕间演出的舞蹈部分也烘托了愉快氛围。在第一幕第四场中，一个年轻军官为迎接军队的到来，跳舞助兴。这个场景与第三幕最后一场相呼应，以芭蕾舞的形式结束。三位孝子与国王进行了长谈，①但是仅有良好的孝行仍然不够，国

---

① 该剧此处以拉丁文记载：小儿子每年得到 1 500 枚金币，其余两个哥哥每人每年 500 枚。

第二章　耶稣会的作用：传教中的外交、调整与文化适应

王要求他们对国家尽忠："由于战争取得胜利，老父亲最小的儿子得到了嘉奖，国王命人为他奉献了一场独特的芭蕾舞。"

尽管剧情与基督教完全无关（开场白、第二段合颂及收场白均将日本特色与古代结合），但这部剧也并非日式戏剧，而仅是具有异国色彩。大象、祭司这些元素比起日本，更像是来自印度或非洲。只有最后一幕中"蒸发为十字架"的圣子卢多维克斯，可以看作在日殉教的基督徒的写照。此外，剧中人物的名字也与日本无关。"Cubus Rex"以拉丁语形式替代了"Cubo（家督）"一词。这个词是日本传教士对该国军事统帅的称呼，可是观众们又怎么知道这种细节与日本相关呢？日本在该剧中仅作为一个异邦形象出现。这部剧虽然属于耶稣会戏剧，但其所要传递的，并不是号召人们信仰上帝与基督，而是有着世俗倾向，宣扬的是孝道及忠君爱国的思想。正是这个原因使该剧能在世界范围内受到欢迎。正如欧洲当权者所证实的那样，它符合日本政府所提倡的的儒家伦理观。①

（二）弗里堡

正如剧名《孝道・三个日本基督徒兄弟・赞扬与报答》②所体现的那样，该剧对原有素材做了新的改编与加工。三兄弟在此版本中被赋予基督徒的身份，更确切地说，是天主教徒。而整个故事

---

① 圣克拉拉修道院的奥古斯汀派修士亚伯拉罕在改编该故事时，也在结尾处安排了小儿子进宫供职。
② 本小节所有引用都摘自该剧的德法双语版剧目介绍。剧名的法文为 Excés d'Amour filial de trois Freres Japonois Catholiques loüé & recompensé。

被置于日本基督徒遭受迫害的历史背景当中。① 母亲(这里同样以父亲的角色代替)生活困窘的原因不再如施特劳宾版本那样,是由于当时日本国内混乱的政治体系与频发的战争,而是由于皇帝下令不准给基督徒任何的生活援助。② 该剧的第一幕,真实再现了当时基督徒的艰难处境。他们一方面为生活的贫困所折磨,一方面又被怂恿放弃信仰。该剧中的人物大量采用了真实的日本姓名。

整部剧的基调是严肃的:观众被置于一个戏剧性的、对主要人物来说生死攸关的历史事件中。罪犯等角色也不再通过夸张的表演来取悦观众。人们不关心是谁射杀了国王心爱的大象,而是要捉拿杀害高官的真正凶手。当信仰基督的三弟扮作凶手,被绳之以法时,加深了人们对基督徒的负面印象:"由于凶手是三弟,异教徒们辱骂基督徒为劫道者。"在第三幕结尾处,该氛围渐入高潮:一切要求赦免三弟的请求,均遭到了异教徒的强烈反对。直到该剧的最后一幕,"三个孝子才被国王嘉奖,得到诸多赞誉。"③

剧中所表现的现实世界(日本的历史背景)与理想世界(开场与收场对白、合颂中的象征性场景)的对照,反映了基督教与其他宗教的斗争。这种象征性的隐喻也涉及现实世界的一面:

---

① 同施特劳宾版本一样,这一版也把作者标注为科迪埃。然而进行文本对比之后可以看出,这一版首先参照的是哈扎特的《教会故事——这是遍布世界各地的天主教》。哈扎特在"有马氏藩国内对基督教的迫害"一章当中讲述了这个故事,故事大约发生在1612年。该版保留了科迪埃的时间设定(即1604年),其余设定则均借鉴于哈扎特。哈扎特的版本中,发生在首都的故事无缘无故被转移到迫害过基督徒的有马氏藩国。该国仅是九州岛的一个省而已。
② 作为皇帝,德川家康被称作"内府大人"。
③ 这一版也在摘要中记载了赏赐的具体数额:小儿子每年1 500金币,其他两个儿子与母亲三人,每人每年500枚。

第二章 耶稣会的作用:传教中的外交、调整与文化适应

"但愿孝顺能够换取食物与金钱,供养他们贫穷的父亲,他们付出了汗水与辛劳,能够在基督那里换取保障。"(开场白)

"上帝为信仰他的孩子和大人提供衣食与住所。"(第一段合颂)

"对父母尽孝的孩子,会受到上帝的嘉奖。"(第二段合颂)

"基督给孝行以嘉奖,那些年轻人收到了另一封信,他们与第四诫相符的孝行受人瞩目。"(收场白)

在理想世界中,戒律中的第四条应被严格遵守。在这个世界里,勇于献身的日本孩子与弗里堡教区乖顺的学生联系起来。剧中并没有过多宣扬儒家孝道或非基督教形象,而是弘扬那些刚刚信奉基督的英雄人物,以及他们为信仰而献身的精神,为欧洲教徒树立了榜样。

(三)卢塞恩

在卢塞恩上演的《贫困母亲和三个孝子》中,主人公同样是基督徒。值得注意的是,标题中并未提到故事发生在日本。与弗里堡版的历史剧相比,卢塞恩版是一部侧重引起观众情绪变化的情节剧。其主要噱头并未侧重在异国元素之上。这部剧在说教之外,更多的是激发观众的同情与感动,通过展开调查犯罪的侦查情节,制造扣人心弦、跌宕起伏的紧张气氛,唤醒人们对上帝的忠诚,通过突出母亲这一角色,唤醒观众的善良恻隐之心。"三兄弟在丧父之后和母亲生活在一起,经受了令人绝望的打击,

过得十分贫苦。"①他们的善良与孝心,却是经过两位神父的指引才被激发出来的。神父们给他们讲述了年轻的贵族查理琉斯(Charillus)的故事,"查理琉斯的母亲伊莎贝拉(Isabella)是丰后的公主。当他和母亲因为信仰基督而被驱逐出境以后,年仅三岁的他每天到树林中捡拾木柴,用来为在冬日里冻得僵硬的母亲生火取暖。"②在三兄弟被查理琉斯的孝行感动之后,做出了那个我们熟悉的决定。随后,更加错综的剧情由此展开,被通缉的凶手也登上了舞台。开始时他拼力为自己辩护并将嫌疑转移至两名朝廷高官身上,当三弟(本尼亚米琉斯 Beniamillus)挺身出来顶罪时,凶手又做了伪证,致使小儿子被判刑。第二幕结束时,凶手终遭到了良心的谴责,舞台随后转入了一场内心独白:"罗林安格斯(Lorinangus)试图逃避良心的折磨,脑中却又时现被害者冤屈的魂灵。"

相较前面两部,该剧中对父亲(亦即母亲)内心的恐惧刻画得更为细腻:她眼见自己的大儿子和二儿子被捕,又目睹小儿子被行刑。通过这样的人物设计,两个长兄再次表现出他们甘于牺牲的精神:两个人都为自己的弟弟脱罪,想以命换命,救出弟弟。终于在最后一幕上演了好人终得好报的结局,凶手罗林安格斯被神

---

① 本小节所有引用都摘自该剧的拉丁、德语双语版剧目介绍,但手册中未涉及兄弟们的具体计划。在兰茨胡特版(1674)中,兄弟们一开始想要卖身为奴。中国一位知名的孝子——董永——就曾经这样做过。见梅辉立(William Frederick Mayers):《中国辞汇》第691号,台北:文学出版社1964年版,第210页。
② 哈扎特在《教会故事——这是遍布世界各地的天主教》中也描述了这一情节。神父应该是再次借用了中国二十四孝的故事。曾参在拾柴的时候,感觉远在家中的母亲咬手指,唤他回家。孟宗的母亲冬日里想吃竹笋,但他找遍整个山林也找不到。最终竹笋被他的孝道感动,破土而出。参见梅辉立:《中国辞汇》,台北:文学出版社1964年版,第739号,第233页;第499号,第155页。另见安德森:《大英博物馆所藏日本与中国绘画目录》,伦敦:朗文出版社1886年版,第175、173页。

父及三兄弟自我牺牲的义举所打动,当着皇帝的面承认了自己的罪行。皇帝也"对眼前的一幕深表震撼,最终决定赦免所有人"。①三兄弟的事迹通过戏剧舞台再次引起了社会的反响。与前几部剧不同,该剧的开场与收场对白及两次合颂并没有描绘理想世界,而是起到了介绍背景与点评的作用。

(四)楚格

楚格版同样是一部学校剧。然而由于位于该州首府的楚格中学,并不是耶稣会创办的,因此这一版本与前面的耶稣会戏剧相比,在很多方面都有改变。直到18世纪,耶稣会中学的戏剧仍被强制要求以拉丁语上演(也有例外)。因而一部剧得以上演,往往是出于学校教学的需要,即给各年级优秀学生提供机会来展现自己的演说、表演、艺术甚至诗学等才能,所有学生都应从中受到道德教化。此外,该剧也对外演出,主要是面向那些不太懂拉丁文的观众,当然对他们的教化程度就远不及对学生那么深切。楚格人说高地或者瑞士德语。参与演出的,不仅有学生,还有城中的名望贵族及普通居民。演出时,还增添了许多歌唱及本土民间戏的元素。所有这些改进和创新使得这部剧在社会上产生了前所未有的影响,尽管其演员阵容不如施特劳宾、弗里堡及卢塞恩那样充足。② 为了吸引观众,楚格版的剧名使用华丽的巴洛克字体书写,

---

① 该版的主要内容是:"至孝的美德甚至深深地打动了残暴的君主,以至于他不仅释放了无辜的人,还每年从私人金库中拨出一笔巨款,赏赐给那位母亲。"
② 据记载,施特劳宾版参演人数为129人,弗里堡为50人,卢塞恩46人,楚格38人。通常一人会饰演多个角色。

其全名为:《烈火中的贫穷·日本三兄弟·为他们贫穷的母亲做出爱的壮举并用心实现·终得好报》①。

该版本的主要剧情与前文哈扎特记叙的大致相同,②但是说教用意却和卢塞恩及弗里堡版本相差很大。与施特劳宾版一样,楚格版中三兄弟的身份是异教徒,其孝行被树立为基督徒的典范。该剧重点叙述的并非教会神职人员或基督徒遭受的迫害,卢塞恩及弗里堡版中对传教的热情已经让位于对西方基督教社会赤裸裸的批判。

楚格版的出彩之处在于其布景结构的多样性与对比化的表现方式。通过下文即可看出:

开场白:致观众的话

第一幕

合颂音乐响起,剧情展开:爱神的咏叹调,伴随四场无声表演。

第一场:大哥与三弟哀叹母亲的艰难境况。

第二场:三个大臣思考如何找回国王失窃的宝石。

第三场:三个兄弟考虑怎么帮助母亲,想出大家已知的那个计划。

第四场:窃贼哈斯帕克斯(Haspax,皇帝的贴身侍卫)向两个同事吹嘘自己的行径,并炫耀自己从珠宝商那儿用宝石换来的钱。

第五场:二哥遇见了哈斯帕克斯,向他打听宫里面的情况。

第六场:珠宝商与儿子间不寻常的对话,谈论心中的不安。

---

① 此为剧目介绍中的标题。
② 据称该版源自哈扎特的《亚洲年鉴》。

过场喜剧：约克里(Jogli)给自己选了一个妻子。

第七场：兄弟们考虑谁去为母亲送死。他们扔骰子决定了让三弟本雅明(Benjamin)去。

第二幕

合颂音乐响起，剧情展开：玛门的咏叹调，伴随四场无声表演。

第一场：三弟把计划告诉了亲戚，并决定为了家族，隐瞒自己的姓名。

第二场：神父等神职人员都在怨责天主教的整体境况，与福尔图娜(Fortuna)一同前往异教徒那里。

第三场：第欧根尼(Diogenes)和苏格拉底(Sokrates)来到了信仰基督教的国家，寻找善人，但是他们发现那里的人品行恶劣，于是又返回了祖国。

第四场：三兄弟决定前往皇宫，本雅明和一个逃荒者交换了衣服。

第五场：兄弟们遇见了一位朝中官员和两个猎人。由于本雅明当时被捆绑住，所以那三人立刻认为他是窃贼。本雅明向他们自首，被带去了皇宫。

过场喜剧：罗德鲁斯(Luoderus)治服了悍妻。

第六场：一个孝子向那不勒斯市的市长请求，让自己去代替父亲坐牢。

第七场：兄弟们被带到了皇帝面前。两名兄长均指控三弟为犯人，得到了那笔赏金。

第三幕

合颂音乐响起，剧情展开：玛门与爱神争抢主导地位，结成联盟。

第一场：两名兄长把钱交给母亲，母亲把他们遣回宫中。

第二场：窃贼炫耀自己自作聪明的行径。

第三场：母亲向两个亲戚倾诉自己的苦衷，得到安慰。

过场喜剧：虚荣的贵族被指控骑马撞死了一个小孩，结果表明他是被诬陷的。

第四场：国王同顾问们一起，对盗窃案嫌疑人进行审判。

第五场：两位兄长把钱送了回来，并说明事情原委。本雅明也受到了审问。

第六场：珠宝商的独白。他将宝石送回了宫里。真正的窃贼哈斯帕克斯则逃跑了。

第七场：国王判三兄弟无罪并嘉奖了他们。

收场白：致观众的话。

从上面的介绍中可以看出，整部剧以面向观众的序幕拉开。用6个例子，展现其想表达的主旨思想，那就是在信仰基督之前，人们就已经开始宣扬真和善，因此现在的年轻人也应该热爱他们的父母。[1] 该剧从三个层面展现了这一主旨，收场白中则再次响起致观众的话，并深化本剧的教育意义："普通人都要敬爱父母，基督徒更应该沿袭这一美德。"

---

[1] 本小节所有引用都摘自手抄本或该剧大纲。

第二章　耶稣会的作用：传教中的外交、调整与文化适应

该剧除主要情节的现实层面之外，还存在两个层面：一是人物的行为与动作设计以寓言的方式呈现；二是以滑稽的方式处理并解决问题。寓言情节的发展与主要情节相互呼应，在每一幕开始时，由一段合颂的形式引导出来。在第一段合颂中，爱神夸耀自己的力量，第二段则换成了玛门，两段均通过无声的表演表达了想展现的内容。到了第三段，两人争抢主导地位。就如主剧情中最后达成的妥协那样，爱与金钱最终结成坚不可摧的同盟。"虽然不是基督徒，但也都充满了力量。"

剧中的滑稽成分通过三段过场喜剧得以体现。过场剧的台词主要是瑞士方言，其情节虽较为独立，但通过对位法建立起跟主线剧情的联系，并以幽默的方式表达主题。第一段中，农民出身的约克里给自己征婚，这不仅可以为自己带来幸福，也能讨年迈的母亲的欢心。正当约克里为自己的一举两得而沾沾自喜时，才发现娶到的是一个富有却丑陋的老太婆。第二段也与爱和金钱有关。罗德鲁斯的妻子把金币锁在了箱子里。罗德鲁斯想用那些钱，却遭到妻子的反对。于是他想了个不同寻常的方法让妻子妥协：他把妻子绑在一个大摇篮里，并不断晃动，直到摇得她像个孩子一样消停下来。第三段中一位极具虚荣心的贵族在接受法庭审判时被揭穿。史蒂夫琉斯（Stifelius）被指控骑马撞死了一个小孩。直到最后一刻他才坦白，其实他穷得根本买不起马，只是装模作样地穿着带马刺的靴子散步罢了。

该剧的三个层面均直接或间接地抨击了当时的社会。其中最尖锐的是第二幕中与主线情节并无太大关系的三个场景。神父等神职人员相互诉苦，认为他们在基督教国家不再受到尊重。例如：

神父：

　　我在这个国家受到了蔑视，

　　老的少的都拿我取乐。

　　这里没人想要寻求爱，

　　也没人需要仰仗我。

　　因而我情愿

　　离开这里

　　去往异教徒的国度，

　　说不定在那里我会获得更多力量。

传道人：

　　我也有怨责

　　这些天主教徒

　　当我劝他们向善时，

　　他们却在作恶。

　　他们完全不肯顺从。

　　我诅咒他们！

　　国家中有这样的人在，

　　我感到异常羞耻。

长老：

　　我从未觉得如此羞愧，

　　我们收入减少，

　　年轻人也不再

　　尊重我们。

　　他们从未如此地

第二章 耶稣会的作用:传教中的外交、调整与文化适应

异口同声
准备好对掌权的上级们
进行诋毁。

对父母的爱、对上级的尊重、对统治者的顺从,这些品质在信奉基督教的国家中都不复存在,反而在异教地区才能看到。当我们思及这部剧是源自日本的儒家伦理故事时,就会理解作者为什么偏偏在这一场景中以此种方式予以强调。正是儒家的伦理道德与典范再次以寓言的形式呈现在基督教徒的眼前。看到如此景象,观众们也会感到羞愧与触动。在接下来的一场中,古希腊的智者客观审视了基督徒们的言行,然而就算是苏格拉底和第欧根尼,也找不出值得称赞的地方。"基督徒们善良纯洁,不犯错也不抱怨,我希望能找到这样的一个人……",实际情况则与此大相径庭,苏格拉底谴责道:

"正直"的商人
在卖粗劣的布料,
他却说这是荷兰的东西,
所以贱卖的话他会赔本。
店老板也是这样,
为了赚钱,
把桶按三倍的价格出售,
每卖一个,就多赚了两个的钱。

看到在信奉基督教的国家中人人贪财、虚荣、傲慢、堕落，因而第欧根尼和苏格拉底选择了离开。第二幕第六场中的一则插曲小故事则传递了正能量：剧中提到一个那不勒斯的年轻人想要替父坐牢。这并不让人感到羞愧，而是鼓励他们向这个年轻人学习。同时该插曲也将剧情引回到主线上。

表面上看，《烈火中的贫穷》这部剧并不具有日式的异国色彩。除了故事发生在日本，皇帝有一个日式的称谓（内府大人——德川家康的称谓）外，再没有什么能显示这部剧与日本关联的地方了。然而当人们考虑到这部剧想要传达的信息时，就会发现日本作为剧情发生地的重要性。正是这个禁止传播基督教并强烈排斥西方文明的国家，为堕落、贪财、虚荣的世界做出了道德榜样。这种观点发人深省。日本同样有玛门存在，但其力量受到爱神的牵制。与施特劳宾版不同的是，楚格版的笑料都设置在过场喜剧部分，而说教部分则保持了一以贯之的严肃性。

（五）锡永

在该剧 19 世纪所有的德语版本中，要数 1835 年上演于锡永的版本记录得最为详尽。那时，日本三兄弟这部剧的演出规模日益缩减，其参演人数已经降到了 20 人以下，开场、收场对白及合颂的部分也被省去。这样一来，整场演出的时间变短，因此在这部剧之后，紧接着上演另一部爱国主义剧目。这部剧由教会学校的学生用法语出演，剧名是《瑞士人回到祖国》。由于被该部本国题材的戏接档，三兄弟的戏就倾向于演得更具日本特色并充满异国浪漫的色彩。剧中人物采用了"真实"的日本名字，皇帝的名字取自织田信长。锡

第二章　耶稣会的作用：传教中的外交、调整与文化适应

永这一版最重要的创新在于，给通缉犯安排了一个匪帮头目的身份。这样的改编迎合了当时大众的喜好，他们总是对骑士及土匪的故事抱有高度的热情。这一版中没有出现母亲的角色，取而代之的是一些全新的人物：太子胡斯托·乌科多罗（Justo Ukondono）[①]及其友人，财务主管的儿子，匪帮二当家，两个土匪以及兄弟中的四弟。该剧情介绍中没有透露问题的最终解决方案，只是说一次突然发生的意外，给小儿子洗脱了罪名。其后是评论部分：

尽管这种英勇行为过于极端，不应人人仿效，但它至少可以令不敬双亲的子女们感到羞惭，也能使父母时时自省，不溺爱孩子，培养他们的良好品行，让孩子们懂得尊重，心地善良。

楚格版仍然保留了对异教与基督教的探讨，而锡永版中却完全未涉及任何宗教的伦理道德。就连该剧的说教部分也不再是重点——这个来自他国的故事不是为了振奋人心，而是为了让人感到羞愧。本剧有意识地不进行高调的道德宣扬，而是告诫父母用心教育子女，给人一种恪守秩序比教化心灵更加重要的感觉。也许是当时人们对日本的普遍印象，影响了对这部剧的理解和阐释：日本被看作社会秩序森严的国家，日本人被视为英勇好战的民族。

三兄弟的故事能够在欧洲广泛传播，得益于耶稣会在外交和文化上的适应政策。提图斯、普罗泰西乌斯及其他日本题材教育剧的主角均为真实或改编的历史人物，并与在日传教的历史相关。

[①]　胡斯托·乌科多罗的历史原型见有关茶道的叙述。

与之相比,三兄弟的故事则来源于基督教之外的领域——儒家的教育文学。欧洲对日本素材的广泛接受,也印证了文学在说教方面的优越特性。与其他历史故事一样,这部剧也被教会收录,直到19世纪仍在教会学校反复上演。此外,还被编写进耶稣会教学用书中,圣克拉拉修道院的奥古斯汀派修士亚伯拉罕也在他的文学作品中对其进行过介绍。甚至巴洛克讲道文学,也有可能对三兄弟的故事进行了借鉴。这样旺盛的生命力与(相对广泛的)影响力应该如何解释?我们的观点是,该故事具有像童话一样,不受时空限制的吸引力,辅之以简明的案例教学方法。一方面,故事能够以多种方式进行阐释,供各年龄、各阶层的观众、听众与读者自由想象,产生共鸣。另一方面,故事发生在外国,又赋予了其独特的异国情调,尽管故事的内容不受地点的限制。该故事作为典型案例,其伦理观既符合儒家对至孝之行的期许,又符合西方基督教国家的孝道要求。这也从实践上——借助耶稣会从中国带回的有关孔子的文献——证明了18世纪法国哲学家们的论断,即世界上存在着独立于基督教,甚至独立于任何宗教的道德规范。[①]

四、儒家伦理作为欧洲教育理念:孝道与敬畏

1687年,耶稣会传教士柏应理(Philippe Couplet)出版了《中国贤哲孔子》。这本书对读者而言,是如同启示录般的存在。并非是因为书中提到了之前不为欧洲人了解的关于中国人的信仰和神灵崇拜方面的内容,而是因为它诠释了中国的伦理与政治基础。

[①] 参见维吉尔·毕诺:《中国对法国哲学思想形成的影响(1640—1740)》,巴黎:保罗·戈伊特纳出版社(Paul Geuthner)1932年版,第418—426页。

第二章 耶稣会的作用：传教中的外交、调整与文化适应

这本书不仅提供了有关中国的信息，而且还涉及当时思想家最关注的一些话题。① 此外，李明（Louis Le Comte）的《中国近事报》（1696）以及卫方济（François Noel）的《中华帝国六经》（1711）也是儒家伦理的其他重要来源。维吉尔·毕诺（Virgile Pinot）把18世纪哲学家们对这些作品的解读概括如下：

> 这只是古老伦理的冰山一角，虽然相较于基督教更加久远，但是两者的主要原则竟别无二致。因此，有人认为，世界上存在一种独立于宗教之外的伦理，它无关地域，无关时代。如犹太教的反对者所愿，若中国人自称无神论者，那么不仅存在着纯粹的伦理，也存在着独立于所有宗教之外的伦理。②

根据前文观点，伦理可以并不依附于宗教，尤其是基督教而存在。有一种"天然"的、独立于基督教启示录之外的伦理。儒家伦理与其他理论不同的是，它成为对启蒙思想最有力的支撑。

可以确定的是，中国的个人伦理与国家伦理基于同一原则——孝。卫方济翻译《孝经》为《孝之经典》③。该书认为孝是天之经，德之本："可以教化他人、劝人向善。因此，天子首先必须行孝，以顺天下，这样才能获得上天赋予的执政权力。上至天子，下至平民，任何人都应行孝，因为'人的行为中没有什么是比

---

① 该范围问题见毕诺：《中国对法国哲学思想形成的影响（1640—1740）》，巴黎：保罗·戈伊特纳出版社1932年版，第424—426页。
② 同上书，第418页。
③ 作为1711年在布拉格出版的《中华帝国六经》之一，其拉丁文标题为"*Filialis observantia*"。歌德在"星历表"中记载了卫方济的翻译。

孝更重要的'。"①所以孝,也就是子女对父母的爱,是人类美德的真正体现。

当哲学家们都在研究儒学对国家治理方面的影响时——其中德国哲学家的代表是莱布尼茨和他的学生沃尔夫(Wolff)——耶稣会则根据其文化适应政策,致力于将儒家学说与基督教义结合起来。这一做法给了他们的反对者又一次抨击的机会。空前激烈的礼仪之争,也许就是杜赫德(du Halde)在他的《中华帝国全志》(1735)四卷本的标题中隐去宗教伦理部分的原因。该书集中展现了当时关于中国的各方面情况,进一步加深了欧洲民众对中国文化的了解。1736年,该书得以再版,并被译为英文,后在1747—1749年出现了德语译本。

礼仪之争有两大阵营:一方为中国的支持者,他们对中国由衷地赞叹与钦佩;另一方则为中国和耶稣会的反对者。随着1773年耶稣会被解散,中国的声望也开始一落千丈。尽管有像伏尔泰这样的中国最有力的支持者,但是像马勒伯朗什(Malebranche)、费内伦(Fenelon)、孟德斯鸠(Montesquieu)、达尔根斯(d'Argens)和卢梭(Rousseau)等人则站到了批评中国的一方。当然,对中国的负面态度并不是在每个领域都有体现。18世纪的民众对中国这一遥远而神秘国度的兴趣与好奇并没有减退。②

在瑞士作家阿尔布雷希特·冯·哈勒(Albrecht von Haller)

---

① 沃纳·艾士宏(Werner Eichhorn):《中国宗教》,斯图加特、柏林、科隆、美因茨:科尔汉默出版社(Kohlhammer)1973年版,第159—160页。
② 对此赫尔德指出:"我们对中国的了解甚至多于对某些欧洲国家的了解。"参见约翰·冯·穆勒编:《约翰·哥特弗雷德·赫尔德全集》第一卷第十章:《哲学和历史》,卡尔斯鲁厄:德国经典作家出版社1820年版,第34页。

创作的《乌松》(*Usong*,1771)、《阿尔弗雷德》(*Alfred*,1773)以及德国作家克里斯多夫·马丁·维兰德(Christoph Martin Wieland)创作的《金镜》(*Der goldne Spiegel*,1772)中,都涉及"启蒙式"的儒家教育理念。故事讲述了在儒家传统伦理的影响下,王子成长为明君的历程,其中涵盖了很多人们已知的关于中国的政治情况。当然,在这里,中国的形象被拿来影射欧洲的境况。

当时还出版了众多有关中国的科普类书籍,从中我们可以陆续探寻到关于孝道、敬畏的蛛丝马迹。在文集《来自中国、日本、暹罗、越南等地的逸事趣闻》(1774)中,有关中国的引言部分这样写道:

> 中国人将伦理学置于研究的首位,并把它的准则与要求概括为父与子、君与臣以及朋友间的相互义务,其他所有义务均可在此三条准则中寻其根源,或为主要日常规范,或为政事规范。无一例外,一切均可借鉴父为子纲这一准则。①

文中逐一论述了儒家的五伦——父子、君臣、兄弟、夫妇、朋友之间的关系,并指出这五种伦理关系均与"孝"字有关。②

1779年出版的《孝经》比之前版本有所更新,对其阐释也更加通俗易懂。其中第四卷《中国人杂记》几乎全篇都在叙述中国的孝道。这部《有关孝的经典》被译成了法语,并附有众多中国学者

---

① 《来自中国、日本、暹罗、越南等地的逸事趣闻》,巴黎:文森特出版社(Vincent)1774年版,第14—15页。
② 读者也许会问,为什么这部法语作品会忽视夫妻关系这一主题?——难道是因为女性的社会地位无足轻重?

的注释。书中在引言部分特别指出,中国的"孝"在欧洲受到了人们的钦佩与赞扬:"近来我们如此多地颂扬中国的孝道,传播与之相关的东西,这恰好可以满足公众对它的好奇。"①而对于《孝经》,译者认为,它在欧洲享有的声誉更多的是出于西方人对孝的兴趣,而非中国学者赋予它的意义:"与书中探讨的各种孝行相比,我们也许应该加倍地推崇《孝经》。作为孝道忠实的传播者,孔子也应享有更多的赞誉。"②

由一家书社出版的《中国概况》(1789)一书中讲道:"孝是整套行为准则中最具力量的部分。孝不单纯是富裕生活的要求,也不仅是理所应当的义务,孝是需要深入探寻与严格遵守的信仰之源。"③

格鲁贤(Grosier)在《中国志》一书中(法文版出版于1785年,德文版出版于1789年),拿出专门的一章来讲孝道。我们几乎可以这样说,18世纪末从事中国研究的每个人都把孝视为儒家伦理的基石。

在德国,有人并不把中国视为模范国度,赫尔德就是其中一位。但是后来他也接受了耶稣会所带回的相关报道,在理论上,他甚至对儒家理论表示赞同:"整个国家的上层建筑之间的关系与义务都建立在尊重的基础上。子敬父,民敬君。上级对下级如同爱惜孩子一般,这不正是人治体系下的一项美好准则么?"④可惜中国的发展却陷入僵化:"就连有关道德的书籍与法典也始终在原地

---

① 《中华杂纂》第四卷,巴黎:尼翁·莱恩出版社1779年版,第1页。
② 同上书,第29页。
③ 《描绘中国》,斯特拉斯堡、莱比锡:受读书社团资助出版1789年版,第45页。
④ 约翰·冯·穆勒编:《约翰·哥特弗雷德·赫尔德全集》,卡尔斯鲁厄:德国经典作家出版社1820年版,第7页。

第二章　耶稣会的作用：传教中的外交、调整与文化适应

打转,条条框框的规定无比细致,却带着一贯的伪善,讲到孩子尽孝时始终是那一套。"①因而中国的道德学说不足以被欧洲树为典范。"中国的立法与道德规范,在世界上任何其他国家都不可能实现得如此完备。这种规范只适用于中国,欧洲国家不会像封闭的中国那样,对待暴君如敬爱双亲。"②法国大革命确保了当时的欧洲并没有面临发生这种事情的危险。

孝道作为个人准则,比儒家伦理的治国之策,对欧洲人精神生活的影响要小得多。作为个人行为规范,孝顺和敬畏父母与基督教戒律的第四条完全吻合,看不出是外来的概念。但有的教育者就把握住这一点,将中国作为榜样,来支持自己的理念。最为常用的是那些知名孝子及其感天动地的孝行,包括那些经杜赫德以及《中华杂纂》所记述的故事。③这些数量庞大且具有深刻中国传统的故事,经过无数次的再编,并与《二十四孝》中的故事结合,产生了许多新的版本,不仅有孩子的,也有许多古代名人对父母尽孝的故事。

令人不解的是,耶稣会却没有在自己的课程中引入中国的《二十四孝》。究其原因,大概又要提到礼仪之争：只要中国被视为无神论或者迷信的国家,就不便对中国孩子的孝行进行颂扬。在18世纪前已在德语地区成形的中国题材剧当中,人们经常从稍早时期的历史事件或改编的历史事件中汲取素材。④

---

①　约翰·冯·穆勒编：《约翰·哥特弗雷德·赫尔德全集》,卡尔斯鲁厄：德国经典作家出版社1820年版,第16页。
②　同上书,第2页。
③　《中华杂纂》于1776—1814年共出版16卷。
④　在已确定的50部左右中国题材戏剧当中,多数上演于1700—1772年。布里格于1843年上演过一部教育戏剧,其主题为孝道。该剧的剧目介绍未涉及情节走向,只说有一个儿子尽力拯救乾隆年间被贬的父亲。

如前文所述,1747年,在楚格上演日式剧《烈火中的贫穷》,其第二幕中添加了一个场景,该场景同贯穿全剧的主线情节——无私的孝行相关。一个叫来帕里斯的人请求那不勒斯市长,释放自己因劫道而被收押的父亲,让自己替父亲去坐牢。这样的做法不仅符合孝道,而且维护了公正:

> 这样一来既公正,
> 又符合孝道,
> 我做好了准备,
> 代替身陷囹圄的父亲。
> 我跪求市长大人,
> 释放我的父亲,
> 他没有拒绝,
> 改为逮捕了我。①

市长同意了那个人的要求,让他代替父亲入狱。但是在释放父亲以后,却将父亲驱逐出境。这场戏时间极短,未涉及朝代背景,结局也不算圆满。根据其中的场景推断,该故事的人物原型可能是中国的吉翂。

吉翂与父亲的结局稍好于剧中人物:吉翂的父亲实则无罪,是因为有人诬告才被关入监狱。然而他被判了死刑,因此吉翂在临刑前要求替父受死。皇帝被他这种无私的孝行所打动,立即为

---

① 此段未出版。

他的父亲平反,释放并嘉奖了他。① 新教人士戈特利布·康拉德·普费弗尔(Gottlieb Konrad Pfeffel)在他的《诗意的尝试》一书中赞颂了孝子吉盼(书中拼写为"Kiefuen"):

> 清朝时有个地方匪患严重,
> 藩王推卸责任,
> 治罪于地方官吏。
> 地方官之子吉盼
> 闯到皇帝面前,
> 请求免除其父的死罪。
> "我知道父亲罪该万死,
> 但恳请您法外开恩。
> 就让我去受罚吧,
> 请放过我的父亲。"
> 皇帝神情庄重地回答:
> "如你所愿。"
> 吉盼被押赴刑场,
> 在欣然吻过皇帝的手之后,
> 跃上了死刑台。
> 皇帝见状高兴地喊住了他,
> 准许他和父亲同返乡里。
> 他轻吻吉盼,亲手把自己的金项链

---

① 故事收录于《中华杂纂》第四卷,巴黎:尼翁·莱恩出版社1779年版,第266—267页。

戴在了他的颈上。吉盼羞愧地扯住
皇帝的龙袍,说道:"请收回您珍贵的赏赐,
它对我将是一种负担,令我忘不掉父亲的罪。"①

与楚格版相同的是,父亲这个角色都犯了罪,但吉盼却得到了皇帝的赦免。普费弗尔自行加入了金项链的片段,以及最后吉盼的话和与皇帝之间情感丰富的互动,却只用"吉盼"以及"(清朝)官吏"这两个词来表明该故事发生在中国。

除了吉盼,普费弗尔还在尽孝诗中引用了另外三个中国故事:《贺连》(贺连;1778),《母亲和女儿》(韩愈;1799)和《兄弟》(张孝和张礼;1804)。② 另外他还参考了一则日本的孝行案例,在故事《武吉和佐代》(1779)中大力歌颂了关爱母亲的孝行。

家督(日本的一类军事统帅)在林深处发现了一个美丽的女孩,将她带回去娶为妻子。

天亮了。被带回来的女孩
穿上一件华丽的衣服。
武吉把璀璨的珠宝
戴在她的手臂和前额。

---

① 普费弗尔:《诗意的尝试》第一卷,图宾根:柯塔出版社1789年版,第175页。普费弗尔指出,他从1779年开始创作诗歌,同年《中华杂纂》第四卷出版。
② 《贺连》见《诗意的尝试》第一卷,《母亲和女儿》见第八卷(1805),《兄弟》见第九卷(1809)。另见《中华杂纂》第四卷,巴黎:尼翁·莱恩出版社1779年版,第298页。

第二章 耶稣会的作用:传教中的外交、调整与文化适应

但是她并未被荣华迷惑

仍怀赤子之心,

常常陷入沉默,

思念她的母亲。①

母亲很贫穷,所以佐代把其中一颗珠宝偷偷送给了母亲。新婚的喜悦很快过去,当收到母亲道谢的字条时,不免心中暗起忧伤。正当这时武吉走进了房间,发现了那张字条。然而佐代宁可把字条吞下,也不想让武吉知道自己给贫穷的母亲送了宝石。最终她因为吞纸而噎死,武吉让医生从她的喉咙里扯出纸条,看到了上面的字:

"因病消瘦的

妈妈谢谢你

送来的礼物。

你会因此得到好报。"②

武吉知道自己的嫉妒心毫无道理,满是悔恨地将佐代予以厚葬,并接佐代的母亲前来疗养。他决定日后把她当成自己的亲生母亲一般对待。

---

① 《诗意的尝试》第一卷,图宾根:柯塔出版社1789年版,第179—184页。此处为第181页。
② 同上书,第183页。母亲采用了"天(Tien)"这种中式的表达来指代"天空"。普费弗尔以此强调了自己阐释儒家伦理的意图。

普费弗尔的故事来源于法朗索瓦·卡戎(François Caron)和约德·斯腾(Jod. Schouten)的《两个强大帝国——日本与暹罗——真实故事》一书。故事的叙述风格并不感伤动人,而是充满了巴洛克式的夸张与怪诞:

> 一个富有的国王把境内年轻美丽的姑娘们都收入帐中。有一天他遇到了一个军人遗孀的女儿,对其极为倾心,并纳之为妾。妾室的母亲却十分贫穷,暗地里写信给自己的女儿,讲述生活已步履维艰。妾室拿着信正在阅读时,国王走了进来。妾室赶忙藏起了信,惹得国王极为不悦。他想知道这是封什么信,是谁写的,从哪里来的。但妾室羞于让国王知晓自己母亲的困境。眼看信就要被国王抢去,妾室只好把信一口吞进嘴里。由于信纸塞得太深,卡住了喉咙,妾室窒息而死。国王出于嫉妒和愤怒,割开了女人的喉咙。当发现那封信只是来自妾室贫穷的母亲,而无关任何恶劣行径时,国王十分伤心,抱头痛哭。后来妾室母亲被国王接进宫中,从此过上了富足和受人尊敬的生活。①

接着卡戎也提到了日本的孝道:"他们对父母极其孝顺,深信不孝的子女会遭天谴。"②

普费弗尔有意选取了国外的案例,以轻松诙谐的叙述方式使

---

① 卡戎、斯腾:《两个强大帝国——日本与暹罗——真实故事》,纽伦堡:迈克尔和约翰·弗里德里希·恩特尔出版社1663年版,第72—73页。
② 同上书,第74页。

第二章 耶稣会的作用：传教中的外交、调整与文化适应

读者和学生加深了对"孝"的理解，但是在这部作品中，作者并没有表示完全接受儒家思想。作品的基调徘徊于辛辣讽刺与当时流行的感伤主义之间，故而在今天看来，他的尽孝诗更像是一种戏仿。

与之相反，《燕子夫妇》(1811)一诗则表达了无尽的感伤之情。弗里德里希·斯托尔伯格(Friedrich Stolberg)在诗中以寓言形式讲述不孝的后果，警醒读者。一只小燕子应该知道，它自己的不孝举动会重演在它的孩子身上：

> 小燕子啊，你忘了，你曾经
> 抛弃你的母亲，你也曾经在
> 你的孩子离去时，惶恐地悲鸣！①

伊丽莎白·塞尔登指出，该诗源于中国古代司马光的短篇寓言小说。该小说于 1779 年被译为法语，收录在《中华杂纂》第四卷中。②

中国作为孔子的故乡，被视为礼仪之邦。③ 甚至席勒也曾把他写的两首教化诗命名为《孔夫子箴言》。第一首诗围绕时间的三种表现形式展开："时间的步伐有三种……"诗中向读者阐述过

---

① 塞尔登：《1773—1833 年德语诗歌中的中国》，伯克利、洛杉矶：加利福尼亚大学出版社 1942 年版，第 181 页。
② 同上书，第 180 页。1802 年朱利叶斯·克拉普罗特(Julius Klaproth)根据相同素材，在自己的《亚洲杂志》上刊载了诗经的 6 篇德语译文。
③ 乌苏拉·奥里希(Ursula Aurich)：《十八世纪德国文学中的中国》(*China im Spiegel der deutschen Literatur des achtzehnten Jahrhunderts*)，柏林：埃贝林出版社 1935 年版，第 150 页。书中该处奥里希举了一部作品为例：《孔子箴言，包含智慧、劝人向善及关怀苦难者的理论》(1794)。书中未提到这是克里斯蒂安·舒尔茨(Christian Schultze)的作品。

去、现在与未来这三者的本质意义,并给出如何正确对待时间的建议。第二首采取类似的表达方式,以空间为主题:"空间的测量有三种……"(长、宽、深)这三种空间维度被用以比拟人生的探求:"只有恒心可以使你达到目的,只有博学可以使你明辨世事,真理常常藏在事物的深处。"①就像常安尔(E. H. von Tscharner)所强调的那样,这些箴言实则并非出自孔子。②另一方面,诗中也蕴含了放之四海而皆准的真理。这些道理不受时空限制,也并不与孔子的学说相悖。

卡尔·西格蒙德·弗莱赫尔·冯·泽肯多夫(Karl Siegmund Freiherr von Seckendorff)在1781年登载于《蒂尔福特报》的未完结稿件《中国的品德教师》中,尝试将儒家学说运用到狭义的人类教育中。这里他指的应该是当时已经人尽皆知的中式礼仪:

> 礼貌地问候他人,鞠躬行礼,在恰当的场合说出友善的话语,不争抢风头——孩子们,这些是人际交往中应有的礼仪规范。在我们与他人交往时,会通过自己的言行表现出或是敬重或是蔑视的态度。③

泽肯多夫的作品虽然面向孩子,但与普费弗尔不同的是,泽肯

---

① 弗里德里希·席勒:《席勒全集》(*Sämtliche Gedichte*)第一卷,赫伯特·G. 格普费特(Herbert G. Göpfert)编,慕尼黑:德国袖珍书出版社1962年版,第197—198页。
② 常安尔:《古典时期以前德国文学创作中的中国》(*China in der deutschen Dichtung bis zur Klassik*),慕尼黑:莱因哈特出版社(Reinhardt)1939年版,第84页。
③ 泽肯多夫:《中国的品德教师》,爱德华·冯·德·海伦(Eduard von der Hellen)编:《蒂尔福特报》,伯恩哈德·苏范(Bernhard Suphan)作序,魏玛:歌德协会出版社1892年版,第79页。歌德十分赏识泽肯多夫。

多夫并非单纯教导孩子们改善对待父母的态度,而是使他们更容易融入社会。在《中国的品德教师》两课的内容里,并没有太多涉及中国的素材,但所提倡的礼貌、诚实、公正、理智、节俭、仁爱等品行,可以视为对儒家五常——仁、义、礼、智、信——的另一种表达。塞尔登认为,泽肯多夫肯定是以杜赫德的四卷本作为蓝本,甚至逐字援引了里面的内容。①

歌德在《威廉·迈斯特的漫游时代》(*Wilhelm Meisters Wanderjahre*)一书中,将儒家伦理元素融入他的教育理念。② 当然他并不是简单地借用,而是有意识地创造了融汇中西的教育准则。歌德在作品中并未显性提及中国的背景,如果他这么做,那么这些所谓放之四海而皆准的规则将会受到质疑,这显然有悖于作者的初衷。

在前往"教育省"时,威廉和菲利克斯在边界处首先遇到了忙着做农活的孩子:

>……所有的孩子,无论在忙什么,都放下手头的工作,摆出特殊的、不同的姿势,转身面向正从他们前面经过的人。他们应该是在问候长辈。最年幼的孩子把手臂交叉放在胸前,愉快地仰望天空;年龄稍大的孩子把手臂背在身后,微笑着俯

---

① 塞尔登:《1773—1833年德语诗歌中的中国》,伯克利、洛杉矶:加利福尼亚大学出版社1942年版,第157—158页。
② 1926年2月3日的《慕尼黑新闻报》娱乐版副刊第39页上,理查德·卫礼贤(Richard Wilhelm)在文章《歌德与中国文化》中首次指出,《孝经》中的某些地方与《威廉·迈斯特的漫游年代》中对敬畏的表达极为相似。奥里希在随后照搬原文引用,却未注明出处。克里斯丁·瓦格纳-迪特玛尔错认为歌德未读过《孝经》。(瓦格纳-迪特玛尔:《歌德与中国文学》,载特伦茨编:《歌德晚期作品研究》,美因河畔法兰克福:阿森瑙姆出版社1971年版,第172页,注175)。歌德曾对卫方济的翻译做过批注,此外说他未读过《中华杂纂》第四卷的假设也无法成立。

视大地;其余的则挺身抬头,手臂竖直,头朝右侧,排成一行,与刚刚看到他们时三三两两分散在各处的样子大不相同。①

泽肯多夫认为,教育主要是教导孩子如何正确地与他人交往。而其中首要的就是讲礼貌。歌德并没有提出教育理论,而是通过形象的动作描写来表现。② 这些动作具有象征意义,既能体现儒家的思想精髓,又能体现西方的宗教观念。文中所描述的三种问候方式分别代表了天、地和人,与儒家"天、地、人"三位一体理论不谋而合。"教育省"中最基本的行为原则是"敬畏":"没有人是带着敬畏来到这个世界上的,然而敬畏却成为万事之重,是人在各个方面之所以成为人的关键。"③

"敬畏"也是"孝"众多翻译方式中的一种,是儒家伦理学说的基石。《孝经》有说:"用天之道,分地之利,谨身节用,以养父母,此庶人之孝(敬畏)也。"④

文中的三种问候形式分别对应着三种不同的敬畏。把它们汇总起来,形成一个整体,可以取得最大的力量和最好的效果。

第一种是敬畏"在我们之上的人和事物。我们教导孩子做出这样的动作,并让他们相信,天上有神的存在,化身为父母、老师、

---

① 约翰·沃尔夫冈·冯·歌德:《文集》(Werke)第八卷,埃里克·特伦茨校、注,慕尼黑:贝克出版社1977年版,第149—150页。
② 特伦茨在此处补充说明(同上书,第605页):"这些问候行为是歌德在世俗宗教信仰方面的标志性动作。"
③ 同上书,第154页。
④ 此处及后续翻译均引自顾路柏(Wilhelm Grube)版的《孝经》,《国内外文学杂志》1884年第53卷,总第24期,第383—384页。括号内是作者自己的强调。

长辈"。① 此处的"神"对应着中文的"天",且与《孝经》中的一句话相符:"夫孝,始于事亲,中于事君,终于立身。"②

第二种敬畏的意思是"我们要幸福而愉快地注视大地;它给予我们食物,带给我们无限的快乐,也使我们感到无尽的烦恼。如果一个人损伤自己的肉体,无论是否正当,或者如果他遭到别人有意或者无意的伤害,或经受世间的痛苦,他就要想一下了:这类危险是伴随他一生的"③。这种说法接近《孝经》中的"身体发肤,受之父母,不敢毁伤,孝之始也"④。

第三种是对身边人的敬畏:"他勇敢地挺直站在那里,绝不会顾及自己而躲在一边;只有和伙伴们团结起来,才能同世界相抗衡。"⑤而《孝经》中在谈及人在现世中的社会地位时,这样说:"在上不骄,高而不危;制节谨度,满而不溢。"⑥

"敬畏"包含了"天""地""人"三位一体的特点,这在《孝经》中亦有提及。其第七章名为《三才》,并附以解释:"夫孝,天之经也,地之义也,人之行也。"⑦

故事中的敬畏从第三种开始,进入一种螺旋上升的发展模式:"从这三重敬畏中产生了最高层次的敬畏,即对人自身的敬畏,在

---

① 歌德:《文集》第八卷,特伦茨校、注,慕尼黑:贝克出版社1977年版,第155页。
② 顾路柏版《孝经》。
③ 歌德:《文集》第八卷,特伦茨校、注,慕尼黑:贝克出版社1977年版,第155页。
④ 顾路柏版《孝经》。
⑤ 歌德:《文集》第八卷,特伦茨校、注,慕尼黑:贝克出版社1977年版,第155页。
⑥ 顾路柏版《孝经》。
⑦ 此处引文为本文作者译自英文。原文如下:"Filial Piety in Relation to the Three Powers"及"Yes, filial piety is the constant (method) of Heaven, the rightheousness of Earth, and the practical duty of Man." 理雅各(James Legge):《东方圣书》第三卷:《儒家篇章》。牛津:克拉伦登出版社(Clarendon Press)1899年版,第472—473页。

此之上,三重敬畏再次得到升华,人就能达到他所能及的最高层次……"①值得注意的是,歌德对"教育省"进行了严格的等级划分。这是否是在以讽刺的形式暗指与之相似的中国?过去中国人生活的方方面面都要遵守严格的规矩。不仅在教育、年龄和功绩方面有等级之分,在考试、教师、督查、长官、上司、长辈、领导、监管等方面都有等级。另一方面,这也有积极的影响。这样的等级划分为"敬畏"走向成熟提供了必要的保障。

但是在"教育省"成长起来的菲利克斯,在小说最后却并未成为该教育方式下的成功案例:"菲利克斯虽然无法构成'教育省'的对立面——他作为个体是无足轻重的——然而他的确为'教育省'投去了一束'讽刺的光芒'。"②年轻气盛的菲利克斯并未领会到第二种敬畏:人要警惕会危及自身的危险。而菲利克斯对身边人的敬畏和融入团体,也仅是在小说结尾时才提到,而且并未真正实现。"教育省"仅仅为他今后的人生发展起到了铺垫的作用。

毫无疑问,儒学元素体现于"教育省"的教育理念中,而人们又应该赋予这些元素何种意义?歌德并没有将该故事与中国进行关联,也没有赋予其任何异邦特色。看似简单的教育原则,实则在形式及内容上与《孝经》不谋而合。而正是这种简单的道理,却发人深省。在歌德看来,儒家学说的魅力在于,其固化的行为模式具有普遍的适用性,可以超越民族的智慧,打破国度的疆界,不受地

---

① 歌德:《文集》第八卷,特伦茨校、注,慕尼黑:贝克出版社1977年版,第157页。
② 玛丽安·雅布斯-克里格斯曼(Marianne Jabs-Kriegsmann):《菲利克斯和赫西莉》(*Felix und Hersilie*),载特伦茨编:《歌德晚期作品研究》,美因河畔法兰克福:阿森瑙姆出版社1971年版,第95页。

第二章 耶稣会的作用:传教中的外交、调整与文化适应

域的限制,而在"教育省"也发挥作用。

然而到了 19 世纪,中国热以及对孔子及儒学的敬重逐渐消失。尽管欧洲的汉学家对越来越多的中国古籍进行了更加细致的译介,"孝"却逐渐被人淡忘。只有极少数人还会再讲起有关孝道和敬畏的故事,如在华新教传教士慕雅德(Arthur E. Moule)1880 年于伦敦出版的《给男孩和女孩的中国故事》。然而孝道在中国国内却依然发挥着作用,它经历了义和团运动与清王朝的没落,也经历了国内战争与"文化大革命"。1984 年,一家中国建筑公司的董事在接受《新苏黎世报》采访时说,在他看来:"欧洲的孩子们不怎么关怀老人。在路上,老人总是独自或结伴而行。但在中国,父母和祖父母直到临终前都是由子女赡养的……"①

---

① "四十四个中国人在苏黎世。"《新苏黎世报》1984 年 4 月 7—8 日,第 49 页。

第三章　中国婚恋故事：中国文学于18和19世纪在德国的接受

一、不忠的寡妇

中文外译始于17世纪。耶稣会的传教士翻译了大量儒家经典并在法国出版。但使欧洲人真正了解中国文学的是1735年由杜赫德编纂出版的四卷本《中华帝国及其所属鞑靼地区的地理、历史、编年纪、政治及博物》(简称《中华帝国全志》)。除了书名中所提到的诸领域之外，杜赫德还尝试将中国的诗歌、戏剧和叙事作品带入欧洲。《中华帝国全志》第二卷就收录了8篇译成西文的诗歌，这些诗歌均选自中国经典诗歌总集《诗经》。同时，该书第三卷收录了一部简略版戏剧作品以及《今古奇观》里的4篇短篇小说。杜赫德的《中华帝国全志》可以称得上是介绍中国的经典之作，为欧洲其他文学研究者树立了典范。在其收录的文学译本中，小说《不忠的寡妇》最为成功。下文将详细探讨该作品在欧洲的接受情况。①

---

① 让·巴普蒂斯特·杜赫德(Jean Baptiste Du Halde, 1674—1743)，法国人，神父、地理学家、汉学家。杜赫德对道家学派代表人物庄子的叙述是围绕"不忠的寡妇"这一故事展开的。1736年版的标题为《妻子莫名堕落后，庄子献身钟爱的哲学，并成 (转下页)

第三章　中国婚恋故事：中国文学于18和19世纪在德国的接受

我们首先了解一下截至19世纪末20世纪初，《不忠的寡妇》这一故事（翻译及改编）的出版情况：

1735　杜赫德《中华帝国全志》第三卷收录了耶稣传教士殷弘绪（D'Entrecolles）翻译的这部中国小说。

1736　《中华帝国全志》英译本出版。

1747—1748　伏尔泰将该故事改编后收录在《查第格》（*Zadig*）第2章。

1747—1749　《中华帝国全志》德译本出版。

1755　该故事"稍加修改后"发表在《国外杂志》（*Journal Etranger*）上。

1760　戈德史密斯（Goldsmith）在《公共纪事报》（*Public Ledger*）上将庄子夫妻的故事作为《世界公民》（*Citizen of the World*）的第18封信发表。

1762　《世界公民》公开出版。

1764　皮埃尔-勒内·勒莫尼耶（Pierre-René Lemonnier）将该故事改编为"戏剧芭蕾"：《中国女主人或荒谬的考验》（*La Matrone chinoise ou l'épreuve ridicule*）。

（接上页）名于道》（*Tschoang tse après les bizarres obseques de sa femme, s'adonne entièrement à sa chere Philosophie, & devient célèbre dans la Secte de Tao*）。杜赫德将这部小说和《庄子》中的三个故事联系在一起，它们是庄周梦蝶、鼓盆而歌和庖丁解牛。参见卫礼贤：《庄子的南华真经》（*Dschuang Dsi. Das wahre Buch vom südlichen Blütenland*），耶拿：迪德里希斯出版社1920年版，第21、137、213页。书名《不忠的寡妇》出自爱德华·格里泽巴赫（Eduard Grisebach，1845—1906）：《不忠的寡妇———一部中国小说及其在世界文学中的流传》（*Die treulose Witwe. — Eine chinesische Novelle und ihre Wanderung durch die Weltliteratur*），维也纳：罗斯纳出版社1873年版。

1772　《夫人的故事：六部短篇小说》(The Matrons. Six Short Histories)中收录了杜赫德的法语版《中国夫人》(The Chinese Matron)的英译。

1784　勒蒂夫·德·拉·布雷东(Rétif de la Bretonne)在《同时代人》(Les Contemporaines)一书中引用并改编了这个故事：《巴黎妇人》(Matrone de Paris)。

1782—1786　穆塞乌斯(Musäus)《德国民间童话》(Volksmärchen der Deutschen)出版，其中有关于"爱之忠贞"的故事。

1806　佩特罗斯乌斯(Petronius)：《讽刺文学》(Satire)，引用自杜赫德，并附有关于以弗所女神及相同主题的一则中国故事的思考。

1827　阿伯尔·雷慕莎(Abel Remusat)出版《中国小说选》(Contes chinois)，其中包含了殷弘绪(和杜赫德)的译文。

1827　《中国小说选》德文版出版。

1843　伯奇(Birch)在《亚洲杂志》(Asiatic Journal)上发表译文。

1851　费利克斯·利布雷希特(Felix Liebrecht)翻译并补充了约翰·柯林·邓禄普(John Colin Dunlop)的《虚构的历史》(The History of Fiction)，添加了德语的内容提要。

1871　伯奇编译后的版本《中国寡妇》(The Chinese Widow)在《凤凰杂志》(The Phoenix)上发表。

1872　《中国寡妇》成书出版。

1873　爱德华·格里泽巴赫(Eduard Grisebach)《不忠的

第三章　中国婚恋故事：中国文学于18和19世纪在德国的接受

寡妇——一部中国小说及其在世界文学中的流传》(参考伯奇在《亚洲杂志》上发表的英文版本)修订版：1877、1883、1886。

1874　斯腾特(Stent)《玉花冠》(The Jade Chaplet)中收录了民谣版《不忠的寡妇》的英语译文。

1879　《国外文学杂志》(Magazin für die Literatur des Auslandes)发表了该民谣的德语译文。

1880　爱德华·格里泽巴赫编译《今古奇观：中国的一千零一夜中的古今小说》(Kin-ku-ki-kuan. Neue und alte Novellen der chinesischen 1001 Nacht)，其中包括《不忠的寡妇》。1887年在另一家出版社出版。

1884　《宋国妇人——两个望远镜》(La Matrone du pays de Soung. — Les deux jumelles)。中国小说，由勒格朗(Legrand)写序(继雷慕莎之后)。

1889　阿纳托尔·法朗士(Anatole France)在雷慕莎《一位手持白扇的女子的故事》(Histoire de la dame à l'éventail blanc)的基础上将故事内容大幅缩减，并发表在7月28日的《时报》(Le Temps)上。

1891　该故事被收录在阿纳托尔·法郎士《文学生活》(La Vie Littéraire)一书的第三章中。

1891　朱迪特·戈蒂埃(Judith Gautier)在1月31日发表的《费加罗(Figaro)》中引用并自我改编了这个中国故事：《哀伤的中国故事》(L'éventail de deuil, conte chinois)。

1893　该故事收录于戈蒂埃的《东方的花朵》(Fleurs d'Orient)中。

1893　罗伯特·肯纳韦·道格拉斯（Robert Kennaway Douglas）的《中国故事》（Chinese Stories）中收录了《易变的寡妇》（A Fickle Widow）这个故事。

1898　《青年杂志》（Jugend）1月1日版发表了阿纳托尔·法郎士《手执白扇的女士》（Die Dame mit dem weißen Fächer）一文，译者是汉斯·尤尔根斯（Hans Jürgens）。

1898　霍夫曼斯塔尔（Hofmannsthal）的《白扇》（Der weiße Fächer）于1月29日和2月5日发表在德国《时代周报》（Die Zeit）。

这个表还可以继续补充，20世纪还有很多改编版本，但其中最新的一个改编版本应该是W. 舍德尔（W. Schede）的《寡妇的扇子》（Der Witwenfächer，1958）。

这部中国小说的内容如下：一日，庄子在山上遇到一名女子，见她蹲在新坟前，拼命摇扇，好像要把坟上湿漉漉的土扇干。原来，坟中葬的是她丈夫，丈夫临终遗言，要等坟上土干后，她才可以改嫁。她等不及了，于是猛扇坟土，让它快干。这一场景仅是故事的开端。庄子回到家中，跟妻子田氏说起这事，田氏听到这个故事后，怒斥少妇不守妇道。庄子想了想，决定拿一个实验测试一下妻子对自己是否忠贞。于是庄子施法，使自己患上重病并离开人世，然后变成一个年轻帅气的公子重新出现在田氏面前。田氏怦然心动，很快就爱上了这位公子。然而年轻公子突发疾病，命在旦夕，唯有饮食人的脑浆才能缓解病症。田氏不假思索地找来一把斧头，砍向庄子的棺材。不料劈开棺木，庄子居然复活。田氏羞愧得

第三章　中国婚恋故事：中国文学于18和19世纪在德国的接受

无地自容，自缢身亡。庄子则摆脱了七情六欲，全身心地投入到道学研究中，最终得道成仙。①下文将通过三个例子来介绍，这个故事是如何融入法国、英国以及德国文学的。

第一位改编这个故事的是18世纪最著名的汉学仰慕者——伏尔泰，著有《查第格或命运》(Zadig oder das Schicksal)一书。这是一部以古代东方为背景的哲理小说，其中第二章"鼻子"就借鉴模仿了《不忠的寡妇》的情节。在伏尔泰的小说中，庄子这一角色变成了查第格，这位略显幼稚的年轻人在经历了一个又一个事件后，成为一名哲学家。查第格有一位妻子，唤作阿曹拉(Azora)。和庄子一样，他的妻子也并不比她痛骂的寡妇忠贞多少（在伏尔泰的小说中，寡妇为了尽快改嫁不再是用扇子扇她丈夫的新坟，而是把溪水引到别处去。）于是查第格也假装去世，躺在棺材里。接着，一位知情的朋友来拜访阿曹拉并向她求婚。这位朋友假装得病，疼痛难忍，并且告诉阿曹拉，只有将一个人的鼻子放在他身上才能痊愈。于是阿曹拉赶紧跑到查第格的棺材旁，准备将他的鼻子割下来。当阿曹拉发现自己暴露了之后，她并没有寻死，但是查第格无法再忍受两人一起生活，便将她赶走了。和庄子一样："查第格认为一个人要幸福，不如去研究自然界。他自忖道，'上帝在我们眼前摆着一本大部头的书，能够阅读此书的人才是天下最快乐的人……他发现的真理，别人是拿不走的；

---

① 内容梗概出自舒斯特：《德国文学中的中国和日本（1890—1925）》第一、三章，伯尔尼、慕尼黑：弗兰克出版社1977年版。这一故事在中国也很受欢迎，因而这一素材被创作成戏剧和歌谣。卫礼贤在几乎没有改动的情况下将该故事收录进他的《中国民间童话》(Chinesische Volksmärchen)，耶拿：迪德里希斯出版社1914年版。

他培养自己的心灵,修身进德;他能安心度日,既不用提防人家,也没有娇妻来割他的鼻子。'有了这个念头,他便决定离开城市,前往幼发拉底河。"①

伏尔泰以古老的东方为故事背景,保留了庄子试妻故事的主要轮廓,只对扇坟和开棺的情节加以修改——说明这个道德故事所传达的核心思想与他作为"启蒙思想家"的世界观十分吻合。②

与伏尔泰相比,奥利弗·戈德史密斯(Oliver Goldsmith)的改动较大:他将这部小说改编成一出戏,并附上一小本婚姻手册。这部讽刺性戏剧先是对比了英国人与荷兰人的婚姻爱情观:前者热情洋溢,后者谨慎克制。然后分析了年轻夫妻在公共场合的行为。之后,"中国妇女故事"的序幕便拉开了。戈德史密斯将庄子和妻子的角色设定为一对幸福恩爱的夫妻:"庄子是一位模范丈夫,韩氏则是朝鲜王朝(此处原文错误)最讨人喜爱的妻子,他们幸福地生活在一起……"③和原著一样,庄子偶遇了一位拿着扇子的寡妇。不同的是,戈德史密斯并没有赋予庄子任何神通法术,而是让他迷恋上了寡妇的美貌。庄子邀请寡妇伴他回家,心想妻子一定会给她安慰。随后,这部家庭闹剧便开始了,愤怒又嫉妒的韩氏马上把寡妇赶了出去。不久,庄子的一位男弟子前来拜访,晚餐期间,庄子还和妻子在弟子面前情话连篇,但突然庄子就中风而

---

① 伏尔泰:《查第格,微型巨人,老实人》(*Zadig, Micromégas, Candide*),日内瓦:阿尔贝特·斯基拉出版社 1944 年版,法国文学宝库系列十七卷,第 24 页。
② 伏尔泰赋予查第格的某些冒险以自传性质。
③ 彼得·坎宁安(Peter Cunningham)编:《奥利弗·戈德史密斯作品集》(*The Works of Oliver Goldsmith*)第二卷,伦敦:约翰·默里出版社 1854 年版,第 139 页。

第三章 中国婚恋故事:中国文学于18和19世纪在德国的接受

死。韩氏伤心欲绝,直到几个时辰后,她看到了庄子留下的遗嘱,才渐渐恢复平静。但是三日后,她竟然准备和年轻的学生结婚了,正当韩氏在新房里等待新郎的时候,熟悉的一幕又发生了。学生得了怪病,需要人的心脏才能治愈。和田氏一样,韩氏用斧头劈开了棺材。庄子再次醒来,但并不知发生了什么。想要问妻子的时候,韩氏已经死了:"他看到妻子倒在血泊中,因为她无法在羞耻和失望中苟活,便刺穿了自己的心。"①

戈德史密斯赋予了故事一个新的、带有讽刺意味的转折:庄子意识到自己是得道之人,对于妻子之死表现得很平静。但是发生了这种事情,又应该怎么做呢?他将自己刚刚躺过的棺材修复好,把妻子抬了进去。布置好的婚礼现场也不能白白浪费:当晚他就和拿扇子的寡妇结婚了。

不同于中文版本和伏尔泰版本中的男主人公,他们不再对女人和肤浅社会表现出失望与退避,而是采取更为理性和贴合实际的行为。故事的结尾带给读者一定的启迪,即要理性对待婚姻:"他们事先就知道对方身上的缺点,因此婚后就会彼此原谅。他们在一起生活了许多年,平静淡雅,不期经历激情欢喜,但求获得心意满足。"②

穆塞乌斯亦借用庄子试妻的故事,创作了《德国民间童话》。这也是该故事第一次出现在德语文学中。准确地说,穆塞乌斯将该故事改编成了当地的传说。正如他自己所言:"作者有权利将模糊的东西(故事模板)本地化,并赋予它适当的时间、地点以贴合

---

① 坎宁安编:《奥利弗·戈德史密斯作品集》第二卷,伦敦:约翰·默里出版社1854年版,第142页。
② 同上。

故事的内容。"①在对《不忠的寡妇》这一故事的改写上，穆塞乌斯成功地将一个外国故事与德国本土文化相融合。乍一看，这个围绕哈勒蒙德勇士海因里希（Heinrich）伯爵、其美丽的妻子尤塔·冯·奥尔登堡（Jutta von Oldenburg）以及她的侍童欧文（Irwin）三人展开的故事似乎与中文版庄子试妻的故事毫无联系，但细读后就能将两个故事逐点对应起来。

穆塞乌斯将寡妇扇坟这一情节全部删去，故事以伯爵夫妇的一场关于忠贞的谈话拉开序幕。同庄子的妻子田氏一样，伯爵夫人也是满嘴大话："尤塔经常柔情地对丈夫说，如果失去他，自己将无法体会到天堂的乐趣，如果保护神非要将她与丈夫分离，那任何补偿她都不接受。"②勇士海因里希虽然不是庄子那样的怀疑论者，但他认为，爱和忠贞要面向现实：他们向彼此承诺，即使对方死后也不再婚。浪漫的空想主义者尤塔"在那段爱情中得到了极大的慰藉和满足，并自愿放弃丈夫死后再婚的权利"。为了体现这种忠贞，尤塔用绿色和黑色的丝带为她和丈夫分别做了一个"无法解开的爱情结"；海因里希将他的那个结作为伯爵项链的装饰品佩戴，尤塔则将她的结系在"自己时常佩戴的那根金色的心形项链上……藏在美丽的胸前"③。至此，尤塔觉得做什么都不足以表达自己对丈夫永恒的爱与忠贞，即使在丈夫死后也依然如此。

---

① 约翰·卡尔·奥古斯特·穆塞乌斯（Johann Karl August Musäus）：《德国民间童话》，诺伯特·米勒（Norbert Miller）作后记、注，慕尼黑：温克勒出版社1976年版，第13页。尽管米勒"从文学角色中获得了灵感"，但总的来说，童话故事还是"穆塞乌斯创造的"（第856页）。
② 穆塞乌斯：《德国民间童话》，诺伯特·米勒作后记、注，慕尼黑：温克勒出版社1976年版，第459页。
③ 同上书，第461页。

第三章　中国婚恋故事：中国文学于18和19世纪在德国的接受

海因里希伯爵没有任何魔力用来测试自己的妻子。在这场关于忠贞的谈话结束后不久，他就在一次骑士战争中牺牲了。伯爵去世后没有被安葬，但他的心脏被涂上了防腐材料，尤塔为他在宫殿的花园里"建造了一个由雪花石和大理石制成的气势磅礴的纪念碑，碑顶是伯爵身着戎装的柱形立像，高高耸立着，犹如他即将上阵杀敌"①。取代学生这个角色的是侍童欧文，他前来拜访伤心欲绝的伯爵夫人，听她诉苦，从已逝的丈夫渐渐谈到她自己。与庄子的妻子一样，尤塔爱上了这个年轻的男子，并想与他结婚。当然她也同样必须为此克服许多阻碍。庄子的妻子将学生带到家里有失礼节，尤塔则因在宫殿大摆宴席为不久前晋升为骑士的欧文庆祝而受到他人的奚落。但是两个女人都以一种激烈的方式证明他们对已逝丈夫的爱已然消失：一个是众所周知的以斧劈棺，另一个则"拿起一把剪刀，犹如拿起亚历山大大帝的剑一般，快刀斩乱麻"②——剪断了一直以来系在金色心形项链上的爱情结。最后，正如庄子的故事那样，就在她第二次结婚的那晚，第一任丈夫复现在自己的面前：尤塔"闭上了她那美丽的双眼，不再有任何生命迹象"③。

现代读者之所以没能立刻意识到中国小说与这个"德国"童话之间的联系，可能是因为两者使用了不同的叙事基调。中国小说的主人公是圣人庄子。作为一位沉着冷静的怀疑论者，他以一种讽刺的态度看待女人的感情与承诺，而最后他选择远离世俗。故事中所

---

① 穆塞乌斯：《德国民间童话》，诺伯特·米勒作后记、注，慕尼黑：温克勒出版社1976年版，第474页。
② 同上书，第482页。
③ 同上书，第492页。

有的情节都是透过庄子的这种态度来叙述的,女人的一切行为都是讥讽的对象。然而,穆塞乌斯的版本第一眼看上去,好像是一个童话故事。只有慢慢地、仔细地品读,才能体会到语言中讽刺的意味。作者将感性的谈话和场景与理性的评论进行对比,不断地塑造女主人公"忠贞""好夫人"的形象,并出其不意地插入一些外来用语以渲染故事气氛。作品中最明显的讽刺手段就是标题:《爱之忠贞》。[①]

至于伏尔泰、戈德史密斯和穆塞乌斯三人是否成功地在这个异国故事中注入了法、英、德本国的灵魂,只能靠每个读者自己来评判;对比三人的作品,或多或少能获得一个比较令人满意的结果。伏尔泰的版本篇幅较短,但最忠于原作——这点从内容选取、场景运用以及叙述基调上都能看出来。这则道德故事将人生的智慧、无奈和讽刺都表达了出来,原作中一些粗俗的细节则被弱化。与之相反,戈德史密斯虽然使用了很多反讽的表现手法,但也有现实的理性,这体现在他对故事情节的改动以及整体的实际运用上。他的版本篇幅同样不长。穆塞乌斯则并不想用他的作品来教导别人,而是将它视为一个里程碑,"在重新兴起的娱乐性阅读领域占有一席之地,对尚未受到德国作家重视的各类童话与民间童话故事进行再创作。"穆塞乌斯作为叙述者,同时也是间接的讽刺者。他不仅刻画了一个荒诞的人物形象,还对角色进行了评价。作者在表现尤塔的伤感与欲望,海因里希的忠诚与天真以及欧文的贪婪与算计时,也对他们进行了嘲讽。穆塞乌斯的《爱之忠贞》也许算不上一部优秀的民间童话,但一定能在消遣性读物中占有一席之地。

[①] 1842年版《德国民间童话》的毕德迈雅式插图表明,19世纪时人们就再也看不到这个故事的讽刺意味了。

第三章 中国婚恋故事:中国文学于18和19世纪在德国的接受

19世纪末,欧洲再次掀起了一股中国小说热,这点通过前文出版物的列表就能看出。其中最受关注的故事还是《不忠的寡妇》。在德语界,剧作家霍夫曼斯塔尔重新塑造了寡妇这一角色,更显诗意。① 据我所知,在所有德语版本中,唯有阿尔伯特·艾伦斯坦(Albert Ehrenstein)的版本是以诗歌形式呈现的;杜赫德曾在他的版本中引用了这首诗的结尾部分来结束全文。在这里再次援引:

> 庄子觉醒自婚姻
> 大块无心兮,生我与伊。
> 我非伊夫兮,伊非我妻。
> 偶然邂逅兮,一室同居。
> 大限既终兮,有合有离。
> 人生之无良兮,生死情移。
> 真情既见兮,不死何为!
> 伊生兮拣择去取,伊死兮还返空虚。
> 伊吊我兮,赠我以巨斧。
> 我吊伊兮,慰伊以歌词。
> 斧声起兮我复活,歌声发兮伊可知。
> 嘻嘻,敲碎瓦盆不再敲。
> 伊是何人?我是谁?②

---

① 霍夫曼斯塔尔对该故事素材的改编以及素材的来源参见舒斯特:《德国文学中的中国和日本(1890—1925)》第一、三章,伯尔尼、慕尼黑:弗兰克出版社1977年版。
② 杜赫德:《中国文选——阿尔伯特·艾伦斯坦再创作》(*Kleine chinesische Anthologie. Umdichtung von Albert Ehrenstein*),载《文学世界》(*Die literarische Welt*)第三十四册,1928年版,第4页。

《不忠的寡妇》这一故事的成功从一开始就建立在广泛的基础上。故事本身所传达的是一种愤世嫉俗的哲学态度——这种态度在任何时代都有一大批追随者。此外,这还是一个揭示人性弱点的故事。在任何地方,人们对过失、犯罪和非正统行为这类题材的兴趣,都比对一般道德规范的兴趣要更加强烈。最后,这个故事说明了一个在(当时)父系社会中被普遍认可的观点:女人对生活的欲望是违反道德的。虽然故事听起来是发生在其他国家,但它所表达的观点确实与欧洲社会的相似。此外,受过教育的读者甚至能够联想到这个故事就是《以弗所的寡妇》(Witwe von Ephesus)的翻版。当然,最重要的莫过于文学作品的品质:严密的情节推进、新颖的题材、令人意想不到的情节转折、虚构与现实意义的对比等。全文言简意赅、幽默诙谐。最终,还是文学品质决定了汉译作品在欧洲文学中的地位和发展。

二、愉快的婚恋故事

大约20年后的1761年,托马斯·珀西(Thomas Percy)的英译本《好逑传,或愉快的婚恋故事》(Hau Kiou Choaan, or The pleasing History)出版①(后更名为 Hao ch'iu chuan — Geschichte einer glücklichen Gattenwahl②)。作为中国第一部被译成英语的长

---

① 1751年,珀西曾将这部小说的英译本作为私人出版物出版,1761年所出版的其实是第二版。小说附录中还包括了其他"中国诗歌的片段"。1762年,珀西另一部关于"中国"的作品《汉语札记》(Miscellaneous Pieces relating to the Chinese)出版。当时的潮流是在艺术与创作中赋予更多的自然性的东西,珀西对中国的研究在多大程度上与这一潮流有关,很值得深入探究。
② 参见弗兰茨·库恩(Franz Kuhn)译:《侠义风月传》(Eisherz und Endeljaspis,即《好逑传,或愉快的婚恋故事》),一部创作于明代的小说,莱比锡:岛屿出版社1927年版。该书的新版本在1958年由德国书业联合出版社出版。在儒家思想盛行的中国,这部小说被称为"十大杰出文学作品"之一。成书时间可能是17世纪,作者不详。

第三章 中国婚恋故事:中国文学于18和19世纪在德国的接受

篇小说,《好逑传》的英译本在欧洲一经问世,便引起了广泛关注,其受欢迎程度丝毫不亚于当年的《不忠的寡妇》。托马斯·珀西同时还编纂了《英诗辑古》(*Reliques of Ancient English Portry*)一书,改变了欧洲民众对诗歌的品位,培养了读者对古代民歌的兴趣。《好逑传》与之前提到的作品相比,在某些方面完全不同,连歌德和席勒都为它着迷,这也奠定了其在十八九世纪文学界的地位。

最初将这部小说翻译成英语的有两个人,其中一位姓氏不详,他翻译了小说的 3/4,另一位译者就是托马斯·珀西,将小说的另外 1/4 翻译成英文。然而珀西"忽略了整体,只是逐字逐句地将汉语译成对应的英语,没有对小说进行改编,因此在他的译文中处处可见汉语文学的风格特点"①。显然,珀西的译文是无法令人满意的:"如果以欧洲人的角度来看,这部译作一定是饱受批评的。人们会说,这种事情很少会发生,而且也不是谁都会这么想的;这些虚构的人物既不恰当也不生动;叙述也相当单调无聊,不足以激发读者的阅读兴趣和想象力;讲述的很多都是无关紧要的琐碎小事。"②但当 1766 年这部小说的德译本和法译本先后出版时,仍吸引了不少对中国文化感兴趣的知识分子。③ 这又该如何解释呢?

---

① 引自德译本《好逑传——好逑先生的快乐故事》(*Haoh Kjöh Tschwen, d. i. die angenehme Geschichte des Haoh Kjöh*),莱比锡:J.F.龙尼乌斯出版社 1766 年版。这部中国长篇小说共有四卷。最初是由中文版译为英文版,穆尔又将英文版译为德语版。文中引言出自"英译本的序言",第 28 页。不过中文文本已经被缩短,添加了新的章节引言。穆尔认为他必须改正珀西的错误,即将好逑理解为作者的名字。
② 同上书,第 21 页。
③ 德译本的作者是穆尔,法文译本是指埃杜斯:《好逑传,中国故事》(*Hau-Kiou-choaan, histoire chinois*),里昂:伯努瓦迪普莱出版社 1766 年版。为了便于理解,亚历山大·伟烈亚力曾写道:"五十多年来,[翻译]仍然是获取信息的重要途径。"《中国文献录》(*Notes on Chinese Literature*)(上海,1867 和 1902),第 33 页。

这部中国小说大获成功的原因主要有三个。

首先,当时欧洲民众普遍对中国颇感兴趣。通过阅读《好逑传》,欧洲读者不仅能了解中国百姓的生活,还能感受到"中国作家们不俗的文学造诣,将一部长篇小说的各个情节连接起来,环环相扣,毫不拖沓"。① 编者在序言中巧妙地迎合了读者的这种口味。他翻译《好逑传》,并非因其"令人惊叹之美好",而是大胆地"把它视作中国百姓生活方式的真实展示,对于这个人口众多、幅员辽阔的国度,只有本族人才能够如此精确无误地描述他们本土的政治和经济生活"。② 小说中大量的注释也从侧面体现了它是对中国百姓生活的真实写照。

其次,很多人对翻译这部小说感兴趣,是因为它并非出自耶稣会传教士之手,而是在一位曾在广州生活过的英国东印度公司员工那儿发现的。③ 众所周知,由于中国礼仪之争,耶稣会传教士在传播中国文学作品时,会对其内容进行删减和改编;他们经常错误地宣传中国的社会情况,很多人都对此表示不满。而《好逑传》则为欧洲人民了解"真正的"中国提供了一个机会,这也正是这部小说受到许多译者青睐的原因。在当时的英国社会,人们并不认可中国,珀西也一样。凡是这部小说中存在的"不合理之处",珀西都会不假思索地将其归咎为中国民族文化本身的缺陷:"专家们认为,几乎所有的汉学作品都或多或少地反映了这个民族基因里的

---

① 穆尔译:《好逑传——好逑先生的快乐故事》,莱比锡:J. F. 龙尼乌斯出版社 1766 年版,第 20 页。
② 同上书,第 23 页。
③ 同上书,第 19 页。

第三章 中国婚恋故事：中国文学于18和19世纪在德国的接受

卑微和贫穷。这从他们的文字里就可以看出……正是这种卑微的基因使中国人常常像奴才一样奉承他人，惧怕改革，这也就导致了中国人性格上的奴性屈从思想，精神迟钝，想象力受桎梏；但不可否认的是，这些思想的确有利于皇室巩固统治。"①

最后，当然是这部小说的情节。故事的女主人公水冰心是一位美丽的才女，为守护贞节，她凭借过人的聪明才智一次次破坏坏人的阴谋，不畏任何强权暴力。这与理查森（Richardson）笔下同样为贞节奋斗的帕梅拉（Pamela）十分相像，因此吸引了不少《帕梅拉》的粉丝。故事的男主人公是帅气、勇敢、品行端正的铁中玉（Tieh-tschong-u）。他的命运则与菲尔丁（Fielding）《约瑟夫·安德鲁传》（*Joseph Andrew*）中的主人公有很多相似之处。②

《好逑传》的主要内容如下：17岁的水冰心独自一人居住在山东老家，曾在朝为官的父亲现已被贬至边疆，她的母亲很早就去世了。家中其他地产均被她那愚蠢、奢靡、贪婪的叔父占有。为了得到兄长丰厚的遗产，他希望自己的侄女冰心能够尽快出嫁。恰逢当时有一位风流的世家公子（过其祖）在寻找心仪之人，于是叔父就打算将冰心许配给他。不料，冰心聪慧异常，先后三次阻止了两人的阴谋。过其祖心有不甘，决定再次用计强抢，却被恰好路过的侠士铁中玉撞见。他将水冰心救下，使过其祖的计划再次落空。为了复仇，过其祖的几位朋友在铁中玉的酒食中下毒。在恩人命

---

① 穆尔译：《好逑传——好逑先生的快乐故事》，莱比锡：J. F. 龙尼乌斯出版社1766年版，第22页。
② 参见夏志清（C.T. Hsia）：《中国古典小说》（*The Classic Chinese Novel*），纽约、伦敦：哥伦比亚大学出版社1968年版，第203页。

悬一线之际,水冰心才意识到真正的贞节与得体的举止并非完全等同。她不顾礼节,执意将铁中玉接到家中医治。但她始终与铁中玉保持适当的距离,没什么可被人嚼舌根的。事后,叔父提议让她与铁中玉成婚,被她断然拒绝:如果那样的话,就不会再有人相信她的清白。铁中玉赞同她的观点,不久便离开了。在京城,过其祖又开始谋划如何得到水冰心,然而计划又一次被铁中玉破坏。水冰心的父亲受召回京,出任兵部尚书一职。过其祖的所作所为迫使男女主人公不得不遵从父亲的建议,尽快成亲,但只是形式上的。后续的一系列阴谋使他们又不得不举办一场隆重的婚礼,但两人依然只有夫妻之名。为了破坏他们的婚姻,过其祖和他的朋友四处散播谣言,诬陷两人品行不端正。这些话很快传到了皇帝耳中,毫无疑问,最终两人证实了自己端正的品行:皇后验明水冰心的处子之身。两人得到了世人的尊敬,并举行了第三次婚礼——这一次是真正的完婚。

在当时,这部小说对作家和诗人产生的影响不一。珀西的好友奥利弗·戈德史密斯在英译本正式出版前就已读过,并且从中受到启发,决定将他的著作《世界公民》的主人公定为中国人。约翰·福斯特(John Forster)在戈德史密斯传记中这样写道:"设定的角色是一位来到伦敦的中国游客:戈德史密斯对中国人的兴趣是长期存在的,并且在其好友珀西先生最近翻译的中国小说的影响下,这种兴趣得到了加强。"[①]至于这部小说在德国的情况,常安尔这样写道:"很难说穆尔(Murr)的译本在问世之后的几年里究

---

① 福斯特:《奥利弗·戈德史密斯的生活和时代》(*The Life and Times of Oliver Goldsmith*),伦敦、纽约、墨尔本:沃德·洛克公司1890年版,第148页。

第三章 中国婚恋故事:中国文学于18和19世纪在德国的接受

竟受到多大程度的关注……但不管怎样,赫尔德不太可能错过它。"①值得注意的是,在18世纪70年代,中国时尚在德国的流行达到了顶峰。时髦的是带有"中国韵味"的,而并非人们知晓的"真正"的中国;各种仿造的具有中国韵味的工艺美术品(丝绸和瓷器可能例外)比中国的原创产品更受欢迎。即使是《好逑传》也难逃这种命运。托马斯·珀西早前也赞扬小说中蕴含的民族精神,而非文学品质。1772年,当年轻的诗人路德维希·奥古斯特·翁策尔(Ludwig August Unzer)创作了一首"中国文化的挽歌"时,利奥波德·弗里德里希·君特·格肯克(Leopold Friedrich Günther Göckink)写信给他,也表达了相似的看法。对格肯克而言,这部小说可以算是这首诗歌的引言:"在阅读之前我们需要做大量准备,更多地了解这个民族的历史风俗,以便于我们能更好地品读体现中国文化底蕴的诗歌。我把您的诗给参谋长看了,相比而言,我比他更容易理解。因为我一年前读过一本中国小说,其中有些内容跟您观察到的很相似。"②赫尔德和歌德都不跟从中国时尚,当时他们对中国风的反感甚至蔓延到了中国本身。

歌德直到1796年才接触这部中国小说的德译本。这本译著是席勒1794年从克里斯托弗·戈特利布·冯·穆尔(Christoph Gottlieb von Murr)那儿得到的;1796年1月3—17日歌德在耶拿期间,席勒向他展示了这本书,并借他阅览。③ 1月24日,席勒给

---

① 常安尔:《古典时期以前德国文学创作中的中国》,慕尼黑:莱因哈特出版社1939年版,第91页。
② 同上书,第90页。
③ 歌德1月12日的日记中记载:"早晨看小说,说起这部中国小说……"

已回到魏玛的歌德写了一封信,信中写道:"对于一位正在研究以灾难为主题的小说,研究千首格言诗以及两部来自意大利和中国的宏大小说的作家,接下来的十天里,您定可以拿出时间来看看这本书。"①令人疑惑的是,为什么穆尔会在德译本出版近30年之后才寄给席勒,以及是什么促使席勒和歌德开始对中国小说感兴趣。这一切可能归因于当时在全欧洲引起轰动的一件事情:马卡蒂尼爵士出使中国(1792—1794)。受英国国王和东印度公司的委派,马卡蒂尼前往中国,拜访乾隆皇帝,希望能够与中国建立外交关系,签订贸易协定。虽然中国对他以礼相待,却拒绝了他的请求。②在当时的耶拿和魏玛,有关此次出使的书籍记载还无从查阅。③ 据考证,1813年歌德浏览过其中的三本。④ 但无论是歌德"介绍中国作品的笔记",还是他关于"安森爵士(Lord Anson)环游世界的记录"——两者都只涉及中国——都证明,那些年里,他对"真正的"中国越发感兴趣。⑤ 此后,他和席勒一直都对这部中国小说无法忘怀。

1800年8月29日,席勒在魏玛(应歌德的建议?)给出版商约

---

① 汉斯·格哈德·格拉夫(Hand Gerhard Gräf)、艾伯特·莱兹曼(Albert Leitzmann):《席勒和歌德书信集》(*Der Briefwechsel zwischen Schiller und Goethe*)第一卷,莱比锡:岛屿出版社1912年版,第144页。
② 同上书,第221—226页。
③ 除了提到的这些出使人员,福尔摩斯(S. Holmes)和约翰·克里斯蒂安·伊登勒(Johann Christian Hüttner)也出版过相关书籍,但只有安德逊的版本在1796年之前问世。
④ 1813年秋,歌德从魏玛图书馆借阅了爱尼斯·安德逊(Aeneas Anderson)(1795,英,德)、乔治·斯当东(George Staunton)(1798,德)以及约翰·巴罗(John Barrow)(1804,德)这几位作者的相关书籍。参见瓦格纳-迪特玛尔:《歌德与中国文学》,载特伦茨编:《歌德晚期作品研究》,美因河畔法兰克福:阿森瑙姆出版社1971年版,第149页,注99。
⑤ 参见常安尔:《古典时期以前的德国文学创作中的中国》,第83页。瓦格纳-迪特玛尔:《歌德与中国文学》,载特伦茨编:《歌德晚期作品研究》,美因河畔法兰克福:阿森瑙姆出版社1971年版,第147页。

第三章　中国婚恋故事：中国文学于18和19世纪在德国的接受

翰·弗里德里希·翁格尔(Johann Friedrich Unger)写了一封信,信中介绍了穆尔《好逑传》的德译本:"(它)是……过时的,被人遗忘的。但它有很多优秀的地方,并且独具特色,因此理应重新受到关注,并一定能为您的杂志增添光彩。虽然它会占用您大概25或26页的版面,但我有信心可将其缩短至15页,以增加经济效益,目前这个版本的叙述的确有些冗长了。我个人对这项工作非常感兴趣,已经着手了……"①开头这几页都被收录在席勒的作品中。下文将对穆尔、席勒以及库恩(晚于前两位译者)三人就男主人公违背父母意愿,拒绝成亲这一情节的译文进行比较。

穆尔:

20岁时,时间在阅读故事中不知不觉过去,他读到一个关于皇帝的故事。这位皇帝为了治愈生病的皇后,让一位叫比干的大臣把心挖出来用作药引。比干立即领命,将自己的心取出。年轻的铁中玉看到大臣们屈服于皇帝的执拗,不这样做就有可能招致危险,意识到伴君如伴虎。同时,他也深深被比干伟大的自我牺牲精神所折服,正是这种精神支撑着比干对皇帝无条件的顺从和尽忠,而铁中玉却从未对他的父母如此顺从过。这一夜,他受到良心的谴责,无法入睡。最后,他决定回到父母身边,并请求他们原谅自己久久未归。②

---

① 美因河畔法兰克福的中国研究院出版社编纂的《中德通书》(Chinesisch-Deutscher Almanach für das Jahr, 1930),第9页。
② 穆尔译:《好逑传——好逑先生的快乐故事》,莱比锡:J. F. 龙尼乌斯出版社1766年版,第5—8页。

德国文学中的中国和日本(1773—1890)

席勒：

20岁时，他读到了一个关于皇帝的故事。这个皇帝要求他的大臣将心取出，作为药引医治患病的皇后。这位叫比干的大臣立即同意为治疗皇后而交出自己的心。这种高度的自我牺牲让年轻人感到震惊，同时也让他想起对自己父母的亏欠，作为儿子的他很少顺从自己的父母。良心的谴责使他彻夜难眠；他决定立即回到父母身边，并请求他们原谅自己以前的固执。①

库恩：

他已经20岁了，还没有找到自己所爱之人。

一日，他在家饮酒读书，忽然读到从前有位十分忠心的大臣比干，因为常向暴君殷纣王谏言而死。他停下来开始思考：

"那个比干，"他自言自语道，"为臣尽忠，虽是正道，然也要有些权术，上可以悟主，下可以全身，方见才干。若一味耿直，不知忌讳，不但事不能济，每每触主之怒，成君之过，至于杀身，虽忠何益？"

铁中玉又饮了几杯，继续说道：

"我的父亲也在朝为官，脾气十分固执，像骨鱼一样硬，不知变通，他无疑会像比干一样，招致杀身之祸。"他后悔自己不能立刻长出翅膀，飞到父亲面前提醒他。整整一个晚上，他思绪万

---

① 席勒：《小说集》（*Erzählungen*）第十六卷，慕尼黑：袖珍出版社1962年版，第199页。

第三章 中国婚恋故事：中国文学于18和19世纪在德国的接受

干,辗转反侧,无法入睡。第二天,天还没亮,他就起床了。①

比较最早的译本,读者很快就会发现文中前后不一致的地方。比干的故事显然是为了赞扬他极度的忠诚,这种忠诚被年轻的铁中玉视为榜样。文中的注释证实了这种观点。在其中的注释"e"中,讲述了一个孩子为救母亲,从自己身上割下一块肉的故事,同样是一个赞扬孩子自我牺牲精神的故事,和比干的行为从本质上讲是一样的。但是,在注释中还出现了另一个版本:暴君纣王让比干将自己的心挖出来,为的是看看他是否心有九窍,或者说,是否忠心。"年轻的铁中玉看到大臣屈服于皇帝的执拗,不这样做就有可能招致危险,意识到伴君如伴虎。"这句话仅仅与注释的最后一部分相符,与先前的文本却并不匹配。那么比干的故事有什么意义呢？小说选取了比干忠君和自我牺牲的故事,注释"f"补充解释了中国社会秩序的基本原则：

> 英译本的手稿中还有这样一句话:他是地位仅次于比干之下,对皇帝负责之人。这些概念所引发的联想是中国人特有的,他们的统治形式是等级制的,这些原则支撑着国家法律：国家是由众多民众组成的大家庭；君主在统治时应如父亲般温柔,而父亲在小家庭里也应当如君主般温柔。②

---

① 库恩译:《侠义风月传》,莱比锡:岛屿出版社1927年版,第8—9页。
② 穆尔译:《好逑传——好逑先生的快乐故事》,莱比锡:J. F. 龙尼乌斯出版社1766年版,第8页。

席勒压缩了文本,删减了部分对于理解全文并不是必要的注释。① 有意思的是,他删去了"伴君如伴虎"那句话——对他而言,故事的逻辑通顺比忠于原文更重要。因此在席勒版中,男主人公也在良心的谴责下,去探望了父母。

库恩的未删节版译文则完全不同。比干由于直言不讳,惹怒了皇帝而被处死。铁中玉却由此联想到他的父亲。他不理解比干的做法,认为那么做是愚蠢的、无效的、不恰当的。这样看来,第一个版本的翻译显然是存在错误的,这可能是受译者先入为主的观念影响。如注释"f",在欧洲人看来,了解儒家所倡导的秩序礼仪是了解中国的"基本常识"。这些礼仪规范要求孩子们孝顺乖巧,官员们尽忠职守、无私奉献。②

可以肯定的是,《好逑传》中体现的儒家思想,对高尚品德和端正品行的颂扬,促使席勒对这部中国小说进行了改编。然而没有任何迹象表明,席勒在自己的创作中从这部中国小说汲取了灵感。歌德则不同:从他的小说《威廉·迈斯特的漫游时代》与《好逑传》之间存在着的某种联系可以看出,是这部中国小说的主题激发他创作了一个反面事例。

小说的主要思想是表达端正的行为与高尚的品德之间有时并不一致(表象与本质的冲突)。这一点在女主人公水冰心身上体现得尤为明显。她必须判断何时可以忽略,何时必须遵守礼仪。小说伊始,水冰心为了报答救命之恩不得不置礼节于不顾。而接

---

① 在其他某些地方席勒添加了一些信息。
② 参见本书第二章第四节。

第三章 中国婚恋故事：中国文学于18和19世纪在德国的接受

下来，她的所有决定都是为了同一目标：恪守传统礼仪规范。因此，她拒绝了与铁中玉成婚（尽管自己是喜欢他的），即便后来被逼成婚，他们也只是徒有夫妻之名而已。直到在皇帝的帮助下自证清白，她才真正与铁中玉完婚。

歌德在1815年重读了《好逑传》，且在1827年谈论过这部小说。[①] 比德尔曼（Biedermann）因此认为，《好逑传》对歌德《五十岁的男人》（*Der Mann von fünfzig Jahren*）中的最后一个情节产生了影响："中国女性的自制力使歌德感触颇深，她们宁愿牺牲爱情，也不愿意给人机会质疑自己的忠贞。"希拉丽亚（Hilarie）也是如此，"她嫁给了年长自己许多的人，宁愿压抑内心的情感，也不愿被人指责放荡、不忠，而去跟帅气的小伙谈情说爱"[②]。

克里斯丁·瓦格纳-迪特玛尔与比德尔曼的观点不同。她这样描述两篇小说的区别："水冰心拒绝爱情是由于……严格的行为规范，是由外在的礼节要求决定的。希拉丽亚的决定是出于她内心的敏感、害怕，这一点与水冰心是完全相反的。……在歌德的小说中，主人公的决定受内心左右，而在《好逑传》中，则是受外界制约。"[③]

[①] 1815年10月14日，威廉·格林（Wilhelm Grimm）在写信给他的哥哥雅各布·格林（Jacob Grimm）的信中写道：歌德看了这部小说，还提出了自己的见解。1827年让·雅克·安倍（Jean Jacques Ampère）告诉雷卡米埃夫人（Madame Récamier），歌德还很清楚地记得这部小说。君特·德邦（Günther Debon）对歌德在1827年谈论了《好逑传》这件事表示怀疑。参见德邦：《歌德在海德堡提到了一本中国长篇小说》，载德邦、夏瑞春主编：《歌德与中国——中国与歌德》（*Goethe und China-China und Goethe*），伯尔尼、美因河畔法兰克福、纽约：彼得·朗出版社1985年版，第51—62页。对于早期歌德研究的种种错误，该书均有记载。

[②] 沃尔德玛·冯·彼得曼（Woldemar Freiherr von Biedermann）：《歌德研究》（*Goethe-Forschung*），莱比锡：彼得曼出版社1899年版，第194页。

[③] 瓦格纳-迪特玛尔：《歌德与中国文学》，载特伦茨编：《歌德晚期作品研究》，美因河畔法兰克福：阿森瑙姆出版社1971年版，第170、171页。

但这只是影响两位女主人公做出决定的部分原因。事实上,在她们两个人的生活中,无论"内在规范"(道德),还是"外在规则"(礼节),甚至是爱情都扮演着重要角色。水冰心开始时违背了礼仪规范,也忽视了对铁中玉的感情。随着事件的发展,她逐渐意识到道德、传统、情感等因素,并最终将三者达成了统一,水冰心和铁中玉真正完婚。

《五十岁的男人》的故事情节则完全相反:在小说一开始,希拉丽亚就成为少校的新娘——这是一个看起来完全合乎常理的决定。希拉丽亚深爱这个男人,他看起来也较为年轻,家人和朋友们都十分赞同这段婚姻并深表祝福。慢慢地(随着歌德接着写下去)才显现出来,这段婚姻欠缺道德的基础。希拉丽亚的感情并非不可动摇,同时少校本人觉得自己的年轻是不自然的。该小说1821年版的结尾是,少校放弃了自己的驻颜疗养。读者不难猜到,他们之间的婚约将会被取消。在1830年的版本中,读者却发现:希拉丽亚爱上了她的表兄弗拉维奥(Flavio);少校(弗拉维奥的父亲)死了心,并不阻止两人成婚。希拉丽亚却拒绝了,小说以此收尾。

然而,在长篇小说《威廉·迈斯特的漫游时代》的主要情节中,希拉丽亚再次登场,并且在小说的尾声部分,她与弗拉维奥是夫妻关系。这一"方案"不再属于原小说,它像是添加了一个讽刺性的结尾。希拉丽亚的名声很不好:"因为美貌和可爱,她在任何地方都能够轻易地获得原谅,原谅她的朝秦暮楚。但随着小说情节的进展,人们会发现她是有错的,尤其是男人们对她的评价都不高。但这样的错误,如果只是一次,他们会认为无伤大雅,因为每

第三章 中国婚恋故事：中国文学于18和19世纪在德国的接受

个人都可能希望自己也成为她感兴趣的目标。"①在一句从《好逑传》中了解到的关于中国人本性的格言中，歌德对中国人和欧洲人的异同点做了如下陈述：

> 中国人的思考、行事和认知几乎与我们一样，并且我们很快就会觉得自己与他们是一类人，只是在他们那里，一切都比我们这里更清晰、更纯粹、更合乎道德。在他们那里，一切都是理智的、普通的，没有狂热的激情和大发的诗性，因此与我的赫尔曼和多萝西娅（Hermann und Dorothea）以及理查森的英国小说有很多相似之处。②

与《愉快的婚恋故事》相反，歌德的这部中篇小说讲述的是一个关于迷惘、激情和自我欺骗的故事。最后结局看似"愉快"，却是对社会的讽刺。《好逑传》与《五十岁的男人》两部作品的相似性基于其主题的类似：实质与表象，自然与艺术，情感与礼节之间的张力，这也是《威廉·迈斯特的漫游时代》的基调。

在歌德时代，还出版了《好逑传》的两个新版本：埃杜斯（Eydous）旧译本《门当户对》（L'Union bien assorti）1828年的新法语版，德庇时（Davis）直接从汉语翻译的《幸福的婚姻》（The Fortunate Union）1829年新译本。1842年又出版了一篇法语原译《成功的女人》（La femme accomplie），译者是又瞿约·大西

---
① 歌德：《威廉·迈斯特的漫游时代》，载歌德：《文集》第八卷，特伦茨校、注，慕尼黑：贝克出版社1977年版，第437页。
② 爱克曼（Eckermann）：《歌德谈话录》（Gespräche mit Goethe）第一卷，莱比锡：雷克拉姆出版社1823—1827年版，第230页。

(Guillard d'Arcy)。后来,阿纳托尔·法郎士说,每个人都看过该译本,包括他自己,然而留下印象的只有"一个令人憎恶而又有礼貌的人"。① 在德国,这部小说于19世纪上半叶就已经不再出版。等到1869年穆尔译本的新版本出版时(距现在已经100多年了),该小说已经没有什么影响力了。②

进入20世纪,当儒家小说《好逑传》早已被遗忘的时候,道家色彩的小说《不忠的寡妇》在欧洲依然深受欢迎,这该如何解释呢?这两部作品所表达的世界观肯定会影响读者对它们的接受程度。在18世纪,孔子被认为是中国智慧的象征;与此同时,与《帕梅拉》一样的道德故事很受欢迎,这些故事与孔子的美德楷模故事非常相像。这为《好逑传》在欧洲的接受创造了有利条件。进入19世纪,情况发生了改变:人们不再尊称"孔子"为孔夫子,《好逑传》越来越不被当作一部道德小说,最多只是被作为异域文学来看待。尽管这部小说的某些方面似乎很符合时代的发展,如加强对民众的道德建设、巩固市民道德、重视婚姻与家庭,但是依然改变不了这种状况。合适译本的缺乏令《好逑传》在德国的境遇更糟糕。该小说的文学品质不足以弥补这些劣势,托马斯·珀西说这部小说无聊也不无道理。

三、蛇女

除了追求享受的寡妇与品行端正的大家闺秀之外,中国文学

---

① 阿纳托尔·法郎士:《文学生活》,载《全集》(*Oeuvres complètes*)第七卷,巴黎:卡尔曼-莱维出版社(Calmann-Lévy)1926年版,第86页。
② 陈铨曾谈道:"如果说穆尔的译文本身不好,那么编辑就使得情况更加恶化了。编者是谁,我们无从知晓。……他的幽默……无法理解,他的文字太过激昂,他的编辑毫无意义。"陈铨:《德国文学中的中国纯文学》(*Die chinesische schöne Literatur im deutschen Schrifttum*),基尔:论文,无出版商说明,1933年版,第12页。

第三章　中国婚恋故事：中国文学于18和19世纪在德国的接受

中还有给予了德语作家创作灵感的第三种女性形象：残害丈夫的妖女形象。

（一）

赫尔曼·格林（Herman Grimm）是日耳曼学家、童话收集者威廉·格林的长子，他于1856年出版了一部中篇小说集，①在当时的评论界获得了极大认可。这些小说被称赞为"精彩绝伦的叙事杰作"。该小说集于1862年再版。② 在1857年2月写给露德米拉·埃辛（Ludmilla Assing）的信中，戈特弗里德·凯勒（Gottfried Keller）讥讽地调侃道，赫尔曼·格林也是那些"先生"之一，他们"在现在的作品中以各式各样或微妙或大胆的方式（想要）效仿年轻的歌德"，③但是在后来的某篇评论中，他又将格林与海泽（Heyse）相提并论，称赞两人的"语言纯粹"，作品"画面优美"。④ 鲁道夫·戈特沙尔（Rudolf Gottschall）认为，格林小说的"形式美"与海泽相似，而其"满怀爱意沉浸于自然生活"，尤其是"淳朴的虚构"又有施蒂弗特的特点。⑤ 理查

---

① 赫尔曼·格林：《中篇小说》（*Novellen*），柏林：威廉·赫茨出版社1856年版。
② 弗兰茨·伯恩米勒（Franz Bornmüller）：《当代作家传记词典》（*Biographisches Schriftsteller-Lexikon*），莱比锡：文献研究所出版社1882年版，第292页。
③ 戈特弗里德·凯勒：《书信集》（*Gesammelte Briefe*）第二卷，卡尔·赫尔布林（Carl Helbling）编，伯尔尼：本特利出版社1950—1954年版，第51页。
④ 戈特弗里德·凯勒：《作品全集》（*Sämtliche Werke*）第二十二卷，乔纳斯·弗兰克尔（Jonas Fränkel）和卡尔·赫尔布林编，伯尔尼：本特利出版社1926—1949年版，第161页。有趣的是，海泽当时也被中国故事所吸引。其叙事长诗《兄弟》（*Die Brüder*）（1852）改编自《诗经》中的几个故事；《国王与牧师》（*König und Priester*，1857）改编自小说《三国演义》（三国历史）中的一段故事。参见罗泽：《青年海泽作品中的中国主题》（*Chinesische Motive beim jungen Heyse*），载罗泽：《看东方——歌德晚期作品及十九世纪德国文学中的中国形象研究》，舒斯特编，伯尔尼、美因河畔法兰克福：彼得·朗出版社1981年版。
⑤ 戈特沙尔：《十九世纪德国民族文学》（*Die deutsche Nationalliteratur des neunzehnten Jahrhunderts*）第四卷，布雷斯劳：爱德华·德累文特出版社1875年版，第341页。

德·M.迈尔(Richard M. Meyer)认为,在这些"精妙的、色调变化柔和的小说"中,即使是悲伤的故事也会使人在不经意间被带入美学世界和精神力量的自由领域中,赫尔曼·格林完全是一个"浪漫主义继承人"。①

其中一部诗歌形式的小说题为"蛇",讲述的是一个源于中国的爱情悲剧故事。② 由于这部作品融入了众多知名的童话题材,并且对心理寓意进行了解读,因此赢得了更多的关注。

一个年轻小伙——就像童话中经常出现的那样,没有名字——骑着马回家乡。日落时分,他看到一位姑娘坐在路边。小伙跟姑娘打了招呼并从她身边骑过,旋即返回再次跟姑娘打招呼。这回,他得到了这位美丽姑娘的回应。小伙骑马第三次走向姑娘时,用手触碰她的肩膀。姑娘的美丽令小伙惊为天人,他立即向她求婚。姑娘看着他,却拒绝了他的求婚。在身心欲望的双重燃烧中,小伙毫不放弃。刚刚轻轻触碰姑娘的那一刻,他就已经"迷失"在她的双眸中了;现在是第三次见面,小伙跟姑娘说话时抓住了她的双手。奇怪的是,姑娘的言行却很不一致。她愿意由小伙扶上马并双手搂着他,以此来回应小伙的身体亲近。而对于小伙的求婚,她却三次警告道,小伙应该把她赶走甚至杀死,否则她将永远不放开小伙:

"年轻人,"姑娘第三次说道,

---

① 迈尔:《十九世纪德国文学》(*Die deutsche Literatur des Neunzehnten Jahrhunderts*),柏林:乔治·邦迪出版社1906年版,第590页。
② 该中国故事详细内容介绍参见顾路柏:《中国文学史》(*Geschichte der chinesischen Literatur*),莱比锡:阿梅朗斯出版社1909年版,第439—446页。

第三章　中国婚恋故事：中国文学于 18 和 19 世纪在德国的接受

"我是一条蛇，不是姑娘；

我是妖；我的眼睛，

驱使着你，但你愿意，

你使我抬起我的眼睛。

你使我的手臂环绕着

你的脖子：就像现在这样。

年轻人，我不会再离开你

……

我想要和你一起生活，做你的妻子，

而在生活中，你不可以选择别人。"——

"不可以选择别人"，年轻人重复道。①

最终，两人一起回到了小伙的家乡，结为夫妻。小伙的选择是无比正确的，这位年轻的姑娘不仅是一位美丽温柔的妻子，同时也是一位勤劳贤良的家庭主妇。丈夫的亲戚们亲切友善地对待她，宾客们也称赞她的可爱。

读到姑娘的最后一次警告——"在生活中，你不可以选择别人"——读者首先会期待看到这一人妖恋②受到人类对手的威胁，比如像福凯(Fouqué)的《涡堤孩》(Undine)中的故事一样。然而真正破坏婚姻的不是丈夫肉体上的不忠，而是他缺乏对妻子的信

---

① 格林:《中篇小说》,柏林:威廉·赫茨出版社 1856 年版,第 265 页。
② 参见伊丽莎白·弗伦泽尔(Elisabeth Frenzel):《世界文学母题》(Motive der Weltliteratur),斯图加特:阿尔弗雷德·克罗纳出版社(Alfred Kröner)1980 年版,第 739 页起。

任和忠诚,也就是说,格林引入了受诽谤的妻子这一常见主题。然而她并不是像吉诺维瓦(Genoveva)一样被指控与另一名男子发生关系。某一天,一位来家中做客的"陌生人"在她丈夫面前诽谤她,质疑她的友善行为的动机:

"祸哉!因为她是妖。
你同一条蛇结婚,
每晚与她同床共枕。
她只是在等待七年时间,
这是她必须将你占有的时间,以便
从你的心脏中吸出血液!"①

听完这席话,丈夫既没有将陌生人赶出屋子,也没有想起姑娘曾向他坦白过自己是一条蛇。他没有当面质疑自己的妻子,而是要这位似乎有某种法力的陌生人证明给他看。陌生人建议丈夫晚上在妻子的晚餐中倒入盐,然后确保屋里没有水,并紧紧关上所有的门窗。男人听从了他的建议,夜间亲眼看到自己的妻子变身成一条蛇:

她的双臂消失,双腿
越来越肿胀,她放肆地
用舌尖舔着脑袋,

---

① 格林:《中篇小说》,柏林:威廉·赫茨出版社 1856 年版,第 267 页。

第三章　中国婚恋故事：中国文学于18和19世纪在德国的接受

> 一圈圈，这儿，那儿，最终飞向
> 烟道口，向高空旋转
> 身子继续变长，延伸至
> 屋旁的小溪
> 沙沙作响。他在屋内
> 看到她是如何喝水，看到清凉的水如何
> 流经她的躯体，她舒服地
> 像龙一样伸展。①

接着，她慢慢缩小，又恢复了美丽的人形。但从此刻起，丈夫已经对她感到厌恶，并认为她一定不怀好意。他请求那位陌生的法师拯救自己。法师说，他必须杀死妻子。他应该在妻子下一次烤面包时，把她推进炽热的烤炉。丈夫毫不犹豫地听从了法师的建议。临终时，妻子谴责丈夫的背叛：

> "没错，我是一条蛇！
> 但是我早就告诉你了！……
> 你也早就知道了！我何曾骗过你？
> 尽管如此，你不是还想让我做你的妻子吗？②

接着，格林解释了丈夫这么做的动机，正如我们从妖怪新郎或者（较少情况下）妖怪新娘的童话故事中所了解的那样：

---

① 格林:《中篇小说》，柏林：威廉·赫茨出版社1856年版，第269页。
② 同上书，第273页。

> 若不是你对我不忠,
> 我会依旧在你身边
> 成为你所爱的那样的人;
> ……我本会变得单纯善良,
> 且你毫无察觉。①

丈夫强迫妻子变回原来的样子,这意味着他最终将妻子交予"黑暗力量"之手,但是也包括他自己:

> 现在再次堕落,
> 我强迫你跟随着。并非火焰
> 把我同妻子你分开;
> 我会随身携带你的灵魂,
> 渴望拥有你,深藏在心中。
> 我的样貌将扎根在你心底,
> 带走你血液中的平静。
> 白天你会为我流泪,
> 晚上为我做梦,
> 你将呼唤着我,直到我们
> 最终在黑暗中相遇。②

虽然这个故事的讲述很简短,但是其内含的深意却并不容易

---

① 格林:《中篇小说》,柏林:威廉·赫茨出版社 1856 年版,第 273 页。
② 同上书,第 273—274 页。

第三章 中国婚恋故事:中国文学于18和19世纪在德国的接受

理解,因为作者使用了童话特有的符号语言。在解释这种符号语言之前,我们要先确定格林在多大程度上参考了中国的故事素材。

该素材源自小说《白蛇精记》(又名《白蛇传》),即儒莲(Stanislas Julien)于1834年以《白和青或两条仙蛇》(Blanche et Bleue ou les deux couleuvres-fées)为题的法语译本,《国外文学杂志》则在1833年就已报道过该小说。① 《白蛇传》可能早在宋代(960—1279)就已经出现,是冯梦龙在17世纪初收集的民间故事之一。最初的文字版本可能是为职业说书人而创作的,直至20世纪,他们仍在广场集市和茶馆里讲述这个故事。② 此外,它还曾被改写成剧本,1985年夏天,四川歌剧团还曾在瑞士演出《白蛇传》③。毫无疑问,这个故事的各种版本——有些没有佛教神话的框架,有些加有额外的情节和抒情章节——在中国广泛流传。④ 它流传至日本,并在当地被上田秋成(Ueda Akinari)改编成日本版。⑤

---

① 儒莲:《白和青或两条仙蛇》,巴黎:C.戈斯林出版社1834年版,《药师与蛇》,《国外文学杂志》,1833年,总第149期,第593—594页。译自法语的德语版本《白蛇传奇》(Die wundersame Geschichte der weißen Schlange)于1967年由苏黎世的维尔纳·克拉森出版社出版。
② 参见雅罗斯拉夫·普实克(Jaroslav Průšek):《玉女神》(Die Jadegöttin)后记,柏林:吕腾与勒宁出版社1968年版,第407—433页。
③ 参见乌尔斯·米勒(Urs Müller)于1985年6月13日发表在第24期《库伯报》(Coop-Zeitung)中的报道。
④ 故事篇幅也有很大差异。在《玉女神》第114—170页中可以找到没有佛教神话背景的精简版本的翻译,其中也保留了隐世的题材。"中国高尔基"鲁迅在1924年将该寓言改编成了一个有教育意义的杂文《论雷峰塔的倒掉》,其中他出于政治原因,表示了对神职人员及其禁欲主义观念的反对。鲁迅:《雷峰塔的倒掉——关于中国文学和革命的杂文》(Der Einsturz der Lei-feng-Pagode. Essays über Literatur und Revolution in China),汉斯·克里斯多夫·布赫(Hans Christoph Buch)和温梅(Wong May)编,赖因贝克:诺沃尔出版社1973年版,第33—34页。
⑤ 上田秋成:《雨月物语》(Unter dem Regenmond),奥斯卡·本和(Oscar Benl)译,斯图加特:科莱特·科塔出版社1980年版,第32—64页。

故事情节简介如下：一个有抱负的蛇妖摇身化作一位年轻貌美的姑娘，在杭州游玩。她在那里遇到了一位年轻的药师，并对他一见钟情。蛇妖成功地以自己的美貌吸引了这位药师，最终两人结为夫妻。虽然药师获得了一些表明妻子并非凡人的证据，但是仍离不开她，一再被妻子的魅力折服。即便在一位法力高强的佛教法师警告他要小心妻子的蛇妖本性时，药师依然与蛇妖在一起。事实上，蛇妖也从来没有故意伤害过自己的丈夫。然而最后，蛇妖还是无法逃脱自己的命运。法师用法钵将她降服，并迫使她现出原形，镇压在宝塔之下。药师看破红尘，进入寺庙修行。在儒莲编写的版本里，丈夫和妻子受佛祖的恩典于 20 年后得到救赎：两人都被放归至福泽之地。

赫尔曼·格林在这个中国故事中找到了小说三个主要人物的原型：漂亮且魅惑人的蛇妖、爱她并娶她为妻的男人、揭露蛇妖并使她现出原形的陌生人（法师）。

这部中国小说讲述的是一个带有佛教禁欲主义思想的神话故事，使听众获得消遣并受到教育。而格林却将读者的同情引向妻子，她的死亡标志着夫妻双方幸福生活的终结。在中国的故事中，"善"战胜了"邪"，也就是说，对佛教的信仰战胜了对世俗欲望的迷恋。但格林生活的年代，是教会和宗教——至少在知识分子界——开始变得不那么重要的时代。灵魂救赎被毕德迈雅式的浪漫爱情观所取代，人们所希望得到的是人世间的幸福。在一个以市民安定为首要义务的国家里，其政治形势也更促使市民逃避到个体的私人领域中去。因此，在格林笔下的蛇妖是一个正面的形象，男人的幸福取决于她。而陌生人则是蓄意破坏者，是幸福爱情的外部阻挠。他的形象始终是模糊的,只有他的魔戒和"敌视蛇妖"的态度令人想起牧师。那么在格林先生的符号语言中,蛇的形象代表了什么呢?

与中国小说讲述的一样,蛇象征着性:"作为生殖崇拜的一类动物,蛇是性的象征,只求满足快感,而不考虑人伦道德。"①因此,蛇作为新郎或新娘是童话中常见的主题。在爱神丘比特和普赛克的神话中,据说丘比特在晚上会以巨蛇的形象拜访普赛克。贝特尔海姆认为,新郎或新娘的动物形态展现的是一种令人厌恶的、危险的形象,是性行为一开始带给"无辜"伴侣②的印象:"性是属于动物的,只有爱才能将其转化成人与人之间的关系。"③中国小说中并没有区分精神之爱与肉体之爱,而是强调宗教与世俗的对立。然而在格林的故事里,我们发现,新娘已经去除了丑陋的动物形态(即赤裸的性),在遇见男人之前,本质上就已经是"人"了。尽管我们通过小说开头描写的行为,可以看到性感和温柔是她重要的特质,但是这并未支配她的行为。女人并没有——如童话的妖精新娘以及她的中国原型一样——对男人主动,她甚至警告男人小心自己的性感和占有欲本性。也就是说,控制她的性并激发她的

---

① 布鲁诺·贝特尔海姆(Bruno Bettelheim):《童话的魅力——童话的心理意义与价值》(*The Uses of Enchantment. The Meaning and Importance of Fairy Tales*),纽约:艾尔弗雷德·A. 克诺夫出版社1976年版,第306页。
② 无论是在贝希斯坦童话《牧羊人与蛇》(*Der Schäfer und die Schlange*)还是格林童话《蛇女》(*Die Schlangenjunfrau*)中,蛇都只能由一个"纯洁、未被玷污的"年轻男子来拯救。参见格林兄弟编:《德国传说》(*Deutsche Sagen*),达姆施塔特:学术图书协会出版社1971年版,第41—42页。路德维希·贝希斯坦(Ludwig Bechstein):《童话故事集》(*Sämtliche Märchen*),达姆施塔特:学术图书协会出版社1965年版,第397—399页。
③ 贝特尔海姆:《童话的魅力——童话的心理意义与价值》,纽约:艾尔弗雷德·A. 克诺夫出版社1976年版,第285页。

行为的其实是人性,即公正感和诚实。这也是她希望在男人身上找到的特质。他的信任、可靠和忠诚可以彻底拯救她。然而这名男子听信了陌生人的风言风语,这是一位似乎否定人性会往更高级别发展的陌生人。两个男人共同逼迫女人变回他们觉得毫不掩饰自己性欲的、会带来威胁的动物原形。丈夫设法考验他妻子的场景——特别的是,后来她自己也说这是"诱惑"——表明了男性在面对女性时的原始恐惧,害怕女性会剥夺他的生命。

在民间信仰和童话故事中,蛇通常被归类为水生动物,它们是水做的。丈夫对妻子的考验是给她服用过量的盐,即刺激她对水的渴望,直至无法抑制。女人变成蛇,不仅向男人展露了她的"真实"本性,而且还显示了她的强烈性欲以及要满足自己的欲望。整个场景是一个毫不委婉的对于性满足的描写,从舔舌摸索,到在小溪边充分享受的满足,再到性感的上下扭动。毫无疑问,这里的水代表维持生命的仙药和男性的生命力。所以丈夫现在相信"陌生人"所言,蛇要喝他的血,并最终会从他的心脏处吸血。

在中国版的故事原型里没有相应的主题。虽然药师给了妻子假药水,导致她暂时现出蛇形,并引起丈夫的极端恐惧,但这个情节没有任何象征意义。妻子花了很大的精力唤醒丈夫,这件事并没有改变两人之间的激情。只有法师们在这个女人身上看到的是一个危险的妖怪,是他们要消灭的"道德败坏"的世俗欲望的具象。

在格林的故事中,丈夫亲自毁掉了自己的妻子:他把她烧死在烤炉里。让属于水的生物被火这个元素消灭,这很有说服力。但是为什么年轻的妻子要死在烤炉里呢?这明显是与《汉斯和格

第三章 中国婚恋故事：中国文学于 18 和 19 世纪在德国的接受

雷特》中的女巫一样的死亡方式，它再次向读者清晰地展示了丈夫和陌生人的想法，即年轻的妻子是一个对生命造成威胁的生物。[①]格林同时以此揭露了谋杀的诡计。最后，再次变回蛇的女人说道，由于丈夫没有让她继续做人，在她死后，她的蛇性将成为丈夫的灾难："我的相貌将扎根在你心底/带走你血液中的平静。"丈夫欺骗了自己。正是因为他想把性完全从自己的生活中驱除出去，所以情欲和渴望将折磨着他。他将永远无法满足，日日夜夜只有这一个念头。

人们不禁要问，读者是否能看出格林诗歌小说中的象征意义。很多人认为答案是肯定的。从《圣经》开始，蛇作为诱惑者便是一个令人熟悉的象征。民间故事的流行也让人们更容易理解这种象征含义。特别是妖精新郎或新娘的童话中蕴含与救赎有关的性元素的明显暗示，不管是救赎者必须把妖精带到他的床上，如《青蛙王子》或《田与蛇》的故事，[②]还是救赎者必须忍受蛇的三次亲吻，如《牧羊人与蛇》的故事。[③] 即使没有看过任何童话的读者，也可能熟悉人类的"动物性"这一基督教概念，能够理解格林在小说中想表达的内容：性欲并不是女性身上具有威胁性的特质；对女性和男性的关系而言，真正重要的是人性。人性拯救了我们的兽性。

---

① 而在《汉斯和格雷特》(*Hänsel und Gretel*)中，"邪恶的女巫"是一个"埋伏等待孩子们"的老妇人[格林兄弟：《儿童和家庭童话集》(*Kinder-und Hausmärchen*)，慕尼黑：温克勒出版社 1956 年版，第 104 页]。这暗示了年轻女巫的特点：她们的性和诱惑使男人堕落。赫尔曼·格林在他的回忆录《格林兄弟》（第 5—27 页，此处为第 21 页）中特别提到了《汉斯和格雷特》，格林的母亲在年轻时曾给他的父亲讲述过这个童话故事。
② 贝希斯坦：《童话故事集》，达姆施塔特：学术图书协会出版社 1965 年版，第 168—169 页。
③ 同上书，第 397—399 页。

就这一点而言,格林自然与故事原型相距甚远,恐怕几乎没有读者能从他的故事中猜测到原型是什么样的。

(二)

对吸血鬼般的、为爱痴狂的蛇妖主题的讽刺,同时也是对市民阶层田园诗般的婚姻理念的回绝,出现在一个令人意想不到的地方,一位大家很难猜到的作家的作品里,那就是:戈特弗里德·凯勒的罗曼史小说《沙莫尼的药师》(*Der Apotheker von Chamounix*)。作品的"灵感直接来源于海涅的《罗曼采罗》(*Romanzero*)"①,流传有两个版本。第一个版本出自 1860 年,在凯勒生前没有发表,第二个版本收录在 1883 年的《凯勒诗歌集》(*Gesammelte Gedichte*)中。1860 年版的"前言"中写道:"就在海涅的《罗曼采罗》出版(1851)的那些日子里,报纸上流传着'沙莫尼的药师'的故事,其悲喜交加的命运,为接下来的戏谑之作提供了框架。勃朗峰地区报纸中的罗曼史小说似乎为诗意恣意的安魂曲提供了一个很好的框架,然后,框架……慢慢地被填满,确切地说是在海涅去世前后那个古老'群灵'在空中飘荡的时代。"②

正是这个"框架"充满了讽刺滑稽的模仿,采用的是关于爱情与死亡主题的浪漫方式,这种方式常常被使用,格林也用过。在 1860 年完成的第一个版本中,药师的故事实际上是一个框架故事,服务于真正的文学讽刺,但同时它也是对"精神独断"进行"反

---

① 凯勒:《作品全集》第二卷第一章,伯尔尼:本特利出版社 1926—1949 年版,第 199 页。
② 凯勒:《作品全集》第十五卷第一章,伯尔尼:本特利出版社 1926—1949 年版,第 203 页。

第三章　中国婚恋故事：中国文学于18和19世纪在德国的接受

演"的可效仿的典范,类似海涅的《罗曼采罗》以及其他作品。① 在第二个版本中,凯勒将药师的故事作为独立的文学讽刺的第一部分,删除了注释的旁白以及第23个抒情叙事诗《寓言》(Fabula docet)和《终曲》(Abgesang)。② 原先的讽刺性结尾更有道德教育的味道,这一版中取而代之的是讽刺性的终曲。

卡斯帕尔·T.罗赫尔(Kaspar T. Locher)对后来的改写表示遗憾：删除注释的旁白已经明显削弱了这首诗的讽刺效果；两部分的分离干扰了"相互作用和平衡,导致实际上两部分间缺乏关联"。③ 但我们这里只关注凯勒于1856年6月12日给出版商的信中提及的药师的故事："如果删除其中的文学批评部分,该作品或许可以被看作一部有趣的浪漫主义作品,并可被收录到某部诗集中,时间会证明的。"④单独来看,"有趣的浪漫主义作品"也是一个复杂的作品,至少可以从三个不同的角度来解读。

首先,它当然是对海涅作品的阐释,不仅是《罗曼采罗》,而是海涅迄今为止发表的所有抒情作品。俊俏的瑞士小伙提图斯(Titus)[在第一个版本中名叫贝尔特拉姆(Bertram)]是一个生活

---

① 凯勒：《作品全集》第二卷第一章,伯尔尼：本特利出版社1926—1949年版,第199页。可参见理查德·迈尔在开头引用的关于格林的话。
② 文体变化之外,药师的故事也有所扩展。但其中的恋情故事总数保持不变。详见凯勒：《书信集》第二卷第二章,卡尔·赫尔布林编,伯尔尼：本特利出版社1950—1954年版,第253页。
③ 罗赫尔：《戈特弗里德·凯勒〈沙莫尼的药师〉———一场救赎的尝试》(Gottfried Kellers, Der Apotheker von Chamounix. Versuch einer Rettung),《德国席勒协会年鉴》(Jahrbuch der deutschen Schillergesellschaft),1972年,总第16期,第512页。就对凯勒该作品的研究来说,罗赫尔的这篇文章不可或缺。
④ 凯勒：《书信集》第三卷第二章,卡尔·赫尔布林编,伯尔尼：本特利出版社1950—1954年版,第135页。

在沙莫尼的药师,他死心塌地地爱上了迷人的南方姑娘罗莎洛尔(Rosalore)[劳拉(Laura)]。简单的性格刻画就已令人联想到《诗歌集》(Buch der Lieder)里的故事。① 提图斯的狩猎激情与劳拉的动物欲望——狩猎与动物主题互为补充——也指向海涅最著名作品中的主题。② 当提图斯最终沦为自己狩猎激情及性欲的牺牲品时,他就如同第六位在海涅作品中描绘爱情是如何将自己带入坟墓的灵魂。③ 具有讽刺意味的是,提图斯并没有射杀情敌,而是射杀了在雾中被他错看成野兽的爱人。然而这次射杀也要了他的命,因为他系着的围巾是他善妒的爱人编织的,里面加入了火棉,瞬间爆炸了:

---

① 凯勒作品中,北方"云杉树"在寒冷的勃朗高峰上真正与来自远东的"棕榈树"相遇了,带来灾难性的后果。参见海涅:《文集》第一卷,克劳斯·布里格勒布编,慕尼黑:汉泽尔出版社1969年版,第88页。另见亚历山大·施威柯尔特(Alexander Schweickert):《海因里希·海涅对1830—1900年德国诗歌的影响》(*Heinrich Heines Einflüsse auf die deutsche Lyrik 1830 - 1900*),波恩:布维尔出版社1969年版,第92页。
② 凯勒对提图斯的描写如下:他躺在更明亮的地方/在怀里,在黑暗中/像月光一样闪耀//在那里他忘了雪和兔子/熊和香脂灌木丛/因为这一切,耀眼和芳香/想象和对奇珍异兽的狩猎//他发现它漂亮三倍/在爱人的那一边/神秘和奇迹/危险,奇遇//激情和举动/是无穷无尽的新/牢牢地缠在钢铁般的/罗莎洛尔柔软的手臂/当他无法再承受/她本性的狂野力量/陶醉着向她坦白时/她满意地闭上眼睛。(凯勒:《作品全集》第二卷第一章,伯尔尼:本特利出版社1926—1949年版,第202—203页)。在《诗歌集》"第三版前言"里,海涅用如下诗句描述斯芬克斯:大理石雕像复活/石头开始呻吟/她从我的吻中喝下了烈焰/带着饥渴与舔舐//她几乎掠夺了我的呼吸/最后,大肆地/拥抱我,我可怜的身体/狮爪将我撕碎。(海涅:《文集》第一卷,克劳斯·布里格勒布编,慕尼黑:汉泽尔出版社1969年版,第15页。)
③ 爱情的悲痛驱使我狩猎/我蹑手蹑脚,抱着猎枪/树上传来空洞的声响/乌鸦喊道:脑袋——掉落!脑袋——掉落!/……/什么在甜蜜私语?什么的嘴在亲昵摩挲?/可能是两只斑鸠/我悄悄经过——扣动扳机——/看!我发现的是自己的身体/那是我的斑鸠,我的新娘/一个陌生男人紧紧拥抱着她/那么,老枪手,好好射击!/陌生男人倒在血泊之中/随后刽子手/我是主角/穿过森林。树上传来/乌鸦的喊声:脑袋——掉落!脑袋——掉落!(海涅:《文集》第一卷,克劳斯·布里格勒布编,慕尼黑:汉泽尔出版社1969年版,第34—35页。)《罗曼采罗》中的"西班牙传奇"也有斩首的情节;掉下来的脑袋后来被狗叼走。

第三章 中国婚恋故事：中国文学于18和19世纪在德国的接受

他再度心灰意冷
再度进入坟墓：
上方,他的心脏抽搐流血,
深层,他的大脑彻底死亡!①

在死亡描写中,凯勒以讽刺的方式强调了海涅独特的"分裂性",即大脑与心脏的不可调和性,同时也使之变得毫无意义。但所有这些吻合都不能被视为对海涅的贬低,而是证明了凯勒对这位诗人的钦佩。②

凯勒通过蛇的主题引入了真正的讽刺元素。这个主题将我们引向解读该小说的第二个角度,即普遍艺术性角度。就像中国故事以及赫尔曼·格林一样,凯勒也将有性诱惑力和性要求的女性暗指为蛇。中国故事符合民间信仰,简单地将迷人女性的存在和行为解释为超自然法术的结果。格林在女人的蛇的本性中看到了她感性的自然的冲动,且这一冲动是可以"被拯救"而变成温暖的人性的。凯勒则用鲜艳的色彩刻画出一幅幅诗意图像。第一首叙事抒情诗的夜晚情节是对性之贪婪的描写,紧随其后却刻画了克拉拉(Klara)甜美诗意的生活图景(名副其实：克拉拉是纯情少女形象,她远离世人,在阿尔卑斯山的纯粹大自然中长大。她受到提图斯的诱惑,很快就死于

---

① 凯勒:《作品全集》第二卷第一章,伯尔尼:本特利出版社1926—1949年版,第232页。
② 参见凯勒:《书信集》第三卷第二章,卡尔·赫尔布林编,伯尔尼:本特利出版社1950—1954年版,第81—82页。关于凯勒与海涅的关系参见罗赫尔的文章《戈特弗里德·凯勒〈沙莫尼的药师〉——一场救赎的尝试》和(并非总是可靠的)施威柯尔特的《海因里希·海涅对1830—1900年德国诗歌的影响》。

他的"粗暴和堕落",在勃朗峰的冰川下冰冻了一段时间后终得拯救)。① 随后提图斯的药房出现了一个令人毛骨悚然的场景。

在9篇抒情叙事诗的第5篇中,②凯勒以一种讽刺的突降法的形式引入高潮。罗莎洛尔暴露了她的蛇性,但不是通过自己变成蛇,并无意识地向男人表明自己的威胁。她蛇性的显现,是因为她是一个无微不至的家庭主妇!通过为提图斯编织了一条蛇形围巾,她暴露了自己的蛇性:

> 艺术性的,
> 她将线编织成蛇形,
> ……
> 当漂亮的围巾完成后,
> 她拿来火棉,
> 洁白、柔软、温暖、舒适,
> 填充进围巾里,
> 把它缝制得圆润饱满,
> 如蛇一般闪亮。③

---

① 参见凯勒:《作品全集》第二卷第一章,伯尔尼:本特利出版社1926—1949年版,第220—221页。克拉拉的纯粹山地环境也包括了土拨鼠家庭生活的"田园风光",对它们"朴素的幸福",罗莎洛尔一直怀着"悲伤的嫉妒"(第二卷第一章,第230页)。现在无法理解的是,雅各布·贝希托德(Jakob Baechtold)为何会称这些情节为"格外的美丽"并清楚作者讽刺的意图。雅各布·贝希托德:《戈特弗里德·凯勒的生活》(*Gottfried Kellers Leben*),斯图加特、柏林:书店继承有限公司出版社(J.G. Cotta'sche)1908年版,第172页。
② 第一个版本之前,有四部文学讽刺浪漫主义作品,有三个完成了这个框架的情节。《寓言》和《终曲》为作者希望读者如何理解作品的线索。
③ 凯勒:《作品全集》第二卷第一章,伯尔尼:本特利出版社1926—1949年版,第217—218页。

第三章 中国婚恋故事:中国文学于18和19世纪在德国的接受

罗莎洛尔知道她的情敌克拉拉,却从不谈起。只要提图斯去打猎——无论是真是假——她都亲密地把这条蛇形围巾围在他的脖子上。在家时,她就亲自拥抱丈夫的脖颈。

> 已然知晓,死亡之蛇
> 潜伏在他的脖子上
> 静静地等着发挥作用。
> 她就像这条蛇,
> 与所有的诱惑蜷在一起,
> 提图斯被大火灼烧
> 变成恨意的爱之大火。①

当矛盾公开爆发之后,凯勒便回归了诗歌的鲜艳色调。他再次描述克拉拉的田园诗意生活,然后让克拉拉死去。尽管如此,罗莎洛尔并没有把提图斯的围巾拿走,她不能原谅丈夫的不忠和"固执的沉默":

> 他们虚伪又热烈地享乐,
> 他们极其贪婪地戏耍
> 戏耍身体,就像玩娃娃一样,
> 灵魂却彼此相恨。②

---

① 凯勒:《作品全集》第二卷第一章,伯尔尼:本特利出版社1926—1949年版,第219—220页。在第一个版本中,此处为:"他的死亡/她像一颗宝石般爱他/如同蛇对兔子。"(凯勒:《作品全集》第十五卷第一章,伯尔尼:本特利出版社1926—1949年版,第213页)
② 同上书,第226页。

日复一日年复一年后,罗莎洛尔才不由得感到"恐惧、害怕和悔恨"。她追赶正在岩石上猎杀一只巨大山羊的提图斯。提图斯的"谋杀欲"使他把罗莎洛尔错认为是自己找寻的猎物并射杀了她。但这还不够,凯勒以出人意料的方式设计了故事的结尾:

> 毒蛇在那里前行
> 先发出嘶嘶声,然后大声嘶吼,
> 冲入高空;高高划出弧形的
> 是可怜的提图斯的头颅。①

与格林作品中一样,女人的死亡成为男人的厄运。但在凯勒作品中,女人不仅是受害者,也是施暴者,既承受着痛苦,又负有罪责。

这部悲剧的尾声再次极佳地将海涅"罗蕾莱"(Loreley)式的爱情、死亡和悲伤的浪漫主题日常化。听着"无法形容的悲伤的""令人心动的"旋律,提图斯和罗莎洛尔与已故者的灵魂一起越过群山:

> 他踉踉跄跄,手上拖着
> 一条血液浸湿的围巾,
> 而在他身后的女人,
> 提着裹在围裙里的他的头。②

---

① 凯勒:《作品全集》第二卷第一章,伯尔尼:本特利出版社 1926—1949 年版,第 228 页、第 231—232 页。
② 同上书,第 234 页。

第三章　中国婚恋故事：中国文学于18和19世纪在德国的接受

可以确认,凯勒是读过格林小说的。① 但不确定他是否也读过那篇中国小说。不管怎样,凯勒火棉的出处②并不包含蛇的主题。从另一方面来说,接受和改动一个异域风情的主题也完全符合凯勒当时的艺术理念。对于凯勒来说,唯有"从文化运动的辩证法"中产生的东西才能从积极意义上说是崭新的。在他看来,娱乐、笑话、对话、寓言之类的东西,已经在其他文学和传统作品中呈现了——"所有诗歌素材处在一个奇特的,或者说很自然的不断发展的循环中"。③ 凯勒曾研究过中国文学的事实是毫无疑问的,并且似乎正是中国文学的浪漫特质给他留下了深刻印象:"甚至总被人们认为是现代的诗意的悲天悯人都不是新的,美好的悲天悯人情怀已在中国诗歌中用各种现代的手法完美呈现了:田园风光的氛围、细微末节的暗示,等等。我们已知,印度和其他东方诗歌蕴含着大量具体、生动且戏剧化的奇思妙想和画面,令如今的我们绞尽脑汁。"④

---

① 在柏林期间(1850—1855),凯勒已经与瓦恩哈根·冯·恩瑟(Varnhagen von Ense)和他的侄女露德米拉·埃辛(Ludmilla Assing)合作。赫尔曼·格林后来与贝蒂娜(Bettina)的女儿吉泽拉·冯·阿尼姆(Gisela von arnim)结婚,回到了这个圈子。凯勒返回苏黎世后,露德米拉·埃辛与他取得联系,并于1856年与瓦恩哈根一起拜访他。她的信中多次提到赫尔曼·格林。
② 关于凯勒的来源,马克思·努斯伯格(Max Mußberger)这样写道:"贝希托德当然不是没有凯勒的指导,他在一份报纸的四十年逸事中发现了《沙莫尼的药师》第一部分的来源。(参见凯勒:《作品全集》第二卷第二章,伯尔尼:本特利出版社 1926—1949 年版,第 268 页)。《飘舞的落叶》(*Fliegende Blätter*)刊登了鲍杜因·马蒂亚斯(Balduin Matthias)先生的带有浪漫主义气息的讣告,他不小心把火棉看成普通的棉花,放在他的耳朵里,当他进入稍热的商务办公室时,因为爆炸而死。"(凯勒:《凯勒作品》第五卷,马克思·努斯伯格编,莱比锡:文献研究所出版社,第 245—246 页)。硝化纤维于 1846 年由巴斯勒发明。
③ 凯勒于 1854 年 6 月 26 日写给赫尔曼·黑特讷(Hermann Hettner)的信(凯勒:《书信集》第一卷,卡尔·赫尔布林编,伯尔尼:本特利出版社 1950—1954 年版,第 399—400 页)。
④ 凯勒:《书信集》第一卷第一章,卡尔·赫尔布林编,伯尔尼:本特利出版社 1950—1954 年版,第 399 页。

因此,凯勒在他的药师故事里有意地安插了中国的蛇的主题,是完全有可能的。他便更是以此来证明自己拒绝艺术中的"精神独断":"从任性的天才和自负的主观主义者角度来看,不存在任何绝对的独创性和新颖性。"①

解读凯勒作品的第三个角度是个人与人类的角度。卡斯帕尔·罗赫尔在他的研究中阐明了,作为艺术家和普通人的凯勒以及他对海涅的看法是如何使他创作出《沙莫尼的药师》的。然而,罗赫尔却忽视了,从凯勒自己始终不幸且无果的爱情追求来看,他塑造了一个对立的世界。在这个世界里,主人公被置身于两位毫无保留地爱着他的强大女性中间:一个是性感的、令人无法抗拒的,对爱情有极度渴望的罗莎洛尔,另一个是无辜的、温柔的克拉拉。但浪漫主义作品不仅是奇异的桃色美梦,其中的讽刺性转折有着治愈功能。罗莎洛尔暴露出自己占有欲极强的伪善面目,在体贴的面具下计划着如何摧毁这个男人。此外,对这个男人而言,太多的激情又似乎显得无聊。另一方面,克拉拉"背景清白的/无知的少女之爱"并不能满足男人的性爱需求和"邪恶的激情":"她的生命意志/在邪恶面前仓皇逃走。"②这两个女人都无法让提图斯幸福:

在富足中渐渐向他袭来的
是赤贫的感觉;
他的灵魂无家可归,

---

① 凯勒:《书信集》第一卷第一章,卡尔·赫尔布林编,伯尔尼:本特利出版社 1950—1954 年版,第 399 页。
② 凯勒:《作品全集》第二卷第一章,伯尔尼:本特利出版社 1926—1949 年版,第 220 页。

看不到任何结局。①

克拉拉去世后,他开始讨厌罗莎洛尔。那个让提图斯和罗莎洛尔付出生命代价的可怕巧合,实际上只不过是他们爱与恨交织的结果。② 第一版的《寓言》中就把教育因素纳入了该视角:

> 对他,即死者而言,这是尊严;
> 但对生者而言,这是教训!
> 让我们转过头
> 来看看法律的光芒!
> ……
> 在颠倒的世界中
> 再次学会寂寞!
> 每个人都是独立个体,
> 从善的源泉中汲取力量!③

凯勒解决"女人"问题的方法是:独立于男人! 女人完全从男人的世界中消失了。作为母亲的她们有自己的王国,有自己的任务,所以凯勒在第一版本的"终曲"中呼吁母亲要勇敢和自力更

---

① 凯勒:《书信集》第一卷第一章,卡尔·赫尔布林编,伯尔尼:本特利出版社1950—1954年版,第219页。
② 第一版中,凯勒在相应的段落中有简洁的说明:"爱情生活和人间疾苦"以及"人间疾苦和爱情生活"。参见凯勒:《作品全集》第十五卷第一章,伯尔尼:本特利出版社1926—1949年版,第295—296页。
③ 凯勒:《作品全集》第十五卷第一章,伯尔尼:本特利出版社1926—1949年版,第304—306页。

生。胆小的、在这首诗中觉得自己像"荒野上的一只动物"一样的女性最终与强者结伴,彼此都希望"更好、更美丽/更伟大的时代即将来临!"①该"终曲"的修订版,即凯勒后来从《沙莫尼的药师》中拿出来放入《诗歌集》的那一版,更加清楚地表达了女性应该让自己不依赖男性的观点。那位要再次分娩的胆小的母亲向另一位孕妇抱怨道:"丈夫和依靠/我早已可怜地失去了"。② 这名孕妇却"有力"且"粗鲁"地回答道:

"嘿,你在想什么,你这个傻瓜?"
……
"我把丈夫赶走了,
因为他懒惰,
还把我为孩子们赚来的所有面包
从嘴边抢走!"③

感性的热情已经逝去,女人的蛇性也消失了。怀孕的母亲们一起自信地期待着未知的未来:

我们点燃了明快的火,
让世界为我们温暖而明亮!

---

① 凯勒:《作品全集》第十五卷第一章,伯尔尼:本特利出版社 1926—1949 年版,第 309、311 页。
② 同上书,第 192 页。有趣的是,在凯勒《诗集》(1883)中,将这首诗以《盛大的席勒节》(*Das große Schillerfest*)为名,置于《沙莫尼的药师》之前。
③ 同上书,第 193 页。

第三章 中国婚恋故事:中国文学于18和19世纪在德国的接受

> 我家中有新酿的果子酒,
> 和为孩子们准备的坚果;
> 在与母亲们的愉快晚餐中,
> 我们鼓起勇气!①

中国小说宣扬的是断念和禁欲,以此回应女性性欲对男性造成的"威胁",赫尔曼·格林用他的故事来促进对婚姻中"妖精新娘"的理解。戈特弗里德·凯勒却看到解决两性爱与恨的方法是生活领域的泾渭分明:这里是男人和艺术家的世界,那里是女人和母亲的世界。

有几个因素对蛇女故事的接受产生了负面影响。首先,19世纪从未有德语版出版。没有读过《国外文学杂志》的人,很难留意到这个故事。其次,中国小说——如《好逑传》——对欧洲人来说过于烦琐冗长。最后,许多读者可能会反感故事的矛盾性:一方面它详细地讲述了一对夫妻充满激情的爱恋,而另一方面又宣扬僧侣般的禁欲主义。

格林的小说虽然很短,并代表另一种倾向,但却让人无法再在其中找到该主题的中国根源了。在缺乏中国背景的情况下,这个故事显得离奇怪诞,导致似乎只有以讽刺模仿的形式才可能实现对该主题的接纳和改动。而凯勒的版本则因其结局在当下显得出奇地具有现实性。

---

① 凯勒:《作品全集》第十五卷第一章,伯尔尼:本特利出版社 1926—1949 年版,第 195—196 页。

第四章　中国符号：德语文学中的中国风

一、英式与中式的景观园林：论歌德的三部作品

关于歌德对中国文化，尤其是对中国文学的探索已经有很多深入细致的研究。① 19 世纪，歌德创作的有关中国的作品因被看作了解中国的一扇窗而深受喜爱。后来人们则对歌德作品里的中国元素有了愈发不同的解读。大家的关注点不再是歌德所借用的

---

① 在歌德对中国文学的探索这一领域首次做出详细研究的是沃尔德玛·冯·彼得曼，见其下列著作：《歌德研究》，美因河畔法兰克福：吕腾与勒宁出版社 1879 年版；《新系列》(Neue Folge)，莱比锡：彼得曼出版社 1886 年版；《另一系列》(Anderweite Folge)，莱比锡：彼得曼出版社 1899 年版。《新系列》尤其谈论了《中德四季笔记》的创作动因。之后从事该主题研究的有利奇温：《中国与欧洲——18 世纪的精神和艺术关系》，柏林：厄斯特赫德出版社 1923 年版；卫礼贤：《歌德与中国文化》(Goethe und die chinesische Kultur)，《慕尼黑最新消息》(Münchner Neueste Nachrichten) 娱乐版，1926 年 2 月 3 日；陈铨：《德国文学中的中国纯文学》；奥里希：《十八世纪德国文学中的中国》，柏林：埃贝林出版社 1935 年版；塞尔登：《1773—1833 年德语诗歌中的中国》，伯克利、洛杉矶：加利福尼亚大学出版社 1942 年版；常安尔：《古典时期以前德国文学创作中的中国》，慕尼黑：莱因哈特出版社 1939 年版。新近从事该主题研究的有：瓦格纳-迪特玛尔：《歌德与中国文学》，载特伦茨编：《歌德晚期作品研究》，美因河畔法兰克福：阿森瑙出版社 1971 年版；鲍吾刚：《歌德与中国：理解与误解》(Goethe und China: Verständnis und Mißverständnis)，载瑞斯 (H. Reiss) 编：《歌德与传统》(Goethe und die Tradition)，法兰克福：雅典娜出版社 1972 年版；君特·德邦：《从汉学视角看歌德的〈中德四季笔记〉》(Goethes Chinesisch-Deutsche Jahres-und Tageszeiten in sinologischer Sicht)，载《欧福里翁 76》(Euphorion 76)，1982 年第 1—2 册，第 27—57 页；报告集载德邦、夏瑞春主编：《歌德与中国——中国与歌德》，伯尔尼、美因河畔法兰克福、纽约：彼得·朗出版社 1985 年版。这些研究均没有探讨歌德作品中的"中国风"现象。

第四章 中国符号:德语文学中的中国风

各种思想、形象和主题,而是它们所带来的创作灵感,强调歌德在理解陌生精神世界上的天赋。其中最令人信服的是卫礼贤、陈铨和常安尔所持的观点:歌德凭着直觉接近了"真正的中国精神"(卫礼贤),"中国哲学的最核心本质"(陈铨),"中国诗歌的真正精神"(常安尔),并从中促成自己的创作。[①] 有评论认为,《中德四季笔记》别具匠心且集中地体现了歌德思想与中国思想的相似性。克里斯丁·瓦格纳-迪特玛尔的兴趣点则稍有不同,他对先前的研究结果给予了总体性批判,并从日耳曼文学的角度补充道:"《中德四季笔记》反映出歌德从研究中国诗歌过渡到创造性的塑造","歌德从中国文学中汲取了符合自己思想的内容"。[②]

前文提及的阐释者都认为,歌德在深入了解中国文学的过程中,对中国的认识也越发深入。鉴于歌德晚年对中国诗歌翻译及诗歌语言的研究,他的早期作品,如批评中国时尚的《情感的胜利》(*Der Triumph der Empfindsamkeit*),在歌德迈向中国之路上被认为是不重要的。《泄密者是谁》(*Wer ist der Verräter?*)中的中国楼阁主题也仅被看作具有中国风的工艺美术品。这样本也无可非议,但它只是"歌德与中国"现象的一个方面。与歌德和"真正的"中国的关系一样重要的至少还包括他对中国风的态度,体现的是一种符合时代的、发展中的精神和品位。即使如研究者所强调的

[①] 参见特伦茨在歌德《文集》中对歌德晚期诗歌所做的注释。歌德:《文集》第一卷,特伦茨校、注,慕尼黑:贝克出版社 1977 年版,第 687—693 页及第 715—719 页。
[②] 瓦格纳-迪特玛尔:《歌德与中国文学》,载特伦茨编:《歌德晚期作品研究》,美因河畔法兰克福:阿森瑙姆出版社 1971 年版,第 220—221、225 页。这篇佳作亦有不足之处。因为文中并未重新独立地处理文化历史资料,所以从该角度来说,没有提供新的线索,而且有些事实在细节上出现了错误。亦可参见德邦:《从汉学视角看歌德的〈中德四季笔记〉》,载《欧福里翁 76》,1982 年第 1—2 册。

那样,《中德四季笔记》完全符合中国诗歌的精神,从文化史和传记角度来看,也属于中国风。① 由此产生的疑问是,对于创作中的中国元素,歌德自己赋予了其什么含义。只要采用"中国元素",歌德便有意赋予每一个场景、每一个主题、每一首诗以异国情调。读者们必须承认,歌德是带着某种艺术创作意图的。下文将通过英中园林主题说明歌德对中国时尚之风所持的既赞同又否定的态度是如何发展变化的。

18世纪,人们普遍对中国产生兴趣,这促使歌德开始研究中国和具有中国特色的工艺美术品,但他并没有不加批判地追捧这种潮流。相反,我们可以看到,他嘲笑的是那些人人趋之若鹜的,认可的是一些大众批判的。因此,在人们对中国的热情最高涨之时,他讽刺性地刻画了"英中园林"这一主题。作为一名70岁的长者,他通过象征手段深化了主题,并带有稍许讽刺意味。在他晚年时,这一主题完全被内化于心——成为歌德世界观的个人符号。

英中园林在《情感的胜利》中显得滑稽可笑。若想正确理解其意义,就必须看到中国时尚之风在何种程度上影响了那个时代的优雅生活。在欧洲,这一时尚之风的根源可以追溯到17世纪。一则因为与远东的贸易关系加深,二则因为耶稣会传教士带来了许多关于中国的报道。最初,人们只看重进口商品的质量——特别是瓷器、漆器和丝绸——并赞叹中国人在精神和道德方面的高度文明。没过多久,欧洲人就接受了中国的智慧和中国风元素——或者说是接受了他们所认为的中国元素。对中国的喜欢变

---

① 德邦的研究有考虑到这一点,他在《从汉学视角看歌德的〈中德四季笔记〉》一文中指出,歌德的"中国"诗歌有西方及个人元素,并强调歌德这些诗歌的多样性。

第四章　中国符号：德语文学中的中国风

成了"中国品位"。整个欧洲的哲学家和文学家都在讨论孔子和其他"开明的"国家与社会学说，提出能够引起共识或引发矛盾的理论。在文学中，中国成为新的主题；在舞台上，华丽的服装和装饰品都带有中式小物件。但是最具接纳性的是王公贵族的居住文化：房屋、家具和花园等地均为中国风提供了无穷无尽的可能性。尽管只有少数权贵能负担得起全套中式房屋（如无忧宫中的中国茶馆），但几乎每个宫殿都有一个中国陈列室或一间瓷器厅和镜厅。受中国风启发或者带有中国主题的房屋内饰有壁毯、丝绸、纸制壁纸、壁画、绘画、漆器、"中式"细木镶嵌工艺制造的家具（如伦琴家具）、"中式"家具（齐本德尔式）、护墙板、镜子、豪华钟、花瓶、餐具、陶瓷人偶，当然还有茶具，如茶罐、茶壶、茶杯和茶碗。连刀把、烛台和壁炉柴架都做成了"中国风"式样，瓷制或糖制的餐桌饰品也是如此。① 中式的还有服装、饰品、玩具这样的消费品。然而，这种所谓的中国品位在欧洲显然从未形成自己的风格，只是各种本土艺术和思潮的变相体现。

18世纪最初10年在英国发展起来的景观园林也是如此。在各地的花园和公园中均可见到"中式"宝塔、园亭、小桥、岩洞、隐士居室、渔夫屋、浴池、牧场和类似建筑。② 关于中国对广阔、多样化和不对称设计的景观概念有多大影响，一直存在争议，③但当时

---

① 参见《你》（du）1975年第四册第19—53页的插图。
② 此类中国风建筑的图片可参见喜仁龙：《中国与欧洲花园》（China and the Gardens of Europe），纽约：罗纳德出版社1950年版。修·昂纳（Hugh Honour）：《中国风》（Chinoiserie），伦敦：约翰·默里出版社1973年版。
③ 参见喜仁龙的《中国与欧洲花园》和修·昂纳的《中国风》，前者接受中国影响论，后者则否定。

的欧洲人坚信,这些园林的中式特色会让它们在18世纪下半叶仍被看作"英中园林"。

笔直的道路、几何图案式的窄小花坛、修剪成型的树木被一种不规则的自然园林景观所代替。建造花园成为一种强调感觉、富有创造性和个性的艺术,是一种园丁的艺术,尽管他们与建筑师、画家、哲学家和作家相比稍欠专业性。18世纪下半叶,人们的自然观深受让-雅克·卢梭的影响,他的理论因此也影响了花园设计。① 在小说《新爱洛伊丝》(*Nouvelle Héloïse*, 1761)的第四部分,他探讨了不同的园林类型,并根据特定的民族和生活方式进行归类。卢梭小说中的主人公设想,如果是一位来自巴黎或伦敦的富人,那他定会花费巨资修建几何花园:

> 他会把一切整理得井井有条!他会把小路修整得漂漂亮亮!他会让大路呈辐射状,树木呈伞状或扇形,把栅栏精雕细刻!篱墙用花纹装饰,呈方形,且有回转!草坪上必须种植英国的细草,且有圆、方、半圆和椭圆等不同形状!美丽的紫杉将被修剪成龙形、塔形、小丑和各种各样的怪兽形象!花园里将摆放漂亮的青铜花瓶和石雕水果!……②

朱莉(Julie)的丈夫却说,这样的花园是"一个死气沉沉的地

---

① 参见德里克·克里福特(Derek Clifford):《园林艺术史》(*Geschichte der Gartenkunst*),海因茨·比恩(Heinz Biehn)编,慕尼黑:普雷斯特尔出版社1966年版。该书第333页写道:"大陆的景观园林更是让-雅克·卢梭的创造,而非英国人或中国人的,尽管难以回溯到卢梭本人的贡献……"
② 卢梭:《新爱洛伊丝》,巴黎,1761年版,第404页。

方"。圣普乐(Saint-Preux)回应道,当然是他在中国见到的那些花园更加自然——"融合了高度艺术性却又隐而不显……"①

他们在平地和沙地有水的地方修造假山、洞穴、人工瀑布,把来自汉人和鞑靼人生活的不同气候地区的奇花异草栽种在同一个园子里。园中见不到美丽的小径,也没有常规的布局;漫步其中,满目奇形怪状的东西,零散地东放一些西放一些;大自然以千百种不同的面貌呈现出来,但整体看来却不自然。②

科巴姆勋爵(Lord Cobham)在斯托建造的著名公园也是如此:

那是一个非常美丽的园子,风景如画。组合式的布局以不同国家的风格为参照,除了主体像我刚才跟您说的中式花园一样外,其他的都显得极其自然。这座漂亮园子的主人和设计者甚至还让人建造了废墟、庙宇和古建筑;时空结合之完美,真可谓巧夺天工。然而这正是我不以为然之处。③

无论是中式花园还是英式公园(例如斯托公园),都耗资巨大,费时费力,却无法让人真正融入其中。理想中的花园十分自

---

① 卢梭:《新爱洛伊丝》,巴黎,1761年版,第408页。
② 同上书,第404页。
③ 同上。

然,几乎无须成本或是花费很少的成本,而且很实用;朱莉的这座位于瑞士的"爱丽舍"将理想变成了现实:

> 这个地方非常迷人,确实如此,(圣普乐说),却像是一片荒野;我看不出有人工整治的痕迹。您关上了门,我不知水是怎么流进来的;其他一切都是大自然造就的;您自己也绝对做不到像大自然那么好。她说,没错,一切都是大自然所创造的,但却是在我的引导之下,其中的一切,没有一样不是我所安排的。①

朱莉向他保证说,这座花园除了让她的园丁忙了12个工作日之外,没有花费她其他任何成本。

当然,朱莉也无法解决自然和艺术之间的矛盾,但是她的花园还具有另一个功能:"那是一个(大自然)逃离繁华的地方。把它最动人的美呈现在高山之巅,在密林深处,在荒僻小岛。那些热爱自然却又无法跑到远方寻觅它的人们,被迫对它(自然)施以暴力,强迫它(自然)来跟自己一起生活。但没有一点想象力这一切也不可能完成。"②此外,自然这种不着痕迹的吸引力被卢梭赋予了象征意义:婚后的朱莉再也不曾踏足屋旁美丽的小树林,而是修建了自己的"爱丽舍"——一处"由拥有美德之人的双手所创造的(地方)"。③

---

① 卢梭:《新爱洛伊丝》,巴黎,1761年版,第397页。
② 同上书,第404页。
③ 同上书,第409页。

第四章 中国符号：德语文学中的中国风

从卢梭描述的普通园林可以看出，巴洛克时期的园林建筑师已经将中式造型纳入了园林布局之中。新式园林建筑风格同样不愿舍弃中国主题，而是将它们嵌入了风景之中。我们知道，英国最古老的中式园林建筑是"孔子之家"，它于18世纪40年代建于邱园，威廉·钱伯斯（William Chambers）在《邱园的花园和建筑景观》（Views of the Gardens and Buildings at Kew，1763）中曾经描绘过它。斯托花园也有一栋"中国屋"，矗立于水中的多根柱子之上，与一座新古典风格的桥梁相连。① 之后，英国人对中式建筑风格的偏爱愈演愈烈，以致詹姆斯·柯桑（James Cawthorn）在1756年抱怨道："我们的农场和座椅开始／匹配北京的豪华住宅；／每座山都有尖顶庙宇，／挂着蛇形装饰，还有一串铃铛……"②

在卢梭的影响下，欧洲其他国家的自然观也开始发生改变，人们越来越对景观式园林充满热情。促进园林景观中式设计的是威廉·钱伯斯的著作：《中国建筑、家具、服饰、机械和生活用具的设计……其中附有对寺庙、房屋、花园等的描述》（Designs of Chinese Buildings, Furniture, Dresses, Machines, and Utensils ... to which is annexed a description of their temples, houses, gardens etc., 1757）和《东方造园论》（A Dissertation on Oriental Gardening, 1772），两本书的英文版和法文版是同时发行的。然而钱伯斯在

---

① 插图和描写参见喜仁龙：《中国与欧洲花园》，纽约：罗纳德出版社1950年版，第72、74页（孔子之家），第30—31页（斯托的中国屋）。
② 转引自昂纳：《中国风》，伦敦：约翰·默里出版社1973年版，第143页。

《东方造园论》中有太多充满想象力的论述,①使得中国风在行家眼里的名声变差。对此,修·昂纳写道:"到18世纪70年代……受过教育的人的品位似乎已经摆脱了(中式)浮夸,它们再也无法企及其过去20年中享受的人气。"②

包括歌德在内的行家们均认为,在"自然的"园林中充斥了太多的中式、古典、哥特式或者其他具有异国色彩的艺术品。《情感的胜利》中有一名"地狱宫廷园丁",他描述说,普鲁托(Pluto)在一位勋爵及其夫人的劝说下将自己的领地冥界视作园林来打理。修建的灵感和"罕见的品位"出自英国,地狱之园胜过(卢梭的)"爱丽舍"。③

歌德为自己的讽刺评论找到了当时的一个实例——沃利茨园林。那里不仅有人造假山,还有山洞、岩洞、地道,"神秘的"和"讽喻的"铺设以及各式桥梁。园林中的"诺伊马克花园"里有一座卢梭纪念碑和一个"爱丽舍","肖赫花园"里有一条神秘的小径通往冥府:

> 不久,他误入了一个山洞,洞中时而非常昏暗,时而有稀疏的光线从洞顶透入,时而因为边侧高高的洞孔而变得更加

---

① 参见喜仁龙:《中国与欧洲花园》,纽约:罗纳德出版社1950年版,第68页:"[设计]包含了钱伯斯观察或听说过的有关中国园林的所有核心内容……而15年之后的这篇《东方造园论》对主题的阐述不说是幻想,却也是很随意的,只是为了争论而写,而不是提供客观的信息。"
② 昂纳:《中国风》,伦敦:约翰·默里出版社1973年版,第159页。
③ 歌德:《魏玛戏剧集》(Die Weimarer Dramen),库尔特·梅(Kurt May)作序,苏黎世:阿尔特米斯出版社1954年版,第524—525页。该书第541页明显影射卢梭的《新爱洛伊丝》:王子的娃娃胸前放着一袋感伤主义的书籍,包括卢梭的小说和《维特》(Werther)。

第四章 中国符号：德语文学中的中国风

明亮。漫步其中的人会认为自己——用神话语言来说——踏上了普洛塞庇娜的门槛，站在了生与死的边界。①

朱莉的花园体现的是贤德之心，普鲁托的园林则是纠结且迷惘的情感的再现。被拐来的普洛塞庇娜吞吃了致命的苹果，不得不永远留在地狱之园，成为自己情感的奴隶。园林的建造极其不易：巨人将"秀丽的山谷"拖曳到一起；从汹涌的阿刻戎河中取来岩石，再"堆积成型"。②用"最柔软的草丛"和"最可爱的花朵"填满了石头：

> 一切都是为了丰富多彩
> 新绿的树林，精美的草地
> 全都显得古风又小巧
> ……
> 公园里
> 一切必须完美
> 如若可以，任何细微之处
> 都漂亮地包裹起来
> 比如我们将猪圈

---

① 奥古斯特·罗德（August Rode）：《沃利茨安哈尔特-德绍侯爵宅邸和英式花园描述》（*Beschreibung des Fürstlichen Anhalt-Dessauischen Landhauses und Englischen Gartens zu Wörlitz*），德绍：坦泽尔出版社1798年版，第161页："沃利茨的几次参观唤起了歌德对园林艺术的兴趣。"古斯塔夫·罗尔夫斯（Gustav Rohlf）、安娜·罗尔夫斯-冯·维蒂希（Anna Rohlfs-von Wittich）：《德国最美的花园》（*Die schönsten Gärten Deutschlands*），斯图加特：乌尔默出版社1976年版，词条"魏玛"。
② 歌德：《魏玛戏剧集》，苏黎世：阿尔特米斯出版社1954年版，第525页。

隐藏在寺庙后面

……

园林臻于完美

不再缺少什么

我们拥有低谷和高丘

汇集各种灌木丛

曲径、瀑布、池塘

宝塔、岩洞、草坪、岩石和深壑

木樨草和别的芳草

北美云杉、巴比伦草地、废墟

洞穴隐居者,草地牧羊人

清真寺和带小阁楼的塔

青苔覆盖的河床

石碑、迷宫、凯旋门、拱廊

渔夫屋、沐浴亭

中式哥特式岩洞、凉亭和厅堂①

摩尔式庙宇和文物

墓穴,尽管暂时无人埋葬其中——

但一切都得齐全②

最后,还缺一件东西——一座巨大的连接地狱和爱丽舍的木桥。可惜这一美丽的"连接"方式毁于大火之中,没有一条出路能

---

① 钱伯斯在设计中展现了"厅堂"(一种园亭)。
② 歌德:《魏玛戏剧集》,苏黎世:阿尔特米斯出版社1954年版,第525—527页。

从这地狱之园中走出。

《情感的胜利》创作于18世纪70年代,第二版于1786年出版。与卢梭的《新爱洛伊丝》一样,这部作品通过园林主题刻画了"天堂般"与"地狱般"情感之间,成功改造的自然与刻意生硬的自然之间,以及清晰与迷惘之间的张力。库尔特·梅就歌德的"戏剧性奇思妙想"整体而做出的评论尤为契合园林这一主题:它不会"升华为纯粹的象征,而是隐藏于……冷冷的讽刺寓意中"。①

中式风格并非一贯精致,却十分昂贵,属于富有的贵族和有权的王族。尽管如此,中式风格的逐渐消失也只能部分地归因于法国大革命。虽然19世纪初欧洲专制统治者的地位已经动摇,但是对中式风格影响更大的是欧洲对中国的兴趣日益减弱。耶稣会受到质疑并被取缔,来自传教士的关于中国的报道,其价值因此而受到影响。中国方面则顽固地拒绝一切想要与欧洲保持正常外交和商业关系的努力。中国风逐渐失去了其珍贵的异国情调的一面,而从一开始就带有的滑稽可笑的一面则变得越发明显,从富有和上层人士的珍品沦落为市民沙龙上的奇怪物件。② 18世纪的欧洲人面对中国时的单纯和明朗不拘不复存在。中国拒人千里的态度让他们感到不安,这种情感很快转变为高傲和攻击性。如果说上个世纪的文学作品常常让"中国游客"批判欧洲形势,那么现在大家则偏向把中国当作时代讽刺的背景。③

---

① 歌德:《魏玛戏剧集》,苏黎世:阿尔特米斯出版社1954年版,第1222页。
② 同时,中国风工艺品的生产越来越批量化,因而质量也每况愈下。
③ 参见罗泽:《中国作为德国反响的象征:1830—1880》,载罗泽:《看东方——歌德晚期作品及十九世纪德国文学中的中国形象研究》,舒斯特编,伯尔尼、美因河畔法兰克福:彼得·朗出版社1981年版,第90—129页。

歌德之前曾批评过盛行的中国热。而在中国有些被冷落的时候，他的内心却燃起了对真正的科学研究的兴趣。在 1813 年和 1827 年那样的危机年代，中国成了他幻想国度中的私人避难所。汉学取得了越来越大的进步，他阅读了几乎所有能找来的中文译作。1820 年，当歌德再次涉及赋有中式建筑风格的英式花园主题时，中国元素不再作为讽刺的手段。出自《漫游时代》的小说《泄密者是谁》里，园林主题被赋予了象征意义，象征着自然（自发的情感）与艺术/文化（社会顾虑）之间的矛盾关系。故事背景是德国的市民阶层，不无讽刺意味的是，小说中，一位无名的"年轻官员"将手稿交给了威廉。①

故事以卢西多（Lucidor）的一段充满激情的独白为开端，这位只相信自己的男主人公承认自己爱的并非父亲为他选择的朱莉，而是朱莉的姐姐露辛达（Lucinde）。然而之后他却找不到任何机会澄清自己的真实情感。他在彷徨中左右摇摆。卢西多想找别人倾诉自己的问题，但大家都避着他。最后还是露辛达解救了被孤立的卢西多并告知他，他们的婚姻不会再遇到任何阻碍。

对于戏剧性地出现在高级行政长官家庄园中的人物们而言，花园并不仅仅是一个活动空间。由于全体家庭成员都参与了花园的构思，其设计的多样性也体现了不同的人物性格：

> 这位高级行政长官早年单身，后来获得了一段幸福而长久的婚姻。他财力雄厚，拥有不错的职位。他先是根据自己

---

① 歌德：《文集》第八卷，特伦茨校、注，慕尼黑：贝克出版社 1977 年版，第 85 页。

的眼光和品位,加上夫人的喜好和孩子们的愿望以及奇思妙想,购置了一些大大小小的独立的设施,又满腔热情地栽种了一些植物并修建了小径,使它们彼此搭配串联成一幅幅美妙、多样、各具特色的画面。①

这是一座按德国方式改造的"英式花园"。其主人既不是勋爵也不是哲学家,只是出于喜爱而修建了这座花园。像英式景观园林一样,这里的内部构造各不相同,但却不像斯托公园那样堆砌了太多的景点。② 本着厉行节俭的修建原则,"地表和土壤部分(似乎)都予以充分的利用",其间"不乏许多优雅且吸引人之处"。③ 读者在小说的开头部分就能体会到卢西多对露辛达的感情,但直到描写到花园部分,露辛达以及其他角色的人物性格才变得鲜明起来。用来体现已故母亲影响力地位的是这处"傍晚散步的小院子",这里"有一片开阔自由的空间,环绕着一棵美丽的山毛榉树"。④ 露辛达的这个设计是在母亲的指导和帮助下完成的,对整个花园而言是点睛之笔。露辛达把"位于各处的不同结构巧妙地连接在一起",使整个景观园林变得和谐、完整。正如露辛达在花园设计上所起的作用一样,在家中,她也把家打理得井井有条,使家人生活康健。漫步在花园小径间,卢西多和露辛达产生了

---

① 歌德:《文集》第八卷,特伦茨校、注,慕尼黑:贝克出版社 1977 年版,第 93 页。
② 参见 J.Chr.克拉夫特(J. Chr. Krafft):《法、英、德最美花园的掠影》(*Plans des plus beaux jardins pittoresques de France, d'Angleterre et d'Allemagne*)第二卷,巴黎:普热出版社 1810 年版,第 66 页。
③ 同上书,第 93 页。
④ 同上书,第 94 页。

第一次真正的思想交流：

> 两人在花园内漫步交谈，气氛融洽。此情此景下，理性与感性也更加容易贴近。漫步在简朴、自然的景色之中，静静地观察，理智聪慧的人如何从中有所收获，如何了解现状，并结合自己的需求，创造奇迹，让这个世界适宜居住，人群聚居抑或人口过剩，所有这些话题都可以成为此景此情下的谈资。①

从这段话可以看出，他们正在谈论对大自然的理性开发这一话题。当然，在说到人口过剩时，也透露出叙述者讽刺的意味。这样充满理性的谈话，使卢西多根本没有机会表露自己的情感。

数年前，露辛达的姐姐朱莉曾修造过一个"小家子气的凉亭和幼稚的花园"，"它们位于一个隐秘的磨坊旁，如今已难觅踪迹；成为磨坊主是当年的朱莉……坚定的愿望……"②现在她改变了那种浪漫幼稚的想法，一心想要拜访遥远的国家和城市。接骨木灌木丛下的小长凳现在看起来实在太小了，朱莉的一声"呸，跨过矮凳！"透露出她全部的人生哲学。③因做生意而发了财且常有机会到遥远地方去的安东尼是朱莉理想的伴侣，一架舒适的长途旅行马车成为其适合的订婚礼物。

朱莉的弟弟是一个"野孩子"，要想在花园中找到他常去的那

---

① 克拉夫特：《法、英、德最美花园的掠影》第二卷，巴黎：普热出版社1810年版，第95页。
② 同上书，第94页。
③ 同上书，第95页。

片地方,需要"穿过种植区和颠簸的小路,或许还要从沼泽的石头上经过"。那里"杂乱堆积着许多机械设备",原来这是"一个大型的游乐场和儿童乐园,是花了心思为大家而建的"。① 这个孩子爱玩,尤其喜欢机械设备,也会戏弄笨拙的卢西多。他拖着卢西多去打猎,却偷偷牵走他的马。对此,孩子的解释意味深长:"这个家伙走路的时候总是酷酷的,我要看看他被我激得飞奔起来的样子。"②

小说中的一位长者,是家人的老朋友。他身居一处隐蔽的住所,卢西多在离开庄园时才发现这个地方。居所是一个中式楼阁,高高地立在一个"奇特的屋架上",由一段长而陡峭的楼梯通向那里。屋顶是"中式的",唯一的一间房间被弧形的开放式长廊所环绕——卢西多兴许能在这里找到自己期盼的问题解决方法,但他却勉强接受了长者的邀请,这颇具讽刺意味。

> 他惊讶地踏入了这间优雅的小厅,这里只有三扇窗户面朝田野,风景极佳,其余的墙面都有装饰,如挂着成百上千的铜版画,也有手绘的,按照一定规则并排粘贴在墙壁上,通过彩色的镶边和间隙分隔开来。……卢西多仔细地观察每一部画作,熟悉历史的他一下子看出其内容大多涉及的是历史题材。③

这间隐蔽的处所赋予他的居住者以中国智者的形象。屋顶的楼阁——如同当时人们眼中的中国——指向过去。长者清楚这里

---

① 克拉夫特:《法、英、德最美花园的掠影》第二卷,巴黎:普热出版社1810年版,第95页。
② 同上书,第100页。
③ 同上书,第101—102页。

所有人的真实情感,不过他将自己的智慧只归因于巧合。他无意中听到了卢西多充满激情的独白并告诉了家人。因此,他解释自己为何停留在中式楼阁的话一语双关:"在这里,我从社会令我犯的所有错误中吸取教训,并恢复均衡饮食。"①卢西多担心智者会带来一段关于历史的冗长而无趣的报告,便尽早地离开了此处,没有请智者解释或给出建议。由此可见,市民公园和异国情调的楼阁互为讽刺。中式楼阁只在老者的私人生活领域起着积极作用,是他用来休养和思考的地方。对花园的整体性以及社会而言,楼阁没有意义,如同对整个欧洲的文化发展而言,当时的中国也被视为毫无意义一样。②

这座花园最重要的建筑(也是小说的核心象征)是一个巨大的镜厅,它不对应任何个人:

> 紧挨着主楼和工具棚的是乐园、果园和草地,从这些园子里走出来时,人们会骤然迷失在一个木制世界中,可以行车的宽敞道路高高低低蜿蜒其中。在正中间最高的地方有一个大厅,旁边是几间房。从正门进入时,人们便可以在一面大镜子里看到美景。转身后就能看到真实的画面,身心倍感舒畅。这一切虽均为人为所置,却又巧妙隐藏,给人带来惊喜。走进来的人,没有谁不爱先看看镜中画,再看看自然美景,来回切

---

① 克拉夫特:《法、英、德最美花园的掠影》第二卷,巴黎:普热出版社 1810 年版,第 101 页。
② 参见《漫游时代》中出自马卡琳的档案馆里的格言:"中国、印度和埃及的古物永远只是奇珍异宝,它们对于我们的道德和美学教育作用不大。"(歌德:《文集》第八卷,特伦茨校、注,慕尼黑:贝克出版社 1977 年版,第 483 页)

换自己的视角。①

在这间大厅中,自然和艺术之间的矛盾似乎得以消解:自然变成了艺术,艺术也转变成了自然。在正门的门槛上,观察者可以看到并理解实物和图像、现实和想象、认识和错觉是如何相互结合的。

爱情让卢西多陷入了无望的迷茫,因而在一开始并未看清镜子和自然。社会的顾虑和澎湃的情感同样蒙蔽了他的双眼。是露辛达带来了转变:卢西多仍误解当时的情形,很是绝望,但终究说出了自己的爱意。如此,露辛达也可以告白了。她向卢西多袒露真情,并安慰他说:安东尼(Antoni)会娶朱莉的,双方的父亲都赞同。这时,对于卢西多和露辛达而言,自然(情感)和艺术/文化(社会、风俗)得以相互融合。彼此拥抱时,卢西多第三次看向那面镜子,这一次,他也终于看清了梦想与现实之画,看到了"比以往任何时刻都更夺目更美妙的风景"。他的爱情和自然的情感获得了回应,也被社会认可。现在,他终于能一下子在与自然和世界的和谐中理解自己的幸福:"这样的情感能够陪伴人类度过一生。"②后来,朱莉带卢西多来到位于花园外大厅玻璃的位置:"……这里可以把我们反射到上面的大玻璃上,别人在那里可以清楚地看到我们,我们自己却无法看清。"③花园和镜子主题由此又增添了一层象征意义。

---

① 歌德:《文集》第八卷,特伦茨校、注,慕尼黑:贝克出版社1977年版,第94页。
② 同上书,第107页。
③ 同上书,第110页。

歌德在《中德四季笔记》中选择了"中式"花园作为诗意的画面。书名更是影射了18世纪出现的热衷自然观察的风尚,也暗指了《情感的胜利》一书。该作品中,梅尔库洛(Merkulo)对正要去往凉亭的王子说:"……我离开,以便您独自体验这午夜的庄严时刻。将自己的情感奉献给每一刻、每一天,这是一个卓越的新发明。"①这一"发明"再次指涉当时的"英中花园"。"中国专家"威廉·钱伯斯在他的《东方造园论》中解释道:"(中国人)为一天中的不同时间设计了不同的场景,从建筑视角进行了处理,在适当的时间观赏其完美景观。……此外,他们为一年四季也设计了不同的场景。"②

K.A.伯蒂格(K.A. Böttiger)提到了1792年魏玛"学者协会"内部的一场报告,内容关于"英式花园的历史和起源",歌德当时也在场,公使馆参赞贝尔图赫(Bertuch)在报告中提到了钱伯斯的《东方造园论》以及中国园林艺术在欧洲的影响:"能让事情更清楚并且不相矛盾的是一首中国诗歌,按照我们的纪年法,这首诗歌由一位官员……于1300年为自己的花园所作,结束时贝尔图赫将会朗诵给我们听,译文出自《回忆中国》(*Mémoires sur la Chine*)③,既忠实于原文,又优美雅致。整座花园占地60摩肯,并且处处可见唯有最美的英式花园自诩所拥有的美轮美奂的景致。"④

---

① 歌德:《魏玛戏剧集》,苏黎世:阿尔特米斯出版社1954年版,第520页。
② 钱伯斯:《东方造园论》,伦敦:W.格里芬出版社1772年版,再版:格瑞格国际出版社1972年版,第22页。
③ 指《关于中国历史、科学、艺术、风俗、习惯等的回忆录》(*Mémoires concernant l'histoire, les sciences, les arts, les moeurs, les usages etc. des Chinois*)第二卷。
④ K.W.伯蒂格(K.W. Böttiger)编:《文学现状与同时代人——卡尔·奥古斯特·伯蒂格遗留手稿所述》(*Literarische Zustände und Zeigenossen. In Schilderungen aus Karl Aug. Böttiger's handschriftlichem Nachlasse*)第一卷,莱比锡:F.A.布罗克豪斯出版社1838年版,第41页。

第四章 中国符号：德语文学中的中国风

有关中式花园园林艺术的信息对歌德来说并不陌生，但给他留下深刻印象的似乎是文学作品和园林艺术的结合。①

《中德四季笔记》初看有些儿戏，因为正如标题和第一行中所暗示的，是用中式外衣包裹着的德国形象："试问，我等为官之人……"②但这些诗歌中的"中国元素"绝不是充满异域风情的装饰，而是有实际意义的元素。另外，这也不是自由的意译或者仿作的自然诗歌，尽管歌德当时对中国文学已经非常了解。此外，认为该系列反映了"歌德对中国诗歌的研究"③的观点我们不认可。用晚年歌德与中国人的自然观以及汉语的图像性之间的亲和力来解释这部态度鲜明的"中德"作品也同样不能令人满意。④ 该系列的结尾并不是渲染情感的画面，而是反思与格言。歌德后来为何要指出他诗歌的"中式"特点呢？回顾在《情感的胜利》和《泄密者是谁》中花园所起的作用，我们或许能为这些诗歌中的中国元素找到一个令人满意的解释。

---

① 伯蒂格编：《文学现状与同时代人——卡尔·奥古斯特·伯蒂格遗留手稿所述》第一卷，莱比锡：F.A.布罗克豪斯出版社1838年版，第42页："这首诗给所有人留下非常强烈的感性印象，因此也引发了很多关于该诗或者至少这位法语译者是否可以信任的争论。作为耶稣会士和传教士，他们当然很可疑。拥有这样身份的他们有极大兴趣极力突出所有中式的东西。"
② 所有引文出自歌德：《中德四季笔记》，载歌德：《文集》，特伦茨校、注，慕尼黑：贝克出版社1977年版，第387页。
③ 参见瓦格纳-迪特玛尔：《歌德与中国文学》，载特伦茨编：《歌德晚期作品研究》，美因河畔法兰克福：阿森瑙姆出版社1971年版，第220、221、225页。
④ 歌德与中式园林特质以及中国人观察自然的方式却出奇地贴合，与一部有关园林的中国作品以下段落的对比清楚地说明了这一点："如果选择河岸或湖岸的某处来建造一间小屋，那么便可以拥有广阔的视野。水雾弥漫，延伸向远方；远处的山脉云雾缭绕，渔船在风中摇动，海鸥优雅地滑行。树叶斑驳间洒下碎金，亭子在树木间半遮半掩。如果想观赏新月，就登上阳台。音乐律动，云彩缓移。——举起酒杯——余晖萦绕。"出自计成（Chi Chʻēng）的《园冶》（Yüan Yeh，1634），转引自喜仁龙：《中国园林》，纽约：罗纳德出版社1949年版，第7页。

歌德描写的依旧是一座景观式园林。[1] 书名让人们不由自主地想象出亭台楼阁、弧形屋顶、拱形桥梁、垂柳，也许还有莲花。但很明显的是，这座园林并没有任何"典型"的中国特色。读者随着叙述者"我"一起经历了公园的四季变换和昼夜交替。首先描写的是定期种植的春天的花卉：早期的水仙花似乎满含爱的热情在等待着什么。之后则是另一幅景象，同样也是快乐的满怀憧憬的基调：绿色的草地，不久便会开满色彩缤纷的花朵。与种成两排的水仙花相比，园子里的这部分并不那么传统有序，草地甚至被羊啃掉了一块。孔雀和印度鹅的叫声并不动听，但孔雀的羽毛非常艳丽，夕阳映照，这美景熠熠生辉，令人产生一种恋爱的感觉。

园子里迎来了新的季节。尽管杜鹃和夜莺想方设法要留住春天，但夏日已在平淡的蓟草和荨麻中悄然而至，带来了更多的反差效果。"我"的形象在花园里逐渐清晰。亭子是格状结构，亭柱上方是五彩的屋顶，现在无法再满怀爱意地透过娇嫩的叶子看到它了，因为树叶变得茂盛起来。春天和情感觉醒的时光已成为"我"的回忆。但对于"我"而言，这里永远是太阳升起的地方，正如诗中所言："那里仍是我的东方乐土。"下一首诗献给爱人，她出现在花园里，比日出更光彩夺目。

昼夜交替，目光交错——湖边的牧场变得越发显眼。黄昏将至，渐起的雾气让一切变得模糊，水面倒映出"愈渐加深的灰暗"。

---

[1] 君特·德邦指出爱克曼对歌德的花园和周围景色的描述也是有道理的。参见德邦：《从汉学视角看歌德的〈中德四季晨昏杂咏〉》，载《欧福里翁 76》，1982 年第 1—2 册，第 39—40 页。参见爱克曼：《歌德谈话录》第一卷，莱比锡：雷克拉姆出版社 1823—1827 年版，第 101—105 页。

徐徐升起的月亮照亮了"垂柳细长的枝条/嬉戏于清溪之上"。像太阳一样,月亮也从东方升起,她也是女性(月神露娜),唤起了"我"心中轻柔的爱。秋日来临,最后一朵玫瑰将花卉之美完全展现出来。随着对玫瑰是最美花朵的赞叹,"我"用心体会的自然观察也到达顶点和尾声:"你融汇了观察与信念。"但对自然的研究,对待自然的科学分析的态度,并没有因为美丽而停止。"灰线织就的网"和一切生命都稍纵即逝的规律让人不安。与之相对的是自然的"永恒法则","玫瑰和百合循着它绽放",这是美丽和纯洁永恒焕新的法则。

广义来讲,园林体验以及与大自然的相遇已就此完结,社会和"同伴们"想要站在"我"的身旁。然而,"我"拒绝了他们,因为"只有孤身独处,才会诗意勃发"。给他人的最终建议超越了时空,超越了自然法则,跨越了中国与德国、春天与秋天、青春与老年、过去与未来、白昼与黑夜、死亡与革新之间的所有矛盾:"渴望远方,安抚未来/此时此地忙碌起来吧。"

在《情感的胜利》中,园林曾作为世界的一面镜子,用来讽刺那个时代。一方面,在法德两国贵族中越来越受欢迎的时尚的"英中园林"被画成了漫画;另一方面,欧洲感伤主义的胜利为新式花园的流行奠定了基础。这个"戏剧性的奇思妙想"是即兴的现实的创作,反映了当时社会和宫廷的状况。小说《泄密者是谁》则不同。景观园林也是一面镜子,却用来帮助刻画每一个人物的性格特点。从空间角度而言,它为高级行政长官的庄园提供了一个合适的环境,但远不仅是一个背景;对园林的描写与对不同人物的刻画密切相关。中国元素是这群人整体形象的一部分。①园艺文化和性格塑造两者都基于自然与艺术之间的张力。如果失去平衡,便会显得混乱和可笑。

在《中德四季笔记》中,花园不再是人类关系的写照,也不再强调人与自然之别。② 对于诗人来说,鲜花和女性的名字,季节和年代的名称,自然现象和个人经历的名称是可以互换的,它们都只是同一现象的代号而已。花园便是世界,"我"是将花园当作世界来体验的。社会被有意地排除在外,既没有宫廷生活,也没有市民的家庭和朋友圈。虽然开始时还常常提及"官员",但是"我""疲于为政,倦于效命"。直至该系列结束之时,"我"才再次向其他人倾诉,与他们分享自己的悟解。在这座花园里,"中式"不是某个独立的部分,也不是某个特别的建筑,而是体现在花园整体——包括人在内——同时它们又不是"中式"的——就像季节和晨昏那样,它们可以显得"中式",但究其本质却并非如此。人和景观园林被赋予了中国特色,是用来表明这种玩笑似的区别在自然法则面前毫无意义。作为这一系列诗歌尾声的格言不因阅读者所处地点、时间、国家或个人立场而改变。

二、中式园亭:谈拉贝的《运尸车》

在歌德将小说《泄密者是谁》插入《漫游时代》约50年之后,

---

① 参见歌德于1827年1月17日对爱克曼说的话:"(一栋房子里)有那么多房间,其中一些空置着……可以有对(异国情调)的喜好,亦可拥有一间哥特式的房间,如同我觉得庞库克夫人在巴黎有个中式房间是极好的一样。"爱克曼:《歌德谈话录》第一卷,莱比锡:雷克拉姆出版社1823—1827年版,第209页。
② 参见埃里希·耶尼施(Erich Jenisch):《歌德与遥远的亚洲》(*Goethe und das ferne Asien*),《德国季刊》(*Deutsche Vierteljahrsschrift*),1923年第1期,第336页:这一系列的意义在于"平静、充满信任地服从最原初最普遍的规律,在于进入所处自然的伟大整体,在于人与自然的融合"。

第四章 中国符号:德语文学中的中国风

维廉·拉贝(Wilhelm Raabe)在1869年首次出版的小说《运尸车》(*Der Schüdderump*)中也使用了中式园亭作为含义丰富的象征符号。

与大多数中国风的工艺美术品不同,八角亭小巧玲珑,亭顶略有弧度,格栅漆成彩色,①直至19世纪仍旧很受欢迎。由于建造成本不高,每位工匠都可以根据样品建造出这样一个有趣的作品,②所以它成了市民花园里珍贵的装饰,甚至在乡下的一些精心维护的农庄中也不乏它的身影。"中国风的流行逐渐蔓延到许多小型花园建筑中,从宫廷艺术家的文化工作室至民间作坊,这些作坊是市民阶层为追求时尚而开设的,批量生产便宜的装饰品。"③

从小说开头介绍园亭的方式可以看出拉贝的读者是熟悉这些小型建筑的:

天气炎热,村中水井里的水欢快地喷涌。果树园中,孩子们在草丛间滚来滚去;鸡鹅等家禽在农用车和篱笆的影子里咯咯嘎嘎地叫;阿德莱德·冯·圣特鲁因小姐(Fräulein Adelaide von Saint Trouin)在花园露台上阅读德·蓬帕杜侯爵夫人(Marquise de Pompadour)的书信。上个世纪末,在蓬

---

① "大多数中式园亭的底部都是正方形或八边形,门窗大多是长方形的。"见埃里亚诺·冯·埃德贝格(Eleanor von Erdberg):《中国对欧洲园林结构的影响》(*Chinese Influence on European Garden Structures*),马萨诸塞剑桥:哈佛大学出版社1936年版,第122页。
② 参见约翰·戈特弗里德·格罗曼(Johann Gottfried Grohmann):《给园林爱好者的灵感杂志》(*Kleines Ideenmagazin für Gartenliebhaber*),又称低成本可实现的灵感集,莱比锡:鲍姆格特纳出版社1816年版。
③ 埃德贝格:《中国对欧洲园林结构的影响》,马萨诸塞剑桥:哈佛大学出版社1936年版,第111—112页。

帕杜夫人的资助下,年轻的克雷比荣(Crébillon)为欧洲的教育界做出了巨大的贡献。

露台上有一个中式园亭,从露台可以看到村庄的街道和舒尔茨家门前的广场。佩卡迪洛(Peccadillo)和米斯塔克斯(Mystax)睡眼惺忪地从栏杆向下眺望山庄,阿德莱德小姐得意地幸灾乐祸地不时扔下克雷比荣的故事,望向忒勒玛科斯一书。① 她早前将这本书递给骑士,既可作为合适的午后读物,又可用于教育年轻的亨尼西(Hennig)。骑士和年轻的亨尼西礼貌却拘谨地收下了。因为聚在园亭中的每个人都熟悉这片景色,所以都不会在意,往来车辆发出的声响也不会引起他们的注意……②

拉贝只是简单地提到了这个"中式"园亭,并未加以详细描述,也就是说,他确信每位读者都知道他在这里所指的是什么。读者们似乎也自然而然地认可,位于纯粹乡村环境中的庄园拥有这样一座建筑以示区别。直到小说后半部分描写到小小夏屋开始坍塌,管家想在其位置上建造一个"更美的桦木屋"③时,读者才了解到一些其他的细节:"中式园亭的影子一直倒映在长凳和小圆桌

---

① 费纳龙(Fénelon)的《忒勒玛科斯历险记》(Les Aventures de Télémaque, 1699)是18世纪一本著名的教育小说。拜罗伊特附近的赞斯帕赖尔山崖花园的设计甚至采用该小说作为"文学规划":在赞斯帕赖尔再现荷马史诗中的魔岛俄古癸亚岛:"借助园林艺术的各种手段在大自然中美妙地上演了这一寓言故事。"克里福特:《园林艺术史》,海因茨·比恩编,慕尼黑:普雷斯特尔出版社1966年版,第317页。
② 拉贝:《四卷本作品集》(Werke in vier Bänden)第三卷,布莱斯高的弗莱堡:赫尔曼·克莱姆出版社1954年版,第24页。
③ 同上书,第276页。

上。当然,油漆已经脱落,漂亮的颜色已逐渐淡去……"①小说结尾处,被管家戏称为"中国奇迹"②的园亭失去了全部特色,已经变成了一个很快会被拆除的"破旧夏屋"③。

与歌德的作品一样,这里对中式园林房屋本身的描写是次要的,建筑物本身的意义取决于它在小说构架中的位置以及与之相关的人物。因此,首次提到园亭的场景是整部小说的关键。

充满异国情调的夏屋与周围的环境形成了鲜明对比,包括带露台的庄园以及乡村的花园和广场。这种对比并非偶然,它反映了艺术改变自然的不同程度。在乡村果园里,孩子们在草地上打滚,鸡和鹅则在咯咯嘎嘎地叫——开垦自然是为了满足人类必要的物质需要。人类和动物之间的距离似乎很小。农庄的园林则不同,露台要高于其他地方,人们闲暇时可以在上面小憩和眺望远方。然而,无论是从实际意义还是引申意义来讲,中式园亭还是高于露台。从这个阴凉的地方放眼望去,村庄和花园尽收眼底,也可以尽情感受遥远的时代或偏远的国度:在这里,艺术主导一切。将社会阶层划分为农民、农村贵族和宫廷贵族也符合美学三分法。

跟所有的中国风工艺品一样,园亭也体现出一定的矛盾性:一方面是杰出、精致所带来的吸引力,另一方面则是给人一种异域、过时、荒诞的印象。拉贝并没有通过园亭本身来表现这种矛盾性,而是在某种程度上通过与园亭有关的两位主角:冯·格劳比戈恩骑士

---

① 拉贝:《四卷本作品集》第三卷,布莱斯高的弗莱堡:赫尔曼·克莱姆出版社1954年版,第276页。
② 同上书,第282页。
③ 同上书,第330页。

(Ritter von Glaubigern)和冯·圣特鲁因小姐。在骑士身上主要体现了中国风的积极特性,虽然他与周边环境格格不入,但是大家都尊敬他、热爱他。作者用如下语言来介绍他:"与漂亮玛丽(Marie)的孩子一样,他值得有史以来最崇高的敬意。"①对于读者而言,这位骑士就像可爱的堂吉诃德。相反,阿德莱德·克洛蒂尔德·宝拉·冯·圣特鲁因小姐,庄园仆人口中的"小姐"或"特琳娜小姐",从开始出场时就十分怪诞,后来变得可笑,甚至恶毒。骑士和这位小姐都属于一种即将消逝的文化——宫廷礼教的、不切实际的、高傲的、恪守礼仪的、肤浅的,却也带有理想主义的、有教养的贵族世界:

> 这是一部皮影戏,但有点儿中国化,年轻的亨尼西·冯·劳恩(Hennig von Lauen)先生表演得太棒了!皮影戏里的人儿翩翩起舞,就像洛可可式女士扇子上的人物。
>
> 像古老的潘趣酒碗和茶杯上的图像一样,皮影戏小人儿微笑着弯下腰,与奇特的小动物一起在想象中的奇特树木下、灌木丛中散步,令人倍觉奇异的鸟儿振翅飞入高空,若不是仁慈的母亲不时善解人意地喊着"喂"和"停下来",它们恐怕会在年轻贵族亨尼西的淡黄头发里筑巢。②

然而,与骑士相比,这位小姐更具"中国特性"。东妮(Tonie,即Antonie)偶尔叫她"高个子的金发小姐"③或者渴望她是"仁慈的金

---

① 拉贝:《四卷本作品集》第三卷,布莱斯高的弗莱堡:赫尔曼·克莱姆出版社1954年版,第18页。
② 同上书,第19—20页。
③ 同上书,第117页。

发小姐"①。在阿德莱德的房间里,中国风工艺品尤其引人注目:

> 约翰·冯·布里耶纳(Johann von Brienne)的女继承人的房间非常温暖,给人一种怀旧的舒适感。椅背和软垫上滑稽的花鸟,五斗橱上方的冯·帕迪亚克伯爵(Graf von Pardiac)发黄的画作,胖胖的摇头晃脑的中国人偶,洛可可式镶边的镜子,花瓶中的假花束,洛可可式柜子上方的装饰瓷瓶——这一切如此美好,舒适……②

从上面描写的场景中可以看出,骑士和小姐共同抚养年轻的亨尼西·冯·劳恩,亨尼西慢条斯理的性子正如其姓氏③那样。当然,两个人的培养目标不同:小姐想让这位年轻贵族拥有"18世纪巴洛克式的魅力"④,而骑士则希望培养亨尼西成为一位开明的人文主义者。然而,两人对这个男孩的教育都因不合时宜而未达目标。在小说的结尾处,亨尼西以一个善良、缺乏想象力、受过良好教育的乡村贵族的形象出现,与中式园亭没有任何关联:"……劳恩庄园绿树林立,相识的村民跟他打招呼,花园露台上的夏屋已然破旧——道路最后一个拐弯处,高高立着的是他破旧且摇摇欲坠的祖屋那老旧的褐色山墙、石板屋顶和烟囱!他听到狗的叫声,

---

① 拉贝:《四卷本作品集》第三卷,布莱斯高的弗莱堡:赫尔曼·克莱姆出版社1954年版,第118页。
② 同上书,第96—97页。
③ lau在德语中有温和的、犹豫不决的意思。——译者注
④ 拉贝:《四卷本作品集》第三卷,布莱斯高的弗莱堡:赫尔曼·克莱姆出版社1954年版,第48页。

脸上逐渐露出笑容,心中浮出熟悉的画面。"①他忘记东妮已经去世,骑士也已老去——"他舒适地长叹一声!"②因为亨尼西缺乏情感深度,所以容易快乐。

然而,并不能从亨尼西身上就看出骑士和小姐的教育情况。东妮就是证明,她的童年有一段时间不得不在穷苦家庭度过,却依旧可以成长为一个心思细腻、有教养且高尚的人。东妮是漂亮玛丽的女儿,曾受到小姐的庇护,后来进入社会,逐渐堕落,小姐也难辞其咎。起先在中式园亭的第一个场景中,在场的人谁都没有注意到沉闷的马车发出轰隆声,将垂死的玛丽和她的孩子带回家乡。可是在玛丽和汉娜·阿尔曼(Hanne Allmann)去世后,却又是小姐把东妮接来庄园,带进中式园亭,带入她和骑士的世界。小姐的动机尚不明确,一开始展示出的是恶意十足的"高雅":

> 她吃惊地看着漂亮玛丽的孩子冲了过来,光着腿,只穿着一件衬衫,披头散发,张开双手;她看到孩子摔倒在从露台通往行车道的楼梯下;她俯身在墙的护栏上,冲着下面喊道:"孩子,这是怎么回事?你看起来像什么样子?真是可耻!爬起来,走开!……你这个淘气的孩子,真是有伤风化!要我下来赶你吗?"③

然而5分钟后,"冯·格劳比戈恩骑士在中式园亭里发现了她,

---

① 拉贝:《四卷本作品集》第三卷,布莱斯高的弗莱堡:赫尔曼·克莱姆出版社1954年版,第330页。
② 同上书,第330页。
③ 同上书,第132页。

东妮的头倚在她的膝盖上,她正用古龙水擦着东妮的太阳穴。"[1]理智的冯·劳恩夫人自然更希望看到东妮没被村庄街道的灰尘驱进中式园亭的世界:"……如果我们只跟随自己的意愿,那么就会给这个柔弱的孩子一个健康、有益而美好的生活。"[2]

然而骑士和小姐在东妮身上找到了自己生活的意义,不愿再放走东妮。事实上,东妮也的确成长为一个理想人物——漂亮、有教养且优秀。她也因此与庄园和村庄的这个世界格格不入。亨尼西的爱可以给予她一个心灵和社会的家园,但他并未回应她的感情,他甚至根本不会意识到东妮对他的爱。东妮最终在维也纳去世,她知道,自己早在劳恩庄园便已失去幸福,远在祖父逼迫自己和他一起离开之前。在维也纳,她也没有奢望能拥有一个家园——宫廷世界是空洞的。外在的光鲜和修养下掩盖着阴谋诡计、道德败坏和极端的物欲。

东妮的去世熄灭了骑士和小姐的生命之光;现今破旧的中式亭阁依旧象征着东妮。骑士显得无比幼稚,小姐则"形容枯槁"[3];他们坐在曾经努力培养孩子的地方,"像两个老小孩,俗世生活对他们来说几乎不再有明确的意义。"[4]

无须去问是谁造成了东妮的悲剧命运——每个人都有责任。也许当她坐着轰轰作响的小推车到达村子时,她的命运便已然注定?小推车是一种"运尸车",象征着与中式园亭完全相反的力量:

---

[1] 拉贝:《四卷本作品集》第三卷,布莱斯高的弗莱堡:赫尔曼·克莱姆出版社1954年版,第132页。
[2] 同上书,第146页。
[3] 同上书,第331页。
[4] 同上书,第332页。

哦，如果没有远方沉闷的轰隆声，没有这辆黑黢黢的车子，我们的道路该是多么美好、安静和友好。这辆车永不停歇地穿行在各个生命族群中，车夫困倦昏沉，点头打着瞌睡，而伴随着这辆车的狂热魂灵却磨着牙，冷笑着挥动铁棒和锄头，因为对它们而言，这正是王国和世界的美好……①

作为艺术品，中式园亭再现了人们对美好生活和享受的追求，以及在残酷的大自然面前保护自己的努力。但是这种追求——正如人类自身一样——存在着失败和易逝的危险。只有"推车"永远在前行。整部小说情节结束时的这句表达被拉贝在25年后的第二版前言中特别强调："在这段时间里，又有一些曾经美好、高贵、可爱的事情，还有一些曾自认为或被认为是重要的、创时代的、不朽的事情落入运尸车；可运尸车继续滚动前行。"

在歌德和拉贝的作品中，中式园亭均意味着非日常化和精致的边缘美；居住者是"普通"社会中的边缘人，孑然一身，执着于过去。他们对年轻一代命运的影响本是出于善意，却终究没有效果，或者甚至是不利的。歌德通过轻松愉快的讽刺笔调来表达这一观点，而拉贝则是通过苦涩的犬儒主义来刻画。

三、丝织中国人像与纸制中国庙宇：论施蒂弗特与凯勒的两部中篇小说

与歌德和拉贝相同，阿达尔贝特·施蒂弗特（Adalbert Stifter）

---

① 拉贝：《四卷本作品集》第三卷，布莱斯高的弗莱堡：赫尔曼·克莱姆出版社1954年版，第103页。

第四章 中国符号:德语文学中的中国风

和戈特弗里德·凯勒也在自己的小说中加入了中国风,并且像前两位一样,中国风在他们的作品中也不仅是如画般的背景,而且还被赋予了象征意义:我们谈一谈施蒂弗特《林中小径》(*Der Waldsteig*)中的"丝织中国人像"和凯勒《三个正直的制梳匠》(*Die drei gerechten Kammacher*)中的"巨大的纸制中国庙宇"。①

这些中国风工艺品的突出特点在于,它们不仅因异国情调而疏远于日常生活,而且因外形缩小而远离原初的形象,重在装饰效果,成为简便的、可控的物品。与中国生活和中国艺术的"逼真"模仿相比,它们更强烈地表达了创作者(或所有者)的性格特征,并在居所的隐私空间——卧室——占据一席之地。同样重要的是制作材料,因为它使这些装饰品更具个人特色。

(一)

施蒂弗特的"丝织中国人像"出现在小说情节真正开始展开的时候。古怪的提布琉斯(Tiburius)先生做出了一个重要的决定——他要恢复健康并且找个妻子。为此,他带着大量行李动身前往温泉疗养,此刻他的仆人正在整理新住所,以便他能够舒适地入住。从这时起,中国人像就与提布琉斯的床联系在一起:

> 于是那张床不得不安置在客厅隔壁小一点的房间里。这张床的各个部件都是他亲自带来的。床的钢架搭在一个穿堂风最少的角落里。然后拧开西班牙的屏风骨架,覆盖上印有

---

① 施蒂弗特的中篇小说创作于1844年,后再次修改收录于图书版《研究》(*Studien*, 1950)中;凯勒的小说出自1856年《塞尔德维拉人》(*Leute von Seldwyla*)第一册。

德国文学中的中国和日本(1773—1890)

无数红色中国人像的丝绸面料,再将屏风立起来。①

在18世纪,将中国人像作为丝绸织物的装饰并不少见,因为20年代的丝织行业取得了重大发展。一方面加入了装饰图案的立体阴影效果,另一方面,为了以中国人形象为装饰主题而放弃了风格化植物装饰。中国人形象之所以特别适合,是因为在当时中国人仍然被欧洲人视为一个与世隔绝且迷人的,同时又有点奇特的民族。② 奥利弗·戈德史密斯在其《世界公民》中通过一个有趣的场景戏谑地表现了这一看法。在该场景中,一位优雅的女士这样欢迎中国游客李安济(Lien Chi):"上帝啊!这是出生在离我们那么远的地方的绅士吗?他从头到脚是多么不同寻常啊!主啊,我是如此痴迷他那张古怪的脸!多么迷人的充满异国情调的宽前额!我会让全世界都看到他穿着自己国家的服饰。请转身,先生,让我看看您背后。"③

在手工艺和丝织业中,描绘中国人生活的场景——欧洲人想象中的——极受欢迎。中国被看作一个无忧无虑且亲近自然享受

---

① 施蒂弗特:《作品与书信集》(*Werke und Briefe*)历史考证性全集第一卷第六册,阿尔弗雷德·多普勒(Alfred Doppler)和沃尔夫冈·弗吕瓦尔德(Wolfgang Frühwald)编,斯图加特、柏林、科隆、美因茨:科尔汉默出版社1982年版,第165—166页。中国人主题在图书版中才被赋予真正的意义。在杂志版中,屏风虽然也是用于遮挡床铺,但是所用材料被简单描述为"中国的材料",直到后来读者才知道它是丝绸,里面有丝织的红色的中国人像。在提布琉斯的第二次疗养之旅中没有重复该主题,然而最后又被提及:里面有丝织的中国人像。
② 参见山田千三郎(Chisaburo Yamada):《巴洛克晚期的中国时尚》(*Die Chinamode des Spätbarock*),柏林:维费尔出版社1935年版,第60、63页。
③ 坎宁安编:《奥利弗·戈德史密斯作品集》第二卷,伦敦:约翰·默里出版社1854年版,第126—127页。

生活的国度，所以我们经常看到的是男男女女在户外游玩的场景：他们在棕榈树下或其他异域植物中喝茶、钓鱼、打猎、奏乐，与孩子嬉戏玩耍或温情相依。绘有这些场景的装饰墙纸、挂毯和织物都主要用于较为私密的空间，如卧室和闺房，①这也提供了土壤给那些"无与伦比的艺术家们，他们从事的爱的艺术在当时成为一门充满智慧且追根究底的科学"。② 与此相反，19世纪的市民则生活在一个理智的世界，中国风为这样的世界带来了一丝梦想。

提布琉斯先生或许是18世纪贵族的后裔。他原名苔奥多·克奈格特（Theodor Kneigt），也就是骑士，③几番遗产继承令他变得十分富有。他开始"独自享受自己的财富，先是购买了很多器物，当然是要漂亮的，然后购买了好看的衣服，亚麻布等布料，之后是窗帘、地毯、席褥等物品"。④ 但是忙着摆弄各种不同的美好事物，提布琉斯仍觉难以打发时间。他离自然真实的生活越来越远，直至他最终认为自己病得很严重，变成了一个忧郁的傻瓜。但是施蒂弗特不仅将丝织中国人像与提布琉斯先生的愚蠢情绪相关联，而且还赋予了其一些洛可可文化中的那种感性吸引力。人像第一次象征性地出现是在这位奇特的先生已经开始康复的时候，但真正"生动"起来，是当提布琉斯在身体上有了关于人生新开端的决定性体验的时候。他第一次真正地独自在树林中散步，走错

---

① 位于里吉斯贝格（伯尔尼）的阿贝格基金会收藏有令人印象深刻的中国主题床上饰品，还收藏有一张"中式"豪华床。
② 埃贡·弗里德尔（Egon Friedell）：《近代文化史》（*Kulturgeschichte der Neuzeit*），慕尼黑：C.H.贝克出版社，第575页。
③ 他在小说初版中名叫苔奥多·金斯顿（Theodor Kingston）。
④ 施蒂弗特：《作品与书信集》第一卷第六册，斯图加特、柏林、科隆、美因茨：科尔汉默出版社1982年版，第151页。

了回来的路,最后在深夜被一个质朴的伐木工人带回到疗养地。第二天早晨,他很晚才醒来:

> 太阳照射进来,丝质西班牙屏风上的红色中国人像看起来近乎火红色,皆因阳光穿透而过。尽管如此,它们却依旧极为和气。提布琉斯先生看了它们很久,直到心情变得激动。床的温暖带来无限舒适。①

对于已经错过了乳清治疗和洗澡的时间,提布琉斯感到"一点点幸灾乐祸",他在床上又待了整整一个小时,最后做了些"自己几乎不能负责的事情。他克制不了自己,早餐吃了很多肉……"②从这时候起,提布琉斯经常长时间在树林中散步,其中一次遇见了姑娘玛丽亚(Maria),她送了一些草莓给提布琉斯,并且教他如何自己去寻找草莓。但是直到第二年在疗养地的时光才最终治愈了提布琉斯的愚蠢,为他开启了理智的公民生活。

当他到达疗养地时,那些中国人像又回到了身边:"当他到达那里,一切都整理妥当,丝织中国人像在他整齐的床前闪闪发光,他开始为今年夏天做准备。"③但在提布琉斯终于变回苔奥多·克奈格特并且娶了玛丽亚为妻后,书中写道:"提布琉斯先生现在变得多么不一样!所有的丝织中国人像都不见了,床上和仓库里的

---

① 施蒂弗特:《作品与书信集》第一卷第六册,斯图加特、柏林、科隆、美因茨:科尔汉默出版社1982年版,第182页。
② 同上书,第184页。
③ 同上书,第201页。

鹿皮也都消失了——他就睡在亚麻布覆盖的麦秆堆上——窗户都开着,空气自由流通,他在家中像朋友一样穿着宽松的亚麻布衣服,这位朋友是名个子小小的医生,出于沐浴的考虑给了他这样的建议,提布琉斯也像这位医生那样管理自己的财产。"①那么红色的中国人像有何意义呢?

在我们看来,它们一方面是古怪性格的象征,另一方面是奢华幸福和情爱欲望的象征。特别的是,它们只在一段时期内出现,即提布琉斯恢复健康,逐渐作为一个可靠的丈夫和市民安身立命的这段时期。它们总是与提布琉斯先生的床一起被提及,用于引发感官上的舒适感:屏风阻挡穿堂风,令眼睛舒适。在提布琉斯的生命力被唤醒的那一刻,这些人物形象开始闪耀,并显得"友善"。同样重要的是中国人像的红色。提布琉斯总是"穿着他那件不变的灰色长袍"②走来走去,忽然注意到火焰般的颜色。在接下来的情节中,红色也与玛丽亚有关:在第一次相遇时她给了提布琉斯红色的草莓,围着一条"特别红的围巾……上面光影斑驳,就像是小火苗"③。提布琉斯第二次来到疗养地时,终于意识到玛丽亚的美;树林中那个至关重要的场景包含醒目的红色调。玛丽亚坐在"他身后的石头间",提布琉斯在画画;她身旁是"装满草莓的小篮子",旁边是一枝美丽的"长梗红色百合花"。④当玛丽亚讲到其他男人觉得她漂亮并骚扰她时,提布琉斯第一次注意到玛丽亚的外

---

① 施蒂弗特:《作品与书信集》第一卷第六册,斯图加特、柏林、科隆、美因茨:科尔汉默出版社 1982 年版,第 211 页。
② 同上书,第 199 页。
③ 同上书,第 188 页。
④ 同上书,第 205 页。

表——她的身材,她的清新,她红色的嘴唇和洁白的牙齿。此后不久,他便向她的父亲提亲:玛丽亚站在那里,"像一朵耀眼的玫瑰","散发着紫色的光晕"。①

因此,对于提布琉斯而言,红色的中国人像象征着觉醒的、本能的生活热情和对情爱的渴望——在温泉疗养或市民日常生活之外的本能的力量。只有在树林中,在天真无辜、未经雕琢的玛丽亚身旁,提布琉斯才能找到类似的生命力的绽放。然而一旦结了婚,红色中国人像和床的奢侈布置就被清理掉了。读者几乎觉得作者被他自己想象的场景吓坏了,因为最后,在提布琉斯的生活中,取代永恒灰色的并不是温暖的红色,而是一种凉爽的亚麻白色。得到赞美的不再是床的温暖,而是新居内畅通的"空气海洋",那个追求享乐的古怪单身汉变成了一个中产的、勤劳却不浪漫的丈夫。

(二)

在戈特弗里德·凯勒的中篇小说中,中国风点缀了塞尔德维拉的"贤淑的少女"徐丝·宾茨林(Züs Bünzlin)的房间:②

> 这是由纸板做成的一座大型中国式庙宇,其中有无数的储藏间和密室,又可一块一块拆卸下来。这座庙宇是用最精美的有色纸裱糊的,而且处处都用金纸花边装饰着。镶有镜

---

① 施蒂弗特:《作品与书信集》第一卷第六册,斯图加特、柏林、科隆、美因茨:科尔汉默出版社1982年版,第209页。
② 凯勒:《塞尔德维拉人》第一卷,乔纳斯·弗兰克尔编,苏黎世、厄伦巴赫、慕尼黑:欧根·伦奇出版社1927年版,第274页。

子的墙壁和一排排柱子彼此交替,如果去掉一块或打开一个房间,就会看见一些新的镜子和隐藏的小画、花球和情侣;房顶的飞檐上处处悬挂着小铃铛。廊柱上还用漂亮的小钩子固定着一个女表的表盒,金色表链挂在这些钩子上,来回盘绕在这座庙宇上……①

这座奇特建筑模仿的可能是著名的南京瓷塔。这座瓷塔以彩色釉面瓷砖而闻名,在关于中国的作品中一再被提及:

> 在中国的所有建筑物中,南京瓷塔在西方世界享有最高的声望,并且一次又一次地被描写和介绍。它受欢迎的原因主要在于它的"瓷瓦"墙十分醒目;这种材料一直被认为是中国的一个特色。而实际上宝塔上盖的并不是瓷,而是彩色琉璃瓦。②

这座宝塔在欧洲拥有无数仿制品,凯勒或许采用了其中一个作为模板。仿制品中最著名的是邱园花园中的宝塔,是威廉·钱伯斯于1761至1762年建造的。宝塔为八角形,共10层,上面9层的外围都是画廊,最底层则由一个拱廊环绕。画廊和底层柱子上方各延伸出一层塔檐,共10层,80个角脊均盘绕着一条龙,嘴

---

① 凯勒:《塞尔德维拉人》第一卷,乔纳斯·弗兰克尔编,苏黎世、厄伦巴赫、慕尼黑:欧根·伦奇出版社1927年版,第281—282页。
② 埃德贝格:《中国对欧洲园林结构的影响》,马萨诸塞剑桥:哈佛大学出版社1936年版,第60页。

里衔着一枚小铃铛。① 特别的是,中国风的人气也超越了建筑本身:波茨坦(四层"龙亭")、尚特卢或慕尼黑(五层"中国塔")的宝塔均是受邱园宝塔的启发而建造的。邱园宝塔还有小型仿制品:比如可能在詹姆斯·考克斯(James Cox)的工作室里仿制成一座豪华的塔钟,②在代尔夫特仿制成所谓的风信子或郁金香花瓶。③然而,正如凯勒的描述所证实的那样,在欧洲,宝塔并不是中式建筑最具特色的标志,人们觉得飞檐和上面悬挂的铃铛才是典型的中式特色。④

　　小说中这座华丽庙宇的创作者名叫韦伊特(Veit)。这位年轻的书籍装订工是"一个有抱负、情感丰富且单纯的人"⑤,他爱着徐丝·宾茨林。韦伊特从来没有机会真正对徐丝表白,而是最终将感情诉诸纸面上——这定是作者有意的讽刺。他写了封信藏在庙宇里,放在"夹层地板"的"最里面的地方"⑥。这座庙宇是韦伊特"在无数个夜晚和假日里"建造的,是"一件充满艺术性的珍贵纪念品,纪念他的爱慕之情"。⑦ 一年后,当徐丝用异常欢快的话语打发他离开时,他将这座庙宇赠送给她。

---

① 龙和小铃铛如今已经消失。(邱园宝塔修复工程于2016年9月动工,雕龙已于2017年按照历史资料成功复原。——译者注)
② 参见本书第230页。
③ 参见昂纳:《中国风》,伦敦:约翰·默里出版社1973年版,插图14,以及斯坦利·W.费舍尔(Stanley W. Fischer):《瓷与陶》(*Porzellan und Steingut*),阿尔敏·温克勒(Armin Winkler)译、编,慕尼黑:西南出版社1976年版,第23页。
④ 参见埃德贝格:《中国对欧洲园林结构的影响》,马萨诸塞剑桥:哈佛大学出版社1936年版,第60、99页。
⑤ 凯勒:《塞尔德维拉人》第一卷,乔纳斯·弗兰克尔编,苏黎世、厄伦巴赫、慕尼黑:欧根·伦奇出版社1927年版,第280页。
⑥ 同上书,第283页。
⑦ 同上书,第281页。

作者指出,徐丝根本没有发现这封信是有象征意义的:"这意味着,徐丝根本不了解这位书籍装订工的痴情和热烈真挚的内心。"①也就是说,在叙述者和徐丝·宾茨林看来,这整座庙宇都代表着这位年轻人的性格和情感。其袖珍形态和制造材料令这座庙宇看上去更像是一件玩具。这一点与徐丝对韦伊特的态度相一致,因为她——出于物质方面的考虑——从一开始就尝试将这个小 9 岁的贫穷男人"培养得像自己一样节制,让他陷入五花八门的空话云雾中"②。她成功了:有了这座彩纸做成的庙宇,徐丝房间内关于曾经的倾慕者的纪念品又新增了一件。

同时,庙宇也是一件艺术品。"这座巧妙的寺庙耗费了无数的工艺和技巧,几何学的设计所费的功夫也不下于这精巧的制作本身。"③此处叙述者评论的关键词是"耗费",因为它清晰表明了所描述情形的矛盾性。如果我们站在韦伊特的立场上,那么劳力和手艺就是白白耗费掉的,因为这座庙宇并没有帮他实现预期目标或者说离目标很遥远。如前所述,徐丝一直没有发现这份礼物中最具艺术性的地方——韦伊特告白自己"说不出的悲伤、爱恋、仰慕和永恒忠诚"的那封信,并且"措辞是那么可爱、坦率,仿佛她能发现这真实的情感一样"。④ 徐丝·宾茨林将这座寺庙宏伟、异域的外观视为一种极高的艺术以及两人间关系的反映。她视而不见的是,这位书籍装订工只为她展现了自己的天赋。对她而言,艺术

---

① 凯勒:《塞尔德维拉人》第一卷,乔纳斯·弗兰克尔编,苏黎世、厄伦巴赫、慕尼黑:欧根·伦奇出版社 1927 年版,第 283 页。
② 同上书,第 281 页。
③ 同上书,第 282 页。
④ 同上书,第 283 页。

等同于珍贵,珍贵的东西必须隐藏起来,这与该年轻男士的行为之间形成了一条极其讽刺的平行线!因此,她没有在庙宇的各个空间里放置任何物品,覆盖在这件艺术品之上的是"海绿色的罗纱……,用来遮挡灰尘,并防止不配观看的人瞧见它"。①

从另一个角度看,书籍装订工花费在这座庙宇上的劳力和手艺也是徒劳。这是件荒诞的事情,一个年轻的男人,"一贫如洗,不善赚钱"②,却将所有空闲时间都花在这样一个梦想建筑上——如同对徐丝·宾茨林的倾慕。在这里,中国风成为讽刺理想主义者及其抱负的象征手段。

此外,如果将这座庙宇作为徐丝和韦伊特美满婚姻的象征也并非不合适。在反映徐丝性格的漆匣的最上层放着一张"七百古尔登的地租证券"和"证券的利息"。③ 然而下面放置的是宗教、医学、美容和其他稀奇古怪的各式各样的东西,似乎是努力将这一切与艺术和实用(或感觉和实用性)结合起来。这座庙宇本来正好适用,许多小物件本都可在它的各个空间里找到合适的位置。这张地租证券本可以与那封情书放在一起,这位自信的、自以为聪明的少女也本可以与那个天真的、热情的男人做伴。当然,徐丝·宾茨林绝不会冒这个险,对于她来说,这位雇工为她重新装订好所有的书籍,并赠予她一件极具艺术性的纪念品,就已经足够。她终将会嫁给三位正直的制梳匠中最聪明的那一位,这位制梳匠并不在纸面表达自己的倾慕之情,而是用高尚的赞美和显露的温柔来表达。

---

① 凯勒:《塞尔德维拉人》第一卷,乔纳斯·弗兰克尔编,苏黎世、厄伦巴赫、慕尼黑:欧根·伦奇出版社1927年版,第282页。
② 同上书,第281页。
③ 同上书,第275页。

四、中国鬼魅：论冯塔纳《艾菲·布里斯特》

> 这如果不是……一种不幸的爱情……，那也可能是一种幸运的爱情，那个中国人只是没有耐心罢了，结果一下子全都完了。因为中国人也是人嘛，可能他们那儿的风俗习惯跟咱们的全一样。
>
> ——《艾菲·布里斯特》，第 177—178 页①

（一）

冯塔纳自己在写给瑞士诗人、散文家约瑟夫·维克多·韦德曼（Joseph Viktor Widmann）的信中阐明了中国人这一角色在这部小说中的复杂性："您是第一位指出鬼屋和那位中国人的人，我不明白其他人怎么会错过这一部分。首先，至少在我的想象中，这一鬼魅自身就很有趣，其次，正如您所强调的那样，这件事情的出现并不是为了取乐，而是整个故事的一个转折点。"② 读者很快就会意识到，这位中国人是一个极其亮眼的形象。艾菲（Effi）期盼能叫他过来聊天，但又惧怕作为一个"鬼魂"出现的他。殷士台顿（Innstetten）说他是一个死人，克拉姆巴斯（Crampas）则将他视为

---

① 苔奥多·冯塔纳（Theodor Fontane）：《艾菲·布里斯特，波根普尔一家》（*Effi Briest. Roman. Die Poggenpuhls. Roman*），慕尼黑：纽芬博格出版社 1969 年版。冯塔纳追随的是歌德的观点，后者曾对爱克曼表达过自己对中国人的看法："他们思考，行事和感知几乎与我们一样，并且我们很快就会觉得自己与他们是一类人……" 爱克曼：《歌德谈话录》第一卷，莱比锡：雷克拉姆出版社 1823—1827 年版，第 230 页。不过除了上文引用的那句话，歌德还说："只是在他们那里，一切都比我们这里更清晰、更纯粹和更合乎道德。"（亦可参照第 122 页）冯塔纳笔下的中国形象与歌德的本质上并不相同。

② 《冯塔纳书信集》（*Fontanes Briefe*）第二卷，戈特哈特·艾尔勒（Gotthard Erler）精选和评注，柏林、魏玛：奥夫堡出版社 1968 年版，第 386 页。

殷士台顿借以操纵艾菲的一个工具。真相究竟是什么呢？

冯塔纳的研究一再涉及中国人这一主题，以期探索其意义。所有研究都有一个共同之处，即不对"鬼魅"的不同表现加以区分，只从艾菲的视角以及与艾菲有关的角度来解读它。[①] 然而冯塔纳为读者展现的并不是某一个虚构的真实，而是将小说中不同人物在中国人身上看到的不同的"真实"凝练为一个象征符号。因此，读者必须先将不同的真实解码，然后才能为自己找到一个更高一级的虚构的真实。然而小说人物没有给出任何可靠的提示，这使得解码过程变得困难。在重构"现实"时，读者必须考虑人物的个性和社会地位，并对不同的口头或书面表述及其重要性做出权衡。只有当读者自己站在与所有人物保持客观距离的立场上时，他才能敏感地接收到作者发出的信号。文本和读者之间的交流必然会在两个层面上进行：一是在小说的情节层面上，发生在

[①] 如瓦尔特·米勒-赛德尔（Walter Müller-Seidel）始终谈及的死去的中国人。在他看来，这一"复合主题"的"严肃面"基于艾菲的恐惧，他将之阐释为"社会动因引发的恐惧"，因而俾斯麦可以"作为一部现代的时代小说中的人物……轻易地与死去的中国人的鬼魅形象联系在一起"。但艾菲口中的"鬼魅"只是部分源自恐惧感，殷士台顿工作上对俾斯麦的依赖性也只是他个人生活观的外在的、社会性的表达。乘坐雪橇去"俾斯麦公爵"饭店之行，半出于私人原因，半出于公务，这便是典型的殷士台顿作风。与艾菲不同，殷士台顿已懂得如何妥协。参见米勒-赛德尔：《苔奥多·冯塔纳——德国社会小说艺术》（*Theodor Fontane. Soziale Romankunst in Deutschland*），斯图加特：麦茨勒出版社 1975 年版，第 362—364 页。乔治·C.艾弗尔（George C. Avery）在对参考文献的研究基础上，将中国人主题与海洋主题相结合，对其意义做出了极佳的解读。艾弗尔的观点与笔者观点相同之处在于，他也认为"中国鬼魅"表达的是艾菲心中隐藏的情欲渴望。艾弗尔虽然也写道："该中国鬼魅已成为它[小说]的心理结构的诗意写照的媒介"（第 20 页），但是他将目光聚焦在艾菲身上，而忽略该中国人不同的出现形式以及它们对于刻画殷士台顿和克拉姆巴斯性格的重要性。参见艾弗尔：《中国墙：从心理学角度解读冯塔纳的〈艾菲·布里斯特〉》（*The Chinese Wall: Fontane's Psychograph of Effi Briest*），载《现代德国文学观点与评论：阿道夫·克拉尔曼纪念文集》（*Views and Reviews of Modern German Literature. Festschrift for Adolf D. Klarmann*），慕尼黑：德尔普出版社 1974 年版，第 18—38 页。

读者与小说中的不同人物之间;二是在小说的高一级"技术"层面上,发生在读者与作者之间。

第一眼看去,中国人这一主题似乎并不重要:只是一个异国风情的夸张故事,出现在闲谈之中,兴许能带来一些神秘感。但是小说中的中国人对每一个提及他的人而言都有意义,透过每一个关于他的陈述都可以了解陈述者本人的情况。此外,在人物对中国人的态度变化中也映射着小说情节的发展。

"中国人"一词在 19 世纪涵盖了从入迷到蔑视的各种情感。正面的情感主要归因于 18 世纪时的中国形象。奥利弗·戈德史密斯的讽刺作品《世界公民》表明,与中国人的生活方式相关的并不仅仅是秩序、理性和智慧。书中写道,一位中国美人称赞倾慕者的性热情和性能力,而她的英国姐妹在选择对象时看重的却是物质财富。① 总体而言,19 世纪的欧洲对中国的评价是负面的。虽然中国人和日本人依旧被认为"十分顺从爱之欢愉",但是这一点并未得到赞赏。② 他们认为,中国人在政治上不成熟,像木偶一样被律令统治着。他们认为中国不可能有历史性的进一步发展,③

---

① 在《世界公民》中的第 39 封信里,一位"中国"美人如此描述和倾慕者之间的一次会面:"在两小时的礼貌性沉默之后,他勇敢地请求引荐那些歌女,这纯粹是为了令我开心。她们中的一位用歌喉为我们带来了一些欢愉,倾慕者便和她一起消失了几分钟。我本认为他们不会再回来了;我不得不承认,他最能令人如沐春风。他回来后,音乐会重新开始,他继续像平常那样盯着墙壁,不到半个小时,哦! 他和另一位歌女一起走出了房间。他确实是一个很讨人喜欢的家伙。"见坎宁安编:《奥利弗·戈德史密斯作品集》第二卷,伦敦:约翰·默里出版社 1854 年版,第 217 页。
② 古斯塔夫·克莱姆(Gustav Klemm):《中国,中央帝国》(*China, das Reich der Mitte*),莱比锡:B.G.托伊布讷出版社 1847 年版,第 511 页。
③ 参见罗泽:《中国作为德国反响的象征:1830—1880》,载罗泽:《看东方——歌德晚期作品及十九世纪德国文学中的中国形象研究》,舒斯特编,伯尔尼、美因河畔法兰克福:彼得·朗出版社 1981 年版,第 90—129 页;此处尤见第 91—101 页。

尤其是在看到中国在军事上越发无能之后。在戏剧舞台上,他们很喜欢表现中国人粗笨迟钝和智力贫乏的一面。① 进入20世纪后,虽然有许多中国外交官、军官及其仆人生活在柏林等地,但人们仍旧不信任中国人:

> 虽然如今不再像十年前一样,到处弥漫着对中国人的怀疑性偏见和先入为主的反感,但是在柏林和其他欧洲大城市里,中国人仍旧没有像人情练达、能迅速适应陌生习俗的日本人那样受欢迎。对民族服装和某些民族习俗的固执坚守使得生活在陌生文化里的中国人格格不入,这自然会导致针对中国人的不公正评判。②

外交官兼作家鲁道夫·林道(Rudolf Lindau)曾在中国和日本生活多年,冯塔纳经由他对东亚有了间接的了解。两位都"喜爱"日本人甚于中国人。在林道的艺术珍宝中,有关"日—中"的作品"自然最"令冯塔纳感兴趣。③

但是比历史性角度更重要的是冯塔纳在作品中赋予异域风情的特殊意义。《艾菲·布里斯特》中的中国人究竟代表着什么?笔者认为,他象征着一种年轻、狂热(即非传统),却是不能实现

---

① 参见本书第五章第三小节。
② R.奥尔特曼(R. Ortmann):《异域来客》(*Exotische Gäste*),《文娱与知识文库》(*Bibliothek der Unterhaltug und des Wissens*)第3期,斯图加特、柏林、莱比锡:德国联合出版社1909年版,第193—194页。
③ 冯塔纳:《鲁道夫·林道》(*Rudolf Lindau*),载库尔特·施赖纳特(Kurt Schreinert)编:《文学杂文与研究》(*Literarische Essays und Studien*)第一部分,慕尼黑:纽芬博格出版社1963年版,第320—321页。冯塔纳于1833年拜访林道。

的、不完美的爱情。① 不同年龄、秉性和社会地位的人对中国人有着不同的评价,他们对"狂热爱情"也持迥然不同的态度。有人对其充满期待,也有人对其抱有恐惧;有人对其满是怀念,也有人对其抱以物质的算计;有人讽刺地与其保持距离,也有人共同对其排斥。小说中的中国人让作者和各个人物能够隐匿地表达对"狂热的爱情"的看法,有关这位中国人的众多对话相互对立。一方面,那些不为社会容忍的观点会借此加以隐藏或遮掩。从这个意义上来看,对话揭示了说话者在主流社会中的融入程度。另一方面,关于鬼魅和这位中国人的对话也使得说话者能够告知对方一些本难以说清的事情。就这一点而言,对话也揭示了说话者期待的相互交流的亲密度以及被对方理解的程度。②

(二)

这位中国人当然首先是与艾菲和殷士台顿密切相关,但是对

---

① 冯塔纳运用了童话般的日本艺术主题来达到一种平衡。该主题影射的是一种理想、幸福、肉体和精神之爱的可能性——这是艾菲对于婚姻所期盼的一种关系。筹办婚礼时,她希望有"日式床前屏风……黑底金鹤,每一只都长着长长的鹤喙……也许还可以在我们的卧房里放一盏红光灯"。(第30页)柔和舒适灯光笼罩下的床应是家庭生活美好隐秘的重心。床前屏风的黑色代表严肃和隐秘,金色代表华丽和喜庆,鹤儿们代表喜悦。在东亚,鹤是长寿的象征,但鹤喙也象征亲吻和爱抚以及送子鸟和多子多福。这一切艾菲都将体验不到。特别的是,冯·布里斯特夫人即刻就说这些愿望是不可能实现的,她的理由与后来殷士台顿关于中国鬼魅之事想要劝阻艾菲时是一样的:别人会怎么说呢?亦可参见冯塔纳:《鲁道夫·林道》,载库尔特·施赖纳特编:《文学杂文与研究》第一部分,慕尼黑:纽芬博格出版社1963年版,第320页。《施泰希林》(Der Stechlin),慕尼黑:纽芬博格出版社1969年版,第236页。
② 也参见米腾茨威书中有关艾菲·布里斯特的章节。英格丽德·米腾茨威(Ingrid Mittenzwei):《以语言为主题——冯塔纳的社会小说研究》(Die Sprache als Thema. Untersuchungen zu Fontanes Gesellschaftsromanen),巴特洪堡、柏林、苏黎世:格伦出版社1970年版。

克拉姆巴斯来说,他也有重要意义,甚至对约翰娜(Johanna)、罗丝维塔(Roswitha)和克鲁泽(Kruse)大娘来说也有一定意义。特别的是,第一次提到中国人的是年轻奔放的艾菲。同样意味深长的是,艾菲提及的并非一个真实的人,而是作为一个表征异域的概念,传达的是她自己的心愿和希望。她对海边小镇凯辛的描述是:"但是这个地方很吸引人,……我看……这儿是个完全崭新的世界。这儿有着各式各样的异国情调。……也许能找到一个黑人或土耳其人,或者甚至还有可能找到一个中国人。"①这种孩子般的喋喋不休似乎与艾菲的年龄和性格十分契合,却掩盖不了作者向读者传递的暗示。曾被母亲叫作"空中的女儿"的艾菲希望作为妻子的新生活充满"各式各样的异国情调",即新奇、情趣、兴奋和娱乐。② 并且她期待的这种异国情调并不是为了社交生活,而是为了私人的乐趣,因为这样的社会交往可能会难以想象。艾菲随后所说的另一句话虽然弱化了她的心愿,却从另一个角度清楚地表明,她希望自己的身心领域都有异国情调:"但愿今晚能好好睡一觉,(我)可不想一睡着就看见一个中国人走到我的床前。"③这是一句

---

① 冯塔纳:《艾菲·布里斯特,波根普尔一家》,慕尼黑:纽芬博格出版社1969年版,第46页。
② 在《玛蒂尔德·墨琳》(Mathilde Möhring)这部可被视为《艾菲·布里斯特》"对立面"的小说中,同样出现了"女空中艺术家"主题。这显然是不切实际和情色诱惑的象征符码。在这里只是单纯对非现实和情色魅力的密文。胡戈(Hugo)希望新的一年以参观帝国大厅开始,"一位女空中艺术家承诺要在那里展示神奇的事情。门票上也有她身着轻便戏服飞在空中的画像,当然,轻便戏服实际上只是一种暗示。"(冯塔纳:《玛蒂尔德·墨琳——论文学——漫谈戏剧》(Mathilde Möhring. Aufsätze zur Literatur. Causerien über Theater),慕尼黑:纽芬博格出版社1969年版,第59页)
③ 冯塔纳:《艾菲·布里斯特,波根普尔一家》,慕尼黑:纽芬博格出版社1969年版,第46页。

玩笑话，但是就此产生了中国人与床之间的关联。① 因此同样具有重要意义的是，殷士台顿立即向艾菲保证这种情况不会发生。

在殷士台顿家中的第一个夜晚，艾菲的床前没有出现任何中国人，但她误以为自己看到了白色缎面鞋并听到了长裙拖过地面的声响。第一晚，艾菲并没有因中国人而激动，而是被一位神秘女士所打扰。殷士台顿和艾菲睡在同一间卧房，却明显是疏远的：他夜里似乎睡得很熟，而且在早上艾菲醒来时，他已起床好一段时间了。吃早餐时，艾菲讲述了自己昨夜听到的声响并提出了可行的解决方法，但殷士台顿却很奇怪地表现出犹豫的态度。之后，艾菲便停止了这一话题；在夫妻一时的意见相左之外，这一事件的意义读者也只有后来才能明白。这里可以看出，这一经历并不符合艾菲寻求刺激新奇的嗜好；相反，在自己家中的第一个夜晚似乎令她感到失望，并让作为妻子的她感到不安。② 她努力寻找婚后生活的好的方面，对于那些孩童时待在父母身边没有的好处，这种努力像是有意的弥补。实际上那些被殷士台顿理解为甜言蜜语的话绝对不是认可，而是控诉。殷士台顿"拒绝"了中国人这一角色，这一点下文予以进一步的详细阐述。而艾菲把他想象成波斯或印度侯爵：坐在一面"挂满"兵器的墙前面。③ 殷士台顿很喜欢这样

---

① 艾弗尔对此处的解释也是它表达了艾菲"迅速步入婚姻后，心中对婚姻中陌生的亲密接触的恐惧和渴望"（艾弗尔：《中国墙：从心理学角度解读冯塔纳的〈艾菲·布里斯特〉》，载《现代德国文学观点与评论：阿道夫·克拉尔曼纪念文集》，慕尼黑：德尔普出版社1974年版，第21页）。
② 早上，艾菲猜测殷士台顿没有等她，已独自用过早餐，所以向约翰娜打听殷士台顿还在家中抑或是已经出门了。
③ 冯塔纳：《艾菲·布里斯特，波根普尔一家》，慕尼黑：纽芬博格出版社1969年版，第57页。

的角色,他更像是一位"令人尊重者"而不是一位情人。① 艾菲的失望和殷士台顿的快乐形成了鲜明的对比。当艾菲被问到,如果殷士台顿要离开这个世界,她是否愿意和他一起死时,她回答说:"这点我还得考虑考虑。或者最好我们谁都不讲这些吧。"②很明显的一个事实是,殷士台顿在情绪高涨时想到的是死亡,而不是生之乐。

艾菲对狂热爱情、赞美和温柔体贴的渴望越发强烈,以致于产生中国人的幻象,这发生在殷士台顿第一次因为公务不得不在外过夜之时。她说,那个中国人从她孤独的床边经过。这一幻象要如何解读,作者在对前一晚的描述中给出了提示。艾菲在入睡之前就已向她的仆人约翰娜坦承:"我如此渴望,同时……我又如此害怕。"③此时的恐惧只是强烈渴望的另一面,它们都表明艾菲的情感没有得到回应。明显体现艾菲婚姻不幸福的是她徒劳地尝试回忆蜜月旅行来安慰自己:"当她想到自己曾去维罗纳参观尤利阿·卡普莱特神殿时,她的眼睛不由自主地合上了。"④即便在蜜月期间,这对夫妻似乎也未找到释放狂热爱情的地方。

殷士台顿想劝说艾菲摆脱中国鬼魅的幻象,当这种方式行不通时,他便建议艾菲用"贵族以鬼为骄傲"⑤的态度来对待,这意味

---

① 尽管殷士台顿在前一晚声称,对他来说,重要的"不是当受尊敬的人……"(第53页)。
② 冯塔纳:《艾菲·布里斯特,波根普尔一家》,慕尼黑:纽芬博格出版社1969年版,第57页。作者在另一处直截了当写明了艾菲的失落。艾菲抱怨道:"……你只能给我一个吻。不过,你方才好像没有想到这一点。在整个迢迢的旅程中,你坐着一动也不动,冻得像个雪人,而且还一个劲儿抽烟。"殷士台顿奇怪地给出了回避式的应答:"好了,我会越来越好……"(第69页)。
③ 冯塔纳:《艾菲·布里斯特,波根普尔一家》,慕尼黑:纽芬博格出版社1969年版,第75页。
④ 同上书,第76页。
⑤ 同上书,第82页。

第四章 中国符号：德语文学中的中国风

着要举止得体，并放弃对情爱的渴望。其间，艾菲因怀孕而变得平和与宁静，看上去她似乎已经放弃了对"激情"的偏好。① 从现在开始，那个艾菲强烈渴望的中国人形象没有再出现，尽管她有时会有意识地希望"鬼魅"回来。② 将鬼魅取而代之的是殷士台顿所说的"幻象"，一种不同于"自然的"鬼魅。③ 艾菲与克拉姆巴斯的关系并不是基于自然发生的感情，而是基于虚荣、挫败和对殷士台顿的挑衅。

正因为艾菲没有"真正地"爱上克拉姆巴斯，所以当她乔迁柏林之后，便不再想念两人过去的时光。她只会和罗丝维塔谈论这段纠葛：因为宗教信仰和昔日经历，罗丝维塔处在主流社会规则之外。读者可以从艾菲与罗丝维塔的对话中发现，艾菲越来越疏离于"激情"而寻求"宁静与平和"。小说中写道：艾菲可以与罗丝维塔"自由地、无拘无束地谈论凯辛和克拉姆巴斯，谈论中国人和托姆森船长的侄女"④，而作者紧接着便让艾菲问罗丝维塔，是否会为自己的过失而有负罪感。此处的罗丝维塔变成了艾菲的另我："责任不在我身上，而是在另一些人身上……再说那也是很久以前的事了。"⑤在离婚后，艾菲只有一次回想起"真正的"鬼魅，但现在她只看到鬼魅积极的一面："你还记得当时中国人显灵时的场景吗？那真是幸福的时刻啊。当时，我当时以为那是不幸的时刻，

---

① 关于艾菲在"激情"和"宁静与平和"间的初次摇摆参见第89页。
② 参见艾菲致母亲的信，第106页。
③ 冯塔纳：《艾菲·布里斯特，波根普尔一家》，慕尼黑：纽芬博格出版社1969年版，第221页。
④ 同上书，第228页。
⑤ 同上书，第229页。这段对话显然发生在艾菲出发去海滨浴场前一天，即在约翰尼斯日前一天；这已经暗示着艾菲与殷士台顿最终的分开，也暗示艾菲面临的"缓和的光景"。

因为我还不知道生活的艰辛。……啊！鬼魅还远不是最糟糕的!……啊！我如此渴望。"①罗丝维塔在艾菲被殷士台顿"流放"后头一次来看她时,艾菲说出了以上这些话。鬼魅——这曾是艾菲对情爱和异国情调以及对温柔体贴的渴望,但如今的她却只寻找人与人之间的温暖与理解。

（三）

殷士台顿对艾菲的中国人幻象持拒绝态度。一开始他对艾菲猜测在凯辛或许可以找到中国人是持肯定态度的:"也能找到一个中国人。你猜得多对啊！"但是他随即就不那么确定了:"我们有可能真会找到一个……"他最后又保证说:"……无论如何我们那儿曾经有过一个,现在他已经死了……"②这看起来像是殷士台顿一下子不由自主地附和,但又随即意识到自己许下了一个无法实现的承诺。殷士台顿将艾菲说的中国人与自己说的中国人对立起来,前者可以代表特别的期待和希望,后者则是一种属于过去的真实:

> 无论如何我们那儿曾经有过一个;现在他已经死了,埋在一块用栅栏围起来的地方,紧挨着教堂旁的公墓。要是你不觉得害怕,我日后有机会就带你去看看他的坟墓;它坐落于一处沙丘间,周围只生长着固沙草,有时也长出几株千日红。在

---

① 冯塔纳:《艾菲·布里斯特,波根普尔一家》,慕尼黑:纽芬博格出版社1969年版,第267页。严格来说,罗丝维塔并不能回忆起"真正"的鬼魅,因为她是在安妮出生后才来服侍艾菲的。但清楚的是,这里艾菲影射的是面对殷士台顿时未能实现的愿望,而不是指她和克拉姆巴斯之间的私情。
② 同上书,第46页。

那儿总能听到海涛的声音。可以说,这个地方非常漂亮,但也令人感到恐惧。①

殷士台顿所说的中国人已经死了,但其对坟墓的回忆既鲜活又蕴含着感情。提起千日红和大海让人不禁猜测,这些将在时光中永存。艾菲的情绪现在也发生了变化,她也后退了一步。她请求殷士台顿多说一些,但"不许再讲可怕的故事。我觉得,一个中国人之类的故事总有些令人毛骨悚然"。②两人角色分明:一个是胆怯的年轻女子,另一个是父亲般的保护者。

艾菲口中的"鬼魅"既呼唤充满激情的爱人("欲望"),也呼唤温柔的保护者("恐惧")。但是殷士台顿拒绝了这两种角色。在去凯辛的途中,他就已经向艾菲提到洛洛:"洛洛什么都知道。只要有它在你身边,你就会平安无事,无论是活物还是死人,都无法接近你。"③在闹鬼之夜后,他直截了当地宣称:"我没有选择,我是一个有公事在身的人,我不可能对公爵或公爵夫人说:阁下,我不能来,因为我妻子一个人很孤单,或者,我妻子一个人在家害怕。要是我说了那样的话,就会被人笑话,肯定有人会笑我,就连你也免不了受人嘲笑。"④对殷士台顿而言,比公爵的好感更重要的是他所生活的社会对他的尊敬:"我不能让这城里的人说长道短,说县长殷士台顿之所以要把房子让掉,是因为他的太太看见了贴在

---

① 冯塔纳:《艾菲·布里斯特,波根普尔一家》,慕尼黑:纽芬博格出版社1969年版,第46页。
② 同上书,第47页。
③ 同上书,第48页。
④ 同上书,第80页。

椅子靠背上的小个子中国人像鬼魂那样出现在她的床边。那样的话,我的名声就完了,艾菲。如果落到这般可笑的境地,便永远无法东山再起了。"①也就是说,殷士台顿害怕的是过于温柔的爱情带来的荒谬性,中国人便是这爱情的象征。还有一个可以与殷士台顿相关联的中国人形象——除了那位死去的有着神秘悲剧的中国人,图画书中还有一个可笑的人物。这一人物甚至就在殷士台顿自己的家中。

在早晨抵达凯辛的家中后,殷士台顿带艾菲参观了房子。这时,艾菲发现整个二层完全空置着,有一个大厅和"四个都只有一扇窗户的房间,墙壁跟大厅一样都是黄色的,房间里也是空荡荡的。只有一个房间里摆着三张靠背椅,灯芯绒坐垫早已磨破,一张椅子的靠背上贴着一张半个手指长的照片,照片上是个中国人,蓝色上衣,黄色灯笼裤,头上戴个平顶帽"。② 殷士台顿只当这张照片是两个女佣随手贴上去的,而艾菲也对此表示赞同。直到当她发现殷士台顿不愿也不能理解她的中国人幻象之后,她才想请殷士台顿就"实情"——过去——做出澄清:"实情不会像胡思乱想那样折磨我。"③

殷士台顿向艾菲讲述了一个故事,这实际上是他自己的故事(然而挖掘殷士台顿与中国人关系的任务留给了读者)。殷士台顿的房屋以前属于一位曾经专跑中国航线的老船长,他带着大约

---

① 冯塔纳:《艾菲·布里斯特,波根普尔一家》,慕尼黑:纽芬博格出版社1969年版,第81页。
② 同上书,第62页。
③ 同上书,第86页。

20岁的姑娘一起来到凯辛定居:"除了这个孙女或是侄女之外,还有一个中国人,就是葬在沙丘之间的那一位……"①"年复一年日复一日",有一天,老人想把女孩嫁给一位年轻船长,并在这座房子里举办了一场盛大的婚礼:"新娘与每个人都跳了舞,当然也包括跟那个中国人。突然之间,有人说新娘跑掉了。结果,新娘被证实真的跑到不知什么地方去了。但当时谁也不知道发生了什么事。两周以后,这个中国人死了……"②殷士台顿为谨慎起见,并没有发表对这四人之间关系的猜测,但显而易见的是,新娘、新郎和那位中国人陷入了三角关系中。中国人不能或也不愿承受与心上人的分离。

殷士台顿与该故事产生的关系首先缘于这栋房子。婚礼是在殷士台顿一直空着不用的房间内举行的。房子也象征着殷士台顿本身。空房间就像他心脏的腔室,三把旧椅子不仅代表着船长、女孩和中国人之间的三角关系,也代表殷士台顿的往昔岁月。殷士台顿年轻时曾爱过艾菲的母亲,但后者却嫁给了已有一定地位的骑士顾问布里斯特(Briest)先生。关于这个故事的结尾,艾菲自己曾和密友们如此说道:"是的,他(殷士台顿)没有自杀。不过差点就自杀了。"③由此可见,这位因爱而死的中国人代表着殷士台顿,这令人不由得想起海涅诗中的阿斯拉(Asra),她们"在爱的时候死去"。④ 一方面,殷士台顿是一个浪漫而悲惨的人物——他对中

---

① 冯塔纳:《艾菲·布里斯特,波根普尔一家》,慕尼黑:纽芬博格出版社1969年版,第87页。
② 同上。
③ 同上书,第13页。
④ 参见海涅:《文集》第六卷,克劳斯·布里格勒布编,慕尼黑:汉泽尔出版社1969年版,第41页。

国人坟墓的描述是"漂亮但可怕";另一方面,他又是一个可笑的人物:愚蠢的,只能靠边站的第三者。

殷士台顿反对修缮房子的"二楼"。他不愿剪短窗帘,不愿弄走造成艾菲在第一晚听到声响的缎面鞋和长裙。显然,殷士台顿在艾菲母亲婚礼上受到的冲击依然影响着他。[①] 房子的二楼充满了殷士台顿的过去,楼梯"歪歪斜斜,摇摇晃晃,黑咕隆咚"。[②] 艾菲知道殷士台顿娶自己是因为她是他青梅竹马的女儿。经过几个月的婚姻,她似乎已经看穿了殷士台顿:"你实际上像施万蒂科夫的舅舅说的那样,是个温柔的人,出生在爱之星的照耀下……你只是不愿意表露,并认为,这不合适,会毁掉一个人的前程。"[③]简单来说,殷士台顿埋葬了他刻骨铭心的初恋,但当时遭受的嘲笑却一直停留在他的记忆中,他从这段经历中吸取教训。他心心念念自己的事业,一定要成为"受人尊敬的人"。殷士台顿通过向艾菲讲述中国人的故事,带她去看中国人的坟墓,间接地向她说明:对我而言,这样的感情已经熄灭;它只属于我的过去。鉴于这样的事实,艾菲理应忘记自己的愿望,或许这对她而言也是最好的选择。

(四)

中国人主题与克拉姆巴斯少校也紧密相关。克拉姆巴斯是一

[①] 艾菲在殷士台顿不在身边时所读的《白衣夫人》的故事令她担惊受怕,这一故事也指向冯·布里斯特夫人,因为这本书出自"殷士台顿当少尉的时光"(第71页)。
[②] 冯塔纳:《艾菲·布里斯特,波根普尔一家》,慕尼黑:纽芬博格出版社1969年版,第61页。殷士台顿也不会对冯·布里斯特夫人旧情复燃。她若来访,殷士台顿会让她安歇在县长办公大楼的二楼。
[③] 冯塔纳:《艾菲·布里斯特,波根普尔一家》,慕尼黑:纽芬博格出版社1969年版,第125页。

个鲁莽之人,他经常将自己置于危险境地,因为他坚信自己将"作为一名战士喋血沙场,光荣捐躯"①。殷士台顿曾用一句话来回应克拉姆巴斯,只有当读者多次细细品味此书时,才能体会到这句话的更深层次(和讽刺)的意味,这句话是:"如果您不想在苏丹或者在中国巨龙的旗帜下干差事,那要做到喋血沙场会是很难的。"②克拉姆巴斯的确将倒在"中国龙"的标志下——不是为中国皇帝服务,而是因为他将艾菲那渴望又恐惧的中国人幻象变成了现实。他将满足艾菲对温柔的渴望,但也会毁了她的生活,并最终死在殷士台顿的枪下。像那位"真实的"中国人一样,他也因爱而死。当然,这种相似性只是表面的——发生在克拉姆巴斯身上的其实是另一种爱。艾菲不是第一个被克拉姆巴斯诱惑的女性;克拉姆巴斯也不是艾菲的骑士,而是一个对她"献殷勤的人"③,他的死没有引发任何悲剧效应。他的死甚至是荒诞的,因为他和艾菲的关系发生于7年之前,并且无论是殷士台顿对艾菲、艾菲对克拉姆巴斯还是克拉姆巴斯对艾菲都没有经历过"真正的爱情"④。通过克拉姆巴斯这位只活在当下的人物(鲁莽),艾菲的愿望(爱情)和殷士台顿的经历(痛苦)得以再现,变得不值一提。⑤

在情节发展层面上,中国人的象征含义也发生了清晰的转变。克拉姆巴斯拆穿了殷士台顿利用中国人的诡计:殷士台顿给艾菲

---

① 冯塔纳:《艾菲·布里斯特,波根普尔一家》,慕尼黑:纽芬博格出版社1969年版,第127页。
② 同上。
③ 同上书,第166页。
④ 同上书,第299页。
⑤ 克拉姆巴斯讽刺地将自己、艾菲和殷士台顿以及海涅的《罗曼采罗》联系在一起。(第140—144页)海涅是克拉姆巴斯最喜欢的诗人。

讲述这个中国人的故事,目的在于把艾菲"整治得规规矩矩"①。艾菲知道克拉姆巴斯是故意在诋毁殷士台顿,也认识到比中国人的鬼魅更可疑、更危险的是一些其他的事物:

> 有一天将近深夜,她走到自己卧室的穿衣镜前;烛光和暗影交相掩映,洛洛在房外狺狺狂吠,就在这一刹那,她仿佛感到有人在背后瞟了她一眼。她立即意识到,"我已经知道这是什么了,这不是从前的那一个,"并用手指指向楼上闹鬼的房间,"那是另一种东西……是我的良心……艾菲,你完蛋了。"②

最后,艾菲做出了克拉姆巴斯认为的殷士台顿做过的事情:她利用这个鬼魅操纵自己的丈夫。对她来说,利用鬼魅实现的真正解脱是能够搬到柏林去居住。如果再考虑到克拉姆巴斯如今已经取代了这一鬼魅,考虑到艾菲很高兴能够断绝与他的关系,摆脱被发现的恐惧,那么可以说,艾菲从未撒过谎。

在与克拉姆巴斯的私情中,中国人被"滥用"了;激情的爱沾染了不美好的印记,"激情"堕落成了荒谬和不道德。这一点体现在,由此开始中国人成了仆人的聊天话题。与阉鸡相伴的生病的克鲁泽大娘能保证中国人故事的真实性,有着不幸过去的女仆罗丝维塔声称知道有关中国人的一切事情。(艾菲甚至还为此警告过她!)在柏林,中国人也以一个丑角的形象再次出现。约翰娜把

---

① 冯塔纳:《艾菲·布里斯特,波根普尔一家》,慕尼黑:纽芬博格出版社1969年版,第137页。
② 同上书,第172页。

第四章 中国符号：德语文学中的中国风

小照片从旧椅子上揭下来，并放进了自己的钱包里一起带到了柏林。罗丝维塔后来直言不讳地说约翰娜"爱上了那位仁慈的先生"①。当艾菲听说中国人②跟着她也来到了柏林时，大吃一惊，因为中国人会令她想起自己与克拉姆巴斯的私情。通过在艾菲被中国人吓到的场景后紧接着写她和殷士台顿的度假经历，作者为读者突出了这一危险感。因为一个名为"克拉姆巴斯"的村庄以及古老献祭石带来的骇人氛围，这一假期早已烂在艾菲的心里。

一开始，殷士台顿并不想探究事件的真相："我就不信咱们凯辛家里闹鬼。"③但是，当那些旧时的书信让艾菲以"幻影"欺骗他的事情不再有任何疑问时，他必须维护自己的社会名誉。然而他并不拒绝对即将死去的克拉姆巴斯表示尊重——就像他一直对待死去的中国人的态度一样。

（五）

陷入三角关系中的每一个人都变成了社会的边缘人。与中国人一样，他们是"激情"的化身，偏离普遍的社会规则。对艾菲而言，中国人是"鬼魅"，或明或暗地象征着她情感和性爱的需求。对殷士台顿而言，中国人代表了他对年轻时经历的痛苦回忆。克拉姆巴斯则是抓住了"在中国龙旗下"掀开新的猎艳冒险篇章的机会。他们所有人都被社会视为威胁，并被驱赶，因为公众对中国

---

① 冯塔纳：《艾菲·布里斯特，波根普尔一家》，慕尼黑：纽芬博格出版社1969年版，第253页。
② 中国人的照片。——译者注
③ 冯塔纳：《艾菲·布里斯特，波根普尔一家》，慕尼黑：纽芬博格出版社1969年版，第211页。

人的态度是毫不妥协的。凯辛市甚至拒绝将他葬在教区墓地,"这位可怜的牧师……也遭到了人们很大的怀疑"[1],只是因为他认为中国人是一个好人——"和其他人一样好"[2],并想以基督徒的礼仪埋葬他。若不是牧师死得早,他"连牧师的职位也保不住"[3]。克拉姆巴斯为自己的丑事付出了生命的代价,艾菲被轰出家门。殷士台顿虽然没有成为笑柄,但最终他的内心是孤独的。异域风情、"激情"、非传统在这个社会上是没有立足之地的。

---

[1] 冯塔纳:《艾菲·布里斯特,波根普尔一家》,慕尼黑:纽芬博格出版社1969年版,第88页。
[2] 同上书,第87页。
[3] 同上书,第88页。

第五章 手工艺术、通俗文学和民间舞台中的欧洲与东亚

一、"二手制作":钟表和自动装置

在步入19世纪之际,欧洲与中国之间的官方关系明显恶化。1773年,罗马教皇解散了曾获北京宫廷高度评价的耶稣会,此后基督教的传教活动也被中国皇帝禁止。无论是范罢览(Braam)率领的荷兰使团,还是马戛尔尼的英国驻华使团都以失败告终,中国皇帝不希望签署能够使外国公司享有同中国企业平等地位的贸易协定。就像日本在150年前关闭了除长崎以外的所有对外贸易港口一样,在中国只有广州这一港口对外来航海者和商人开放。荷兰人在长崎垄断了对欧贸易,英国的东印度公司则控制了广州的市场。虽然也有其他的欧洲船只(其中包括普鲁士的)于1792年以前在广州进行贸易往来,并购买了茶叶、瓷器、生丝和丝织品等货物,但是拿破仑(Napoleon)的大陆封锁政策至少在一段时间内阻止了德国的贸易船只出行。① 在中国特别畅销的产品,依然可以走从欧洲大陆到广州的贸易通道,中国市场的需求和特点又反

---

① 参见施托克:《十九世纪的中国和德国》,柏林:吕滕与洛宁出版社1958年版,第37—38页。

作用于这些产品的生产和制造。

　　这里首先要说的是钟表和自动电唱机,在18和19世纪它们的产地主要是巴黎、伦敦、日内瓦和当时还属于普鲁士的一些地区,如瑞士的纳沙泰尔州。这些商品凭借其独特的魅力,为欧洲和东亚的文化交流做出了贡献:一方面它们体现了欧洲对中国风商品的需求,另一方面促进了文化交流与融合。

　　为什么欧洲人和东亚人尤其重视钟表和自动装置?几百年来钟表一直被视为"君主侯爵"的礼物,它们是贵重物品,是身份地位的象征——是"反映一个时代思想与梦想吸引力的表达,又不像金钱那样过于实际"。① 1549—1550年,"四重奏钟表款"已经成为维也纳皇帝献给土耳其君士坦丁堡苏丹的重要贡礼。在随访过程中,出行的使团必须由专门的钟表制造商随同。② 恰好在这一时间,在世界的另一端,一位教会的外交官用类似的礼物嘉奖了一位有影响力的日本侯爵。1551年4月,天主教传教士和耶稣会创始人之一方济各·沙勿略以"印度总督特使"的名义拜见了山口市的大名,向其递呈了"总督加西亚德萨和果阿主教的两封装饰华丽的羊皮纸国书,并赠送其13件珍贵的礼物,这些东西人们之前在山口市从未见过,得到了一致的赞美"。③ 按照欧洲和日本的史料记载,其中最有代表性的是"一个钟表,它那富有艺术性的齿轮在

---

① 参见克劳斯·莫里斯·奥托·麦尔编:《作为钟表的世界——德国的钟表与自动装置(1550—1650)》,慕尼黑、柏林:德国艺术出版社1980年版,第161页。
② 戈特弗里德·姆拉兹:《十六世纪钟表制品在敬献土耳其皇室中的角色》,载莫里斯·麦尔编:《作为钟表的世界——德国的钟表与自动装置(1550—1650)》,慕尼黑、柏林:德国艺术出版社1980年版,第43—44页。
③ 舒哈默:《方济各·沙勿略传》第二卷:《亚洲(1541—1552)》,第三子卷:《日本和中国(1549—1552)》,弗莱堡、巴塞尔、维也纳:赫尔德出版社1973年版,第230—231页。

第五章　手工艺术、通俗文学和民间舞台中的欧洲与东亚

12个有规律的间隔下指示着昼夜时刻",还有"一个音乐钟,不需要手指触碰,就可以自动演奏日本十三弦琴中的所有音调"。① 钟表有可能是在奥格斯堡生产的,因为那里是当时德国钟表制作艺术中心。② 另有记载显示:"这是来自德国的一款钟表,它最受日本人喜爱,也是最令人敬佩的。"③这些礼物达到了预期效果:人们开始敬重那些可以生产如此罕见的奇异物品之人,诸侯不仅允许传教士们进入自己的国家传教布道,甚至在这方面给予支持。④

在中国,正是因为耶稣会士们以方济各·沙勿略的和平友好政策为楷模,他们的传教活动才获得了成功。1577年,意大利巡察使范礼安到达澳门,为在中国的传教活动开辟了新的道路,"精选人员、学习中文、适应习俗"⑤是他的口号。范礼安派遣意大利的传教士们去澳门,并委任他们作为第一批教士学习中文——在他看来,

---

① 舒哈默:《方济各·沙勿略传》第二卷:《亚洲(1541—1552)》,第三子卷:《日本和中国(1549—1552)》,弗莱堡、巴塞尔、维也纳:赫尔德出版社1973年版,第231页。
② 参见伊娃·格罗吉斯:《奥格斯堡的钟表制作》,载莫里斯、麦尔编:《作为钟表的世界——德国的钟表与自动装置(1550—1650)》,慕尼黑、柏林:德国艺术出版社1980年版,第63页:"就钟表的市场及其推广、开发和供应而言,奥格斯堡无疑是领先的。无论是从质量还是从外观来看,奥格斯堡的钟表大约从16世纪中期以来就收获了国内外一大批青睐者,这些青睐者的数量依然在急剧增长,包括欧洲以外的地区。"
③ 安东尼奥·圣罗马:《东印度通史》,巴里多利德,1603年版,第664页。引自舒哈默:《方济各·沙勿略传》,弗莱堡、巴塞尔、维也纳:赫尔德出版社1973年版,第231页。
④ 大约20年后,又出现了另一种钟表,用来供日本侯爵传教布道使用。伏若望神父"拥有一台工艺精湛的小闹钟"。织田信长听说了这件事,根据信长的一位奴仆和田惟政(Wada Koremasa)的建议,伏若望把钟表带到了信长那里,并对其进行了介绍。信长对这个钟表"感到非常惊奇",然而当伏若望想把钟表作为礼物送给他时,他却拒绝了:"尽管我真的非常喜欢它,但是我不能接受,因为在我的手里它会被丢弃,我很难让它保持运转的状态。"然后他热情款待了伏若望,非常清楚地表明了自己高度重视的态度,并向他询问了两个小时"关于欧洲和印度的事情"。参见伏若望:《日本史(1549—1578)》,由舒哈默和沃列泽兹根据里斯本阿茹达图书馆的手稿译、注,莱比锡:亚洲专业出版社1926年版,第376页。
⑤ 克莱泽:《1588—1591年范礼安神父前往日本拜见日本统治者丰臣秀吉的使团之旅》,载《日本纪念文集》第一卷,1938年版,第71页。

葡萄牙传教士们的民族优越感太强，同时又过于保守，不够有教养和文化。罗明坚（Michele Ruggieri）和利玛窦（Matteo Ricci）这些传教士仅数年之后就取得了成就，也证明了范礼安决策的正确性。①

然而在利玛窦于北京受到皇帝的接见和恩典之前，日本的传教活动陷入了严峻的危机。正如在澳门一样，那里的人在沙勿略死后举止开始变得过于傲慢狂妄，极少让步妥协。1579年范礼安首次来到日本，在日本基督徒看来，"他仿佛是上天派来的使者，因为他有意识地适应了日本的风俗习惯"。②1581年派遣日本使节去欧洲的计划得以成行，使节团于1582年2月从长崎出发，范礼安一直伴随他们抵达果阿。在果阿，日本副省长高艾浩神父（Gaspar Coelho）请求范礼安从印度总督那里率领使节，就像方济各·沙勿略40年前已经做过的，把礼物和一封装饰华丽的书信交给丰臣秀吉（Toyotomi Hideyoshi）。③范礼安并没有低估礼物的重要性，当总督不情愿或者没有能力提供合适的礼物时，范礼安转而向日本使节寻求帮助——这些使节刚从欧洲携带回来很多东西，"已经准备好将其送给视察员"④。在他们从曼托瓦（Mantua）公爵那儿获得的了不起的礼物中，也有4只"戴有小葫芦的钟表，还有一个挂着非常小的青铜火炮"⑤。在日本给

---

① 参见拉赫：《十六世纪欧洲人眼中的中国》，芝加哥、伦敦：芝加哥大学出版社1968年版，第799—801页。
② 参见克莱泽：《1588—1591年范礼安神父前往日本拜见日本统治者丰臣秀吉的使团之旅》，载《日本纪念文集》第一卷，1938年版，第72页。
③ 这封信的插图出现在库珀编：《南蛮，在日本的首批欧洲人》，东京、帕洛阿尔托：讲谈社国际出版社1971年版，第32页。
④ 参见克莱泽：《1588—1591年范礼安神父前往日本拜见日本统治者丰臣秀吉的使团之旅》，载《日本纪念文集》第一卷，1938年版，第72页。
⑤ 同上书，第96，97页，关于4个小型报时钟，可以戴在脖子上。小青铜铸炮（带有士兵？）当时在日本是稀有物，因为那里的人们1543年才经由葡萄牙人认识了火器。

人留下最深刻印象的也是钟表。幕欧(Muro)在谈到使节团于1591年新年期间在日本的港口城市作短暂停留时曾说,"自动运行摆动"的钟表"令人惊叹,让人印象最为深刻"。① 丰臣秀吉本身也对可以用来送礼的钟表极为满意和喜爱:"在第二天的上午,伊东满所(Don Mancio,到达欧洲的4个日本使节中的一个)也必须要和修士若奥·罗德里格斯(João Rodríguez)一起去他(丰臣秀吉)那儿,伊东满所向他解释了应如何给钟表上发条并正确地使用。"②然而这次使团到访一开始并没有发挥它的缓和作用,1587年7月丰臣秀吉颁布了一条反对所有外来传教士的驱逐令,这条命令犹如一道晴天霹雳,让神父们不知所措。但是"自1588年就派遣使者的话题进行谈判以来,丰臣秀吉已经不再坚持执行迫害诏书上的法令规定"。在使节团符合日本军事统治者的期望的情况下,人们"又可以在一段相当长的时间里用沉默宽容的态度对待传教士,前提是,他们得小心谨慎地行动"③。

1606年,钟表又一次在日本的传教方面扮演了重要角色。在织田信长(Oda Nobunaga)和丰臣秀吉之后,第三位掌权的大将军上台了:德川家康(Tokugawa Ieyasu)。日本主教路易斯·德·塞尔凯拉(Luis de Cerqueira)以教会高僧的身份受到了德川家康最高荣誉的接见,这一般被人们解读为刚上台的德川允许基督教布道,甚至愿意推动其发展的明显标志。然而主教被德川家

---

① 参见克莱泽:《1588—1591年范礼安神父前往日本拜见日本统治者丰臣秀吉的使团之旅》,载《日本纪念文集》第一卷,1938年版,第80页。
② 同上书,第87页。
③ 同上书,第87、88页。

康接见这一事件要归功于由修士若奥·罗德里格斯赠送给统治者的一份华丽的礼物：一只"同样展示太阳和月亮的运动，并指示一周的日子"①的钟表。

为了再次在中国开展传教活动，1592年范礼安去了澳门。他想要向中国皇帝派遣使者的计划在罗马并没有得到批准，罗明坚也没有从意大利返回。但是利玛窦却成功地赢得了中国儒士的认可，与其结下了友谊。凭借语言知识、对异国文化的尊重和对异国礼仪习俗的适应，1601年1月利玛窦甚至被允许进入紫禁城，并像携带贡品的公使一样受到了皇帝的接见。在这种情况下，钟表在进献的礼物中最为重要："两座有轮子的钟，其中一座是铁制的大钟，上面刻有漂亮精致的鹌鹑和巨龙。龙是中国皇帝的纹章，它们都被轻轻地凿刻在铁面材料上。另一座时钟比较小，不过是金色的，如此美丽的时钟只有在欧洲才能见到。"②因为钟表的缘故，利玛窦经常被允许进出宫门——神父们总是因为钟表的维修问题受到皇帝的召见。与钟表相比，其他的礼物例如油画和圣骨则被礼部拒之门外："欧洲和我们并没有什么联系，我们的规范准则在那里也不适用。利玛窦供奉的天主和圣母的图样毫无价值。此外，他还给我们带来了一个如他所说的放着一位永生之人骨头的容器，好像这些人升天堂的时

---

① 参见博克舍：《日本基督教百年，1549—1650》，伦敦：剑桥大学出版社1951年版，第184页。
② 查皮斯：《中国皇帝的奇妙时钟》(*Horloges merveilleuses pour l'empereur de Chine*)，《瑞士报》1941年第7、8期，第191页。关于第一只钟表的略有不同的描述由乔治·博南特(Georges Bonnant)提供，《瑞士钟表》(*La Suisse Horlogère*)国际版1960年第75期第1号，第28页："一只铁制摆钟，以15分钟为单位报时，展示在一个雕刻有金色龙的木制柜内，立于四根柱子上：一只鹰用它的喙指示用中文书写的小时。"

第五章 手工艺术、通俗文学和民间舞台中的欧洲与东亚

候不会带走他们的骨头一样。所以应该退回这些礼物,并把利玛窦送回自己的家乡。"①一个备忘录里是这样说的,然而它并没有被人注意到。

尼古拉·特里戈(Nicolas Trigault,又叫金尼阁)把大量的钟表和自动装置带到了中国。利玛窦的接替者龙华民(Nicolo Longobardi)于1613年把金尼阁派到了欧洲,以便为中国的传教布道募集捐款并为其宣传。为了实现这一目标,从1615年至1618年金尼阁首先拜访了罗马,然后是意大利、德国、比利时、法国和西班牙的农村和城市。② 德国诸侯和教会高僧们捐赠了很多钟表,《基督教远征中国史》(Historie von Einführung der Christlichen Religion in das große Königreich China durch die Societas Jesu)也在德国出版——1615年拉丁语版,1617年德语版。这部书是利玛窦在中国传教的27年间撰写的,在利玛窦死后被金尼阁出版。显然,金尼阁在他的"宣传活动"中多次使用了这本书。

在给中国的传教士们写的一封信中,金尼阁描绘了很多他获得的礼物。在礼物清单中,一座镀金的雕像钟表凭借它的"中式"外观尤其引人注目。托斯卡纳的大公爵送的这个礼物大约两英尺高,展示的是一条龙,正如金尼阁自己强调的那样,它是中国皇帝

---

① 艾士宏:《中国宗教》,斯图加特、柏林、科隆、美因茨:科尔汉默出版社1973年版,第345—346页。
② 关于金尼阁的游记和他对礼品的描述,可以参见埃德蒙·拉玛勒:《金尼阁神父的传教传记》,载《耶稣会历史档案》,1940年版,第40—120页。此外也有克劳斯·莫里斯:《信心知识的宣传》(Propagatio fidei per scientias),载莫里斯、麦尔编:《作为钟表的世界——德国的钟表与自动装置(1550—1650)》,慕尼黑、柏林:德国艺术出版社1980年版,第35—37页,以及查皮斯:《中国皇帝的奇妙时钟》,《瑞士报》1941年第7、8期,第192—196页。两篇文章都以拉玛勒的观点为依据。

的象征。整点的时候龙会张开大口,晃动翅膀,并滚动眼珠。难道这已经是150年后非常流行的中式钟表吗?[1] 我们不能排除这种可能性。毫无疑问,选择这一钟表,是充分考虑到了礼物的接收方。金尼阁把该钟表的价值估算为500个金币。带有两个齿轮的钟是利玛窦送给中国皇帝的礼物,其中稍大的一个也是用龙来装饰的。如果不是龙华民表达的那样:"为皇帝准备了一份价值连城、精美绝伦的礼物,在这一时刻,官员们将向它传递一种伟大的请求:请给予基督教布道的自由"[2],那么金尼阁收集的这些如此珍贵的礼物究竟有何意义?

这种礼物的作用体现在哪里?答案显而易见:在那个时代,钟表在欧洲是尖端技术的代表。然而在中国和日本,却完全没有人听说过什么是机械装置。统治者若收到如此令人惊异、奇怪的玩意,一定会有一种受人尊敬和被人恭维的感觉。然而"钟表的吸引力不仅在于它的实用性,而且在于它拥有一种抽象神秘的特性"[3],即钟表是"物质理念和精神理念之间的调节者"[4]。如果这一论断对欧洲适用的话,那么它将更加适用于东亚。因为只要看到钟表,人们就会想到它们的赠予者,想到生产商所具备的生产工

---

[1] 尽管中国龙作为皇帝的象征一般是没有翅膀的,而是呈现为有4个带有五爪的前爪,然而也有来自纪元前带翅膀的龙的形象,它们建立在神话想象的基础之上。另一方面,带翅膀的龙在欧洲则是一个受欢迎的中世纪母题。
[2] 查皮斯:《中国皇帝的奇妙时钟》,《瑞士报》1941年第7、8期,第193页。
[3] 参见莫里斯、麦尔编:《作为钟表的世界——德国的钟表与自动装置(1550—1650)》,慕尼黑、柏林:德国艺术出版社1980年版,第15页。
[4] 参见弗兰西斯·C.哈伯:《时间、历史和钟》,载莫里斯、麦尔编:《作为钟表的世界——德国的钟表与自动装置(1550—1650)》,慕尼黑、柏林:德国艺术出版社1980年版,第10页。也可参见奥托·麦尔:《钟表作为秩序、权威和权力的象征》,载莫里斯、麦尔编:《作为钟表的世界——德国的钟表与自动装置(1550—1650)》,慕尼黑、柏林:德国艺术出版社1980年版,第1—9页。

第五章 手工艺术、通俗文学和民间舞台中的欧洲与东亚

艺和科学知识，进而能联想到生产这种钟表的国家的政治组织结构。难道能够赠送这些奇异珍品的人不是来自社会秩序井然、经济繁荣昌盛的强大国家吗？以高规格的礼仪来接待这些国家的使者实属明智之举。

日本的许多大名都接受了耶稣会士所传的教义，因为这种教义与他们的性情气质、心灵需求和思想信念不谋而合。但是人们不应忘记，日本的战国时期（1490—1600）是一个大小诸侯不断发起战争与权力之争的时期。几乎没有一个大名会忽视跟欧洲人往来给他带来的经济和军事利益。钟表对争夺世俗权力的日本诸侯而言，是物质财富和技术进步的象征。与之相反，中国皇帝对这些珍品的兴趣则是基于它们的形而上层面。对中国皇帝而言，钟表是先进科学的显著成果，这种科学也包括数学和天文学，对处于宇宙中心的中国皇帝而言，钟表在宗教和国家政治方面极其重要。[①] 中国的宇宙哲学倡导"人和自然和谐相处，天人合一"的理念赋予了政权统治者，即皇帝以合法地位"[②]。在中国，钟表并不像在欧洲那样，体现了16世纪和17世纪早期政治和宗教的对立，[③]而是体现了一种接近这种对立现实、中央集权式的理性秩序。

金尼阁在欧洲为中国准备的礼物无法献给明朝的统治者。当

[①] 关于皇帝的地位作用，参见艾士宏：《中国宗教》，斯图加特、柏林、科隆、美因茨：科尔汉默出版社1973年版，第346页。也可参见西尔维奥·A.贝迪尼：《机械表和科学改革》，载莫里斯·麦尔编：《作为钟表的世界——德国的钟表与自动装置（1550—1650）》，慕尼黑、柏林：德国艺术出版社1980年版，第25页："可以确定的是，钟表制造商自14世纪初就开始为天文学服务。"

[②] 福赫伯、陶泽乐：《中华帝国》，美因河畔法兰克福：费舍尔出版社1968年版，第296页。

[③] 参见莫里斯·麦尔编：《作为钟表的世界——德国的钟表与自动装置（1550—1650）》，慕尼黑、柏林：德国艺术出版社1980年版，第15页。

他返回中国时,神父不得不向他说明时下极为艰难的传教形势:所有的基督教徒都必须离开北京和南京。此外,在北部爆发了与满洲人的战争,所以礼物被贮存在了澳门,其中一部分则被变卖。只有在明朝灭亡后(1644),那些与皇帝相配的礼物才被献给了新的统治者。① 尽管耶稣会士们在北京建立了一个钟表和天文仪器厂,开始在本土建造钟表和自动装置,②但在接下来的时间里,进口钟表的数量却越来越多。如果神父总能有求必应,对这些钟表进行修理,那么它们就是王公贵族渴望得到的礼物。

中国和它的文化成就在很多方面影响和激发了18世纪欧洲的思想和艺术创作,这点在前面的章节中已经阐释过。(欧洲的)哲学家探讨儒家学说,作家则借鉴中国文学中的题材,就连艺术和手工艺方面,也刮起了一阵中国风。然而所有这些方面都是一种单向的文化接受,是一种从东方到西方的单向传入。钟表和自动装置则构成了例外:它们身上的"中式"特色表明它们受到了东亚的影响,这不仅是因为欧洲的中国风,而且也是因为它们最终要返销到中国。在耶稣会士们赠送的礼物中,就已经能够察觉到这一

---

① 首先是德国人汤若望帮助耶稣会士在新满洲里统治者那里获得了声誉。1619年他和金尼阁来到了中国,由于知识渊博,汤若望被任命为皇家天文部负责人。
② 工厂里的一个师傅是位来自瑞士的耶稣会士,他就是来自楚格的弗兰茨·路德维希·斯塔德林(1658—1740)。在进教团之前,他是一位训练有素的制表师,由于职业的关系他被庞嘉宾召回中国,并于1707年到达中国。关于斯塔德林,他的上级奥古斯丁·冯·哈勒斯坦这样写道:"他在发明和创造各种类型的艺术品方面付出的不懈努力,在面对呈现在自己面前陌生奇异的钟表制品时,不用考虑很多就能发现和使用的巧妙精湛技巧,他在艺术恶作剧中用来修补和完善的简单技术,在宫廷里为他赢得了青睐,尤其是在伟大的卡米西(康熙)皇帝那里……"引自维兹:《瑞士贸易与工业史研究》第二卷,苏黎世:新苏黎世报出版社1940年版,第33页。另外神甫杨自新(Gilles Thebault,1703—1766)、汪达洪(Jean-Mathieu de Ventavon,1733—1787)以及遣使会使查尔斯·帕里斯(Charles Paris,1738—1804)也被称为自动钟制造者。

点。正如皇帝崇尚突厥人,就会"按照突厥人的喜好调整钟表外观"①,在中国的耶稣会士们显然对于他们在欧洲"订购"的钟表也给出了精准的说明。例如,皇帝斐迪南三世让人将1655年在奥格斯堡制造的钟表交给耶稣会士,作为赠送给中国皇帝的礼物,这一钟表由三部分构成,最上端被描述为"中国钟"——表盘上带有中文数字——"连同一个可移动球体"。② 如果没有草图或模型,德国制表者没有能力制造出一个"中国"表。

当然,耶稣会士在北京制表的时候,也会考虑到中国人的审美品位。在神父钱德明(Amiot)1752年的一封信中含有对一座全自动机械表的描述,它是传教士在皇太后六十大寿时献给皇帝的。表面上的主题是一座大约3英尺高的半圆形剧院,展示了3个不同的场景。在剧院的前面,一个带喷泉的水池矗立在中央,它发挥着表盘的作用,被一圈中文和西文数字包围起来,一只鹅用它的喙指示时间。然而最吸引人的却是一个中式装扮的人,他的手里拿着一个写有中文祝愿的牌子,每到整点的时候就会从幕后走出来,恭敬地向人展示牌子上的字样。③

在欧洲,人们也会考虑中国人的审美品位,只是促使人们出口钟表到中国的不再是对传教的热情,而是重商主义的理念。除荷

---

① 参见姆拉兹:《十六世纪钟表制品在敬献土耳其皇室中的角色》,载莫里斯、麦尔编:《作为钟表的世界——德国的钟表与自动装置(1550—1650)》,慕尼黑、柏林:德国艺术出版社1980年版,第47页。
② 克劳斯·莫里斯:《钟表与自动装置》,慕尼黑:普利斯特出版社1968年版,第57页。
③ 可以在由外国传教会所写的《道德教育和奇特的信件节选》第二卷中找到对它的描述,安东尼·盖洛编,巴黎:布律诺-拉贝出版社1826年版,第221—224页。也请参见查皮斯:《自动机械装置世界——历史和技术研究》第一卷,巴黎:布朗德尔·拉·卢戈瑞出版社1928年版,第256—257页。

兰、法国和瑞典外,英国的东印度公司是中国的主要贸易伙伴。在英国政府的支持下,它几乎取得了对中国的贸易垄断。1786年它成功在广州立足。① 中国方面,由9个富商家庭构成的一个"官方行会"[英文称为公行(Co hong)]自1760年起垄断了所有对外贸易。② 英国的东印度公司也通过"朝贡"向皇帝竭力争取营业许可。钟表依然还是优先选择的礼物,然而正如欧洲强国对土耳其苏丹的敬仰之情一样,③对这些钟表而言,越来越重要的是其象征意义。《绅士杂志》(Gentleman's Magazine)和1766年的《年度登记册》(Annual Register)曾这样报道——东印度公司给乾隆皇帝送了一对华丽的镀金座钟作为礼物:

> 在每辆战车中都有一位女士的身影,她的右手靠在车子的下面,车身上挂着一个醒目的八日钟,比先令硬币还小。这位女士的手指上坐着一只鸟,它张开的翅膀上镶嵌着钻石和红宝石,通过触摸翅膀下面的钻石按钮可以让鸟扑闪一段时间。这只鸟的身体布满了使其活动的机械装置。整个身体也就是十六分之一英寸那么大。这位女士的左手拿着一根大销钉厚度的金管,它的顶端是一个小圆盒,固定在上面的是一种圆形装饰,这一装饰的上面镶有一颗不超过六便士的钻石。

---

① 福赫伯、陶泽乐:《中华帝国》,美因河畔法兰克福:费舍尔出版社1968年版,第302页。
② 同上书,第313页。
③ 姆拉兹:《十六世纪钟表制品在敬献土耳其皇室中的角色》,载莫里斯、麦尔编:《作为钟表的世界——德国的钟表与自动装置(1550—1650)》,慕尼黑、柏林:德国艺术出版社1980年版,第42页。

女士的头顶由一根小小的有凹槽的支柱（比鹅毛笔小）支撑，头顶上是一把双伞，其中最大的一把伞下面固定着一个铃铛，在时钟的远距离处，但与其隐蔽相连，用来敲时，通过触摸时钟下方的钻石按钮来重复获得同样的乐趣。在这位女士的脚下有一只金色的狗，在狗前面，在战车的另一头是两只鸟，它们被固定在螺旋弹簧上，翅膀和羽毛上都镶嵌着彩石，看起来好像正从车里飞出来。通过推动一个隐蔽按钮，战车可以朝任何方向移动，好像是被身后的男孩推动的一样。这一精美的艺术品完全由黄金制成，上面镶有钻石、红宝石、珍珠和其他宝石。①

从上述描述中可以看出，这里所提到的钟表和阿尔弗雷德·查皮斯在《机器人》(Les Automates)中描述的一样，②工艺相当精湛。这对钟一方面体现了当时盛行的中国风，另一方面则是考虑到中国人的鉴赏品位而挑选出来的，或许也是基于这种品位而设计的，所以我们将会对其进行略微详细的探讨。

这和詹姆斯·考克斯工作室加工的极为秀丽珍贵的奢侈品有关，在小钟摆的表盘上可以发现这一工作室的标志。哪些元素能够被视为"中国元素"？组合物的轮廓让人想起一座腰身逐渐变窄的塔——这几乎是中国的标志性符号。此外，自 18 世纪以来，我们已

---

① 参见玛丽·希利尔:《自动机械玩偶》,伦敦:朱比特出版社 1976 年版,第 35 页。在中国,对称布局可以在各种装饰艺术中找到,甚至在文学中也是如此。在这方面,欧洲人适应了中国人的习惯。
② 查皮斯:《自动机械、人物手工图、历史和技术》,纳沙泰尔:格里芬版本 1949 年版,第 117 页。查皮斯把杰克·林斯基的收藏作为时钟的"所在地",他不知道这是一对。从对时钟的描述中不能得知它们是相同的还是对称的,后者更有可能。荷兰使节团 1795 年想要献礼的自动钟也是对称设计的。

经习惯把太阳伞和俏皮精致与东亚联想在一起。推车夫的帽子让他一眼就被认出是个中国人。这种帽子是介于钟形花和半打开小伞之间的造型,正如人们在大量同时代中国场景的图片中看到的那样。同样地,用两个巨大花茎(发簪?)装饰头发的女士也让人领略到异国风情。太阳伞顶端的龙的造型或许是中国皇帝的象征。

这能称得上是一件"中式"艺术品吗?在欧洲人看来,的确可以这么说。然而对于中国人来说还是显得西式,这从表盘上的西文数字就可以看出。尽管如此,这对钟在中国无疑受到了与在欧洲一样的欢迎。到处都充满着对珍贵华丽的钟表加工的尊敬和赏识。在北京,精致的自动装置受到了与在伦敦一样的欢迎,钟表在中国也是一件新奇之物。

这些作品的生产者是詹姆斯·考克斯。这位钟表制造商和珠宝商不久便专门从事起该领域的对华贸易。自1782年起,他在广州经营一家分公司。因为詹姆斯·考克斯不仅出售他自己的产品,也出售来自全欧洲的最为优质的产品,我们也将用少许笔墨回顾下他的生意历程。这家公司的命运从一开始就是颠沛流离的。1781年1月27日,詹姆斯·考克斯的儿子约翰·亨利·考克斯(John Henry Cox)在广州定居,官方说是出于健康原因,事实上他是为了挽救在伦敦面临破产的父亲而在华销售钟表。① 一年后约翰·里德(John Reid)成为"詹姆斯·考克斯"公司的匿名合伙人,不久以后公司更名为"詹姆斯·考克斯&儿子"。1788年,在詹姆斯·考克斯临死之际,公司又改名叫"考克斯&比尔"。1790年公

---

① 参见博南特的文章,《瑞士钟表》国际版1960年第75期第1号,第37页。

第五章　手工艺术、通俗文学和民间舞台中的欧洲与东亚

司陷入了面对供应商的财务危机。1792年宣布破产,①随之迎来了新的股东。一直到1832年公司都叫"比尔&考克斯",之后公司被合并到了大型商行"怡和洋行"。②

根据之前关于英国东印度公司垄断地位的说法,詹姆斯·考克斯能够自主经营贵重物品的大生意或许令人惊讶。不过,凭借一定的策略取得这种成就不是不可能的:英国东印度公司在广州确立稳固地位后,各英国企业通过使其所有者成为第三国领事,从而确保自身的独立贸易权。广州第一任普鲁士领事也是这样一位商人:丹尼尔·比尔(Daniel Beale)。然而他最初的生意并不是钟表业,"'普鲁士王国的领事'丹尼尔·比尔能够凭借他的特许证及其领事团,数十年以来打破东印度公司的垄断,推动被中国政府禁止的鸦片进口贸易"。③ 如果比尔首要的活动是贩卖鸦片的话,那么他给予考克斯公司如此大力的资金支持也能够让人理解。但是比尔是如何获得"普鲁士领事"这一头衔的?

1774年来自拉绍德封(瑞士纳沙泰尔州)的亨利-路易·雅克-德罗(Henri-Louis Jaquet-Droz)在伦敦创立了一家分店,随后他带着自动玩偶和雅克-德罗表厂如今已下落不明的"格罗泰"

---

① 雅克-德罗和雷索之家在当时损失了4 570英镑,参见查尔斯·佩雷格(Charles Perregaux)、F.路易斯·佩罗特(F. Louis Perrot):《雅克-德罗和雷索》(*Les Jaquet-Droz et Leschot*),纳沙泰尔:阿廷格尔·弗雷尔斯出版社1916年版,第119页。
② 博南特的文章,《瑞士钟表》国际版1960年第75期第1号,第37页。按照查皮斯:《自动机械、人物手工图、历史和技术》,纳沙泰尔:格里芬版本1949年版,第114、115页,公司一直运营到1836年。
③ 施托克:《十九世纪的中国和德国》,柏林:吕滕与洛宁出版社1958年版,第38页。1807年同时代的一篇报道证实:"该机构很可靠并享有很高的声誉:使它盈利最多的不是机械贸易,而是从委托给它的孟加拉建筑中提取佣金,以及以高利润卖给中国人商品。"

(Grotte)在欧洲各地进行巡回宣传。① 三个机械人偶"作家""画家"和"音乐家"不久就闻名世界。和詹姆斯·考克斯公司一样,雅克-德罗和雷索公司专门从事极其罕见且珍贵的物品的生产。也和考克斯公司一样,中国市场是其主要贸易对象。② 雅克-德罗和雷索公司在 70 年代已经和考克斯公司有了商业往来,不仅作为零部件的供应商,同时也作为整个自动装置的生产商。当 1786 年广州的形势对于考克斯公司而言开始变得愈加艰难时,无疑是亨利-路易·雅克-德罗使丹尼尔·比尔获得了普鲁士领事这一头衔。作为纳沙泰尔人,雅克-德罗和他的员工们是普鲁士的臣民!③

与 18 世纪进口到中国的大量钟表和自动装置相比,中国本土的钟表生产业在当时并不占据重要地位。④ 在北京的传教士工作室是中国的钟表制造中心,他们向中国工人传授手艺。1793 年杭州也出现过两家工作坊。⑤ 钟表专家阿尔弗雷德·查皮斯针对这一主题在《中国表》(*La Montre " Chinoise"*)中写道:

---

① 伦敦分公司直到 1783 年都是由亨利-路易·雅克-德罗领导。1784 年合伙人雅克-德罗和雷索把总部迁到了日内瓦。在此期间,亨利·梅拉德特在伦敦(从 1783 年 5 月开始)成了商业合伙人和分公司领导。参见佩雷格、佩罗特:《雅克-德罗和雷索》,纳沙泰尔:阿廷格尔·弗雷尔斯出版社 1916 年版,第 113 页。
② 佩雷格、佩罗特:《雅克-德罗和雷索》,纳沙泰尔:阿廷格尔·弗雷尔斯出版社 1916 年版,第 117 页。
③ 1764 年弗里德里希二世决定在柏林开设一家钟表厂,想要聘请亨利-路易的父亲——皮埃尔·雅克-德罗,但被后者拒绝了。参见维兹:《瑞士贸易与工业史研究》,苏黎世:新苏黎世报出版社 1940 年版,第 77 页。
④ 旺塔翁神父估计到 1737 年为止有 4 000 多座钟摆从法国和伦敦出口到北京。1790 年前几年的出口值预估为 100 万英镑。参见博南特的文章,《瑞士制表》国际版 1964 年第 78 期第 3 号,第 41 页。
⑤ 参见博南特的文章,《瑞士钟表》国际版 1960 年第 75 期第 1 号,第 31 页。

第五章　手工艺术、通俗文学和民间舞台中的欧洲与东亚

中国有相当多的钟摆是在乾隆时期(1736—1796)以及后来于1820年前后在其他工作坊生产的。这些作品往往兼具路易十五和路易十六的风格,有时也带有中国风。总而言之,除了一些例外,都是不成比例的,镀金和雕刻还有很多不足之处。大多数情况下,这些钟表机件都是在英格兰购买的,就像拨号盘一样。①

查皮斯在《机器人》中描摹的钟表②对我们而言是一个例外,它和上面描述的詹姆斯·考克斯的钟摆形成了富有启发的对比。这一钟表73厘米高,45厘米宽,下半部分由一个带有斜角的盒形底座组成,靠短脚支撑。它的正面是圆形表盘,表盘上的数字按照欧式排列,但用中文形式的数字书写。底座的材料是青铜,外部是用镀金装饰的蓝色珐琅釉涂层。

钟表底座上有一座硬木雕刻的山峰。左侧,楼梯状排列的岩石经过一个多层灯笼向上和向后延伸,路径似乎是通向山顶像门一样形状的开口。岩石门右边稍低的一个小露台上有一座小寺庙。与大门垂直的地方,一道巨大的瀑布从岩石中冲出,被一道墙所阻挡。一匹马站在前面,马背上燃烧的太阳轮象征阴阳关系。一座桥架在瀑布的出水口。11个象牙雕刻的人物使整个场景活跃起来,所有人手里都拿着东西。正如查皮斯告诉我们的那样,所

---

① 查皮斯:《中国表》,纳沙泰尔:阿廷格弗莱出版社(Attinger Frères)1919年版,第42—43页。
② 查皮斯:《自动机械、人物手工图、历史和技术》,纳沙泰尔:格里芬版本1949年版,第121页。关于材质、大小和自动装置厂的信息同上。照片由美国的L.格林伯格(L. Grinberg)提供。

有的人物都是可移动的,瀑布和燃烧的太阳轮也是一样。钟表的敲击使它开始运行,同时由四种中国曲调构成的音乐响起。所有的机械装置都在底座里。

查皮斯认为,自鸣钟里的人物,甚至是整个自鸣钟,都是中国人制作的。当然,这里他是指人物的形象塑造和材料,因此毫无疑问他是对的。然而和这些人物一样,整个场景都给人一种出自中国艺术家之手的感觉。

不同于之前描述的"中国"钟,这里我们看不到异国风情元素和主题的堆积,所有的场景都从属于一个主题:"圣山"。这样一个主题设计的先决条件当然是艺术家能够依据的一种传统,即道家的民间信仰。中国人熟知五座圣山(五山),但这里涉及的可能是传说中的"西方天堂"——昆仑山。"昆仑山事实上是一座神山,它是天神在尘世的居所,按九层天分为九层。昆仑山拥有九个天神们出入的大门。"①黄河的源头在昆仑山,道教圣人"八仙"在昆仑山上获得了神秘的生命力。② 看来钟摆展示的是昆仑山的部分样貌。

在岩石门下面站得最高的人物是天尊(der Himmelsherr),从那顶高雅而精致的帽子也可以看出。站得比天尊稍低一点的是4位道教神仙(或者是圣人),在和桥同样的高度还有4位人物。他们每个人似乎都有属于自己的特色物品。在最下方的左边和右边

---

① 参见艾士宏:《中国宗教》,斯图加特、柏林、科隆、美因茨:科尔汉默出版社1973年版,第75页。
② 参见安东尼·克里斯蒂:《中国神话》,威斯巴登:埃米尔·沃尔默出版社1968年版,第65、71、110页,对昆仑山的描写在第72、119页。

第五章 手工艺术、通俗文学和民间舞台中的欧洲与东亚

各站着一位小人物(可能是凡人),他们有着跟其余人物不同的发型和服装。较难解释的是那匹马,它象征着文化英雄——一个名叫"昆"的堤坝建筑者,他在神话里大多以白马的形象出现。①

这样一座"圣山"很难让人相信是出自欧洲艺术家之手。朴素的材料和制造方式也说明了这是中国人的作品。然而底座和发条却没有那么简单,应该是使用或复制了欧洲的钟表系统。

如果对这两件自鸣钟进行比较,那么每一件都体现了其文化象征意义:一方面是当下的时尚,另一方面则是融合。詹姆斯·考克斯的作品强调了"中国"元素,但这些元素并没有融合成一个整体,而是保持着异域风情。与此相比,中国时钟则在悄无声息地吸收着欧洲技术。

雅克-德罗表厂的三个机械人偶已经成为广泛谈论的话题。它们是如此受欢迎,以至于出现了大量的人偶复制品。同时"画家"这一人偶的复制品似乎获得了最高荣誉,它将被带到中国去。② 1917 年在亨利-路易·雅克-德罗的手稿中发现了某个机械人偶的几张图纸,图纸上标注着"专供中国宫廷制订"。③ 这个机械人偶显然能够画出不同系列的图,其中的"中国"画则是明确按照中国主题和字体,为中国统治者而作。

---

① 参见安东尼·克里斯蒂:《中国神话》,威斯巴登:埃米尔·沃尔默出版社 1968 年版,第 86 页。
② 关于那些运送到中国并在中国制造出来的机械人偶,可以参见皮斯搜集的大量丰富的资料。虽然其间他也曾得出过一次错误的结论,却减少不了这位先驱者的丰功伟绩。从那以后,博南特对真实情况进行了审查(《瑞士钟表》国际版 1960 年第 75 期第 1 号,第 28 页,和 1964 年第 78 期第 3 号,第 41 页)。
③ 参见查皮斯:《中国表》,纳沙泰尔:阿廷格弗莱出版社 1919 年版,第 29 页和《自动机械装置世界——历史和技术研究》第二卷,巴黎:布朗德尔·拉·卢戈瑞出版社 1928 年版,第 252—253 页,包含四张"中国"画的图片。

在阿尔弗雷德·查皮斯的四幅作品中,其中两幅上均画有神仙,①第三幅画展示了一位倚靠着花篮休息的中国美人。第四幅画实际上是由每行四个汉字构成的七行文,都是赞美中国皇帝的词句,四周被涡卷形花饰包围。

即使是"画家"也可以写作,无论是用中文还是欧洲语言。技术上而言,每篇文章都是一张图,因为容易保存,可以任意复制。"画家"这一自动人偶之所以远比"作家"更适合出口到中国,是因为即使"作家"是用中国汉字而不是字母书写的,其所能书写的汉字的有限数量也会阻碍文本意义的建构。除此之外,"画家"的操作也更简单:

> "画家"在结构方面比"作家"简单得多:事实上,它并不需要一个凸轮的连续选择机构,因为这些凸轮只需要一个接一个地出现。凸轮使得绘图能够拥有连续的绘制步骤,这些步骤之间有一个小小的间隔。在此期间,准确地说,凸轮的运行达到对应的标度线(就会自动间歇),没有必要使用一种复杂的装置来进行间隔、取墨、换线等。②

然而对于观众而言,"画家"的工作效率比"作家"高得多。

查皮斯得出结论,雅克-德罗的这个机械人偶,(1)属于马戛尔尼爵士赠送给中国皇帝的礼物,只不过是后来才送到的;(2)与

---

① 这里指的是"千手观音"(慈悲之神),在京都的33间堂可以看到千手观音的一座著名雕像,此外还涉及了水神(可能是河神),骑在一条龙的身上。
② 查皮斯:《自动机械、人物手工图、历史和技术》,纳沙泰尔:格里芬版本1949年版,第307页。

第五章　手工艺术、通俗文学和民间舞台中的欧洲与东亚

生产商"威廉姆森"(Williamson)制作的带有自动书写装置的钟表是相同的,并被哈考特·史密斯收录在他的中国博物馆的欧洲作品目录。① 查皮斯之所以得出这样的结论,主要是以关于该厂机械人偶的一则小故事为依据。这则故事于1812年在巴黎匿名发表,里面说到,英国国王以极高的价格买到了"画家"这一机械人偶的复制品,让马戛尔尼爵士把它献给中国皇帝。然而事实上,"画家"并不是和马戛尔尼爵士的使节团一同达到中国的,而是在1786年就出现在了北京的宫廷里,传教士汪达洪(Jean Mathieu de Ventavon)为他的机械人偶"程序"补充了满族、蒙古族和藏族文字。②

---

① 西蒙·哈考特-史密斯:《北平故宫博物馆和应天府内追溯到十八世纪和十九世纪早期的各种时钟、手表、自动装置和其他欧洲工艺品目录》,北平:故宫博物馆,1933年版。参见查皮斯:《自动机械、人物手工图、历史和技术》,纳沙泰尔:格里芬版本1949年版,第309—310页。这一自动装置的照片在希利尔的作品《自动机械玩偶》第29页,到1973年它仍旧可以运转。

② 博南特的贡献在于他参考了相关的出处,即来自遣使会神学教授罗广祥(Nicholas Joseph Raux)于1786年11月17日的一封信。参见博南特的文章,《瑞士钟表》,第30页,以及亨利·柯蒂埃(Henri Cordier):《通报》(T'oung Pao)第十四卷,1913年版,第239页。由于在较新的文献中关于这一点仍存在不明确的地方,因此需加以简单说明。查皮斯在他的书籍《中国表》(La Montre "Chinoise", 1919)中已经探讨了马卡特尼(Macartney)在1792年去中国的使团之行是否携带了亨利-路易·雅克-德罗的"画家"机械人偶的复制品作为礼物这一问题。查皮斯提到了1812年的一则笔记(尚未得到证实),根据该笔记,英格兰国王购买了雅克-德罗工厂的"画家"机械人偶。在《机械人偶》(Les Automates, 1949)中,查皮斯再次提及该笔记,并将其准确地描述为1812年8月26日来自"伦敦专利局的通知"(第310页),并引用了该表述。他将佩雷格和佩罗特的《雅克-德罗和雷索》作为出处,但没有提供具体页码。(该引用可在第217页找到)。引文和出处的对比让人意想不到。
1. 引用在两个地方出现错误。首先,不是"为英国国王",而是"由英国国王";其次,括号内插入的年份1792并不属于引用内容。
2. 该注释是对"关于皮埃尔·雅克-德罗及其儿子亨利-路易的机械人偶的说明"的抄录;像查皮斯所做的那样,将其称为"伦敦专利局的通知"会让人产生误解。佩雷格和佩罗特写的只是位于伦敦专利局。著作的其他地方(第205页)就很清楚地说明,这只是出自一个不知名作者之手的法语广告文,由伦敦专利局博物馆收藏。
尽管有不清楚的地方,查皮斯还是能够让读者跟着自己一步步看到他如何得出自己的结论。与查皮斯不同,玛丽·希利尔在她的《自动机械玩偶》这部著作的(转下页)

雅克-德罗的画家机械人偶在18世纪80年代就已经到了中国，并不令人意外，毕竟在1783到1787年间"雅克-德罗的全球生产都被东方所吸收，尤其是中国"①。只要产品在日内瓦下线，就由加来的运输公司奥迪伯特将其运输到伦敦，在那里交付给考克斯公司转为代销，考克斯公司再把它们运到广州的分店。② 对于运到中国的那些机械人偶的外观，我们一无所知。博南特称其为"中国机器人"，然而它无论是在大小、姿势还是在身材上，都与欧洲版"画家"并无差别：73厘米高，头大脸圆，面颊红润。"画家"坐在一个小桌子前面拿着铅笔写字，孩子的小手倚靠在桌子上，手指稍微拱起。这个形象和威廉姆森的大钟摆底座上那个跪在金色桌子前面的年轻男子很不一样，后者是用右腿跪着（左腿立在桌子旁），高举毛笔写字。脸和发型看上去是中国人，然而衣服却是路

（接上页）生平和前言中，虽然提到了查皮斯的《自动机械装置世界——历史与技术研究》和《自动机械、人物手工图、历史和技术》（一个年份是正确的，一个是错误的），然而却并没有添加注释和准确的出处，于是产生了下面这些充满想象力的论述：（查理斯-亨利·珀蒂皮埃尔）为了监督伦敦制造商威廉姆森制作华丽钟表的过程一定出现过。钟表上加入了被视为雅克-德罗作品的一个正在写字的小人物（1792），至今仍可在北京博物馆看到这个会写字的小人物。（第35页）

我们应该想到，皮埃尔·雅克-德罗已经于1790年逝世，亨利-路易逝世于1791年。第58页是这样说的：其他钟表制作商使用雅克-德罗家族的机械人偶，在1973年伦敦中国珍宝展的电影中出现了一个出色的会写作的自动人偶，技术非常高超。（第29页插图）它被放入威廉姆森制作的一座高大的钟表中，有记录记载它曾在1792年马戛尔尼伯爵的使节之行中被送到北京中国皇帝那里。这个16英寸高，穿着路易十六服装的小机械人偶是从雅克-德罗那里"高价"买来的。（专利局于1812年8月26日记录）

此外在35页，希利尔提到了我们已经引用过的对一座对钟的描述并补充道，它"可能出自著名的雅克-德罗之手"。作者忽略了其中一座钟曾出现在查皮斯的《自动装置》这部作品里，在它的表盘上显示着詹姆斯·考克斯的署名。

① 佩雷格、佩罗特：《雅克-德罗和雷索》，纳沙泰尔：阿廷格尔·弗雷尔斯出版社1916年版，第242页。
② 同上。

第五章　手工艺术、通俗文学和民间舞台中的欧洲与东亚

易十六时期的侍从西装风格,高 40 厘米。① 他写的是垂直的两行字,每行有 4 个汉字。然而正如我们所了解的,雅克-德罗的"画家"能够用中文作出一篇比它长得多的文章。

威廉姆森署名的带有自动书写装置的钟表无疑是专门为中国皇帝设计的,尤其是底座上的 4 条金龙可以说明这一点。但是这里所提的很有可能是 1794 年之后制作完成的。在马戛尔尼爵士的使节团返回以后,整个欧洲都在讨论他们的失败;随后就出现了各种当事人关于在华活动的叙述。这些报道被翻译并进一步加工(对此请参阅下一章节)。尤其让人感兴趣的是磕头这一行为,也就是人跪在地上,额头碰撞地面。当马戛尔尼爵士和代表乔治·斯当东(George Staunton)爵士以及侍从受到乾隆皇帝接见的时候,并没有对其磕头,②而只是单腿跪地。与他们相比,1795 年的荷兰使节团在磕头的时候表现得过分热情,反而让人觉得好笑。③ 马戛尔尼公爵 12 岁的侍从由于会说一点汉语,得到了乾隆帝的特别赏识。由此可以联想到,钟表上跪着的机械人偶的原型就是他。

阿尔弗雷德·查皮斯认为这个机器人玩偶并非出自威廉姆森,无疑是有道理的。④ 然而我们并不认为它的"父亲"是亨利-路

---

① 参见查皮斯:《自动机械、人物手工图、历史和技术》,纳沙泰尔:格里芬版本 1949 年版,第 309—310 页;希利尔:《自动机械玩偶》,伦敦:朱比特出版社 1976 年版,第 58 页。
② 参见克莱默·宾(英国汉学家)编:《使中国记》,伦敦:朗曼出版社 1962 年版,第 122、123 和 351 页。这是马戛尔尼伯爵的使团在 1793—1794 年拜访中国皇帝期间保留的日志。
③ 同上书,第 34 页。卡尔·弗兰茨·凡·德·维尔德在他的小说《使节团的中国之旅》(1824)中详细探讨了英国人和荷兰人的态度,或许这个事实可以证明这一点在欧洲有多么受重视。
④ 查皮斯:《自动机械、人物手工图、历史和技术》,纳沙泰尔:格里芬版本 1949 年版,第 310 页。

易·雅克-德罗,而应该是亨利·梅拉德特-雅克-德罗表厂(伦敦分店)当时的负责人。正如大卫·布鲁斯特(David Brewster)爵士1812年描述的那样,这个"中国人"与梅拉德特的另一个机器人玩偶有着亲属关系。这个机器人玩偶也是一个单腿跪地的男孩,手里边也是拿着画笔画画写字。按照布鲁斯特的说法,这个机械人偶能够用英语和法语写出4篇文章,画出3幅风景画。①

雅克-德罗的"中国"画家和威廉姆森钟表上的那个机器人玩偶一样,不仅是技术上的杰出成就,而且也是欧洲在文化上走近中国的重要表现。汉字都是按照中国的模板予以复制和编排,草图画的也都是真正的中国题材。图文结合实现了真正的交流。以前是钟表,现在则是机器人玩偶,成为彼此交流和认可的使者,它们发挥的不仅是一种商品、玩具或者新奇玩意的作用;作为人造形象,它们服务于国家贸易和外交政策。把玩偶按照中国人的外貌进行设计,意味着对皇帝的特别敬意——它使得机械人偶成为皇帝的臣民,因此不难想象,只要皇帝想要,他就能拥有制作机械人偶的知识和技术。

众所周知,满族的皇帝并没有这种想法。在马戛尔尼爵士的使节团出发之前,已经有3个由荷兰、8个由俄国、4个由葡萄牙以及3个由罗马教皇派遣到北京的使节团启程上路。② 中国皇帝把

---

① 查皮斯:《自动机械、人物手工图、历史和技术》,纳沙泰尔:格里芬版本1949年版,第311页。雅克-德罗的机械玩偶"画家"的仿制品今天在费城的富兰克林研究所依然可以看到,整个玩偶或者玩偶的一部分是由亨利·梅拉德特制作而成的(1800年左右),这个玩偶可以书写法语和英语,会画四幅图画,其中有一幅是中国式宝塔。相关内容参见查皮斯的图画(《自动机械、人物手工图、历史和技术》,纳沙泰尔:格里芬版本1949年版,第315—316页)。
② 路易斯·普菲斯特:《1552—1775年在华耶稣会士列传及书目》第一卷,内恩顿:克劳斯出版社1971年版,第505—506页。

第五章 手工艺术、通俗文学和民间舞台中的欧洲与东亚

他们的礼物当作贡品收下,并没有签订契约协议。甚至在马戛尔尼公爵到达之前,已经拟定好了拒绝其要求的答复;① 在中国皇帝给英国国王的正式诏书里是这样写的:

> 统治四海的帝国只专注于治理国内事务,而并不看重这些新奇玩意。国王陛下,现在你已将各种各样的物件摆到宝座上,我们感受到你们远道而来进献贡物的忠心,特意叫衙门收下了它们。尽管如此,我们从来不看重这些新奇的物件,对贵国的制造业更是没有丝毫的需求。因此,我们发出了这样的声明,并命令你们的使节安全返家。②

中国的皇帝仁慈地接受了欧洲人赠送的具有极高艺术价值的珍品,并将其看作一种忠诚和服从。皇帝把它们放在了后妃的房间,或用它们装饰自己的宫殿,偶尔也转赠他人。外来事物所能获得的最高认可就是宫廷里的神父应皇帝之邀制作各类的机械玩偶了。例如1789年遣使会会士巴茂正(Charles Paris, 1738—1804)和奥古斯丁·彼得罗·阿德奥达托(Augustiner Pietro Adeodato,死于1822年)设计了一个机器玩偶,可能是按照雅克-德罗的"画家"样板构思的,他的身高应该是介于1.2—1.5米,用4种语言——

---

① 参见克莱默·宾编:《使中国记》,伦敦:朗曼出版社1962年版,第336—337页。
② 参见克莱默·宾编:《使中国记》,伦敦:朗曼出版社1962年版,第340页。事实却不太一样,因为皇帝直接"预订"了这种"稀世珍宝"。广东总督负责为他的君主寻得欧洲的奇珍异宝,每年三次。一直到1754年,他在此事上的可支配款额为五万两,但是这个款项随后减少到三万两。参见博南特的文章,《瑞士钟表》国际版1960年第75期第1号,第35页。

汉语、满语、蒙古语和藏语表达了对皇帝的赞美之词。①

机器玩偶和自动装置对于其所有者而言，最大的魅力似乎在于它们赋予了所有者一定的权力感。专制主义下的统治者对自动装置尤其感兴趣。对此，赫伯特·赫克曼（Herbert Heckmann）写道：

> 所有统治者都想方设法搞到他们喜爱的机械玩具。他们不仅喜欢行使权力，也喜欢把玩权力。他们相信君权神授，或者他们本身就代表了上天，掌控着高度复杂的、分工协作的国家机器，并受臣民的敬仰与崇拜。这种国家本身——正如任何形式的绝对主义一样——就像自动装置一样，是一个二手的创造物，受官僚主义的驱使和控制。自动玩具只是把政治现实呈现了出来——一种意志和服从的游戏。②

受到中国皇帝的接见后，马戛尔尼公爵也有一种这样的感觉："那么，我是否看到了'所罗门王荣耀归来'呢？我用这个表达方式，因为这个场景完全让我回忆起在童年时代看到的那场木偶戏，它让我如此印象深刻，以至于我认为这就是人类最伟大和最幸福

---

① 参见查皮斯：《自动机械、人物手工图、历史和技术》，纳沙泰尔：格里芬版本1949年版，第317页和博南特的文章，《瑞士钟表》国际版1960年第75期第1号，第30页。此外西蒙·哈考特·史密斯的目录里也有一位扬琴演奏者，看起来像是"中国人"，它制成于1770年左右，高1.2米，站着演奏。它在多大程度上与伦琴和金特的扬琴演奏者有着相似之处，还不得而知。参见查皮斯：《自动机械、人物手工图、历史和技术》，纳沙泰尔：格里芬版本1949年版，第293—294页。
② 赫克曼：《另一种创造：早期自动装置在现实和文学中的故事》，美因河畔法兰克福：展望出版社1982年版，第74页。

第五章 手工艺术、通俗文学和民间舞台中的欧洲与东亚

的真正代表。"①所以 18 世纪下半叶的欧洲和中国在有些方面表现出了惊人的相似:都是专制主义政体,权力意志,荣华富贵的享乐主义和对异国风情的追捧——无论是欧洲流行的中国风还是中国流行的"欧式"花园和"歌曲吟唱"。②

然而欧洲对中国的宣传和争取仍然是徒劳无功的。政治或经济方面并没有拉近两者的关系,中国对文化方面的交流也没有什么兴趣。在广州的中国人甚至被禁止给外国人上语言课。③

19 世纪崛起的市民阶层拒绝接受 18 世纪的中国宫廷风,"异国风情"从"珍贵奢华"的褒义词变成了"滑稽奇特"的贬义词。与此同时,珍贵的"中式"自动装置和钟表的时代过去了。今天我们只能在拉绍德封的国际钟表博物馆(上述"中国人"钟摆,法语,1780 年左右)、山岳城堡的力洛克钟表博物馆(带有吹笛演奏、钟琴和詹姆斯·考克斯公司热闹场景的理发家具,为出口到中国而制造)和苏黎世的贝耶计时钟表博物馆(机器时钟塔,伦敦,1780 年左右)里看到这些物件。

奢华的钟表市场在中国也是每况愈下。中国的皇室忧心忡忡,看到国家的对外贸易平衡状况日益消极;④比尔贸易公司的大

---
① 克莱默·宾编:《使中国记》,伦敦:朗曼出版社 1962 年版,第 124 页。
② 参见克莱默·宾编:《使中国记》,伦敦:朗曼出版社 1962 年版,第 125 页:"热河的所有展馆都以最雍容华贵的形式装饰,并配有各种各样的欧洲玩具和歌曲,还有工艺精湛的球体、太阳仪、钟表和音乐播放机,种类丰富多彩,所以我们的礼物必须与它们有所不同,'隐藏它们的头颅'",引自《失乐园》。关于耶稣会士们在圆明园建造的意式花园,参见第 359—360 页,那里也有其他的文学解释说明。
③ 同上书,第 9 页。
④ 参见福赫伯、陶泽乐:《中华帝国》,美因河畔法兰克福:费舍尔出版社 1968 年版,第 314 页。

量机械艺术品都"找不到买主"。①

欧洲人对中国态度转变的明显标志是自动装置中"魔术师"人物的出现。尽管荷兰使节团于1794年就在广州为中国皇帝带来了一些来自雅克-德罗-梅拉德特制表厂②、具有占卜本领的"魔术师(预言师)"作为礼物,但真正的魔术师时代开始于1830年前后。③ 这种机械人物完全符合当时人们对中国人的印象:滑稽而古怪。魔术师通常有着精湛的戏法技术,能够让观众目瞪口呆,却生活在市民阶层之外的世界,诡计花招是他们的艺术。通过施魔法,他们把各类东西变到桌子上,再把它们变没。值得一提的是,人们还把魔术师和高架秋千上的中国杂技演员联系起来。④

彼时的讽刺文学作品也证实了滑稽古怪的中国人形象。当普鲁士国王弗里德里希·威廉四世(Friedrich Wilhelm IV)召集作家蒂克(Tieck)、画家柯内留斯(Cornelius)和哲学家谢林(Schelling)

---

① 参见1807年一位同时代人的一篇报道:"比尔(Beale)公司也拥有大量机械零件,这些零件因长期存放在仓库中而变得陈旧。中国人对这些零件感到厌恶,因为受潮后很难修复。"与之相反,个别独立的纳沙泰尔钟表匠——尤其是被称为"中国佬"或"满大人"的爱德华·博维特(Edouard Bovet, 1797—1849)——在广东开展起有利可图的贸易,销售朴素、优质的怀表,这些表以"中国表"的名字载入了瑞士钟表制造史。它们成对生产,并且只在极少数情况下展示"中国式"装饰。关于这一点,可参见查皮斯:《中国表》,纳沙泰尔:阿廷格弗莱出版社1919年版,第42—43页。
② 关于这些自动装置的描述和图片,请参见查皮斯:《自动机械装置世界——历史和技术研究》第二卷,巴黎:布朗德尔·拉·卢戈瑞出版社1928年版,第159—161页。它们的高度大约2.1米,看起来不像"中国人"。
③ 这里也请参见查皮斯作品中的"预言家,魔术师和推销员"这一章节(《自动机械、人物手工图、历史和技术》,纳沙泰尔:格里芬版本1949年版,第251—270页)。
④ 关于这一机械钟的图片和描述,参见安妮特·拜尔:《自动装置的奇妙世界:钟表、木偶和玩具》,慕尼黑:可韦出版社1983年版,第108—109页。平衡玩具"中国筋斗男"这一称谓证明中国的杂技演员在欧洲很早就已经有名气。"这个古老的玩具,以中国不倒翁的名字为人熟知,出现在大部分18世纪的趣味物理学家作家们的作品中。"参见查皮斯:《自动机械装置世界——历史和技术研究》第二卷,巴黎:布朗德尔·拉·卢戈瑞出版社1928年版,第23页,也请参见拜尔作品中的"中国阶梯跑步者",第137页和190页。

第五章 手工艺术、通俗文学和民间舞台中的欧洲与东亚

到他的宫殿的时候,亚历山大·冯·斯滕伯格(Alexander von Sternberg)就取笑他们,把他们描述为"制造出来的具有很高艺术价值性的自动人偶",有着"和中国宝塔一样的声望",但是"和人类一样的大小,通过发条装置运行和恢复,可以像活人一样移动和做出动作"。所配的插图展示了3个荒谬可笑的中国人形象:一个"拿着一把走音的古琴",第二个"拿着一块杂乱无序的调色板",第三个"有着混乱的哲学人生观"。由于一次不幸的遭遇,这3个自动装置都无法关机,这可使宫廷人士无比厌烦——尤其是"阅读机"蒂克,所有的一切都陷入了一场神奇的睡眠,但是没有王子来解除魔法。① 海因里希·海涅也嘲笑"宫廷哲学家"谢林,称呼谢林为"孔子"——在经常喝酒的"中国皇帝"(弗里德里希·威廉四世)的皇宫里竭力想要保持头脑清醒。②

图画在一些细微之处还是有所不同的:从机敏狡猾的魔术师到在旧思想和旧运动模式中僵化的哲学艺术家再到无知的君主形象。然而无论是哪种情况,都能看出是对中国人的漠视。

当然,在中国魔术师中也有令人赞叹的作品。胡迪恩(J.F. Houdin,巴黎,1836年)的机械座钟上的魔术师就是一个威严的官员,镀金钟表的底座上装饰着带翅膀的龙。③ 然而这里的中国人也是一个仅供娱乐消遣的艺术家,这个魔术师官员在北京宫廷里

---

① 亚历山大·冯·斯滕伯格:《突突》,博登湖旁的梅尔斯堡:亨德尔出版社1936年版,第100—103页,第214页。神奇非凡的插曲和充满诗意的旅行考察,附有西尔万的插图。
② 海涅:《中国皇帝》,载海涅:《文集》第四卷,克劳斯·布里格勒布编,慕尼黑:汉泽尔出版社1969年版,第425—426页。
③ 拜尔:《自动装置的奇妙世界:钟表,木偶和玩具》,慕尼黑:可韦出版社1983年版,第106—107页,材料是黄铜和镀金青铜。

令人诧异不已。一个光头中国魔术师,他的桌子在一个希腊式神庙里,却发现了通往中国宫廷的道路,在哈考特-史密斯的博物馆目录里有对他的描述。① 这是路易·罗沙特(Louis Rochat)的一座在日内瓦获奖的自鸣钟,生产于1829年前后,这里是对它的描述:

> 这一小型自动装置有着一副严肃的外形和一张令人愉悦的面孔,当听到音乐时它似乎在向观众发表演说;这个魔术师的头部、眼睛,尤其是嘴唇的动作协调自然,像是在自由呼吸。当音乐停止的时候,他的杯子开始表演,在水果和球出来的地方,把先前一只在他面前嗡嗡唱歌的小鸟变没了。一旦这些戏法完成,门就会自动关闭。②

就这件自动装置而言,钟表只是它的附带功能。它看上去更像是一出民间戏剧的舞台,正如接下来几个章节要阐述的一样,这一时期在民间戏剧里也能观察到对中国人的偏爱。

相比之下,圣加伦的艾希霍尔茨陈列馆则展示了带有手工工匠的玩具自动机。③ 在一所"典型的"中国小房子里面和前面,有3个中国人在工作——屋脊上有两条带翅膀的龙,屋顶4个角的每个角都挂着一个小钟,二楼有3个圆窗。其中一个中国人在揉面团,第二个中国人在一个圆木桶里搅拌,第三个好像在给客人包裹

---

① 参见查皮斯:《自动机械、人物手工图、历史和技术》,纳沙泰尔:格里芬版本1949年版,第260—262页。
② 同上书,第261页。
③ 拜尔:《自动装置的奇妙世界:钟表,木偶和玩具》,慕尼黑:可韦出版社1983年版,第151页。

第五章　手工艺、通俗文学和民间舞台中的欧洲与东亚

什么东西。一个监工从右上方的窗户往下看。是这里的中国元素让一种日常工作充满魅力，还是向西方输入中国劳工起了作用，这得先搁置一边。相比而言，殖民地商店橱窗里展示的"中国男人"显然是一个奴才的角色，1884年的西尔伯和弗莱明的目录（Silber & Fleming-Katalog）这样写道：

> 2261号——机械装置里的中国男人——机械上的新奇事物，特别适用于茶叶和杂货行业。高26.75英寸，长24英寸。图中是一个身着绿色和深红色绸缎的中国男人，绸缎上绣着金色的花边。人物的身高是21.25英寸，在移动自己的头部、眼睛、嘴巴和手臂。这个人物前方的锡罐里有四块写字板，它们显然是按照中国男人手杖的方向旋转的，一次只能看到一块写字板。为了适应需要的广告，可以在可移动的写字板上写字，有两种姿势和样子，每块八镑十五便士。①

在玩具身上经常还能清楚地看到来自现实生活的启发。在19世纪80年代，威廉·英国（William Britain）牌的玩具兵人"日本天皇"（Mikado）——外表看起来更像中国人而不是日本人——无疑就是从吉尔伯特和萨利文创作的同名歌剧中获得的灵感。这一金属兵打着一把可移动的太阳伞，左手握着一把扇子，正扇着扇子让自己凉快一点。② 中日甲午战争后，1895年德国的恩斯特·保罗·

---

① 希利尔：《自动机械玩偶》，伦敦：朱比特出版社1976年版，第114页。
② 康斯坦斯·埃林·金：《关于玩具的伟大作品》，措利孔：信天翁出版社1978年版，第193页。第192页的描述如下："一个天皇用他的旋转伞给自己扇扇子。"

莱曼铁皮玩具制造公司生产了"中国人"的铁皮玩具,其中有"Man-da-rin":也就是一个坐在轿子里的"清朝官员"(Mandarin),标题是"Man-da-rin"(Mann darin:坐在里面的人),这个人拉着两个轿夫中前面那个轿夫长长的辫子。义和团运动和欧洲各国对此运动的反应激发莱曼公司制作出铁皮玩具"受惩罚的义和团员":"4个世界强国的代表用一块被漆成黄色的跳布接住一个矮小的铁皮中国人,但是系住他的辫子,一次又一次地把他抛出去。"①

中国和中国人的政治地位与评价在接下来的100多年间发生了彻底的变化:中国从一个强大的和备受追捧的帝国变成了一个软弱无能、贪污腐败和传统僵化的国家,曾经的帝国让耶稣会士们惊叹不已,其国家制度被18世纪的很多哲学家视为楷模,而现在这个国家只能保护自己不受西方列强的侵略,不沦为殖民地。钟表和自动装置的艺术如实地反映了这种变化。

16世纪和17世纪初期,被耶稣会士们当作礼物送给日本的钟表在日本引起了怎样的轰动,我们已经说过。日本当地的手工艺者——部分是在教团传教士们的带领之下——对这些钟表进行了研究和仿制,这点比中国早。但是当中国人被欧洲人的科学成就所吸引的时候,尤其是在数学和天文学领域,因为这触及了中国的物理宇宙学(和皇帝的地位),日本人则只是把钟表和自动装置当作一种奢侈的玩物。对于日本人而言,技术上的革新并不涉及形而上的方面,他们甚至认为这些新奇的技术没什么用处,因为日

---

① 参见玛戈特·布劳赫、阿尔布雷希特·班格特:《铁皮玩具——机械珍品及其制造商》,慕尼黑:莫赛克出版社1980年版,第14—17页,以及希尔:《自动机械玩偶》,伦敦:朱比特出版社1976年版,第181页。

第五章 手工艺术、通俗文学和民间舞台中的欧洲与东亚

本的计时系统和欧洲差别很大。在德川幕府颁布锁国令后,从事"西方科学"的学者们甚至会让人觉得有嫌疑:例如平贺源内(1729—1779)就被拘捕,死在了监狱里。

按照欧洲模型在日本仿造的钟表,在整个德川幕府时期(Tokugawa,1603—1868)都像是稀世珍宝一样,而自动装置则跟在19世纪的欧洲一样,被用于大众娱乐和消遣。1662年,竹田近江(Takeda Omi)在大阪建立了由机械木偶、自动装置构成的"机械剧院"①,这应该是日本最早的一批钟表制造者。② 凭借里面新奇的技术和窍门,这家竹田剧院很快就出名了,全日本的人都蜂拥至大阪。没有见过竹田机械木偶的人,不能说自己来过大阪!1796年的一幅木刻版画甚至展示了荷兰人和日本守卫惊叹不已地盯着竹田剧院上演的各种机械木偶剧的场景。③ 这幅出现在旅游指南里的插图还被人添加了几句嘲讽性的注释:"荷兰人惊讶得一动不动,目不转睛地观看着竹田剧院里的机械木偶是如何完成不可思议的事情!"④

---

① "机械木偶"这个词含糊不清,因为它可以用不同的文字进行书写。所有种类的自动装置,尤其是动画自动装置都被称为"机械木偶"。机器人偶又叫玩具木偶,木偶也属于此类。
② 关于竹田和他的家族发展史,参见安田富贵子:《初代近江与上代出云》,载《艺能史研究》,1979年版,第1—15页。此外请参见福本和夫:《活动人偶技术史话》,东京:不二出版社1982年版,第111—129页。希利尔的功劳在于向西方指出了日本戏剧的这一方面(《自动机械玩偶》,伦敦:朱比特出版社1976年版)。
③ 通常而言荷兰商人不允许离开出岛。然而为了让军事统治者能够了解欧洲的发展,会有一个代表团每年一次带着礼物前往江户幕府将军的宫廷。荷兰人似乎被允许去大阪的剧院。
④ "荷兰人坐在椅子上聚精会神一动不动地看竹田活动人偶戏"的木刻版画被重新印在了福本和夫的《活动人偶技术史话》,并附有解释,参见立川昭二:《活动人偶》,东京:法政大学1969年版,第12—13页。旅游指南《摄津名所图绘》在1796—1798年出版发行了十册,木刻版画出现在第一册的第一页。对于购买者而言,这幅画的魅力在于它的历史价值。1796年已经不存在竹田剧院了。

然而，还有另外一个原因让荷兰人观看机械木偶剧的场景引起注意。荷兰人作为在日本为数不多的西方人，不管在哪出现，都会引来一群当地人驻足观看。机械木偶也是这样，充满了特殊的异国情调——它们身穿中国服饰，有时也穿欧洲的服饰（也就是带纽扣的衣服！①）——有两个理由来解释这一点：第一个理由是，就公众而言，他们与外国的任何个人接触都是被严格禁止的，如果增添异域元素，会极大地引起人们的兴趣，因为机械木偶代表了大洋彼岸的神秘世界。第二个理由是，异域服饰会让人认为，这些机械奇作的部分技术来自中国和欧洲。即使在日本闭关锁国后，它和中国也有着一定的贸易往来和文化交流；欧洲的钟表和自动装置也必须通过中国才能到达日本。② 当然荷兰商人会经常从欧洲直接订购钟表装置。

18世纪，自动化技术在日本（几乎和在欧洲的发展保持平行）达到了鼎盛。1730年的《玑训蒙鉴草》（*Karakuri kimmo kagami gusa*）描述了当时引起最大轰动的机械木偶，用文字和插图解释了它们如何运作。③ 两位女性形象尤其值得关注：一位作家和一位千里

---

① 据报道，海军准将佩里在1854年签订完日本和美国的第一个协议后，曾在他的船上接待过日本客人。参观者尤其对美国人的衣服感兴趣，并对衣服上的纽扣怀有极大的热情。他们总会请求美国人给他们纽扣，当他们收到这些廉价的礼物时感觉如获珍宝。参见费迪楠·库恩：《开放日本的洋基水手》，《国家地理杂志CIV》1953年第1期，第98页。
② 例如由梅拉德特家族在纳沙泰尔州麦田于1800—1830年制造的鸣禽自动装置有可能出口到了中国，却在20世纪初的日本被人们重新发现（在1868年日本明治维新后很多武士都陷入了贫穷的境地，于是被迫变卖长期保存下来的家庭珍品）。这一鸣禽自动装置今天位于瑞士拉绍德封的国际钟表博物馆里。
③ 参见福本和夫：《活动人偶技术史话》，东京：不二出版社1982年版，第252—288页。1686年机器人玩偶甚至已经能够在欧洲见到。在为法国国王和他的皇室家族特意准备的来自泰国的礼物中也有机械玩偶，它们会走路，也能端茶倒水，是按照日本女人或中国女人的形象制造的。对此请参见海伦·贝雷维奇-斯坦科维奇：《路易十四时代法国的中国趣味》附录，巴黎，1910年版。今天的日本人仍然会按照旧的模型生产类似的机械人偶。

第五章 手工艺术、通俗文学和民间舞台中的欧洲与东亚

眼(预言家),她们身披半中式半西式的装束,衣服的袖子蓬松鼓起,由镶边衬托,一条宽松的扎脚灯笼裤和一件用纽扣从颈部扣到腰部的马甲。除了她们的外表,一个令人惊讶的事实是,大约50年后,正如我们看到的,雅克-德罗公司也生产了一位"作家"、一位"画家"和一对"预言家",把它们出口到了中国。然而这些是真正的自动装置,它们基于发条装置自动运转,而机械木偶却是借助于相对简单的技术做出动作。①

1768年竹田剧院关门。此后一般尚能在展览车厢里看到机械木偶。本座的木偶剧院(Takemoto-za)成为大阪人新的宠儿,在那里人们通过操作木偶演出戏剧(Bunraku:文乐,日本专业的木偶剧院)。②

19世纪中期,西方国家重新和日本建立起关系,其中钟表和自动装置作为礼物再次扮演了重要角色。当1854年美国海军准将佩里在一个西方国家(美国)和日本之间达成第一个协议的时候,双方也交换了礼物。美国的礼物主要由"机械奇品而不是艺术品或手工艺品"组成,其中就包含"几块钟表"。③ 当1863年瑞士也想和日本缔结协议,派代表团去东京时,他们的礼物中也有钟

---

① "作家"拿着毛笔的手按照印压在小木板上的字迹进行写作,并通过基座中的螺纹和弹簧移动。算命先生也是一个拥有特技的自动装置:他用一只手臂指向3幅画中的一幅,这只手臂无形中和一个口袋连接在一起,参观者从口袋里获取图片中显示的3个物体中的一个,被取出的物体的重量决定了玩偶的手臂方向。
② 竹田出云(1649—1729)是竹田近江的第二个儿子,他为玩偶剧院撰写了重要的剧作,也是剧院的负责人。在他的著名老师近松门左卫门(1653—1724)撰写的歌舞伎剧本中自动机器人得到了应用。在那个技术试验盛行的时代,歌舞伎剧场的旋转舞台也在发展。
③ 库恩:《开放日本的洋基水手》,《国家地理杂志CIV》1953年第1期,第95页。

表、玩具、光学和物理器械以及大量音乐盒。①

19世纪下半叶的欧洲对日本的兴趣急剧增长，自动装置里也出现了日本人的主题。海因里希·魏斯-斯道夫法赫（H. Weiss-Stauffacher）的自动音乐播放机里就有一个俊俏的日本女人（可能生产于1880年），来回摇头做着沏茶的动作。后来法国两家玩具公司维希（Vichy）和德康（Decamps）也在它们的产品中各设计了一个"日本女人"的形象，直到20世纪都很受欢迎。②而"穿和服的女人"在文学和现实生活中也都有其对应：在19世纪和20世纪几乎所有赴日的人都表现出了对日本女性的着迷和喜爱，直至今日，歌剧《艺伎》（*Die Geisha*）和《蝴蝶夫人》（*Madame Butterfly*）仍然能证明这一点。

正如赫伯特·赫克曼说的那样，自动装置的世界事实上是一种"二手作品"，它如实地反映了那个时代的趋势和人们的喜好——无论是权力局势还是玩具带来的乐趣，不管是对科技进步的自豪还是对外国文化的态度。在18和19世纪，人和动物是自动装置的主要形象，它们的吸引力主要来自"栩栩如生"的形象设计。

对于当今的机器装备来说，人的因素越来越少，其功能却反过来影响到人类生活。汉斯·克里斯蒂安·安徒生（Hans Christian Andersen）1844年的一篇关于中国皇帝和夜莺的著名童话，在今天有了新的现实意义。故事里的中国皇帝是最高财富和绝对权力的

---

① 引自1862年10月25日的《新苏黎世报》。
② 参见希利尔：《自动机械玩偶》，伦敦：朱比特出版社1976年版，第124、137页。

象征，相比不引人注目但有生命气息的真正夜莺的歌声，中国皇帝更偏爱装饰华丽的人造夜莺那可以任意重复的歌声，因为真的夜莺是他不能控制的。"人们永远也猜不到一只真的夜莺会唱出什么歌来，然而对人造夜莺而言，一切都安排好了！要它唱什么曲调，它就唱什么曲调。人们可以解释所有的东西，可以把它拆开，展示人类的发明天赋，可以看到它的'华尔兹舞曲'是从什么地方开始，到什么地方结束的，会有什么别的曲调接上来。"[①]只有站在死亡边缘，皇帝才意识到，技术上的完美根本就不意味着完美无瑕，世间太多的突发情况和不可预测之事，使生命本身显得如此脆弱。人们可以把这篇童话作为一则社会寓言进行阐释：要求绝对权力，想要把所有生物变成顺从的仆从，这将会导致自身的毁灭。不过这篇童话也可以用作我们这个机器时代的寓言：它告诫人类不要盲目相信技术，指出人类将成为自动化生活方式的潜在受害者。

二、两部通俗小说的历史背景：凡·德·维尔德的《使者访华游记》和格拉布纳的《日本男人》

（一）

正如前文所述，东亚的耶稣会士们不仅充当了宗教和哲学价值观的传播者，而且也是西方科学技术与成就的传播者，这是他们用来达到传教目的的一种手段。欧洲的耶稣会士们在"内心传教"领域采取的是类似的方法：在那里，王公贵族和上层人士对外国的情况，对旅行游记和技术发明也有着浓厚的兴趣。1653 年或

[①] 安徒生：《两卷本童话全集》第一卷，厄林·尼尔森编，慕尼黑：温克勒尔出版社 1980 年版，第 280 页。

德国文学中的中国和日本(1773—1890)

1654年在比利时的鲁汶(Löwen)举办了一场有可能是最早的以幻灯片形式呈现的报告会,①报告的主题是耶稣会士卫匡国(Martin Martini)从中国返回荷兰时所经历的冒险之旅。虽然我们不知道这场报告面向的观众都是哪些人,但能确定的是,他们是一些有名望的人。卡斯帕·绍特(Kaspar Schott)认为,阿塔纳修斯·基歇尔(Athanasius Kircher)改进过的投影技术使"国王和王宫贵族对此极为好奇"。② 目前为止,借助"基歇尔的技术,以幻灯片的形式介绍新奇事物的做法",都"使观众极为惊讶与赞叹"。不过绍特尤其强调了在鲁汶的报告,"我们的社团成员,杰出的艺术家、数学家安德烈亚斯·塔克库特(V. Andreas Takquet)向人们说明了卫匡国从中国返回荷兰的整个旅程。"③图片里的注释,很可能是卫匡国神父自己所做。他于1653年到1654年到过比利时。

当然,卫匡国关于中国的论述影响时间久、范围广,尤其是他的《鞑靼战记》(1654)、《中国新图志》(1655)和《中国上古史》(1658),没过多久这些作品也被翻译成了法语和德语。与耶稣会传教士的报道同样值得重视的是一部关于使节派遣的游记。这部游记由当时正考虑与中国做生意的信奉新教的荷兰人所著。约翰·尼霍夫(Johan Neuhof)的《荷兰东印度公司派遣使节谒见鞑靼可汗和中国的皇帝,由彼得·德·戈耶尔和雅各布·凯塞完成》

---

① 关于放映技术,参见弗朗茨·保罗·黎瑟刚:《最古老的投影演讲》,载《摄影工业》,1919年版,第39—40页。
② 绍特:《光学魔法》,班贝格:克林斯出版社1671年版,第398页。这是一门神秘但符合自然的面部和视觉教学,由M.F.H.M翻译为标准德语并大量印刷。
③ 同上。安德烈亚斯·塔克库特(1612—1660),出生于安特卫普;马蒂诺·马尔蒂尼(1614—1661),汉名:卫匡国(字济泰),来自意大利特伦托。

第五章 手工艺术、通俗文学和民间舞台中的欧洲与东亚

就是其中一部,在整个欧洲都引起了轰动。这部作品最早于1665年以荷兰语出版,1669年出版了英文译本,接下来又出版了第二版德文版。

卫匡国的作品和尼霍夫的游记不仅受到对科学技术感兴趣的人的喜爱和研究,而且和以幻灯片形式做的报告一样,这些著作也有很高的娱乐消遣价值,它们被不同的小说作家加工处理成"某种意义上了不起的实用百科全书"。① 所以德国作家哈格多恩(Christoph Wilhelm Hagdorn)的小说《埃关,又名伟大的蒙古人》(Aeyquan oder der Große Mogol)和罗恩斯泰因(Daniel Casper Lohenstein)的《阿尔米尼乌斯》(Arminius)都以卫匡国的作品为依据。埃伯哈特·古尔纳·哈佩尔(Eberhardt Guerner Happell)在他的小说《亚洲的俄诺干布》(Der Asiatische Onogambo)的前言部分中解释道,小说的主人公不是别人正是"伟大的顺治皇帝",书中对"中国人的描述几乎一字不差地取自尼霍夫的游记,因为涉及同样内容的其他荷兰语书籍很珍贵,不是每个人都能轻易得到的"②。

18世纪的作家们继续保持了把充满异域民族风情的故事和历史事实加工成小说的习俗。但其教育意义明显超越了其娱乐作用。这里首先要说到哈勒的长篇小说《乌松》和《阿尔弗雷德》。此外,维兰德在作品《金镜》中也充满了嘲讽的语调。乔治·克里斯托夫·凯尔纳(Georg Christoph Kellner)在他的短篇小说《莫莉

---

① 约瑟夫·冯·艾兴多夫:《德国诗歌文学史》,帕德博恩:须宁出版社1857年版,第122页。
② 关于巴洛克小说中的中国元素,参见荷斯特·冯·查纳尔:《德国经典诗歌中的中国》,慕尼黑:莱因哈特出版社1939年版,第25—45、116—119页。关于引文请参见哈佩尔:《亚洲的俄诺干布》,汉堡:J. 瑙曼和G. 沃尔夫出版社1673年版。

和乌拉尼亚》(Molly und Urania, 1790)中把冒险离奇的情节和道德哲学思考结合了起来,故事发生在中国和欧洲。① 他的《中国的象形文字》(Chinesische Hieroglyphen, 1791)也是以这种方式撰写的:

> 我觉得自己更加倾向于现实道德和呈现人性等主题,并尝试根据杜赫德(P. Du Halde)关于中国的报道文学,将中国小说中最重要的道德规范直观地呈现出来,使作品不但具有教育意义,也具有美学价值。②

这些小说的两面特征——一半是富有教育意义的纪实文学,一半是虚构的通俗文学——体现在遍布全文的脚注上。这些脚注解释了"原文"中难以理解的用词或是与"事实"相关的背景,也显示了作者的渊博学识。③ 读者群体延伸至越来越多的社会领域,大家似乎很喜欢这种混搭风格。"到了1791年,历史小说已经成为通俗文学的一个主要特征,文学想象与加工能够恰当地补充历史事实。"④同时需要强调的是,"历史小说"这一概念通常涵盖的范围很广。

---

① 可以在米歇尔·L.哈德雷1971年在皇后大学的博士论文《1790年的德国小说》中找到内容提要。
② 《中国象形文字》,曼海姆:C.F.施范和G.C.歌茨出版社1791年版,第265页以后,转引自哈德雷:《1790年的德国小说》,皇后大学博士论文,金士顿、加拿大,1971年,第121页。
③ 例如,哈勒在作品《乌松》中写到"Kongfuzee",在注里说明是孔子。
④ 哈德雷:《未被发现的类型——寻找德国哥特式小说》,伯尔尼、美因河畔法兰克福、拉斯维加斯:彼得·朗出版社1978年版,第67页。

第五章 手工艺术、通俗文学和民间舞台中的欧洲与东亚

就所有对中国感兴趣的人而言,18世纪末发生了一件大事,即已经提到多次的马戛尔尼公爵来华事件。英国当时的目标是与中国建立正式的外交关系,[①]签订贸易协议,但是正如这次游记的官方报道中说的那样,派遣的使节团也肩负着无私的使命:"在第一次尝试(因为派遣的使节在去的路上死亡,所以不得不中断)中只考虑到了国家利益和贸易,而这次除此之外,人们还以传播人类最美好的科学知识为目标。"[②]但使节团还是在有事情未完成的情况下返程了。欧洲强国后来的努力也是徒劳无功,然而没有一家公司像马戛尔尼的使节团之行一样引起公众如此多的关注,使节团成员返程后发表的记录可以证明这一点。

官方的报道来自使节团的副使斯当东公爵——《英使谒见乾隆纪实》(*An authentic account of an embassy from the King of Great Britain to the Emperor of China*),这本书发表于1797年,有3个不同的卷本,随后1798年出了第二版,并被翻译成法语和德语。在德国,公众对这本书的需求量极大,以至于会有几个德语版同时出现:1798年在柏林(没有对译者的说明)和哈勒(译者是M.Chr.施普伦格尔)出版;1798至1799年在苏黎世(译者是J.Chr.惠纳)出版,它是《历史系谱日历或1798至1799年世界奇异事件年鉴》的一部分,并在柏林出版(译者是K.斯宾纳)。《英使谒见乾隆纪实》

[①] 茶在这里扮演了一个重要的角色:"只要人们不能像从中国一样从其他国家进口到质量上乘和物美价廉的同样数量的茶叶,他们就应该注意保证自己从这个国家习惯性进口的日常需求。英国对同样茶叶的日常使用有增无减。"斯当东:《1792和1793年英国公使赴中华帝国行》第一卷,由约翰·克里斯蒂安从英语翻译而来,苏黎世:海因里希·格斯讷出版社1798年版,第24页。
[②] 斯当东:《1792和1793年英国公使赴中华帝国行》第一卷,苏黎世:海因里希·格斯讷出版社1798年版,第28页。

的 1798 年和 1800 年德文译本作为 7 卷本系列《国家和旅行游记》的第三卷和第四卷发表。最优秀的译本当然是由惠纳翻译的,他是萨克森州人,作为斯当东儿子的家庭教师,惠纳也是使节团的一个成员。① 斯当东的儿子小斯当东是马戛尔尼使华团的侍童,然而惠纳不仅是小斯当东的老师,而且担当了翻译的重任:他能和在北京教授马戛尔尼中文的欧洲教士们用拉丁语交流。惠纳也发表了自己的旅程记录,然而相对而言推广力度比较小。②

斯当东公爵的报道并不是第一部记录使节团在华活动的著作,1795 年,也就是使节团返程后的第一年,马戛尔尼的随从埃涅阿斯·安迭生(Aeneas Anderson)已经发表了《英使来华记》(A Narrative of the British Embassy to China),这本书出版的时间和接地气的语言风格使它获得成功。③ 也是在同一年,巴塞尔出版了英文版,在埃尔朗根有了德文版;接着 1796 年出现了第二版英文版、法文译本和第二版德文版。④ 此外需要提到的是《福尔摩斯作为一名警卫出勤期间的日记》(The Journal of S. Holmes, during his Attendance, as one of the Guard)⑤和约翰·巴罗(John Barrow)

---

① 除了惠纳其他 5 位德国人(受查普法尔指导的音乐家们)和一位瑞士钟表制造商查尔斯·亨利·皮耶参加了这次使者之行。请参见克莱默·宾编:《使中国记》,伦敦:朗曼出版社 1962 年版,第 24 页。
② 惠纳译:《英国使节团出使中国和鞑靼部分地区的游记报道》,柏林:弗斯出版社 1797 年版。
③ 约翰·巴罗在他自己的游记报道《中国游记》中把安迭生的书看作一个伦敦书商的一次投机买卖活动,他坚信凭借广大公众对使团之行的兴趣这本书一定会获得收益。克莱默·宾对此次使团之行的所有记录作出了评价(克莱默·宾编:《使中国记》,伦敦:朗曼出版社 1962 年版,第 342—352 页)。
④ 安迭生:《1792—1794 年马戛尔尼勋爵前往中国并从中国返回英国的游记故事》,埃尔朗根:瓦尔特施书店 1795 年版,以及安迭生:《1792—1794 年英国使团中国之行的故事》第七卷:《海陆旅行的新故事》,汉堡:卡姆佩出版社 1796 年版。
⑤ 1805 年的德语版本。

第五章　手工艺术、通俗文学和民间舞台中的欧洲与东亚

的《中国游记》(Travels in China, 1804)。巴罗作为马戛尔尼使团的总管参与了访华之行,后来成为马戛尔尼的私人秘书。尽管巴罗的报道是从中国回国10年后出版的,但欧洲人对它的兴趣几乎没有减弱。1804—1805年在魏玛出版了两卷本的德文译本,也是由惠纳翻译,[1]1805年这部作品被列入《海上和陆地之旅的新历史》(Neue Geschichte der See-und Landreisen)第18卷。[2]

那么公众对这些游记持续感兴趣的原因是什么?我们可以从歌德和阿德尔贝特·冯·夏米索的反应中看到,原因不仅是对异国情调的好奇和喜爱,也是出于对知识的渴求以及在精神上从痛苦的当下逃离到遥远国度的需要。随着莱比锡战役的胜利,拿破仑在德国的统治即将结束,就在这场战役的前几周,歌德从魏玛图书馆借了安迭生、斯当东和巴罗写的关于中国的几本书籍:"我把这个重要的国家收藏并单独放好,为的是有一天在遇到困境时逃离到那儿,正如现在发生的一样。"这是歌德在1813年11月所写的。[3] 夏米索将汉学家柯恒儒(Julius Klaproth:克拉普洛特)视为好友,想要跟着他学汉语。[4] 他肯定是看过使节团的相关报道。

---

[1]　约翰·巴罗:《中国游记》第一部分:1804年;第二部分:1805年(第十四和十六卷是"收有最新最重要的游记的图书馆"和"旨在拓展地理学信息的图书馆")。
[2]　参见安迭生:《1792—1794年马戛尔尼勋爵前往中国并从中国返回英国的游记故事》,埃尔朗根:瓦尔特施书店1795年版和安迭生:《1792—1794年英国使团中国之行的故事》第七卷:《海陆旅行的新故事》,汉堡:卡姆佩出版社1796年版,也出现了为年轻人修改处理过的游记版本,例如《马戛尔尼:使中国记》,赫尔斯曼按照英文编辑了适合年轻人的版本,柏林:徐颇尔出版社1805年版。也有可能是由无名者写的《为年轻人和他们的朋友准备的旅行》第四部分:《纵横中国》,莱比锡:欣里希斯出版社1843年版。
[3]　11月10日的信件:《歌德和克内博尔之间的书信往来》第二卷,莱比锡:F.A.布洛克豪斯出版社1851年版,第105页。
[4]　夏米索:《环游世界:夏米索作品集》第三卷,H.塔尔德编,莱比锡、维也纳:文献研究所,第111页。

在1813年的时候,夏米索在精神上也逃亡到了中国。《彼得·施莱米尔》(Peter Schlemihl)既展现了主人公的愉悦,又揭示了其在自身生存空间里的痛苦。夏米索讽刺般地把自己刻画成一个世界旅行者的形象。

公开发表的版本只是隐含式地介绍了中国:"我站在美丽的稻田和桑树之间……我听到有人用一种奇怪的鼻音在我面前说话。我睁眼一看,有两个中国人,即使我不能辨认他们的服装,但是从他们那亚洲民族的相貌上来看我是不会弄错的。他们按照当地通行的礼节用中国话向我问候。"[1]而初版里则详细描述了七里靴之旅,尤其是对中国的介绍:"我来到中国的长城上,这道壁垒虽不如中国千年以来形成的礼教之术那么坚不可摧,但自始至终都用一种顽强不屈的力量保护着这个历史上既奇特又令人敬畏的民族。我走进这一人口众多的帝国的内部,在这里,每个外来人都会感到不适,我也不例外。"[2]这一段落值得人们注意,因为它用几个关键词概括了人们对中国的一般印象:长城、拥有严格道德秩序、悠久的历史、闭关锁国、人口众多。

在霍夫曼的《跳蚤师傅》(Meister Floh,1822)中,主人公佩雷格瑞努斯对一张写有对于北京这座城市看法的挂图有着浓厚的兴趣,同时他又强烈渴望逃离日常的环境,因此他为自己创造了一个幻想世界:"他非常热切地想要了解关于中国、中国人和北京的一切,只要是他能够获得的。他用心地把不知在哪里记下的中文拼

---

[1] 《彼得·施莱米尔的奇异故事》,载夏米索:《环游世界:夏米索作品集》第二卷,H. 塔尔德编,莱比锡、维也纳:文献研究所,第341页。
[2] 赫尔穆特·罗格:《阿德尔贝特·冯·夏米索的〈彼得·施莱米尔〉的原稿》,载《普鲁士科学院论文集》,1919年版,第450页。

第五章 手工艺术、通俗文学和民间舞台中的欧洲与东亚

音按照描述的样子不断轻唱出来。他用一把裁纸剪刀尽可能地把自己的睡衣剪裁成中国服饰的式样,从最好看的领子开始,以便能够按照中国习俗愉快地在北京街头漫步。"①

很多人在精神上向往中国,然而他们一方面不具备知识能力,另一方面也缺乏想象力。卡尔·弗兰茨·凡·德·维尔德(Karl Franz van der Velde)为这些人撰写了《使者访华游记》(Die Gesandtschaftsreise nach China, 1824)。这部历史小说②的主题是一个虚构的爱情故事,然而在叙述背景事件和描写中国的风景、城市以及生活习惯时,维尔德则使用了安迭生、斯当东和巴罗所提供的真实的旅行素材。小说以中国领航员和官员的船只到达英国时的场景拉开序幕,维尔德巧妙地把对中国和中国人的普遍观点作为讨论对象,并提供了必要的背景信息。叙述者的态度让读者感到强烈的启蒙人文主义色彩。通常他的个人评价是基于惠纳而作出的。

使节团在华一行正如旅行游记中呈现的那样:人们乘坐小舟沿着白河(Pei-ho,即海河)逆流而上,然后经过陆地去往北京,再到长城另一边的承德避暑山庄。使节们被皇帝接见(没有行磕头跪拜之礼)后返回北京,在那里他们收到了被皇帝回绝的消息:不予建立外交关系,不予签署贸易协定。接着他们便急匆匆地几乎是被迫动身离开了北京,在澳门乘船返回欧洲。

维尔德避免用太多百科全书式的细节装点他的小说,而是赋予

---

① E.T.A.霍夫曼:《后期作品》,慕尼黑:温克勒出版社1965年版,第684页。
② 维尔德把这部小说称为"18世纪后半叶的叙事小说",认为其描述的是过去历史,而不是当下事实。

其"诗意般的自由"。不过,通过陈述使节们不得不到处走动的事实,维尔德形象直观地呈现了他们的困境,表明了当时的政治氛围。惠纳也肯定了这部作品。K.A.伯蒂格曾把发表在德累斯顿晚报上的这部小说先寄给在英国的惠纳,请他给出专业点评。惠纳虽然指出了一些不符合中国或英国服装的小细节,但却补充强调:"对于这样一部艺术作品而言,这些只是无关紧要的事。只有教条主义者才要求达到像国情教科般的准确。"①维尔德的小说虽然不是一部"艺术作品"②,但它与早期的"中国"小说相比却相当客观地介绍了中国以及中国人对欧洲的态度。

  小说的不足之处在于虚构的情节部分,至少今天的读者看来是这样。维尔德赋予马戛尔尼一个身着军服的女儿,她爱上了同一艘船上的一位年轻军官,然而帕里什少尉对傲慢专横的阿拉贝拉却没有什么好感,他喜欢的人是一位中国官员的女儿——杨。他先后救了杨的父亲和杨,还把杨从一个不受欢迎的追求者那里解救了出来。经过一些纠葛之后问题得到了解决:阿拉贝拉放弃了帕里什,嫁给了早已爱上她的本森中校,本森也受到了阿拉贝拉父亲的欢迎。帕里什在承德追捕老虎时,拯救了一位位高权重的大臣的生命。③ 作为感谢,杨和杨的父亲被准许离开中国,陪帕里什一起回英国。在杨接受洗礼后,她也获得了阿拉贝拉这个名字,

---

① 维尔德:《作品全集》第七卷,罗伊特林根:弗莱施豪尔与斯普恩出版社1837年版,第456页。
② 然而维尔德受到了同时代人的高度评价,他的作品深受读者的喜爱。1856年他的《作品全集》第五版出版(上面引用的《作品全集》有可能是盗版)。
③ 就捕猎老虎这方面而言,维尔德引用的出处或许源自杜赫德,或者是建立在杜赫德观点基础之上的一部作品。

第五章 手工艺术、通俗文学和民间舞台中的欧洲与东亚

于是4个人在澳门举行了一场集体婚礼。

这个"浪漫"故事的不真实性是显而易见的：马戛尔尼从不可能把一个女扮男装的年轻女孩带到这一重要的外交任务中，①另外他也是没有子女的。再有，对于一个年轻未婚者和出身优越的英国女性来说，一起去广州旅行在当时也几乎是不可能的。帕里什要娶一位中国女人，并且想要把她带回英国，这证明了维尔德开明的思维方式，但并不是他的现实感受。无论如何，他在避免把中国人视为劣等民族的陈腐偏见，也没有把杨塑造为一个"高贵的野蛮人"。他笔下的中国人首先是人，而不是有异国情调的外国人。所以《使者访华游记》这部小说不仅可以使读者得到消遣，而且也能够劝导和教育他们。通过一个惊险刺激的爱情故事，维尔德把读者置于一种紧张的氛围之中，他告诉人们一个历史事件和一个遥远的国度，同时启发人们要有宽容精神，对世界需要有一定的开明意识。

（二）

《日本男人》(Der Japanese)②的作者在撰写这部作品时也参考了历史事实，然而与维尔德不同的是，他并不看重对历史事件的人文主义阐释。在他的手中，历史是一种政治工具，也许是基于这

---

① 此处也可参见胡特纳的评论："小说中最冒险的经历是勋爵的女儿把穿着海军制服的远征探险队一起带来了。"维尔德：《作品全集》第七卷，罗伊特林根：弗莱施豪尔与斯普恩出版社1837年版，第461页。
② 格拉布纳：《日本男人》（又名《魔鬼召唤师》），《卡斯特鲁西奥·卡斯特拉卡尼》（又名《罕见的陌生人》），魏玛：卡尔·格拉布纳出版社1834年版。它们是两部历史浪漫主义小说，作者将自己称为"斯特凡诺·斯波多利诺的作者"，而斯特凡诺·斯波多利诺是一部讲述强盗的文学作品的主人公。

个原因，他只把自己认为是"斯特凡诺·斯波多利诺（Stefano Spadolino）的作者"，并把自己的著作称为"历史—浪漫小说"。这样做显然是考虑到不断扩大的读者群对通俗文学越来越大的兴趣。"浪漫"的属性预示了这是一个伴有迫害、监禁和绑架，同时带有芬芳的花园、黑暗的逃离、危险的恶棍和英雄救世主的爱情故事——《日本男人》并没有辜负人们的这些期望。相反，历史观点可以作为影响读者的一种有效手段：一部廉价的拙劣作品通过这种方式披上了一件值得尊敬的外衣，读者产生的每一种联想与猜测都被历史事实所"证实"。① 这样一部"历史"小说越被当成是真实的历史故事，它的影响就越大。②

《日本男人》就是很好地运用了这种影响读者的方法。在某些方面，正如作者所言，它确实是一部历史小说，它描述了方济各·沙勿略在1549年到达日本，在鹿儿岛市逗留和第一次试图改变宗教信仰而获得的小小成就。浪漫虚构的爱情故事中也包括了一个历史人物：受洗的日本人保罗。此外，作者通过一些脚注来加强保罗作为新闻记者的可信度，在脚注中作者对日本的地理特征和宗教习俗也进行了说明。

书中历史人物的性格、他们的言行举止和行为意图都被有意识地塑造得漏洞百出并带有倾向性。耶稣会士对黄金和权力充满

---

① "（目的是）证明他们道德观点的真实性其实是由历史上记录的事件所证实的……"哈德雷：《未被发现的类型——寻找德国哥特式小说》，伯尔尼、美因河畔法兰克福、拉斯维加斯：彼得·朗出版社1978年版，第66页。
② K.A.伯蒂格在维尔德《弗里德里希王子》的"前言"中解释道，"正如可信的男人想要保证的那样，现在真的有很多不受拘束的历史爱好者，他们只想通过国内外评价褒贬不一的作家的历史剧和小说来获取和掌握整部世界史。"维尔德：《作品全集》第二卷，罗伊特林根：弗莱施豪尔与斯普恩出版社1837年版，第6页。

欲望,传教则作为他们的借口变得无足轻重。为了一己私欲,保罗背叛了他的信仰和朋友。在序言中作者阐述了这个故事应该表明的"道德寓意":"在 16 世纪中叶葡萄牙人试图首先在日本巩固自己的贸易席位,然而他们不仅被荷兰人排挤,而且由于热衷在日本传播基督教(尤其是果阿的耶稣会士),因此也受到了日本人的憎恨。直到现在,基督教在日本也很少见。"①人们得把这一评论和当时在欧洲掀起的一场反对耶稣会士的运动联系在一起。1814年教皇重建了耶稣会,接着有关这一教团的政治分歧就变得尖锐起来。在瑞士,天主教所在的州和新教所在的州之间的对峙日益剧烈,1847 年爆发了所谓的特别同盟战争。卢塞恩决定重新接收耶稣会士,弗莱堡、施维茨、翁特瓦尔登、乌里、瓦莱和楚格州站到了卢塞恩那边。然而特别同盟的主力军战败了,于是耶稣教团从瑞士分离了出去。1848 年在德国的耶稣会士也从德意志联邦的边界被驱逐出去。

1845 年在伯尔尼出版的《人物周刊》(*Volksschrift*)将耶稣会传教士们的影响描述如下:

当教团在欧洲绘声绘色地阐述其利己主义目标时,也在世界的其他地区找到了广阔的田地,用以增加地产和积累财富。为了在这条路上获取利益,巩固和扩大统治,他们不惜采取一切手段……这种政策的后果,也是他们的贪婪和统治欲以及实施各种阴谋诡计导致的后果,通常是他们自己败坏了

---

① 格拉布纳:《日本男人》,魏玛:卡尔·格拉布纳出版社 1834 年版,第 4 页。

基督教的名声,以最丧尽天良的方式使基督徒受到迫害。在有些情况下,例如在日本,对基督徒的迫害致使人们开始彻底根除基督教。①

《日本男人》这部小说要置于一定的历史背景下去理解。小说于1834年在魏玛出版,其反天主教的倾向并不是单个现象:启蒙思想的传播、对耶稣教团的诽谤和贬低,以及德国大量教会机构的世俗化,使得僧侣和天主教神职人员自大约1780年以来在文学中的形象越来越受到蔑视和黑化。② 魔鬼诱骗、恶魔僧侣等成为魔鬼交易者这类题材③下的一个非常受欢迎的主题。正如受到广泛欢迎的惊悚小说——马修·格雷戈里·刘易斯(M.G. Lewis)的《修道士》(*The Monk*,德语,1797)和霍夫曼的《魔鬼的迷魂汤》(*Die Elixiere des Teufels*,1815—1816)。1829年,多产作家卡尔·斯宾德勒(Karl Spindler)又撰写了热门系列《混蛋》(*Der Bastard*)、《犹太人》(*Der Jude*)和《耶稣会士》(*Der Jesuit*)等作品,险恶可怕的僧侣形象逐渐成为几乎所有紧张刺激的通俗小说中不可或缺的组成部分。《日本男人》又名《魔鬼召唤师》,它给出了两种主题的展现形式,异教的流浪僧侣和驱魔师布金都诺

---

① 克里斯蒂安·威廉·格吕克:《耶稣会成立至今的作用,尤其是在瑞士》,伯尔尼:费舍尔出版社1845年版,第36页。
② "从18世纪80年代开始,修道院的故事和修道院的历史介绍又多了起来,它们受到了历史事件的滋养,却总是倾向于诋毁天主教及其制度,或许是为了寻求某种类型的替代体验。"哈德雷:《未被发现的类型——寻找德国哥特式小说》,伯尔尼、美因河畔法兰克福、拉斯维加斯:彼得·朗出版社1978年版,第117页。
③ 参见弗伦泽尔:《世界文学母题》,斯图加特:阿尔弗雷德·克罗纳出版社1980年版,第644—657页。

(Bujendono)有着神奇的力量,拥有和梅菲斯特一样的魔力,然而布金都诺用魔法驱走的魔鬼,却是一个耶稣会士。

故事的历史背景如下:1549年8月15日,方济各·沙勿略(1622年被教皇封为"圣徒")抵达九州萨摩郡的首府鹿儿岛。陪同他的除了神父格梅斯·德·多列[Cosme de Torres,书中:科斯姆斯·图恩西斯(Cosmus Turrensis)]和修士胡安·佛南田[Juan Fernandez,书中:约翰·费尔南杜斯(Johann Fernandus)]之外也有日本人——"拥有神圣信仰的保罗"(Paulus vom Heiligen Glauben)。几年前保罗去过果阿,因为他在日本被指控有犯罪行为,保罗在果阿学习了葡萄牙语,并接受了基督教信仰。萨摩藩的大名(书中:天皇)接待了耶稣会传教士们,并欣然允许他们进行传教和洗礼——大名希望西方商船能驶向他的海岸,他也与佛教僧侣建立了联系,引发了人们的争论。保罗则把基督教教义的最重要准则翻译成日语,但效果不佳。

对此,范礼安神父(P. Valignano)在几十年后解释道:"保罗并不是一个受过教育的人,所以他虽然能够把我们的教义翻译成日语,却翻译得一塌糊涂,这导致了日本人的讽刺和嘲笑。他所表达的和神父所说的并不相符,也与事实相悖。受过教育的人看他写的东西,没有一个不笑的。"[①]尤其是佛教徒对基督徒们越来越敌视,一年时间里只有大约100人接受了洗礼,其中很多是保罗的亲戚或朋友,最后传教士们遭到了大名本人的嫌弃。方济各·沙勿略描述的情况如下:

---

① 詹姆斯·布罗德里克:《上帝的冒险——方济各·沙勿略1506—1552年的生活和旅行》,奥斯卡·西梅尔译,海德堡:F.H.克勒出版社1959年版,第333页。

如果不是僧侣们的阻挠，或许整个国家的人都会信奉基督教，在这个地方我们待了大概一年多。僧侣们让统治国家多个州县的公爵(也就是大名)知道，如果继续让领主封臣们接受上帝法则，那么他将会失去这个国家，他的神像会被民众摧毁和亵渎，因为上帝的法则违背他自己的律法，接受上帝法则的人将会失去对律法建立者的崇敬。僧侣们就这样在公爵那儿成功实现了自己的意图，直到公爵用死刑禁止任何人成为基督徒，并同样禁止人们宣传上帝法则。①

传教士们从鹿儿岛继续前往平户，再从那儿去山口。为了照顾新的皈依者们，保罗留了下来。另外一位叫贝尔纳多(Bernardo)的年轻日本人接替了保罗做口译，他也是鹿儿岛第一位接受洗礼的日本人。② 作者如实地描述了这些历史事实和其他一些细节，但同时也能够通过主要情节的设定，虚构和篡改这些事实。

小说的主要人物是保罗和另外两个虚构人物：保罗的朋友佩德罗(Pedro)和佩德罗的妹妹玛利亚(Maria)，兄妹两人跟随他们的父亲来到日本。当地的神职人员首先作为保罗的敌人出现，因为保罗是从他们的修道院逃往果阿的，他们成功袭击了保罗并把他关押在幽深的地牢里——保罗应该为改变信仰这件事对自己负责，并以此付出生命代价。不过随后形势就发生了改变：在一位

---

① 詹姆斯·布罗德里克：《上帝的冒险——方济各·沙勿略1506—1552年的生活和旅行》，奥斯卡·西梅尔译，海德堡：F.H.克勒出版社1959年版，第349页。
② 参见舒哈默：《方济各·沙勿略传》第二卷，弗莱堡、巴塞尔、维也纳：赫尔德出版社1973年版，第70页。作者也提到了伯纳多，但是把他归入到了和尚一族，因为伯纳多不想和耶稣会士们一起去日本的山口县。

第五章 手工艺术、通俗文学和民间舞台中的欧洲与东亚

年轻僧侣的帮助下,佩德罗成功解救出保罗,这位僧侣是保罗妹妹的爱慕者。①保罗爱着玛利亚,②然而完全被描述为奸诈的骗子和伪君子的耶稣会士却想要撮合玛利亚和皇帝,以此增加皇帝对他们的好感度。

接着,驱魔师登场了——一位隐居山林的日本僧侣或占卜者,③他让保罗有机会看到自己的未来,并承诺如果保罗用布金都诺的名字呼唤他,④他就会帮助保罗。当保罗得知玛利亚在几天之后将会成为天皇的新娘,他真的呼唤了布金都诺:隔天夜里玛利亚就从皇宫里消失得无影无踪。在佛教阿弥陀佛(Amida)⑤的寺庙里,保罗找到了玛利亚。现在僧侣成为他的朋友和保护者,就保罗而言,他愿意说出一切他们想知道的关于耶稣会士的事情。从那以后,保罗经常偷偷地去僧侣那里拜访玛利亚。他的两面表演终于还是被发现了,人们把他带到一艘葡萄牙的船上,把他捆绑住投进了果阿的监狱。在那里人们想要逼迫他承认叛变的事实,并用酷刑威胁他(作者对刑具作了准确描述)。

---

① 和尚和后来玛利亚的爱人一样,属于佛教的一向宗派系(书中是Icko),也就是净土真宗教,它在1224年由亲鸾圣人建立,为神职人员们废除了独身不娶妻这一规定。这一宗派教导人们所有的福气都可以通过阿弥陀佛的慈悲获得,它的寺庙属于日本佛教派中最壮观、最漂亮的寺庙。
② 历史上拥有神圣信念的保罗结婚了,在和方济各·沙勿略一起返回日本的途中,保罗渴望皈依家人。沙勿略从鹿儿岛离开后保罗的命运不得而知,他可能去做了海盗。
③ 这里作者也是依据真实的报道。他显然描述了一名叫山崎(Yama-bushi),被传教士们称为贾马布西(Jamabuxi)的人。这些隐士或者漫游的僧侣们会施魔术,发挥预言家和驱魔师的作用。
④ "Bujendono"是耶稣会士们给山口县的日本殉道者梅尔希奥(Melchior)起的别名。参见莱昂·佩吉:《1598—1651年日本基督教的历史》第一卷,巴黎:查理·D.出版社1869年版,第104和118页以后。
⑤ 这本书的标题页正对着一幅插图,插图是关于"慈悲的阿弥陀佛"的传说:一条狗穿着马戏团服装,嘴里叼着一个轮胎,坐在一匹马上。这匹马站在石棺般的基座上,其中刻有伪日本字符,基座本身位于长方形的石基上。

其间在日本形成了驱魔师和方济各·沙勿略对峙的局面,成为故事的高潮。① 这时的布金都诺不再是可怕的巫师,而是当地一位思想正派的教士,他的先见之明让他对异国的这位耶稣会士进行诅咒:"你应该一直到处流浪,你所有的努力都应该是徒劳的,你的神将会惩罚你,正如你应得的那样,很快就会!"作者通过让佛教徒击败方济各·沙勿略这一安排,最终给圣徒沙勿略刻上了魔鬼的烙印。那些知晓在日本的传教最终以失败告终的读者们,也会通过这种方式受到启发:不成功的原因一方面在于异教徒强有力的诅咒,另一方面要追溯到传教士们在日本肆无忌惮的行为。

现实的情况是不同的。然而直到与日本重新恢复了关系,欧洲才有机会审查真相。外交官兼政治家亚历山大·弗赖赫尔·冯·胡布纳(Alexander Freiherr von Hübner)在日本使节团访欧之际(1871)将禁止基督教和驱逐传教士的历史原因汇集在一起,得出了以下结论:

> 人和事似乎都要跟来自里斯本和波尔图的商人作对,同时也和传教士们作对。僧侣们的仇恨,暴富起来的葡萄牙人那恶意的傲慢无礼,幕府将军对粗野的暴发户们日益加剧的猜疑,一位卡斯蒂利亚贵族不经考虑的言论——他谈到了国

---

① 其实1551年在山口县发生过大规模的公众争论,但这些争论并不是以沙勿略的失利告终:"在新皈依者的帮助下,沙勿略能够对各个教派的教义教规进行整合,从而用他们自己的武器来反驳他们。在争论中沙勿略每天都会抛出一些关于他们教义的问题,再提出论据驳倒它们,这些问题让那些僧侣、比酷尼斯、魔术师和其他反对者都回答不上来……"舒哈默:《方济各·沙勿略传》第二卷,弗莱堡、巴塞尔、维也纳:赫尔德出版社1973年版,第241页。

第五章 手工艺术、通俗文学和民间舞台中的欧洲与东亚

王菲利普二世拥有无法抵挡的力量;西班牙国王夺取并占领了菲律宾,由此增加了日本当权者的不信任感;最后也是最主要的一点是荷兰人的阴谋活动,荷兰人是葡萄牙人当时在亚洲最严酷的敌人和最危险的对手。于是形势发生了骤变:新的信仰先是受到法律的限制,然后部分遭遇迫害,最后是绝对禁止,接受洗礼的人将面临死亡。①

《日本男人》这部小说另外的五个章节全部发生在异教的环境中:在"善良的阿弥陀佛"的寺院里和一座宫殿城堡里。② 被佛教徒们隐藏起来的玛利亚爱上了一位给她上语言课的年轻僧侣,佩德罗则爱上了一位日本骑士的女儿。他们两个都认为,"在日本的好人之中生活比在果阿幸福,在这里神圣的宗教法庭和寺院为他们打开了大门"。佩德罗和他的爱人在一次地震中丧生了,玛利亚则被她的僧侣救了出来。一个朋友帮着保罗从果阿逃走了,当保罗最终回到鹿儿岛的时候,耶稣会士们继续游历。保罗寻找着玛利亚,然而他已经失去了她——玛利亚更喜欢的是那位僧侣,在这种情况下保罗去了都城,自己也成了一名僧侣。

虽然小说在情节上把激动人心的事件穿插整合了起来,但是

---

① 亚历山大・冯・霍伯纳(Alexander Freiherr von Hübner):《环球漫步》(*Ein Spaziergang um die Welt*)第二卷,莱比锡:O.T.魏格尔出版社1875年版,第319页。
② 在这里,作者也为了他的目的改变了教会的来源。这里涉及移筑城堡,就是沙勿略(可能保罗作为口译员和他一起)前往的地方。"距离萨摩省西北部的鹿儿岛有6英里",它是"岛津地区最强大的要塞之一,防御工事分布在几座丘陵上"。舒哈默:《方济各・沙勿略传》第二卷,弗莱堡、巴塞尔、维也纳:赫尔德出版社1973年版,第117—118页。沙勿略在那里能够为15个人举行洗礼,其中有城堡所有人的儿子和管理员的女儿。

在人物刻画方面却显得苍白无力,对人物的行为方式和心理动机分析得也较为肤浅。保罗对玛利亚徒劳的争取让读者无动于衷,玛利亚表现得就像一个被其他人牵着鼻子走的傀儡,布金都诺则是一位日本天神。没有一个人物会赢得读者的同情,因为所有人的眼里都只有自己的利益。只是在描述方济各·沙勿略和耶稣使团的时候,人们的同情心才会被唤起,仇恨让作者在这里描绘了一幅虽然阴暗,但却鲜明生动、让人印象深刻的景象。

对方济各·沙勿略的生平有着很好的了解,又强烈拒绝耶稣使团和天主教会,如果把这些线索结合在一起,那么人们可以假设,作者就是一个叛教者。凯泽尔(Kayser)的《百科词典》(*Bücher-Lexikon*)指出《日本男人》的作者是"Axur"①,这是一个笔名,隐藏其后的是卡尔·弗里德里希·格拉布纳(Karl Friedrich Gräbner)。1832年格拉布纳出版了《1809—1828年的叛教者和耶稣会士》(*Der Renegat und die Jesuiten in den Jahren 1809/28*),并未标记自己为作者。卡尔·戈德克(Karl Goedeke)对其作了以下说明:"1786年2月16日出生于圣彼得堡,哲学博士,1812年作为陪同家庭教师到了法国南部,1813年在俄国服兵役,然后作为家庭教师在库尔兰和圣彼得堡生活了几年,自1821年以来在魏玛做自由学者。"②至于格拉布纳是不是《日本男人》所在的卡尔·格拉布纳

---

① 凯泽尔于1834年记录了《日本男人》和《多米尼加人的修道院院长》(又名《塞尼尔的可怕风雷》)。后面一本小说也在魏玛的卡尔·格拉布纳出版社出版。凯泽尔:《百科词典》第七卷,格拉茨:学术印刷出版社1969年版。
② 戈德克:《德国文学史概论》第十卷,德累斯顿:L.艾勒曼出版社1913年版,第251页。内含格拉布纳的出版物的准确目录(第251—252页)。格拉布纳大部分的娱乐小说和叙事小说并不是以他自己的名字出版,说明这些出版物经常越界——它们超越了通常而言被视为好风格或者好语言的界限。他的小说《多米尼加人的修道院(转下页)

第五章　手工艺术、通俗文学和民间舞台中的欧洲与东亚

出版社的所有者,还无法确定。

不言而喻,这本书无助于促进教派之间更好地相互理解,然而即使是作为有关日本的信息来源,它也是毫无价值的。如果以后读者不再满足于激动人心的情节,那么日本给人们的印象依然是一个令人捉摸不透的危险国家,很难让人产生好感。

有趣的是,大约 80 年后,日本的一位知名作家使用了一个类似的母题组合——方济各·沙勿略到达日本,魔鬼拥有僧侣的外形,基督教传教失败等,把它们加工改编成了一部短篇小说。芥川龙之介(Ryunosuke Akutagawa)以讽刺传说的形式撰写这部短篇小说,把它称作《烟草与魔鬼》(Der Tabak und der Teufel, 1916),不过比魔鬼如何种植烟草,如何被一个聪明的日本小农民捉弄欺骗这些故事更重要的是,故事里穿插了一些模棱两可的注释。

天文十八年(1549),经过漫长的海上航行,有着僧侣外形的魔鬼跟随方济各·沙勿略安全抵达日本。魔鬼之所以能够把自己变成一个僧侣,是因为整个队伍所乘的那艘黑船在澳门——或者在其他可能的地方,重新出海航行了,没有人注意到真正的僧侣还在岸上。到那个时候一直把尾巴缠绕在船的横杆上,头挂在上面向下低垂着的魔鬼,暗暗地观察着船上所发生的一切,接着他迅速地变成那个人的外形,从那以后就从早到晚兢兢业业地为神圣的方济各效劳。然而当他到达日

(接上页)院长》甚至被收录到了《德国色情图书馆》里,然而却被指出是一部"相当温和"的作品。雨果·海恩、阿尔弗雷德·N.古藤德尔夫:《德国色情图书馆》第一卷,慕尼黑:乔治·穆勒出版社 1912 年版,第 157 页。

本时却不得不承认,他在欧洲读到的马可·波罗游记里对这个国家的描述并不是完全正确的,书中写到日本有大量的黄金,然而无论他怎么环顾着找就是什么都找不到。①

虚伪又充满黄金欲的魔鬼,以僧侣的外形成为方济各·沙勿略勤奋的奴仆。

然而这里又有一个甚至是魔鬼也无法解决的难题,还没有出现他真正能够诱惑的人。毕竟方济各·沙勿略刚刚到达日本,在传教活动展开之前,很难找到皈依基督教的人。②

接下来就是根据被骗的魔鬼这一欧洲童话模型改编而成的烟草的故事,③不过最后芥川龙之介回归到了文化批判上面:17世纪随着日本对基督教禁令的实施,魔鬼消失了,然而随着日本对西方的开放,魔鬼第二次来到了日本。

芥川龙之介写作的时代正是日本在经历过强烈西方化和现代化时期后回归自己传统的时代。在两次分别对战中国和俄国的战争中,日本都是战胜国,也是第一次世界大战的胜利者。《烟草与魔

---

① 芥川龙之介:《复仇之旅》,柏林:民族世界出版社1973年版,第7页。精选短篇小说和故事,作品的出版、翻译和附言都由尤尔根·贝恩特所作。
② 同上书,第8页。
③ 烟草也是欧洲人引进和推广的,烟草消费扩展得太快所以被政府禁止使用。1615年理查德·科克斯在他的日记中写道:"看到这些日本人,男男女女包括孩子都沉迷于饮用这种烟草,感觉很奇怪,距它第一次投入使用还不到十年时间。"(库珀:《他们来到日本——关于日本的欧洲报道选集1543—1640》,伯克利、洛杉矶:加利福尼亚大学出版社1965年版,第242页)

第五章　手工艺术、通俗文学和民间舞台中的欧洲与东亚

鬼》反映了日本重新获得的自信心。与格拉布纳相反的是，芥川龙之介对严重诽谤耶稣会士的行为给予了谴责，他嘲笑的对象也根本不是天主教或基督教，对他而言，方济各·沙勿略、魔鬼和烟草象征着西方文明的优劣和对欧洲文化的矛盾心理："随着南方野蛮人的神的到来，他们的魔鬼也来到了我们这里，随着欧洲好的一面的到来，同时我们也引进了它不好的那一面，没有比这更自然的事了。"[①]

《使者访华游记》和《日本男人》都是19世纪德国通俗文学中的特例——德国当时并不属于从事航海业的国家，也没有海外殖民地，和东亚又很少有直接联系。比起中国或日本，异国冒险小说中更经常选择的发生地是美国：很多德国人、奥地利人和瑞士人都会去美国旅游或者移居到那里。虽然弗里德里希·格斯塔克尔（Friedrich Gerstäcker）在《环游世界》系列中出版了《中国卷》（1848），其中的旅行游记"被视为中篇小说"（作者在前言中这样说），然而这本书更多的是其教育功能而不是供人娱乐消遣。1882年《环游世界》的第五版修订版出现，带有以下副标题："对民族学和地理学的自由描绘，用来补充和指导整个地理教学，供老师、学生和所有地理学方面的朋友使用。"最后是卡尔·梅（Karl May）为通俗文学重新发现了中国：他于1880年出版了《江陆》（*Der Kiang-lu*），1888年出版了《康奎，荣誉之言》（*Khong-Kheou, das Ehrenwort*），最终于1892年出版了《紫红色的玛土撒拉》（*Der blaurote Methusalem*）。和凡·德·维尔德一样，卡尔·梅把对民族地理学的描写和到内地的一段冒险旅程结合在了一起。与此相反，日本对德语"民间作

[①] 芥川龙之介：《复仇之旅》，柏林：民族世界出版社1973年版，第6页。

家"而言暂时还是一个白点,20世纪下半叶出现的少数"日本"短篇小说是由真正参观过日本的作家撰写的,①应该在一个单独的章节里对其进行论述。

三、中国的施塔伯勒②和日本的瑞士:民间戏剧中的远东情结

18世纪在宫廷和大城市里广为流行的中国芭蕾舞剧、歌剧、化装舞会和其他舞会到了19世纪也依然受到人们的重视,尤其是德国南部地区、奥地利和瑞士的天主教地区一直延续着这种传统。也是在这些国家和地区,巴洛克风格的耶稣会戏剧达到了其最辉煌长久的鼎盛时期。③ 然而这些表演和节庆活动后来却渐渐失去了其自身独有的特点,它们从专属贵族的娱乐项目变成了面向大众的表演,独具魅力的中国风节目如今成了低俗的喜剧。"在18世纪初,也就是1700年左右,人们对舞台上的中国人还是由于不了解而觉得好笑,然而到了1800年,这种笑已经演变成一种带有不接受性质的轻蔑的笑。重新活跃起来的是这样一种文学传统,

---

① 在法国和英国不同:法国作家朱迪特·戈蒂叶按照"中国"小说《龙之帝国》(1869)撰写了两部"日本"戏剧和叙事小说以及一部长篇小说《太阳的妹妹》(1875)。法国小说家儒勒·凡尔纳1879年发表了《一个中国人在中国的遭遇》,1881年它的德文版也得以出版。关于英国的情况以及"英国小说文学涉及的地域之广",参见理查德·武尔克:《英国文学史》第二卷,莱比锡、维也纳:文献研究所1907年版,第373页。
② 施塔伯勒(Staberl)是古维也纳民间滑稽剧中一位站立的人物,一般以维也纳中产阶级市民的形象出现。——译者注
③ 黄成甫在《一个世纪以来中国对法国文学的影响(1815—1930)》中给出了法国诸如此类的活动列表,巴黎:多马特·蒙切雷斯蒂安出版社1934年版。关于德国的情况,可参见国家城堡花园的管理展览目录:《中国和欧洲——17、18世纪欧洲对中国的理解和中国风》,柏林:哈特曼兄弟出版社1973年版,第122页以及339页以后。以及威利·R.伯杰的著作第五章《关于启蒙时期欧洲对于中国的接受》(正在出版),伯杰也探讨了中国原版戏曲《赵氏孤儿》的接受情况。

第五章　手工艺术、通俗文学和民间舞台中的欧洲与东亚

它以荒诞的方式把中国人塑造为非欧洲的陌生人形象,中国人扮演着有趣可笑的角色,并最终以这种方式成为大众打发时间的一种消遣方式。"①下面将通过选取的例子形象地说明,哪些中国式的娱乐形式——在19世纪下半叶也有日本式的——获得了大众的青睐。

(一)

1812年荷兰尼特(nuthisch)舞者协会在索洛图恩上演了一场引人入胜的芭蕾舞剧《中国皇帝》。作为当晚演出的结束舞,这场芭蕾舞剧受到18世纪"尊孔"思想的影响,根据一个"真实"的传说改编而来,②内容如下:

伟大的立法者和哲学家孔子预见自己马上要离开人世,就让人为自己作了一幅画像,并立遗嘱让他的弟子把这幅画交给皇帝。孔子要求皇帝,日后大婚时应该把所有漂亮的女子都召集来,并把她们带到孔子的画像前,让她们对爱起誓。如果画像在女子们起誓的时候一直保持严肃,就表明她们是发自内心真诚地爱着皇帝,但是如果画像笑了的话,则证明她

---

① 国家城堡花园的管理展览目录:《中国和欧洲——17、18世纪欧洲对中国的理解和中国风》,柏林:哈特曼兄弟出版社1973年版,第121页。
② 这个传说在欧洲早已众所周知。奥利弗·戈德史密斯曾这样描述它:"但是在东方世界所有的奇迹中,最有用,我想也是最令人赏心悦目的,应该是老子的镜子,它能够反映出人的思想和身体。据说楚思皇帝曾经让他的妃子们每天早上在她们的头部和胸前戴上一副这样的眼镜:当贵妇人梳妆的时候,他经常会从她们的肩膀上看过去。据记载,在皇帝后宫的300人当中,没有一个人的心灵比她本人还要美。"(坎宁安编:《奥利弗·戈德史密斯作品集》,伦敦:约翰·默里出版社1854年版,第238页)

们只是出于私益才想嫁给皇帝。①

当然,这种做法只是欺骗皇帝而已,但这里想说的是,正是儒家思想使得"灵魂和道德之美"最终能够战胜虚伪和邪恶。② 这是一部无论在字面意义还是象征意义方面都贯穿着儒家精神的戏剧作品。

然而不久之后,无论是在公共生活还是在文学作品中,中国和中国人的形象都发生了变化。1787 年赫尔德这样描述中国人:"中国人仍然是一个天生小眼睛、塌鼻梁、扁额头、少胡须、大耳朵和大肚子的民族。"③这种观点在 19 世纪构成了对中国的普遍偏见。中国被视为落后的国家,中国皇帝是滑稽可笑的人物。

1826 年赫尔曼·赫尔策斯库罗恩(Hermann Herzenskron)在维也纳出版了闹剧《皇甫夫》(Hoang-Puff),④剧中故事发生在中国浙江省皇甫夫的宫中花园。皇甫夫是一个固执、狭隘并且脾气暴躁的人,也是一位行政长官,在生活中总是担惊受怕。一位来自印度斯坦的占星学家告诉皇甫夫,他能不能过好日子取决于纳里阿——纳里阿的父亲曾把土地批送给了皇甫夫。所以本应被判处死刑的纳里阿获得了赦免,并且可以娶欧阿丽为妻,而欧阿丽其实是皇甫夫自己想要纳入后宫的女子。此外,纳里阿还被提拔为政

---

① 1812 年 10 月 22 日在索洛图恩演出的剧院宣传海报。
② 海报除了介绍了内容还详细描述了芭蕾舞剧的两幕。创作者是萨科,音乐来自科林。
③ 约翰·冯·穆勒编:《约翰·哥特弗雷德·赫尔德全集》第一卷,卡尔斯鲁厄:德国经典作家出版社 1820 年版,第 10 页。
④ 赫尔策斯库罗恩:《戏剧性的小事》第一卷,维也纳:滕德勒和冯曼斯坦 1826 年版,第 63—103 页。按照法语版编写而成。

第五章 手工艺术、通俗文学和民间舞台中的欧洲与东亚

府高官。1826年1月,约翰·内斯特罗伊(Johann Nestroy)在布尔诺登台出演了皇甫夫这一角色,或许这是他扮演的第一个"中国人"角色。然而剧情却清楚地表明,戏剧家和民众几乎区分不出哪些是中国人,哪些是日本人,哪些是土耳其人或者哪些是波斯人,对他们而言,这些人都是让人觉得好笑的"外国人"。伯恩哈德·古特(Bernhard Gutt)对内斯特罗伊在《熊和巴萨》(Der Bär und der Bassa)①中扮演的阿里·哈奇(Ali Hatschi)这一角色进行分析时,就谈到了这些人物形象的模糊性:

> 瘦长的身躯,穿着盖过膝盖的宽松扎脚灯笼裤,光滑圆润、石膏塔般隆起②的额头,动作忸怩而机械,空洞的假笑和幼稚的善良构成了一个如此让人忍俊不禁的滑稽形象,在内斯特罗伊先生出演的第一个场景中,观众只是看他一眼便已经笑得停不下来。③

1829年在格拉茨,内斯特罗伊需要作为施塔伯勒④在《施塔伯勒的冒险游记》(Staberls Reiseabenteuer)中再次扮演中国人,这是

---

① 《阿里·哈齐——巴萨·莎哈巴巴哈姆花园的守卫》,载《熊和巴萨》,依照抄写员编排的滑稽戏。(1844年版或者其他常见版本)
② 人们当时不仅称庙宇建筑物为"塔",而且也称大部分蹲坐着的大肚子半裸佛像为"塔",这些佛像起初由迈森的陶瓷,后来则由石膏制成。那些所谓的"摇晃塔"可以用它们的脑袋点头。也可参见上面赫尔德对中国人的描述。
③ 转引自奥托·隆美尔(Otto Rommel):《约翰·内斯特罗伊》,维也纳:安东·施罗尔公司1930年版,第190—191页。维也纳民族滑稽剧历史的一篇文章。
④ 维也纳雨伞制作商这一形象是由阿道夫·鲍尔勒在他的作品《维也纳公民》(1813)中塑造的。关于该人物的剧作以及剧作中的主人公,请参见隆美尔:《约翰·内斯特罗伊》,维也纳:安东·施罗尔公司1930年版,第81—92页、135—158页。

"所有施塔伯勒系列版本(Staberliaden：把施塔伯勒作为中心人物的戏剧)中最成功的一个"。剧情是这样的："施塔伯勒和提洛尔人汉斯决定度过一个愉快而有趣的晚上，于是化装成中国人去参加舞会。在那里他们遇到了克乌因特勒(Quinterl)女士。克乌因特勒女士是紧紧跟随着自己的丈夫出来的，因为她的丈夫没有寄钱给她。克乌因特勒女士在舞会上认出了自己的丈夫施塔伯勒，自己也被舞会的客人认了出来。因为每个人都知道著名的施塔伯勒，所以人们把写有施塔伯勒和他妻子名字的牌子悄悄地挂在了他们的后背上。一个中国男孩——后来施塔伯勒发现是他自己的儿子可可，通过影射施塔伯勒的家庭生活把施塔伯勒嘲弄了一番。在被儿子拆穿以后，施塔伯勒非常懊悔，许诺以后会端正自己的品行。"[1]在内斯特罗伊的一出戏——"原始魔法游戏"《困惑的魔术师或忠诚与轻浮》(*Der konfuse Zauberer oder Treue und Flatterhaftigkeit*, 1832)中，他通过使用"汉字"的文字游戏，而不是设置人物形象来表现主题。魔术师施玛夫(内斯特罗伊扮演)有一个听起来是中国人的名字，其实是法语：我不在乎(Je m'en fous)。"高米福"(Comifo, comme il faut)对施玛夫说："我叫'施玛墨克'(Schmamock, Je m'en moque)。谁最后起名，谁的名字最好。"[2]施玛夫的对立角色是孔夫子·斯托克菲希(Konfusius Stockfisch)，虽然他是一名海盗(文策尔·肖尔兹 Wenzel Scholz 扮演)，也是一个

---

[1] 隆美尔：《约翰·内斯特罗伊》，维也纳：安东·施罗尔公司1930年版，第142页和145页。
[2] 弗兰茨·H.毛特纳编：《约翰·内斯特罗伊的喜剧》第一卷，美因河畔法兰克福：岛屿出版社1967年版，第172页。

第五章　手工艺、通俗文学和民间舞台中的欧洲与东亚

愚蠢又充满困惑的人,但施玛夫却因为他有魔戒而依附于他。①

奥托·巴兹尔(Otto Basil)注意到了内斯特罗伊在这里运用的技巧:"内斯特罗伊以精湛绝伦的技巧灵活运用着带有讽刺意味的汉语拼音组合技术,古老的维也纳民间戏剧经常使用这种姓氏拼音组合法。"②在他看来,《困惑的魔术师》是"一部已被列入早期杰作的珍品"。③

1836年在汉堡多次上演中国的"唱歌滑稽表演",它就是继索瓦奇之后路易斯·安吉利的《突塔突王子》(*Prinz Tu-Ta-Tu*)。故事发生在北京一个宫殿内,官员考特顺的女儿顾路里在观看一名滑稽演员的表演时,爱上了他。顾路里为自己喜欢上一位滑稽演员而感到羞愧,但这位滑稽演员其实是鞑靼的王子突塔突:"唉,可恶的滑稽演员,为什么在一个大部分男人长得像猴子和塔庙的国家,你却长得如此好看!"④突然,突塔突王子发生了意外,他被带到一脸震惊的顾路里那里,不过这次意外是王子为了能够和顾路里说上话而人为制造的。在王子和顾路里独处时,王子彻底拜倒在顾路里的脚下,但却被顾路里拒绝了,于是王子坦白了自己的真

---

① 除此之外,剧中只在一首歌里提到了"中国人"的女性服饰(第154页):女性的个性能够在时尚领域呈现在所有人面前/从一个极端到另一个极端/以前她们的衣袖怎么宽松都不为过/进门的时候只能从侧门进/现在她们则穿着紧身的衣服,没有褶边,也没有多余的装饰/好像从她们的胳臂下面可以取出一根烟管/她们以前的发型非常平整光滑/现在却又沉迷于自由不羁的大卷发。
② 巴兹尔:《约翰·内斯特罗伊的自我见证和图片文献》,汉堡附近的赖因贝克:罗渥特出版社1967年版,第76页。
③ 同上书,第77页。"因为肖尔兹在第二次演出后生病了,需要由卡尔代替,所以必须尽快把海盗这个角色改成施塔伯勒,因为维也纳人喜欢把卡尔这位演员和鲍尔勒深受大众喜欢的雨伞制作商这个角色等同起来"(第77—78页)。
④ 安吉利:《突塔突王子》,载《最新搞笑剧》第一卷,汉堡:杂志书店1836年版,第258—259页。1886年这部剧作在柏林作为狂欢节舞台上的第55号节目上演。

实身份,两人便相拥在了一起。在突塔突 17 个月大的时候,他就已经因为叛国罪被中国皇帝卡卡候放逐了。现在这位中国皇帝命令所有的外国人必须把他们的右耳存放在海关那里,否则他们将会失去两只耳朵。为什么会这样?因为中国皇帝唱歌不好听,他的歌唱老师给出的解释是他没有足够的耳朵聆听!——这时官员考特顺(顾路里的父亲)来了,突塔突就躲到了一个大的茶树瓶里。顾路里的父亲告诉她,皇帝幻想自己的鼻子上坐了一只赶不走的苍蝇,所以顾路里应该在皇帝面前唱歌。最后,突塔突帮助皇帝摆脱了那只苍蝇,并发现它其实是一只金龟子。突塔突也因此被任命为"气味工具独立制造者",同时可以迎娶顾路里。

显然,这些剧本听起来很是愚蠢无聊,然而事实上我们却不能只根据台词对其进行评价。"如果想要了解当时的人为什么对这些戏剧着迷,那么就必须考虑到演员的表演这一不可忽视的因素……这些剧给那些只读过剧本的人留下的印象只能是毫无灵性的感觉,而我们要通过技术风格去了解人物的个性,而不是仅通过那些无从感知的'内容'。"① 演员通过艺术表演使中国皇宫的贵族和达官显贵们起到了隐喻和讽刺当代政治气候的效果。情节虽然幼稚无意义,然而"尽管如此肤浅,观众们却非常喜爱,他们不仅能体会到表演上的,也能意识到政治上的细微差别"。②

---

① 隆美尔:《约翰·内斯特罗伊》,维也纳:安东·施罗尔公司 1930 年版,第 79 页。
② 巴兹尔:《约翰·内斯特罗伊的自我见证和图片文献》,汉堡附近的赖因贝克:罗渥特出版社 1967 年版,第 27 页。相关内容也可参见罗泽:《中国作为德国反响的象征:1830—1880》,载罗泽:《看东方——歌德晚期作品及十九世纪德国文学中的中国形象研究》,舒斯特编,伯尔尼、美因河畔法兰克福:彼得·朗出版社 1981 年版,第 90—129 页。

第五章 手工艺术、通俗文学和民间舞台中的欧洲与东亚

除了这些滑稽剧和荒诞剧,观众们一如既往地沉迷于中式的狂欢。例如,1835 年在慕尼黑或 1836 年在柏林的狂欢节,不过"中式"的精彩表演并不仅限于舞会、芭蕾舞剧和荒诞的舞台剧。"皮影戏"(Ombres chinoises)在 18 世纪就已经很受欢迎了,例如 1774 年 9 月 27 日艺人让·约瑟夫侯爵(Jean Joseph Marquis)在法兰克福说道:"这是中国人发明的新剧种,是他们的一种娱乐形式。这种源自北京的艺术形式精彩绝伦、独一无二。"① 除此之外,还有"中国人的火光魔法"②或"冒险神秘的"晚间娱乐——例如"物理魔术师"布齐格(Bouzigues)的那些表演。

布齐格答应在北京的宫殿表演一个夜晚,除了表演《梅斯梅尔的指甲》《阿斯摩太的手绢》和《印度人的水盆》这些节目以外,也上演了《中国三角形》。③ 魔术师约翰·方济阿(Johann Fangier)除了展示《娱乐物理》外也表演了一个节目——《中国彩票,或者如何能够中彩票》。④ 当英国人发动的鸦片战争成为头条新闻时,当代史甚至被人们搬上了舞台:"英国登陆中国"是"中国舞蹈哑剧"

---

① 出生于意大利的马奎斯很可能是歌德 1773 年在法兰克福看到的皮影戏表演者,他激发了歌德创作文学作品《普兰德斯威伦的最新鲜事》的灵感。在巴塞尔,马奎斯甚至获得了当局的权威证书——为他"在所有机械艺术品方面获得的新的关于中国人的轰动性新闻,观众报以热烈的掌声和欢呼",参见马克思·费尔:《瑞士流动剧团》,载《瑞士戏剧文化协会第十八届年鉴》,1948 年版,第 70、130 页。
② "物理学家"菲利普在维也纳上演了这些剧(巴兹尔:《约翰·内斯特罗伊的自我见证和图片文献》,汉堡附近的赖因贝克:罗渥特出版社 1967 年版,第 75 页)。1840 年在索洛图恩上演的"巫师之夜"以一场"中国人的火灾"结束。1856 年 4 月,在索洛图恩正值卡尔·马利亚·冯·韦伯的歌剧《稀世珍宝》(Pretiosa)上演之际,观众预先看到了整个剧院的大型灯光照明与透明的中式灯光。
③ 根据 1849 年 1 月 1 日在索洛图恩上演的戏剧海报。
④ 根据 1834 年 10 月 7 日在索洛图恩上演的戏剧海报。

的主题。① 在所谓的民族舞晚会的节目单上,通常不会少了中国。在索洛图恩(1840年左右)举行的一场演出的最后,"以卡尔·普莱斯(Carl Price)和布鲁纳(Brunner)为代表的舞者家族"表演了一场滑稽讽刺剧——《四个中国人和一个五岁小官员的滑稽舞剧》。② "中式"舞蹈穿插于歌剧中,这一在18世纪广泛流传的做法依然活力不减。③ 后来,在音乐、舞蹈和杂技的联合演出和马戏团表演中甚至出现了真正的中国人和日本人。④

不管是英国与中国的战争还是1848年的革命都阻碍不了"中式"娱乐活动的流行。1856年在维也纳,内斯特罗伊再次扮演了一个中国人,在歌舞即兴闹剧(Gelegenheitsposse)《文策尔·肖尔兹和中国公主》(Wenzel Scholz und die chinesische Prinzessin)中,内斯特罗伊扮演了一名清朝官员,同时他自己也是该剧的导演。雅克·奥芬巴赫(Jacques Offenbach)的《巴—塔—克兰》(Ba-ta-clan)在国际上获得了成功。1855年末,这部"中国风音乐喜剧"在巴黎举行了首映,1860年在维也纳被改编为《秦钦》(Tschin-Tschin);1865年在英国从这部剧中又衍生出了《青州海或一个破碎的中国》(Ching-Chow-Hi or A Cracked Piece of China)。法语原

---

① 这部哑剧作为戏剧之夜的压轴节目,于1844年5月在索洛图恩上演,在这个戏剧之夜也上演了喜剧《赫尔戈兰德的求婚》。
② 根据戏剧海报上的公告。
③ 在歌剧《稀世珍宝》演出中,第一幕上演的是"由穿着中国服饰的5个孩子表演的中国舞",4天以后(也就是1856年4月17日),在表演完魔法童话"阿尔卑斯山女王"后应很多观众的要求又增加了"由5个孩子表演的中国舞"。
④ 1872年一个大型的"中美艺术家协会"在索洛图恩进行了访问演出。1867年出现在巴黎的杂技演员可能是第一批日本杂技演员。泰奥菲尔·戈蒂耶评论了这一轰动性表演。

第五章 手工艺术、通俗文学和民间舞台中的欧洲与东亚

著是这样描述齐格弗里德·克拉考尔(Siegfried Kracauer)的:

> (我们)在费尼罕的宫中,统治着27位臣民,一场针对费尼罕的谋反正在进行——因为不懂中文,他把5位本该得到特别奖励的市民刺死了,事实证明费尼罕是一位法国人。柯奇卡柯(Ke-ki-ka-ko)和范尼奇顿(Fe-an-nich-ton)两位在海上遇难的巴黎人也认出了彼此,并成为费尼罕的随从。这两个人一个是误入歧途的花花公子,一个是无所事事的小调歌手,因为极度想念家乡的晚餐和歌剧舞会所以决定逃跑,不过都以失败告终。在费尼罕和两位随从之间发生了激烈的争论,费尼罕自己要求返回法国,此外他极度害怕一直监视着自己的反叛者,以至于他要冒险推进同胞的计划。柯歌莉珂(Ko-ko-ri-ko)作为反叛者的头目和卫队队长——奥芬巴赫再次使用了4个人物——也暴露了自己是法国人的身份,因为他想要夺走费尼罕的王位,所以允许3个人偷偷逃走。①

内斯特罗伊在维也纳扮演皇帝秦钦这一角色,他是绮丽诺兰(Che-ni-no-nu)的统治者。根据奥地利《国外新闻报》(Fremdenblatt)当时一位负责人的评价,"能歌善舞的中国人不仅能给人带来娱乐享受,也能导致最尖锐的政治与社会灾难"。② 内

---

① 克拉考尔:《雅克·奥芬巴赫和他所处时代的巴黎》,美因河畔法兰克福:苏尔坎普出版社1976年版,第155—156页。
② 隆美尔:《约翰·内斯特罗伊》,维也纳:安东·施罗尔公司1930年版,第329页。那里也有内斯特罗伊扮演秦钦时所戴面具的图片(第672页)。

斯特罗伊的装扮展示了东方人的混搭着装风格：长辫子,尖头帽,带有宽大袖子的中式上衣,扎脚灯笼裤和尖头鞋。几年以后乔治·尼德迈耶尔(Georg Niedermayer)在慕尼黑接管了奥芬巴赫的舞台背景,并把它继续用于对施塔伯勒小说的编排策划上。① 在《施塔伯勒在中国》[*Staberl in China*, 又名《天堂之子》(*Der Sohn des Himmels*)]中,施塔伯勒在北京被卷入一起反对秦钦皇帝的阴谋案中,后来施塔伯勒被关押起来,不过他假冒勋爵泄露了那起阴谋。最后,施塔伯勒认出了皇帝——他其实是自己的同胞普阿特。当中国人自相残杀的时候,施塔伯勒和瑟伯尔已经踏上返回维也纳之路。

如果不考虑那些让戏剧充满异国情调的布景和服装的话,那么其实这部剧中的插科打诨和人物之间的对话比较少,它们的滑稽可笑建立在"汉语"的基础之上。剧中人物的名字虽然使用的是充满诙谐想象力的汉语,但却缺乏真正的语言幽默。当演员们呼唤"神圣的孔子"时,他们说的是"Grüß Dich der Fohi"而不是"Grüß Dich Gott",这应该不会让观众发出笑声。② 显然,中国之所以被选为故事的发生地,是因为这样会对君主政体和大德意志的想法进行讽刺性的影射。③

---

① 不确定乌尔里希·冯·德图什的喜剧《作为中国人的斯塔布尔》(1853)是否上演,但没有出版。
② "Fo-hi"是欧洲传教士引入的一个佛教术语。
③ 众所周知,在俾斯麦帝国前后,有一个强大的政党想要尽可能地统治所有德语地区。"大德意志的主要支持者是奥地利的代表,(南德)中小国家的联邦主义者和地方主义者;1866年德国战争结束后,大德意志主义的思想变为南方联盟(南方联盟计划)及其与奥匈帝国(作为领导者)和北德联邦的联盟计划。在俾斯麦领导的德国,大德意志的想法体现在将天主教营地作为中心。"(迈耶尔:《百科全书》第十一卷,曼海姆:书目研究所1974年版,第49页)

第五章 手工艺术、通俗文学和民间舞台中的欧洲与东亚

中国在这里象征着德国——市政府议员夫兹布姆在剧开始时这样描述他和他同胞的性格:"九点钟?我这边才两点半!① 好像我的表走得慢,不过没什么事儿,我们中国人就是远远落在后面,一点小事对我们来说从来都不重要。"②"鸦片制造厂老板"费兹利和夫兹布姆、制刷工塔姆库阿木以及"干李子商贩"布兹利策划了一场军事政变,费兹利不是最聪明的,他大呼秦钦必须倒台。不过万一没成功怎么办?费兹利的同谋者则叫嚷道:"那么他就留下。"接着费兹利说:"谢谢你们,高尚的人民的朋友!我理解你们中国人的思想;我能够看出,真正的中国魂在你们心中还没有死去。"

要求把维持稳定作为公民首要义务的皇帝在民众之间不怎么受欢迎:

> 秦钦:伏特琼先生,我允许我的臣民让我活下去。不跟着一起喊的人将会被绞死。(伏特琼给了一个手势。)
>
> 人民(相当疲倦无力):秦钦万岁!
>
> 伏特琼:陛下可以根据臣民的欢呼声和他们的热情衡量他们对您的爱。

---

① 巴伐利亚语的表达是:不太理智,落后。
② 尼德迈耶尔:《施塔伯勒在中国》(又名《天堂之子》),慕尼黑:人民青年文学出版社、奥托·曼兹出版社。一部包含凶杀案的历史歌剧(一种德国特有的带有说白的歌剧),分为四幕。中间插入的《一场异教恶作剧》《25 周年博士纪念日》和《施塔伯勒在中国》是为青年、家庭、教育和培训机构以及学校图书馆等准备的 3 个喜剧和小歌剧。由 K.神学院督查尼德迈耶尔收集和出版,雷根斯堡:奥托·曼兹出版社 1877 年版。本小节引用内容参照此版,此处参见第 3 页。

德国文学中的中国和日本(1773—1890)

只要秦钦死去,施塔伯勒就会继承皇位。但是施塔伯勒这个人又比较"偏激",他想救出皇帝愚弄一下中国人。下面是关于这种"偏激"的一段歌曲,第一节是这样的:

> 今天在每一个国家
> 都充满着痛苦!
> 这通常已经成为一种真正的恐惧,
> 人们是如此偏激!
> 不仅在中国是这样,
> 不,不,在其他地方也是如此,
> 所有的一切都很偏激。

施塔伯勒觉得自己首先是一个(伟大的)德意志人,被逮捕的时候他这样解释:"如果我向德意志帝国诉苦,您得把它记录下来,因为我是一位德国青年。"再有,"除了在邮局和铁轨上,在其他地方我们德国人不习惯粗鲁行事"。当他作为囚犯被带到皇帝面前时,他固执地以为:"我们终归会看到!我信赖整个德国,这里发生了一起谋杀事件!"然而当他被押走,民众臣服于皇帝时,施塔伯勒补充道:"中国人!我嘲笑你们!你们卑鄙无耻!"

施塔伯勒偶尔会把北京和维也纳这两个城市做对比:北京的衙役"看起来滑稽又可笑,就像在我们维也纳一样,他们也留着辫子"①;而在街道照明上,"维也纳与北京一样,都是漆黑一片,什么

---

① 也是"落伍的",叫作反动派。

第五章 手工艺术、通俗文学和民间舞台中的欧洲与东亚

也看不到!"最后,当北京的天色变得阴沉起来时,施塔伯勒和前任皇帝心情放松地向中华帝国告别,他们要回奥地利了。

(二)

另一种狂欢节式讽刺滑稽剧则是完全不同的风格,它产生于施维茨,并于1863年2月12日和17日在那里上演:它就是《日本的瑞士》(*Die Schweiz in Japan*)。正如《秦钦》或《中国的施塔伯勒》,这部剧也把远东作为故事的发生地:华丽的服饰、异域的背景以及东西方的滑稽对峙。但这里向观众展示的并不是一个童话世界,而是一个充满荒谬情节的世界,只有台词中偶尔出现的小暗示或有着细微差别的人物表演让舞台事件获得了现实的讽刺维度。这部施维茨戏剧开诚布公地谈论当下的政治和社会现状。戏中对伯尔尼的实际情况和联邦政府在当地采取的措施进行了无情的嘲讽和批判。施维茨戏剧和早期中国滑稽剧的不同还表现在另一个很重要的方面:施维茨戏剧不仅有对"面具制造"的讥讽和嘲笑,而且也渗透着爱国情怀。此外,在戏剧史上,《日本的瑞士》还是各种不同元素巧妙结合的代表:巴洛克式的学校戏剧和维也纳的魔法滑稽剧都属于当地的狂欢节传统。

"杰多-施维茨的大型日本-瑞士宫廷和民间节日"由"五幕和收取小费环节"组成,情节如下:我们在杰多(那时江户还是东京的名字,现在它是"挤奶工的首都"①)教堂前的主广场上建造了一

---

① 安布罗斯·埃伯利(Ambros Eberle):《日本的瑞士》,由埃伯利和他的儿子们印刷出版,施维茨,1863年版。在杰多-施维茨举行了带有日本-瑞士风格的展会和民间节日,紧挨着圣灰星期三的前夕,在1863年2月12日至17日,共五幕。

个舞台、一支乐队和一间"日本观众的画廊"——这样就把观众纳入戏剧的情节里。戏剧舞台被装饰成了日本天皇的宫殿大厅,在后台可以看到"日本的狮身人面像"。在长长的列队里,演员们被一位坐在马上的"口译员"带领着前往广场。① 接着是:

> (来自南极的)音乐,举着大旗的护卫士兵分队,带刀侍卫哈根-黑格尔-奎("东方"守卫者),轿子里的天皇,拿着扇子和撑着阳伞的人,官员,油罐面具(一种新产面具),宫廷宰相和宫廷医生,举着大旗的人,轿子里的皇后,宫女,来自法国、英国、普鲁士、意大利和马达加斯加的外国使者们,施维茨的大使,一群玩杂耍的印度人和舞伎,一队禁卫军。②

口译员用开场白开启了第一幕:整个世界为何突然对日本如此感兴趣?甚至瑞士的代表团也前往日本,而另一方面日本却向欧洲国家派遣了部分"间谍",③他们和这些外国使者应该受到皇帝的接见。然而在大型的正式接见之前,戴着巨大油罐面具的"国家加油器"出现了。在与口译员的讽刺对话中,他解释了"润滑"在政治和商业活动中的重要性:"世界是一个工厂/拥有数百万个轮子和塞子",它们都起不了作用,

---

① 1868年日本演出协会的首个纪要概述了该协会"历史"上的起源与发展,它这样写道:"身着五彩服装的不同群组跟随着它(音乐),这些服饰上都镶满了金银(值得注意的是,这一时期没有任何书店有一英寸的金制纸或银制纸)"(第5页)。该纪要与其他有关日本协会的资料、文章和图片一起收藏于施维茨联邦州档案馆。
② 埃伯利:《日本的瑞士》,由埃伯利和他的儿子们印刷出版,施维茨,1863年版,第3页。
③ 事实上,1862年,一个日本代表团访问了欧洲(但不是访问瑞士)。

第五章　手工艺术、通俗文学和民间舞台中的欧洲与东亚

除非用润滑，

使它渗透到各个角落缝隙，

给各处涂油。①

与此同时，天皇和皇后还有日本的宫廷随从登上舞台，并且准备接见外国使节。这些外国使节首先向官员们做自我介绍，剧中借此场景揭示和讽刺了他们各自所谓的民族特征及其野心。正如人们预料的那样，法国主要关注的是饮食和荣誉。英国则强调："如果我们要在这里成立一个联盟，那么这里的人们会不惜放弃所有好处，因为无论我们去哪里，我们只想给民众带去自由和幸福……"②普鲁士尽力掩盖他们在纳沙泰尔冲突中遭遇的失败。意大利人则抱怨政府软弱的政治立场，他们甚至都没有收回提契诺州——"因为那里住着最勇敢的人"。③ 意大利的使者也因为说谎而被赶了出去。马达加斯加则请求天皇让太阳的光照时间少一些，这样那里的人们就不会晒得那么黑了。最后"施维茨的使者"阐述了"一位荣誉公民的担忧、关切和抱怨"。所有新奇的东西，例如笔直的道路、街道照明、人工鳟鱼养殖、避雷针以及像波尔卡舞和玛祖卡舞之类的舞蹈，会给我们带来什么？杰多-施维茨的人们甚至会拿皇帝的权力开玩笑了！④ 然后天皇——在这里被称为"大亨"⑤——做了一

---

① 安布罗斯·埃伯利：《日本的瑞士》，由埃伯利和他的儿子们印刷出版，施维茨，1863 年版，第 4 页。
② 同上书，第 10 页。
③ 同上书，第 11 页。
④ 同上书，第 12—14 页。
⑤ 1863 年，领主或将军仍然是日本的实际统治者，该头衔是指军事统治者。当时精神领域的国家统治者也是天皇（也称为日本天皇）。

个关于日本国家局势的报告,在报告结束时,他间接地要求人们在下一届州民大会上再次选举他。

在第三幕中,从欧洲返回的日本使者讲述了他们对伦敦、巴黎、柏林和瑞士的印象。在与日本相比的时候,自然是说这些国家不好的方面。接着,一群玩杂耍的印度人呈现了音乐和舞蹈表演。之后皇后设宴野餐,其间穿插了"盲奶牛"的游戏。人们把施维茨人的眼睛蒙上并趁机捉弄他,最后施维茨人对这个国际游戏厌烦了,便把绑带从眼睛上扯下:

> 继续这种防御游戏,
> 宫廷的人,
> 瑞士这个国家,
> 又一次举起手了!
> 我深感痛苦——
> 继崇高的神话和蓝色湖以后——
> 继续带着地球上所有的宝藏前进——
> 瑞士这一故乡高于一切!①

这一场在一首瑞士爱国歌曲中落下帷幕。

在第四幕中,瑞士的使节"带着奇妙的诗句和礼物"到达了日本,他们从自己的角度描述了欧洲和自己的家乡(自嘲式地)。瑞士和日本一样是一个"宏伟壮丽的岛国"。

---

① 安布罗斯·埃伯利:《日本的瑞士》,由埃伯利和他的儿子们印刷出版,施维茨,1863年版,第22页。

第五章 手工艺术、通俗文学和民间舞台中的欧洲与东亚

树上结了果子,可以做成酥皮馅儿饼和杏仁,
山上布满了甘蔗,
为了无醉不欢地畅饮,
苏黎世人把水酿成了酒。①

然而,瑞士却不是一个君主制国家,人民是国家的主人:

你们日本人和大亨一起,
取得了如此伟大的成就!
我们这里的每一座宫殿,
每一个真正的瑞士公民,
从头到脚,
都是天生的大亨!②

最终,他们回到了正题:日本的贸易前景怎么样?钟表、棉织品和其他瑞士产品的市场怎么样?他们呈上联邦各州寄给大亨的"礼物清单",并利用这个机会把各个州滑稽可笑的状况嘲笑一番。最后,展示的是施维茨人的"特殊礼物"——这些礼物"像日本人的风格"③。除了小哨子、拨浪鼓、挤奶椅和类似有用的东西,一块瑞士香草奶酪也被人从包裹里拿出来了,它散发着非常"勾魂

---

① 安布罗斯·埃伯利:《日本的瑞士》,由埃伯利和他的儿子们印刷出版,施维茨,1863年版,第25页。
② 同上。
③ 同上书,第30页。

的瑞士气味",①以至于人们发出了"谋杀"的呼叫声。官员们决定杀掉使者。这是第四幕的结尾。

当人们把刀磨好、把木垛堆好时,响起了瑞士的牧人歌。在叮叮当当的钟铃声和歌声中,瑞士农民带着农具回到了广场上:"事实再次证明:瑞士人不会抛弃瑞士人"②,他们过来成功地帮助了自己的同胞,并占领了整个日本。瑞士人随即宣布了一个25点计划,此计划致力于把日本改造成"充满共和党人的瑞士"。日本大亨被允许在瑞士使用自己的退休金,但要保障将来在日本实现言论自由。接下来宣布了一些其他关于国家机构重组的政策,主要是为了确保商品自由交易:"瑞士人拥有了丝制衬衫和裤子,日本人则能够穿上棉质衣服。"③天皇也无法拒绝如此伟大的改革:"现在请你们也让我开一个玩笑吧:我想成为瑞士公民。"④然而只有"瑞士大使"才有最终决定权,他赞扬了瑞士的国家改革:如果各联邦州是手指,那么联邦就是给予它们力量的手臂。他呼吁所有在场的人:

> 老老少少们
> 大家一起合唱:
> 万岁,大家忠诚地携手,
> 施维茨和瑞士!

---

① 指中国人和日本人对奶酪("腐烂的牛奶")的味道难以忍受。
② 安布罗斯·埃伯利:《日本的瑞士》,由埃伯利和他的儿子们印刷出版,施维茨,1863年版,第35页。
③ 同上书,第38页。
④ 同上书,第39页。

第五章　手工艺术、通俗文学和民间舞台中的欧洲与东亚

万岁！万岁！万岁！①

在一段宏伟的吹奏和爱国歌曲之后，演员们列队准备谢幕。

上文已经说到《日本的瑞士》是一部狂欢节讽刺滑稽剧，然而在对这一戏剧传统进行详细探讨之前，我们应该研究一下这部剧里涉及讽刺和爱国的内容。对这些不同寻常的元素组合，奥斯卡·埃伯利（Oskar Eberle）写道，通过演员们狂欢式的表演，我们看到了闪烁着的微光："施维茨人迄今为止保持的最深刻特征是，他们的国家创始人和领导者是全体人民在内心深处任命的领袖。"②这部狂欢节戏剧的作者安布罗斯·埃伯利把自信赋予这个国家的最后一个人，也是最胆小的人，这样"每个人都能感受到自己不仅是一个施维茨人或苏黎世人，还是一个完整的瑞士公民"。③

分离主义联盟战争把瑞士分裂为两个激烈的敌对阵营。从那时起到1863年，仅仅过去了16年。施维茨作为天主教的大本营是失利的一方，要与新的联邦政府达成和解需要做出特别的努力。其他表演组当时也在施维茨上演了爱国剧本，这当然不是偶然。人们在施泰嫩的狂欢节上演了《维尔纳·希特斯托法彻》（*Werner Stauffacher*）和《威廉·退尔》（*Wilhelm Tell*，1861 和 1862），在阿尔特上演了《阿诺德·温克里德》（*Arnold Winkelried*，1863），伊巴赫人则把《莫尔花园的流亡者》（*Die Verbannten von Morgarten*，

---

① 安布罗斯·埃伯利：《日本的瑞士》，由埃伯利和他的儿子们印刷出版，施维茨，1863 年版，第 40 页。
② 奥斯卡·埃伯利：《在施维茨上演的日本戏剧》，载奥斯卡·埃伯利编：《狂欢节戏剧——瑞士戏剧文化协会第七届年鉴》，卢塞恩：戏剧文化出版社 1935 年版，第 50 页。
③ 同上书，第 52 页。

1863)搬上了舞台。

然而在这一背景下瑞士和日本是如何联系到一起的呢？日本演出协会(这一协会是在《日本的瑞士》获得成功后以该名字成立的)的记录里简单记载着是"联邦参议院做的一件蠢事促成了这部剧"。① 这件"蠢事"也让我们注意到了1853年到1863年的世界政治形势：因为美国总统下了最后通牒，1853年舰队司令佩里出现在了日本的沿海水域，日本必须为美国的船只开放一些港口。1854年日本做出了妥协，1858年日本和美国签署正式协议，同年英国、法国、俄国和荷兰也坚决要求签署同等的友好贸易协定。瑞士也在小心翼翼地进行试探：1859年贸易海关部门派普鲁士的鲁道夫·林道博士前往日本试探和日本签订贸易协议的可能性。出于各种原因林道没有成功签订协议，②然而他的报道却让各州的工业厂商都深刻地记住了日本，尤其是拉绍德封的"钟表联盟"(Union Horlogère)、天梭力洛克和圣加伦的"商业理事会"。他们继续涌进伯尔尼，因此瑞士最终和日本建立了正式的外交关系。钟表和音乐盒制造商以及棉织品厂商正在寻求新的市场，而丝绸业则希望进口日本的蚕卵。最终，联邦委员会于1861年决定派遣使者去日本，并为此批准了10万瑞士法郎；1862年秋，6位使节动身前往日本(其中4位得自付旅费)，其中一位来自楚格的使节叫伊万·凯撒(Iwan Kaiser)，作为邻居的施维茨居民或许对他的这

---

① 1868年日本演出协会的首个纪要，第4页。
② 日本国内政治局势变得紧张，因为想复辟天皇的党派要排除异己，在逐步扩大势力。也有其他原因，参见中井保罗：《瑞士与日本的关系，1859—1868年的外交往来》，伯尔尼、斯图加特：保罗·霍普特出版社1967年版，第21—81页。

第五章 手工艺术、通俗文学和民间舞台中的欧洲与东亚

次旅行很感兴趣。

不过原则上,施维茨其实并不赞同瑞士赴日本"考察",因为施维茨在经济上几乎属于农业州。联邦委员会想要为日本之行花费10万瑞士法郎,这对施维茨来说似乎并没有什么意义。此外,瑞士为了能够在日本受到良好的接待需要准备礼物,这也损害了瑞士这个国家自豪的形象。① 联邦政府要求各州也要捐赠礼物的行为引发了很多地方的不满。② 当时的报纸不仅报道了使节团的出行准备和日本的内政状况,而且也发表了讽刺性言论:

> 蔑视死亡的人(在日本)被视为最崇高的灵魂贵族,欧洲人也由于对生命的忠诚而被强烈地鄙视。如果瑞士人去日本不带任何礼物,而是带一个在前十四天慢慢切腹的人,那么他们将因为这独一无二的做法比其他任何国家都具有优先权。一个切腹王国!③

施维茨人拥有丰富的素材创作政论杂文。不过安布罗斯·埃伯利最终意识到了自己的爱国责任,使剧本里的政治讽刺让位于民族情感。

---

① 在签署条约之前,其他国家也准备了珍贵的礼物,包括1861年与日本签署友好贸易协定的普鲁士。
② 1862年10月25日,也就是在外交使节离开前几周,《新苏黎世报》公布了这些礼物的最新总数目,其价值约相当于今天的6.5万法郎,其中瑞士联邦委员会购买的礼物价值达2.5万法郎。
③ 1862年9月30日的《新苏黎世报》,第1102页。此外,瑞士代表团获得了成功:1864年2月6日签署了友好贸易协定。讽刺的是,就在1863年2月5日,也就是在《日本的瑞士》上演前一周,日本政府对"瑞士人问题"进行了一次协商。

从戏剧史的角度看,《日本的瑞士》继承了狂欢节讽刺滑稽剧的传统。它总体上呈现欢快愉悦的基本基调,对政治的讽刺分散在各个不显眼的部分。从所叙述的政治背景看,人们完全可以把这部戏阐释为一种"疏导民众发泄不满的手段",一种为"巩固和加强已有社会模式"的"安全阀"。但是剧中所反映的世界也可以理解为另一种世界:"在这个世界里,通过对官方生活、文化和礼仪的模仿,将其暴露在荒谬可笑的氛围中。这一过程隐含了双重意义:既揭露了官方世界,又剥夺了其尊严。"如果再加上围绕这部剧的一般性狂欢庆祝活动,那么施维茨狂欢节甚至可以被归为"另一种大众媒体"。①

在施维茨,1850年被视为"狂欢节王子"到来的一年,舞蹈和狂欢酒宴是蒙面"罗特"的主要乐趣。② 1857年上演了第一部歌舞滑稽剧:《马戏团嘉年华》。受马戏团的启发,这场演出的一个重要部分是"政治动物展",人们会把它和狂欢节讽刺滑稽剧中道德检察官的作用联系在一起,③动物园里可以看到诸如"斑马西维利斯"(一头蠢驴)这样的外来动物。接下来的狂欢表演是1860年的《国会和时尚》(*Der Congress und die Moden*)。这部剧尤其注

---

① 本段所有引用都来自鲍勃·斯克里布纳:《改革、狂欢和"扭曲的"世界》,载理查德·冯·杜尔门、诺伯特·辛德勒编:《民俗文化——重新发现被遗忘的日常生活(16至20世纪)》,美因河畔法兰克福:费舍尔出版社1984年版,第117—152页,这里请参考第137、143页。
② 参见卡斯帕·瓦尔迪斯:《施维茨的狂欢节》,选自日本人协会文献(或许来自1895年)中没有给出出版地或出版年份的剪报。关于"罗特"请详细参见埃伯利:《在施维茨上演的日本戏剧》,载奥斯卡·埃伯利编:《狂欢节戏剧——瑞士戏剧文化协会第七届年鉴》,卢塞恩:戏剧文化出版社1935年版,第6—8页。
③ 埃德蒙特·施塔德勒:《日本人在施维茨的一百年》,《新苏黎世报》1958年2月9日周日版。

重瑞士的历史人物和历史服装,并首次在施维茨的主广场上搭建了舞台。《日本的瑞士》在这一阶段达到了历史高潮,且为施维茨的狂欢节讽刺滑稽剧增添了爱国主义元素,同时促成了充满异国情调的"日本人公司"的成立,这一公司被看作19世纪最原创的业余戏剧公司之一,并且直到今天还在上演狂欢节讽刺滑稽剧。①

除了狂欢节讽刺滑稽剧外,巴洛克流派的戏剧也对《日本的瑞士》产生了影响。施维茨自己的艾恩西德尔恩修道院和卢塞恩的耶稣会学院都在维护这种戏剧传统。巴洛克流派戏剧的影响可能在戏剧的外部形式方面表现得最为明显:数量众多的演员、丰富多彩的服饰和主广场上宏伟的舞台布置,所有这些都让人感到这好像是一场"国家首脑活动"。不过台词的划分在很大程度上与耶稣会戏剧相符。一共有五幕,由一场序幕引出,第三幕中间部分(印度杂耍演员出场)通过一场有音乐和舞蹈的幕间喜剧得以凸显,最后所有演员列队站立以示结束。《日本的瑞士》也使用了讽刺模式构造出两个世界:一个是理想主义的(天国的)、故乡的世界,一个是过于人性的(世俗的)、政治化国际化的世界。在第五幕出现的施维茨农民就像神圣的普罗维登斯(Providentia)一样,扭转了令人绝望的局面。作为引出、结束或划分序幕的音乐也会让人想到耶稣会戏剧,耶稣会戏剧把主题预设为日本天皇接见外国大使,例如在《日本三个在职父母的虔诚儿子》(*Pietas trium*

---

① 关于"日本人协会"的组织和发展请参见埃伯利:《在施维茨上演的日本戏剧》,载奥斯卡·埃伯利:《狂欢节戏剧——瑞士戏剧文化协会第七届年鉴》,卢塞恩:戏剧文化出版社1935年版;伊莫斯:《施维茨的日本人协会》,载百年纪念委员会编:《1864—1964年在日本的赫尔维蒂人》,东京:井川野一郎出版社1964年版,第129—132页。

filiorum erga parentes suos in Japonia,施特劳宾,1687)中,日本天皇接见了来自西班牙、土耳其、高卢和埃塞俄比亚(黑人)的使节们(参考本书第一章和第三章)。

日本人的舞台最终不仅指向了国际政治,而且指向了卢塞恩:方济各·沙勿略是这个城市的庇护者。当这位传教士 1549 年——也是耶稣会成立 9 年后——踏上日本的土地时,他不仅是第一批到达日本的欧洲人之一,而且为后来伟大的传教事业的成功奠定了基础。

日本的基督教在 100 年后遭到了血腥迫害和又一次斩草除根。很多耶稣会戏剧都再现了日本的殉难者和英雄。光是 18 世纪的卢塞恩就有八场这样的演出(主角是方济各·沙勿略的戏剧没有计算在内)。1862 年瑞士政府对日本产生兴趣,同时天主教也开始纪念他们的殉难者:1862 年 6 月 8 日,第一批 26 位日本殉难者被封为圣者,这一事件受到所有天主教地区的重视。①

第三种影响了施维茨戏剧的是维也纳的滑稽剧,尽管与狂欢节的民间讽刺滑稽戏剧和巴洛克流派剧相比,它的影响程度非常小。正如前面已经说到的,中国人的形象在很多民间戏剧中已经固定成有着刻板性格的可笑人物,他们也出现在了《日本的瑞士》这部剧里:日本统治者的最高级顾问都是中国官员,而他们名字的拼读都像汉语,第一位叫 Züngg-e-le-hu,第二位是 Ja-ja-sui,第三位名为 Nei-nei-tsiu,第四位叫 Das-da-ne-da,他们组成了一个凡事

---

① 1862 年在卢塞恩出版了《26 位日本烈士的生与死》,1863 年的圣·乌尔森日历把关于庆祝活动的描述带到了罗马,也包括对 1597 年烈士的形象描写。剧中用大屠杀和火烧的方法处决瑞士使节的计划很有可能是受到纪念烈士的影响而激发。

第五章　手工艺术、通俗文学和民间舞台中的欧洲与东亚

都考虑全面的私人顾问团。"汉语式"的语言幽默偶尔也表现在剧中其他方面，例如演员们列队上台经过的道路叫绅士街（Herren-sa-ki, Herrengasse）和斯特雷尔街（Sträh-li-kun, Strehlgasse），这两条路都通向 ui 广场（Platz-ui）。2月12日和17日上演了这部剧，他们用"大亨万岁"（"Vivelun Taikun"）来欢迎日本统治者，也提到了孔子联邦参议院。对不了解内情的非瑞士人而言，这部剧的口号听起来也像中文一样："He-so-nu-so-de！"①此外，日本人也像中国人一样留着长辫子，有拿扇子的人为他们扇扇子，也有人拿阳伞为他们遮阳。

与较早谈到的滑稽剧不同，这些中国风的元素只是点缀，戏剧的滑稽可笑之处并不取决于中国人和日本人的外表或者某种"民族特性"，它们的价值和幽默在于，它们并没有使用那些早已过时的陈词滥调，而是向观众展示了新的场景，这些场景建立在真实的政治、社会和经济发展基础之上，不过所有的大前提条件是言论自由和日本给人留下的好印象。自18世纪末以来，中国在西方人眼中渐渐失去了威望，而日本直到1853年都被看作一个未知国度。此后日本虽然被迫开放了一些港口，然而它却始终固执地维护着自己的民族尊严和民族独立性。

---

① 用标准德语大概等同于：当然啦，就是现在这样！

第六章 我眼中的日本：
诗与真之间的旅游小记

葡萄牙人于16世纪发现了日本,当时无论是西方的传教士还是商贾皆在日本受到欢迎。日本在欧洲也享有很高的声誉,商人们都说日本遍地是财富。1549年11月5日,方济各·沙勿略在给传教士们的信中这样写道:

> 这个与我们有所往来的民族,是我们迄今为止发现的最优秀的。在我看来,所有无神论的国家中,没有一个能超过日本。日本人的举止行为优雅得体,礼貌友好,人们都心怀善意。这是一个视荣誉如生命的民族,他们把荣誉看得比其他任何东西都重要。①

然而,自日本对整个欧洲实行闭关锁国政策后,局势发生了变化,甚至连荷兰人也不例外,他们只被允许在长崎的人工岛出岛(日本实行锁国政策时建立的人工岛)上设立贸易站,相对有更自由的活动权。但日本人和荷兰人的关系并非基于双方的友谊,而

---

① 舒哈默:《方济各·沙勿略传》第二卷:《亚洲(1541—1552)》,第三子卷:《日本和中国(1549—1552)》,弗莱堡、巴塞尔、维也纳:赫尔德出版社1973年版,第87页。

第六章 我眼中的日本：诗与真之间的旅游小记

是互利原则。人际交往的疏远，使得能真正了解日本的机会极其有限。① 在欧洲人看来，日本人变得神秘、难以理解，令人不安。

因此，日本不久以后在虚构的乌托邦式和讽刺性的游记中获得了一席之地，也就不足为奇了。鲁滨逊·克鲁索（Robinson Crusoe）在流浪到中国时曾考虑过是否也搭艘日本商船前往日本，然而同行的人警告他："……我的一个伙伴，他可比我聪明得多，就极力劝阻我前往危险的日本，远离虚伪、残忍又奸诈的日本人。"② 但这种想法是相对的，因为不久后证实，鲁滨逊毫不费力地就到达了日本："日本商人向他证明了其守时和诚信：不仅给他提供保护，而且协助他获得了一般欧洲人都拿不到的上岸许可证……"英国人跟日本人没有商业往来，对他们的评价却颇高；不过作为他们在海上的竞争对手，荷兰人有时却不怎么喜欢日本人。所以乔纳森·斯威夫特（Jonathan Swift）让他笔下的格列佛从卢格纳格前往日本，自称是荷兰商人，受到了日本人的热情接待。他请求天皇，看在他的兄弟卢格纳格国王的分上，免除强加于外国人的践踏十字架的做法：③

因为我到这个国家并不是来做生意的，而只是不幸沦落

---

① 当时，这种关系在欧洲很常见："在欧洲与海外的文化交流中，焦点往往被放在帮助促成贸易的商品上，而不是与欧洲人进行贸易的海外伙伴。贸易伙伴并非处于平等关系，其价值主要根据他们对贸易的可用性和实用性来评价，只有当外来文化的知识能够对商业往来产生积极影响时，欧洲人才会对它们感兴趣。"参见比特利：《野蛮与文明：欧洲与非欧洲文明之间的相遇》，慕尼黑：德国袖珍书出版社1982年版，第310页。
② 丹尼尔·迪福：《鲁滨孙漂流记》，纽约：华盛顿出版社1968年版，第448—449页。
③ 日本官方确实要求此项仪式。参见格特鲁德·C.施韦贝尔编：《见证人的报道：现代日本的诞生》，杜塞尔多夫：卡尔劳赫出版社1970年版，第113页。

到了这里。皇帝听到这些有些吃惊,说我是第一个在这方面让人产生疑虑的荷兰人,他开始怀疑我是不是真的荷兰人,猜测我更有可能是一名基督徒。①

还好,格列佛从长崎出发去欧洲时,唯一给他制造困难的是荷兰人。他们询问格列佛是否真的有践踏十字架,有个人甚至试图向日本官员告发他,不过遭到了一顿暴打。

1727—1728年,恩格尔伯特·肯普费出版了英文版的《日本史》(Geschichte und Beschreibung von Japan),②成为解18世纪日本最重要的资料来源。奥利弗·戈德史密斯的《世界公民》、伏尔泰的《风俗论》(Essai sur les mœurs et l'esprit des nations)以及其他一些学者和作家的作品都以此书为基础。③戈德史密斯的做法很像斯威夫特,借助日本,他有机会嘲讽荷兰商人为了牟利而做出的不光彩行为。④ 在《世界公民》的第118封信中,中国达官冯皇(Fum Hoam)提到一个把他带到日本的外交使团,他也认为日本不是一个友好而好客的国家:"我会高兴地离开这个傲慢、野蛮和

---

① 乔纳森·斯威夫特:《格列佛游记》,译自库尔特·海因里希·汉森的英语版,慕尼黑:温克勒尔出版社1958年版,第338—339页。
② 肯普费:《日本史》,J.G.舍赫策译,伦敦:为译者印刷版1727、1728年版。1729年改版译成法语,1756年作为杜·哈尔德中国作品的德文版附录回译成德语出版。1777—1779年出版了德国原版《日本史》,来自作者的原始手稿,克里斯汀安·威廉·多姆编,莱姆戈:迈耶书店出版社1777—1779年版,该版是对原始手稿的忠实再版,由汉诺·贝克撰写前言。斯图加特: F.A.布罗克豪斯出版社1964年版,共两卷。
③ 因此,马蒂亚斯·克劳迪乌斯为其讽刺性杂文引用了肯普费的作品《晋见日本天皇》(1777)。
④ 另见本书第226页。

第六章 我眼中的日本：诗与真之间的旅游小记

荒凉的地方，"[1]然而他更鄙视荷兰人："虽然我发现这里的人举止粗野，但是在这儿做生意的荷兰人看起来似乎更加可恶。他们甚至使我对整个欧洲都感到厌恶，使我了解到贪婪是如何使人性堕落，以及欧洲人为了牟利要吃多少苦，遭受多少侮辱。"[2]他进而描述了荷兰分公司的领导在拜访江户幕府期间不得不承受的很多屈辱，这些屈辱是恩格尔伯特·肯普费根据自身经历记述的。冯皇说，就像对荷兰人一样，这些侮辱同样对日本人本身造成了不良的影响：

> "让我放弃吧，"我说，"这样一个国家，只会像对待奴隶一样对待其他人，更加可恨的是还要忍受这种待遇。我已经看够了这个国家，想要多看看其他国家。让我离开这个地方吧，这个民族道德败坏，充斥着迷信与恶习。这里的科学研究还处于原始状态；在这里，看重的是奴隶的顺从和暴君的统治；只有顺从的女性才会保持贞洁；孔子追随者所受的迫害不比基督教徒少——总之，在这个国家，人们被禁止独立思考，在最痛苦的奴役——精神奴役的压迫下持续劳动。"[3]

这是一个残酷的论断，但恰恰在这里我们不能忘了戈德史密斯的目的并不在于批判外来文化，而是想要揭露其家乡的弊端。他说的是日本，影射的却是欧洲。在欧洲，绝对专权者统治下的宫

---

[1] 坎宁安编：《奥利弗·戈德史密斯作品集》第二卷，伦敦：约翰·默里出版社1854年版，第468页。
[2] 同上。
[3] 同上书，第470页。

廷生活的典型特征就是毫无自由和尊严。尤其是英国，在《风俗论》中，伏尔泰曾明确将日本和英国做比较：我们把日本人和英国人进行比较，他们在地球上都是比较极端的民族，自杀率都很高，而且都很孤立自负。①

当时有一篇"学术"论文以一则"三文鱼船长的英语短闻"为基础，描述了日本人的民族特征：

> 人们总说日本人理智谨慎、诚实正直、道德高尚、循规蹈矩，在互动交谈中很有礼貌。……日本人对发生在日本以外的事情充满好奇，他们热爱优雅的艺术，勤奋灵活，在各种工作事务中忙碌奔波，他们的手工制品十分灵巧。日本人能够圆滑地获利，在使用方面却谨慎节俭，而且能坚强地忍受各种艰辛，为了完成工作彻夜不眠。他们注重住宅、穿着和维持身体健康，总会保持整洁。日本人宽宏大量，忠诚可靠，既尊敬高尚之人，也乐于和陌生人打交道。②

另一方面，日本人又有以下缺点：

> 日本人非常迷信。……此外他们还固执、高傲，过分在意

---

① 《伏尔泰全集》第十八卷，巴塞尔：让·雅克出版社 1785 年版，第 282 页。总的来说，伏尔泰对日本的评判比以往更加谨慎小心。他以耶稣会士和肯普费的报道为依据，并将日本人与欧洲人，包括德国人和普鲁士人进行了比较。
② 《现代历史》（又名《当代世界各民族的国家形态》）第一部分，乔纳斯·科特出版社 1733 年版，第 72 页。包含对日本帝国的详细描述，而不是三文鱼船长撰写的简短的英语新闻，医生用荷兰语读出来，由 A.H. 阿尔托纳译成德语。

第六章　我眼中的日本：诗与真之间的旅游小记

自我声誉。他们喜欢被赞扬，却无法忍受其他人尤其是商人的自夸。日本人疑心很重，会因此做一些蠢事。面对想要鞭策自己的那些人，他们能够假装自己很优秀，为自己的行为披上虚假的面纱；面对不幸之人，他们则表现得吝啬又无情。他们不会为陌生人辩解，像鞑靼人一样易怒，容易记仇。然而他们的教养和乐于助人的品质已经大大减弱了这些负面的性格特征……日本人并不是特别害怕死亡，他们拥有一种不可被战胜的思想，或者说是沉迷于无拘无束的疯狂，所以当日本人被敌人战胜、受到欺侮、无法复仇或者遭受不幸的时候会表现得无所畏惧，他们会向自己伸出杀气腾腾的手，用长枪撕开腹部，帮助自己解脱。……因为乱伦在日本很常见，没有人禁止，所以日本人时常会做一些淫乱猥亵之事，甚至犯下令人发指的罪行，比如鸡奸罪。①

从这些或讥讽或严肃的话中可以看出，当欧洲人读到这些关于日本自相矛盾的报道时会有多么无助。然而这些个别的事实和观察缺乏社会背景，没有社会背景它们就不能被拼合到对一个国家和社会的系统描述中去。

---

① 《现代历史》第一部分，乔纳斯·科特出版社 1733 年版，第 73—74 页。法国现代科普读物中也有这么说的："日本人……坦率、真诚、善良，忠于神童、不俗套、慷慨、善于预防危险、关心财富；这让他们把贸易视为卑贱的职业。"这是对武士阶级的看法和判断，"荣誉在日本是一切行动的原则"。日本人生性自豪，倾向于独立，但也会出于理性而屈服。此外，这个民族傲慢、善变、报复心极强，内心充满猜疑和阴暗。而且，尽管日本人的生活是艰苦的，性格天生严肃，但可能比其他任何民族都更倾向于放纵。《来自中国、日本、暹罗、越南等地的逸事趣闻》，巴黎：文森特出版社 1774 年版，第 48、49 和 52 页。

不过日本人眼中的欧洲人也并没有什么不同。荷兰的日本语言文学研究者弗里茨·沃斯(Frits Vos)从日本人的角度将大多数日本人对荷兰人的看法进行了汇编：

> （1）荷兰人并不祈求长命百岁，正如我们看到的，尽管安藤(Ando Shoeki, 1701—1758)在"科学"的基础上解释了这一点，另一位作家平田笃胤(Hirata Atsutane, 1776—1843)则将此归咎于他们的性瘾和嗜酒。"让一个荷兰人活到50岁就跟让一个日本人活到100岁一样罕见。"（2）荷兰人的身高总被夸大，普遍都认为自己比其他人（或普通人）高。（3）荷兰人拥有动物般的眼睛，但没有脚后跟。平田说荷兰人的眼睛像狗的眼睛，并继续说道，"因为他们的脚后跟不着地，所以会在鞋子上装上木质鞋跟"。（4）根据平田和其他人所说，"荷兰人小便时会像狗一样抬起一条腿"。（5）一个民族对其他民族在性能力方面留下的刻板印象在这里也得到了证实，日本人普遍认为荷兰人拥有很强的性能力，而他们自己则需要借助药剂之类的东西进一步提高。①

因此，日本人与荷兰人对彼此的不了解、不信任和偏见是平衡的。在法国和德国，哲学家首次尝试从文化史的角度描述日本，并将其归类到一个整体概念之下，这是件有意义的事。不过这些哲

---

① 弗里茨·沃斯：《十三万里程：日本人眼中的荷兰》，载《三角洲——荷兰艺术生活与思想评论16》第二卷，1973年版，第42页。关于性观念参见戈德史密斯在《世界公民》报上发表的第39封信中对中国人的评论。

学家——伏尔泰和赫尔德——的主要兴趣不可能在日本身上,赫尔德在他的《人类历史哲学的概念》(*Ideen zur Philosophie der Geschichte der Menschheit*)中这样评价日本:

> 日本人曾经是野蛮人,他们性格粗野,暴力行事,可以说是相当顽固的野蛮人。由于毗邻中国,他们通过与中国交往,学习中华民族的文字、科学、制造业和艺术,最终成为一个在某些方面能与中国匹敌甚至超过中国的国家。虽说根据这个民族的个性,政府统治比宗教管制更为严苛凶残,但在推动欧洲发展过程中起着重要作用的精细科学这一方面,日本与中国同样一度缺乏思考。这个国家的知识和风俗习惯,它在农业和实用艺术领域付出的努力,它的商业和海上航行,甚至国家法律和专制秩序都达到了令人难以置信的程度——在这些方面,骄傲的日本仅是通过向中国学习就取得了如此进步。①

与伏尔泰相反,赫尔德认识到了中国文化对日本文化产生的巨大影响,②但他们的基本看法却并无不同,还是根据老一套的陈旧观念,认为日本人暴力又残忍。和伏尔泰一样,赫尔德也认为欧洲文化具有优势。

在19世纪,西方航海国家越来越把注意力转向日本,他们开

---

① 约翰·冯·穆勒编:《约翰·哥特弗雷德·赫尔德全集》,卡尔斯鲁厄:德国经典作家出版社1820年版,第24—25页。
② 伏尔泰写过:"他们的法律,他们的崇拜,他们的习俗,他们的语言都没有向中国模仿任何东西……"(《伏尔泰全集》第十八卷,巴塞尔:让·雅克出版社1785年版,第283页)

始挖掘世界地图上的最后一个"白点",并试图在上面开展贸易和殖民活动。当帝国主义在世界范围内达到顶峰时,自然会给这样的做法披上合理的外衣。因此,在1901年左右出版的关于19世纪的4卷本著作中,可以看到以下的论述:"实际上自詹姆斯·库克(James Cook)以来,服务于理想主义目标的旅行时代刚刚开始,而在早期时候……对丰富的科学探索在狂热追求物质的动机面前几乎显现不出来。在此之后,发生了变化",①而且"在日本和中国已经需要采取政治措施,在中国甚至需要发动战争来迫使人们进行开发,以便为地质研究铺平道路"②。

奉俄国之命,航海家克鲁森斯特恩(Krusenstern)和朗斯多夫(Langsdorff)在1803至1806年进行环球航行,③其间他们也探索了北海道西部海岸的地貌并试图与日本建立联系,但结果只是徒劳无功。1811年,俄国船长戈洛夫宁(Golownin)在日本被囚禁,因为他的船需要上岸取水和木柴。当时欧洲人预计到了最严重的后果:"戈洛夫宁带着2名优秀的军官和4名水手被困在日本,这个民族因为残忍迫害基督徒的行径在欧洲臭名昭著,我们不清楚

---

① 汉斯·克莱默编:《图文展示十九世纪:政治和文化史》第一卷,柏林、莱比锡、斯图加特、维也纳:德意志邦格出版社(Deutsches Verlagshaus Bong & Co.),第41页。另见比特利《野蛮与文明:欧洲与非欧洲文明之间的相遇》,慕尼黑:德国袖珍书出版社1982年版,第74页):"物质上的……激励当然经常是在科研旅行中起作用,但却往往被宣传者和评论员淡化。在18世纪后期,也就是库克出发去观察金星凌日时,重视科学成为一件好事。"
② 克莱默编:《图文展示十九世纪:政治和文化史》第二卷,柏林、莱比锡、斯图加特、维也纳:德意志邦格出版社,第394—395页。
③ 克鲁森斯特恩:《1803、1804、1805和1806年的环球游记》,柏林:郝德和斯彭内尔出版社1811年版。以及朗斯多夫:《1803—1807年环球旅行记》,美因河畔法兰克福:F.威尔曼斯出版社1812年版。

第六章 我眼中的日本：诗与真之间的旅游小记

这些基督徒后来的命运如何",①最终舰队的里科尔德(Rikord)队长设法通过和平手段解救了戈洛夫宁,而人们说到日本时的语气也改变了。里科尔德旅行游记的译者科策布(Kotzebue)在他的引言中解释说,这本书将使读者"尊重我们所知甚少的日本人"②,最后感叹道:"我们对这个高尚的民族一无所知！"③里科尔德本人在描写日本人时也是满腔热忱:"欧洲人认为这个民族狡猾阴险并且充满报复欲,友谊带来的好感对他们来说很陌生",这样的由衷赞叹是唤起双方友谊的一个好例子。里科尔德认为,欧洲甚至可以把日本当作模范:"的确！日本人在诠释着'人'这个词的最崇高意义,这是一种我们不应该羞于模仿的民族美德。"④

从戈洛夫宁对自己被囚禁过程的描述⑤中获得启发,海因里希·海涅也对日本的光辉形象进行了概括,并且非常热情地把这本书推荐给他的朋友摩西·莫泽尔(Moses Moser):"看了这本书你就会知道,日本是地球上最文明,也是城市化程度最高的民族(原文如此)。是的,我想说,它是基督化程度最高的民族,如果不是我惊讶地读到,对他们来说,没有什么比基督教更令人厌恶和憎恨的了,我会想成为一个日本人。"⑥不过当人们考虑到海涅是在4

---

① 《1812—1813年俄国帝国海军上将里科尔德赴日旅行记》,译自俄语。莱比锡：库默尔出版社1817年版,第38页。
② 同上书,第23—24页。
③ 同上书,第26页。
④ 同上书,第136—137页。
⑤ 《1811—1813年俄国帝国海军上尉戈洛夫宁在日囚禁情况》,C.J.舒尔茨翻译自俄语,莱比锡：弗莱各出版社1816年版。除此之外还包括其对日本帝国和民众的评论。
⑥ 海涅：《书信集》第一卷,F.希尔德编并作序,美因茨、柏林：弗洛里安·库普菲贝格出版社1965年版,第228页。

个月前才受洗时,他那热情的赞美又有点讽刺意味。

总而言之,欧洲人眼中的日本形象会根据观察者的立场和视角而变化——它是欧洲自己的一面镜子。只要日本坚持闭关锁国政策,那么关于这个国家最重要的作品就是德国医生恩格尔伯特·肯普费所著的《日本史》。①

随着佩里成功的"远征"和美国迫使日本开放了一些港口,欧洲与日本的关系又一次发生了根本性的变化。关于这次远征的记录被"吞没"了,尽管佩里下令只有相关的官方报道②才能出版,而且每个参与者都必须对自己的印象和经历保密,但第一批个人记载早在1855年就已经出版了。③ 1856年,画家兼制图员威廉·海涅(Wilhelm Heine)献给亚历山大·冯·洪堡(Alexander von Humboldt)的两卷书在纽约和莱比锡同时出版:《1853、1854和1855年受美国政府委托在马休·卡尔布莱斯·佩里准将的带领下乘坐"远征之翼"前往日本的环球之旅》(*Reise um die Erde nach Japan: an Bord der Expeditions-Escadre unter Commodore M. C. Perry in den Jahren 1853, 1854 und 1855, unternommen im Auftrage der Regierung der Vereinigten Staaten*)。

---

① 德国的菲利普·弗朗兹·西博尔德在日本(1823—1830)的研究工作就像肯普费一样,受日本当局信息封锁的影响(另见埃伯哈德·弗里斯兰:《菲利普·弗朗兹·西博尔德的日本作品中的普遍概念》,载《亚历山大·冯·洪堡基金会报告》,1983年8月第42期,第15—25页)。由于他的作品以单册的形式在偏远地区(巴达维亚)发行,直到20世纪末,读者仅限于小部分的专业人士。

② 弗朗西斯·L.霍克:《美国中队远征中国海洋和日本的叙事》,纽约:D.阿普尔顿编辑出版社1856年版。于1852年、1853年和1854年在美国海军准将M.C.佩里的指挥下完成。美国海军按照美国政府的命令,以佩里准将及其官员的原始笔记和期刊为基础并根据他的要求在其监督下编写。

③ 参见杜勒斯:《洋基队和日本武士》,纽约:哈珀与罗出版社1965年版,第259页。

第六章 我眼中的日本：诗与真之间的旅游小记

政治家、学者、文学家和受过教育的市民阶层都知晓了这一轰动性新闻，最终人们从当时的目击者那里了解到日本的样子。普鲁士也向日本、中国和暹罗派出了一支"探索队"。1861年1月24日，德国成为日本贸易伙伴的"俱乐部"成员。随着这次外交使命获得成功，自然便有了无数关于这次难忘之旅的描述，被华丽辞藻修饰的官方报道发布出来，并附有一本大型图文集和三种语言的解释。① 然而对于一般读者而言，探险队成员的个人记载在某些方面更有吸引力。

早在航行期间，易北河运输船司令莱因霍尔德·维尔纳就向《德意志汇报》提供了"旅行信件"，而随船牧师柯艾雅（Kreyher）将他的旅行日记摘要给了《西里西亚报》。② 商人古斯塔夫·史必斯（Gustav Spieß）和为了进行农业调研而参加此次航行的赫尔曼·马龙（Hermann Maron）在回德后发表了他们的"旅行纪要"。③ 1864年，曾陪同佩里前往日本的威廉·海涅也表达了他对这次德国探险队经历的印象。④ C.弗里德尔（C. Friedel）医生撰写了《关于东亚气候和疾病的文集》（*Beiträge zur Kenntnis des Klimas und der Krankheiten Ost-Asiens*），植物学家马克斯·维库拉（Max

---

① 《普鲁士人远征东亚》，柏林：R.v.德克尔出版社1864年版。《普鲁士远征东亚：日本、中国和暹罗的视角》第二卷，柏林：R.v.德克尔出版社1864年版。
② 后来以书籍形式出版。参见维尔纳：《1860、1861及1862年普鲁士考察团的中国、日本及暹罗之行：旅途信件往来》，莱比锡：F.A.布罗克豪斯出版社1863年版。J.柯艾雅：《1859—1862普鲁士远征东亚：拍自日本、中国和暹罗的旅行照片》，汉堡：劳赫斯豪斯出版社1863年版。
③ 史必斯：《1860—1862年普鲁士远征东亚：日本、中国、暹罗和印度岛群的旅行随笔》，柏林、莱比锡：奥托·史帕默出版社1864年版。马龙：《日本和中国：普鲁士远征东亚期间的旅行随笔》，柏林：奥托·詹森出版社1863年版。
④ 威廉·海涅：《环游北半球：东亚探险之旅1860—1861》，莱比锡：F.A.布罗克豪斯出版社1864年版。

Wichura)给他的同胞们分享了自己的"书信体旅行日记"。① 不过这次旅行的负责人弗里茨·楚·奥伊伦堡(Fritz zu Eulenburg)伯爵的私人信件由于考虑到政治因素,过了很久才出版,②随行专员马克斯·冯·布兰特(Max von Brandt)也只是在他的回忆录中描述了这次伟大的经历。③

对于这次普鲁士"东亚探险队"的参与者而言,日本这个国家,甚至是日本人生活中的琐事都是很有意思的。这些充满异国情调的细节,值得和家乡的人提一提。然而令人惊讶的是,大多数报道者都清醒地持批判立场,在面对自己的时候也是如此,例如赫尔曼·马龙很明显为这次旅程做了准备,他在书的引言中写道:

> 这个国家的人缺乏语言方面的知识,也缺少口译人员,而且这是个封闭的、具有欺骗性的民族,要想对其做彻底、系统的相关探究比较困难。现在这些只是人们能够获悉的部分信息,因而实际上也只能提供一些断简残编。④

如果人们考虑到,日本政府到今天仍然会坦诚地表达自己的遗憾——那些到日本因公出差或者出于个人原因来日本的人中,

---

① 弗里德尔:《东亚气候与病症考》,柏林:乔治·雷默出版社 1863 年版。收录了 1860、1861 和 1862 年普鲁士探险队撰写的文章。维库拉:《世界四大地区之书信体旅行日记》,布雷斯劳:E.摩根斯坦出版社 1868 年版。
② 奥伊伦堡-赫特费尔德·菲利普编:《东亚 1860—1862:奥伊伦堡·弗里茨伯爵的信函》,柏林:米特勒出版社(E.S Mittler und Sohn)1900 年版。
③ 布兰特:《东亚 33 年》第一卷,莱比锡:乔治·威根德出版社 1901 年版。
④ 马龙:《日本和中国:普鲁士远征东亚期间的旅行随笔》,柏林:奥托·詹克出版社 1863 年版,第 18 页。

第六章 我眼中的日本：诗与真之间的旅游小记

会说日语的太少，那么有一点就很清楚了：当时马龙将一个国家的语言知识看作能够真正理解和相互沟通的必要条件，这种思想是多么的先进。

> 我认为，如果没有实用的语言技能，不可能写出关于一个遥远国家的有说服力的伟大作品。因此到目前为止，关于日本只出现了两部我真正认可的作品：200年前的肯普费和100年前的桑伯格因为常年待在日本，又在日本到处旅行，四处走动，所以他们有写出优秀作品的能力。十年来在关于日本的写作潮中，那些靠谱、有价值的作品都是直接从肯普费和桑伯格那里借鉴的……
> 在日本停留了将近5个月，我还没有到可以证实、修改或否定作家们引用的事实的地步。①

尽管有这种见解，但日本学研究在数十年后才逐渐在德国确立起自己的学科地位。现在涌入市场的许多日本作品中，基本可以分为"明治天皇时期的德国人"②撰写的以客观事实为基础的出版物，以及环球旅行者和日本游客的旅记。③ 日本几乎是在一夜之间成了一个模范国家，导游们开始争相"开发"它的旅游景点。④

---

① 马龙：《日本和中国：普鲁士远征东亚期间的旅行随笔》，柏林：奥托·詹克出版社1863年版，第19—20页。
② "明治天皇时期的德国人"指那些在明治政府时期（1868—1912）被带到日本作为科研导师和顾问待了几年的德国人。想了解他们对日本的印象，可参见弗赖塔格：《明治时期德国人看日本人》，莱比锡：哈拉索威茨出版社1939年版。
③ 参见杜勒斯：《洋基队和日本武士》，纽约：哈珀与罗出版社1965年版，第231—249页。
④ 所以1877年爱德华·H.霍尔在纽约出版了《独特的旅行者：实用世界旅行指南，供赴欧洲、美洲、澳大利亚、印度、中国和日本的旅行者使用》。1881年大卫·默里在东京出版了《旅行手册》，1894年他又出版了《日本》手册。

其中最早、最明智,也是被阅读最多的关于日本旅行的报道出自前奥地利外交官和政治家亚历山大·冯·霍伯纳。1873年,他的著作《1871年环游世界》(*Promenade autour du monde en 1871*)在巴黎出版,1874年德语版和英语版问世,1875年美国版发表。1885年《环球漫步》(*Ein Spaziergang um die Welt*)已经发行第五版。霍伯纳也谈到了德国人在东亚的情况:

> 德国船舶大多运送英国和瑞士的产品,很少承载德国人的。它们很少从德国码头出发……但他们的旗帜却吹向了中国和日本所有的海域,甚至是这两个国家之间最偏远的港口。德国人的活动已经蔓延到了水域和陆地上,除了中国人,他们是英国贸易和英国航运最危险的对手。①

此外,伊莎贝拉·伯德(Isabella Bird)的游记《日本冒险之旅》(*Unbeaten Tracks in Japan*)也非常成功——这本书从远离旅游潮的视角描绘日本,同时是由女性作者所著。它先后于1880年在伦敦、1881年在纽约、1882年在德国出版。② 让-皮埃尔·莱曼(Jean-Pierre Lehmann)把作者描述为一个"约克郡老姑娘",她在47岁时开始环游世界:"除了关于日本的著作以外,她在世界各地

---

① 霍伯纳:《环球漫步》第二卷,莱比锡:O.T.魏格尔出版社1875年版,第15页。根据1871年4月29日哈里帕克斯爵士的报告,居住在日本的有:782名英国人,229名美国人,164名德国人,158名法国人,87名荷兰人和166名其他国家的欧洲人。(霍伯纳:《环球漫步》第二卷,莱比锡:O.T.魏格尔出版社1875年版,第23页)
② 伯德:《日本冒险之旅》,耶拿:科斯特诺布勒出版社(Costenoble)1882年版。原版于1881年在伦敦出版了4次,第三版修订版于1888年出版,第二版德语版于1886年出版。

旅行的记录也令人印象深刻……"①

除了这些游记以外,一种新的叙事散文也开始形成——基于发生在日本的事实和个人在日本的经历或印象写成的故事和小说。其中以皮埃尔·洛蒂(Pierre Loti)的《菊子夫人》(Madame Chrysanthème)和拉夫卡迪奥·赫恩(Lafcadio Hearn)创作的有关日本的叙事散文最为典型。② 在德国,马克思·道滕代(Max Dauthendey)的小说《琵琶湖的八面》(Die acht Gesichter am Biwasee,1911)非常有名,并且今天仍在出版。虽然道滕代和赫恩一样用印象派诗歌般的语言将日本美化成一个童话王国,但叙事家鲁道夫·林道、雨果·罗森塔尔-博宁(Hugo Rosenthal-Bonin, 1840—1897)和艾玛·布劳恩斯(Emma Brauns, 1836—1902)却对日本持现实主义的批评态度。

鲁道夫·林道是一位外交官,同时也是商人和作家,他是自佩里远征后到达日本的"第一代"欧洲人,并且在东亚待了10年之久。1859年,他受瑞士贸易和海关部门的委托与幕府政府进行谈判。1864年担任瑞士驻横滨总领事。这个时候待在日本并非没有危险——幕府将军的对外友好党面临着一个强大的排外党,这个排外党一心想要消灭幕府复辟天皇。在与普鲁士签订条约前不久,这个党派的狂热分子刺杀了美国使馆的翻译亨德里克·休斯根(Hendrik Heusken),他也曾大力援助过德国外交

---

① 莱曼:《日本形象:从封建孤立到世界大国(1850—1905)》,伦敦:乔治·艾伦和昂温出版社1978年版,第195页。
② 关于洛蒂和赫恩眼中不同的日本,可以参见小野节子:《西方的日本形象:通过洛蒂和赫恩的西方看到了什么?》,日内瓦:信使印刷厂出版社1972年版。

使团。

林道的作品中有一些以日本或中国为背景,特别是针对《旅伴》(*Reisegefährte*)系列丛书汇编的随笔集,中短篇小说和犯罪小说《小世界》(*Die kleine Welt*)。林道总是从冷静客观的观察者的角度叙事,他的主人公大多是欧洲"殖民地"中性格迥异的不同类型的人,就像他在上海和横滨结识到的那些人。林道感兴趣的是使读者有所触动的主人公们的生平,虽然众所周知,这些经常只是一些片段性描述。他在作品中通常只略微提一下日本人和中国人,里面甚至也没有对日本风景或自然的描述。对他而言,庙宇作为一个特定地方,只是人们的行动之所。相比之下,林道则着重描述了弥漫在横滨所谓"文明先锋"封闭圈内的大众舆论和不成文的法律。俱乐部是社会生活的中心,各种不同类型的人或早或晚都会出现在那里。在那里,他们拥有自己的绰号,他们的社会地位也会被重新定义。林道作品中的主人公大多是欧洲社会的异类——地理位置上的隔离隐喻了内在的问题,许多人为生活所迫,幻想破灭,有的人甚至过着支离破碎的生活。林道作品中的"日式"或"中式"元素也不多。此外,他还描述了男性为时代所迫不得不去日本,而不是在阿拉斯加碰运气。霍伯纳男爵在他关于日本的著作中也谈到了这类淘金者:

> 那些真正致富的人是少数,他们带着喜悦的心情离开了流亡国家,在那里他们失去了生命中最美好的岁月。他们回家了,返程了!这两句听起来多么动听!而剩下的人只能发出叹息。但我认为,这些幸福的平凡之人最快乐的时刻就是

第六章　我眼中的日本：诗与真之间的旅游小记

回家。这是一个充满甜蜜欺骗的时代。①

在《小世界》中，林道将故事情节与当时亲身经历的日本政局联系起来，在《武士》(Sedschi)这部历史小说中，主人公甚至是一个日本人。林道描述了两次真实发生的政治谋杀，这让欧洲人非常惊讶和愤怒。

从《小世界》这一标题中就可以看出林道的理念：世界……变得如此之小，以至于所有人都相互认识。② 没有人能逃避过去，在日本也是如此。爱尔兰人杰维斯是一位优秀的骑手，他在横滨是个受人尊敬的人，人们羡慕他的体魄和勇气。然而有一天，一艘船将丹尼尔·阿什伯恩和他的爱尔兰仆人带到了横滨，这时杰维斯的过去被揭开了面纱。多年前，他在爱尔兰杀死了一个让他受到不公待遇的对手（真正的原委还不明朗）。杰维斯谋杀的这个人正是丹尼尔·阿什伯恩的朋友，现在他很害怕被认出来，因此把丹尼尔·阿什伯恩也给杀了。起初杰维斯并未受到怀疑，但葬礼时他不得不前来，并被阿什伯恩的仆人认了出来。杰维斯成功地逃走。后来人们猜测，他也许是乔装成武士混进了国家内务部门，因为他日语说得很好。

林道又描述了1860年幕府实权政治家井伊直弼被水户藩的激进浪士暗杀的历史故事③（水户家族支持复辟天皇，以求恢复自

---

① 霍伯纳：《环球漫步》第二卷，莱比锡：O.T.魏格尔出版社1875年版，第22页。
② 林道：《小世界》，载保罗·海耶斯·路德维希·莱特纳编：《新德国中篇小说集锦》第七卷，柏林：环球出版社1880年版，第185页。还可参见林道：《中短篇小说集》第四卷，柏林：F.冯塔纳出版社，第24页。
③ "备忘录中记录了暗杀原因，凶手对为了和平而牺牲国家荣誉的渐进式外交政策予以猛烈抨击。"参见布鲁诺·西默斯：《融入世界交通的日本1853—1869》，柏林：埃米尔·埃伯林出版社1937年版，第45页。

己的权力)。9名武士在刺杀事件中丧生,包括他们的头目,他在这部小说中叫杰维斯。杰维斯的尸体像其他人一样,没有举行仪式就被草草掩埋了。这是一个三重凶手应有的结局吗?林道赋予其命运以讽刺之意:几年后,支持幕府的执政党派不得不让位给天皇派。浪士的刺杀事件被看作爱国主义英雄事迹,并且要给刺杀者们建一座小庙宇。杰维斯,一位勇敢的骑手和鲁莽的武士,也得到了命运曾经阻止他得到的尊重与敬意:"然而,精彩的民间传说讲述了他(杰维斯)的可怕目光如何使那些想迫害他的凶手惊恐万分,没有人敢走近他,直到他最后被一支毒箭射中而死。他的身躯倒下了,却释放出无所畏惧的灵魂。正如英雄们该做的事,将死之人应该亲吻大地,慈悲的大地母亲独自看着被死亡打败的一张面孔。"①

在《小世界》1880年出版之前,《武士》的梗概已经出现在1870年出版的法语版《审查现有的两个世界》(Revue des deux mondes)中了。② 林道在里面也写到了凶手,他像警察写犯罪记录一样客观地描述了1864年深秋两名日本浪士——林道本人当时在横滨——如何在镰仓附近谋杀两名英国军官鲍德温少校和伯德少尉。接着描述了其中一个表现沉着、视死如归的罪犯——清水战士是如何被逮捕和处决的。在他死于横滨之前——死刑是在公开场合并且在英国第二十军团面前执行的——罪犯再次认罪,但

---

① 林道:《小世界》,载保罗·海耶斯、路德维希·莱斯特纳编:《新德国中篇小说集锦》第七卷,柏林:环球出版社1880年版,第252页、105—106页。
② 林道:《西米索·塞吉:日本故事》,载《两世界评论》第87卷,1870年版,第213—243页。德语版参见《旅伴》,载《中短篇小说集》第五卷,柏林:F. 冯塔纳出版社,第183—218页。

也嘲笑了围观者。他被阻止采取自杀的方式(切腹)结束生命。最后,林道提到了第二个凶手被捕获和处决时的情景。与清水战士不同,这位凶手既没有英雄般的勇气,也不沉着镇定。尽管林道在客观地讲述这则历史事件,但读起来更像是一个虚构的、紧张刺激的犯罪故事。

林道对日本人的态度与日本开放之前欧洲人对他们普遍采取的消极态度几乎没有什么不同。1854—1868年,前往日本的欧洲人并不像曾经的耶稣会士那样,到日本是为了进行思想交流,他们是为了获得政治特权和经济利益。日本人那边不得不屈从于西方国家的军事胁迫,但却抱着(正当的)怀疑态度与西方国家接触。林道的作品里没有任何一个欧洲人在人际交往方面有想要接近日本人的意愿,他们之间的关系仅局限于官员、政治家和仆人。林道在谈及参观横滨日占区的营业所和携妻子出席一些活动(正如皮埃尔·洛蒂在小说中所描述的)时,并没有运用他的外交技巧。对他来说"日本人"几乎等同于"武士",所以当林道强调日本人的典型性格是脾气大、报复心重、勇敢和视死如归时,人们也不会感到惊讶。

理查德·M.迈尔对鲁道夫·林道的文学作品在文学史上的地位作了如下评价:"盛名之下,其实难副,林道的大多数长短篇小说皆是如此。"[1]海因里希·施皮罗(Heinrich Spiero)将林道和查尔斯·西尔斯菲尔德(Charles Sealsfield)进行对比,强调林道的观点丰富,时间跨度广,在林道之前,没有其他地位相当的德国诗人

---

[1] 迈尔:《十九世纪德国文学》,柏林:乔治·邦迪出版社1906年版,第502页。

能够做到这一点。①

雨果·罗森塔尔-博宁以船医的身份来到日本。和鲁道夫·林道一样,他经历了这个国家动荡的岁月,正值第一批日本港口重新向西方船只开放。人们在19世纪的文学史中搜索他的名字虽然会遍寻无果,但他的长短篇小说在1880年至1900年却很受读者欢迎。② 其中短篇小说《长崎画扇师》(*Der Fächermaler von Nagasaki*)的故事发生在日本,它使德国公众对那个时代的东亚产生了极大兴趣。保罗·海耶斯(Paul Heyse)和路德维希·莱斯特纳(Ludwig Laistner)从鲁道夫·林道和罗森塔尔-博宁的作品中各选取了一部"日本"小说纳入他们的《新德语短篇小说集》(*Neuer Deutscher Novellenschatz*)中。③ 路德维希·莱斯特纳尤其强调了罗森塔尔-博宁作品中的"现实主义风格":"风光与背景,自然与生活,民俗与职业并不是用来随意装饰故事的成分,而是故事的主要组成部分,其吸引力在于它虽受故事所发生的地点和人物所限,却描绘了人类的命运。"④

罗森塔尔-博宁自己将《长崎的画扇师》称作"真实的短篇历史小说"。⑤ 然而恰恰在忠于史实方面,这部作品做得不太好:作

---

① 施皮罗:《鲁道夫·林道》,柏林:埃贡·弗莱舍出版社1909年版,第123—124页。
② 所以例如苏黎世的"博物馆协会",作为当时一个民间阅读协会,为其成员提供了罗森塔尔-博宁的6部短片小说和3部长篇小说。
③ 罗森塔尔-博宁:《长崎的画扇师》,载海耶斯、莱斯特纳编:《新德国中篇小说集锦》第二十一卷,柏林:环球出版社,第95—120页。关于林道的信息,可参见林道:《小世界》和《中短篇小说集》。
④ 海耶斯、莱斯特纳编:《新德国中篇小说集锦》第二十一卷,柏林:环球出版社,第97—98页。
⑤ 同上书,第112页。

第六章 我眼中的日本：诗与真之间的旅游小记

者为了让爱情故事顺应当时的时代潮流，塑造了一个不可信的主人公形象。明妥当雅是一个画扇师，他爱上了一个美丽年轻的女孩，女孩也爱上了他。但他处于市民阶层，而女孩却属于日本的贱民阶层。从这一基本情况出发，作者本来是能够给他的小说设定一个很令人满意的结局的，无论是喜剧还是悲剧。事实上确实有一部扣人心弦的日本小说，讲述了一个没有阶级地位的女孩和一个上流武士之间的爱情故事，两人因为不可逾越的阶级差异最终以悲剧收尾。A.B.米特福德（A. B. Mitford）在选集《古日本传奇故事集》（*Tales of Old Japan, 1871*）中，将其翻译成了《伊塔少女和旗本》（*The Eta Maiden and the Hatamoto*）。①

贱民阶层曾在耶稣会传教士的报道中被提到过，关于长崎的这个阶层的情况，恩格尔伯特·肯普费后来写道：

> 比城市信差这一行当更让人鄙视的是行刑者（Jetta），这些人从死去的牲畜身上剥下皮毛，把它们制成皮革，还制成木屐和其他东西。此外，他们会折磨罪犯，把他们钉在十字架上然后砍死。他们并没有和其他居民住在一起，而是住在城外或者城市前面靠近法院的地方，这个法院建在城西面的军用道路上。②

根据法律，贱民是不准踏进市民住处的，更不用说从市民中选

---

① 《古日本传奇故事集》，米特福德译，拉特兰、东京：查尔斯·E.塔特尔出版社1966年版，第176—198页。德语载舒斯特编：《日本犯罪故事》，斯图加特：雷克拉姆出版社1985年版，第22—45页。
② 肯普费：《日本史》第二卷，斯图加特：F. A. 布罗克豪斯出版社1964年版，第28页。

择配偶。① 米特福德对这个阶层的女性是这么描述的:"作为流浪的吟游诗人,他们的女儿和年轻的已婚女人获取了一些被称为追鸟(Torioi)的东西,她们在三弦琴(一种班卓琴)上演奏,歌唱着民谣。她们永远不会脱离自己的团体,但又会保持相对独立,这是一个受人鄙弃和蔑视的阶层。"②

罗森塔尔-博宁是因为看到米特福德书中的讲述所以想到写这样一个故事,还是他真的听说过长崎的这个故事,这都是次要的。重要的是,他让自己作品中的画扇师阅读了一段时间的外国书籍,并把其刻画成特别向往欧洲生活方式的一类人,但是在那个时代只有少数特定的人才对西方有比较准确的了解(罗森塔尔-博宁总是很奇怪地说成"东方")。故事确实发生在长崎这座港口城市,它在17世纪初几乎全部被基督化了。后来在基督徒被迫害灭亡后,荷兰人的外国代理贸易在此活动长达200年之久。在1865年前后,它又再次向所有西方国家开放。尽管如此,作者并没有指出为什么恰恰是画扇师要接触外国文字。

作品中的爱情故事是这样的:画扇师突然变成了一个有钱人,因为他把自己美丽的爱人(没人知道他的爱人是谁)的画像画在扇子上作为装饰,就这样所有人都要买他的扇子。他甚至都没有告诉母亲这些扇子是他自己做的,同时他把赚的钱都存了起来。画扇师想和心爱的人移居到陌生的国度:"那里的人都非常理智,

---

① 因为受法律保护,1871年人们不再歧视这个群体,但直至今日,人们在日本也会避免提起"伊塔"这个词。
② 《古日本传奇故事集》,米特福德译,第199页。

我们的幸福也将在他们那儿找到。"①然而在两人实现这个计划之前,他们被命运捉弄了。在三月初三节这天——罗森塔尔-博宁把它称为桃花节,一般把这个节日称作木偶节——女孩头上戴的一顶大草帽被人无意间撞掉了,于是有人认出她就是被画在最近流行的扇子上的女子。

人们愤怒地聚集在一起,因为他们居然会如此倾心于一个被鄙视的贱民女子的画像!他们感到自己被亵渎了。于是民众聚集起来,集体到画扇师住的巷子里,寻找那个"始作俑者"——也就是这个画扇师。女孩则意外地被挤进了明妥当雅一家的房子里,这家人要把她赶出去。她的爱人,那位画扇师在众人面前为他对女孩的爱和他的艺术创作进行辩护。人们满腔怒火地想要冲向画扇师,这时女孩迎了上去,她被这群人杀害了。画扇师从此也遭人唾弃,于是这位艺术家离开了他的家人和原有的社会圈,甚至也离开了长崎。他搬到城前那些贱民那儿,成为他们中的一员。"他在那里安静地生活,整天只是研究东方(指的其实是西方)民族的语言。他尝试着用陌生姓名通过宣传册向自己的同胞解释清楚这些民族的风俗习惯、公共设施、科学和法律……然而他再也没有踏进家乡城市半步……1865年夏,他依然作为长崎稀奇古怪的传说人物活着。"②

正如莱斯特纳强调的那样,引人入胜的是故事中的民族元素:贱民问题,关于画扇师艺术的附加说明③和对木偶节的描述。群

---

① 罗森塔尔-博宁:《长崎的画扇师》,载海耶斯、莱斯特纳编:《新德国中篇小说集锦》第二十一卷,柏林:环球出版社,第107页。
② 同上书,第120页。
③ 可以在霍伯纳的《环球漫步》中发现,罗森塔尔-博宁或许从附加说明中受到了启发。

众聚集的那部分描写也很生动。与此相反,对人物性格的刻画却很单薄,人物间的对话比较生硬。作者试图用画扇师对女孩的爱和画扇师开明的西方思想去解释画扇师的行为,这是一种容易引人误解的时代错误。至少需要充足的动力来支持这种做法。此外,画扇师对愤怒的同胞们说的话听上去幼稚而天真,没有半点英雄式的豪言壮语:"你们自以为是这个地球上最聪明的民族,正如把最卑鄙的恶习赶出你们的城墙一样,你们排斥一切美好的事物和女性的美德!谁是罪魁祸首?你们!除了你们还是你们!这就是我想跟你们说的。"①

虽然叙述者试图在一定程度上从当事人的角度来讲述这些故事,但这些话透露出的却是他作为一个旁观者的视角。而且在其他地方,作者也总是会插入一些表明其欧洲人特征的评论和解释。这使得这部小说颇为矛盾:爱情故事旨在让读者对角色产生共鸣,但叙述者的言论却赋予了读者一个欧洲观察家和评论家的角色。

1884年,C.W.E.布劳恩斯(C.W.E. Brauns)创作的一部通俗小说《弁财天的针》(*Die Nadel der Benten*)②在柏林出版。这部日本"现代"小说不仅见证了日本对西方实行开放政策以来自身发生的变化,而且见证了德国思想和社会的发展。小说的作者是一位有自己观点并能够全面透彻看待日本的女性。③

---

① 罗森塔尔-博宁:《长崎的画扇师》,载海耶斯、莱斯特纳编:《新德国中篇小说集锦》第二十一卷,柏林:环球出版社,第116页。
② 布劳恩斯:《弁财天的针》,载《现代日本小说》第二卷,柏林:奥托·詹克出版社1884年版。该小说的再版于1883年收录于《德国小说报》第四卷。
③ 可能因为担心自己的女性身份会给人们带来不信任感,女作者没有勇气写上全名。

第六章 我眼中的日本：诗与真之间的旅游小记

自从19世纪40年代乔治·桑（George Sand）以自己的小说和生活方式在德国宣传女性解放思想以来，越来越多的女性积极地为民族精神做出贡献。女性作家在80年代不再是稀罕物，但是曾在异国他乡生活并能够将这种生活描绘出来的女性却并不常见。艾玛·布劳恩斯（Emma Brauns）曾陪同她的丈夫——地质学家大卫·布劳恩斯（David Brauns）到日本，1879—1881年他曾在东京帝国大学担任客座教授。① 作为一名受过教育的进步女性，艾玛·布劳恩斯的小说核心是一位现代日本年轻女性的解放之路，② 为此她选择了一个跨国主题，从一个特定的国家，即以日本为背景，渲染出一种特别的情调。读者以这种方式可以很快熟悉小说要探讨的疑难问题，小说中充满异国情调的氛围也令读者惊讶不已。作者这样总结自己的观点："我现在以小说的形式来表达自己观察到的现象，希望能够满足一种越来越明显的需求，用外行人的愿望来说会更加清楚：了解奇特的日本人和他们特有的家庭生活的需求。"

像林道和罗森塔尔-博宁一样，艾玛·布劳恩斯力求把事实描述得更加准确，使其有据可考。她的小说也顺应了当时的潮流，探讨了西方思想与日本传统思想之间的碰撞。但是她对这个陌生的国度并没有保持一种冰冷的距离感，也没有对这个国家做个人的批判。作者只是通过情节的推进和小说中女主人公的命运来表明

---

① 布劳恩斯自1874年起从事写作，她的丈夫对文学也有兴趣：1885年他的《日本民俗杂谈》在莱比锡的威廉鄢特烈出版社出版。
② 日本语言文学研究者早在1873年就对日本女性的地位进行过讨论：首届巴黎国际东方会议上，5位学者探讨过这个话题。参见《首届巴黎国际东方会议》，载《外国文学杂志》1876年第44卷第21期，第311—312页。

她对日本进步的亲西方势力的同情和支持。这种态度可以被视为现实的或欧洲的文化沙文主义,然而无论如何,它都不可避免地具有时代局限性。

艾玛·布劳恩斯访日时,鲁道夫·林道离开日本才10年,但在这期间形势却发生了根本性的变化。外国人在日本可以自由活动,能够与日本人保持联系,他们在日本首先是作为科学达人而广受欢迎。日本决心尽快在世界列强中占有一席之地。艾玛·布劳恩斯将进步的外国友好党派支持者和从根本上排斥外国人的保守党支持者进行了对比。但是没有一个欧洲人出现,只能靠极强的个人感知能力对实际情节中的政治背景进行描写。日本和德国俾斯麦时代一样,动荡时代背景下的主要特色是这样一种事实——宗教在小说人物的生活中只是次要的。标题中提到的弁财天是日本民间信仰的七福神中唯一的女神,基本上只是女性希望的象征,她们希望得到认可,受到社会的公平对待。然而,弁财天寺庙的佛教徒守护者们却有担忧的理由:日本政府为了从根本上改变现状,在19世纪70年代废除或拆毁了许多佛教寺庙,庙里的艺术珍品被贱价抛售到国外。后来神道教取代了佛教的地位,成为明治维新进行全国复兴的思想基础。

但小说中从未提及基督教。虽然日本实行开放政策以来,天主教传教士们惊喜地发现,九州的一些家庭秘密地信仰了基督教,而且长达200多年,到1871年又有数千名日本基督徒出现。但从1873年基督徒们被允许自由信教后,受洗人数却增加缓慢。基督教在日本失去了机会,反天主教群体想要将这归因于耶稣会传教士的影响:那时基督徒这个名字……是"反抗者"的代名词,而且

第六章 我眼中的日本：诗与真之间的旅游小记

"直到现在情况依然如此"。1876 年有人写道："日本对基督教根深蒂固的仇恨证实了基督教在日本只能出现在早期。"①这并不针对日本整个民族，最多指的是具有排外倾向的政界。当 19 世纪日本的现代化进程开始时，甚至引发了关于基督教是否应该被引入日本的严肃讨论。人们开始研究基督教在世界强国的政治、经济和社会中所起的作用，最终认为基督教对日本的现代化进程和在领先国家中占有一席之地并非必要。所以日本人首先把注意力集中在了经济和军事上，他们在与中国和俄国的战争中取得胜利，这证明了他们的想法是正确的：从此日本作为和西方国家平等的强国获得了他们的尊重。

艾玛·布劳恩斯的小说创作于 1830 年前后，小说女主人公的祖母乌塔向女神弁财天奉上一枚珍贵的钻石针，请求得到公正。她请求女神为她复仇，报复那个把自己作为小妾随意赶出家门的征夷大将军。从故事里虚构的浪漫桥段中，读者会了解到"弁财天的针"到底会发生什么。征夷大将军的命运，乌塔的儿子伊万里卷入的即将解散的政府事件，这些构成了故事的现实政治社会背景。

作者在第一章相当详细地描述了日本 19 世纪 50—70 年代的政治事件，她描述了幕府是怎样屈服于西方列强的压力和军事威胁而实行对外开放，她还陈述了仇外党的努力和目标，这个党在废除幕府和恢复天皇的旧权力之后处于一种矛盾的状态，它必须采取之前征夷大将军采取的让人感到恐惧的政治措施！伊万里先生说道："最终的结果是——如果你没有经历过，很难相信——这个

---

① 《日本的佛教和基督教》，《外国文学杂志》1876 年第 45 卷第 31 期，第 445 页。

部门和之前最后一位征夷大将军一样在外来者面前保持顺从……"①艾玛·布劳恩斯这么形容这些保守派政治家的态度:

> 只有那些能提高我们在国外威望和影响力的改革才允许实行。是的,朋友们,在内心深处我们依然是日本人,对我们的旧传统忠贞不渝。基于这些原则我们不仅要在一定程度上受国外的影响,而且还要在我们的自身利益和政治有需要时适当地讨好外国人。②

故事的主要情节围绕伊万里女儿的生活展开,她继承了祖母的姓氏和美貌。她的父亲从弁财天的神职人员那儿把钻石针赎了回来并把它作为礼物赠送给自己的女儿。"这枚针除了能够赠予人以永恒的美貌,此外只要拥有者将它再次带到女神面前,就能实现所有愿望。"③但是乌塔却并不开心:"我几乎不知道该怎么形容,每当我要戴上这枚针的时候,就有种很奇怪的情绪笼罩着我……有时我好像突然痛苦地认识到,日本的女性一直在过着没有权利、不受保护的生活。"④乌塔知道她的祖母被幕府将军毫无理由赶出去这件事后,就永远没办法克服这种屈辱感。乌塔的母亲在分娩时就去世了,但是在她父亲现在的正房妻子身上,乌塔能够看到这样一位女性的生活有多么的冷清和空虚。伊万里女士重

---

① 布劳恩斯:《弁财天的针》,载《现代日本小说》第二卷,柏林:奥托·詹克出版社1884年版,第15页。
② 同上书,第13页。
③ 同上书,第130—131页。
④ 同上书,第131页。

视排场和秩序,她会把漂亮的妾室领到自己丈夫面前,并以此为傲。不过仆人乌梅唤起了乌塔的同情:她年轻貌美时,在伊万里家中很受欢迎,现在年老色衰,到了应该被送走的时候。乌塔把乌梅收作了自己的仆人。

乌塔自己过得不错,她爱自己的父亲,父亲对她也很宠溺。按照旧习俗,她被许配给了一位武士,虽然和他素未谋面,但到目前为止,乌塔并不排斥。直到乌塔的未婚夫去世,伊万里一家必须照顾与乌塔的未婚夫同居过并育有一子的女人时,乌塔才看清了日本上流人士妻子的普遍命运。这位女人虽然能够让自己在伊万里家里过得有滋有味,但是她通过在妓院学到的一些手段,这些手段也让乌塔蒙羞,这位年轻的女人开始取悦伊万里先生,和他调情聊天。她确实成功了:伊万里先生最终娶了这个女人为正房妻子,原来的妻子伊万里女士的地位则降了一级。

当乌塔认识了她父亲的政治对手马库茨基时,她明白了现代社会的日本女性要面临的其他问题。马库茨基曾在西方学习并接受了西方的思想,有着西方人的言谈举止。与之相反,他的妻子在日本保守的教育方式下长大,对丈夫在公共场合骑士般的行为和无所顾忌的温柔态度有点吃不消。事实上她觉得丈夫的爱很脆弱。作为一个顺从的妻子,她不敢责备丈夫,但她知道,所有具有传统思想的日本人都会觉得马库茨基可笑。相反乌塔很理解马库茨基,"他的行为,他的本性……没有人理解。"[1]她懂得"日本女性一直生活在一种屈辱状态之下,她从灵魂深处蔑视这样

---

[1] 布劳恩斯:《弁财天的针》,载《现代日本小说》第二卷,柏林:奥托·詹克出版社1884年版,第132—133页。

的状态"①。

虽然小说的结尾部分有一些吸引眼球的独立场景,但这时的情节已经不能令人信服,因为作者很生硬地插入了一个幸福的结局。乌塔的父亲在一场阴谋中被别人煽动去对抗马库茨基,让其身败名裂,结果是马库茨基被他的妻子抛弃,不过乌塔向他伸出了援手。乌塔为了他再次向弁财天贡献了自己的神针,马库茨基挽回了自己的荣誉,之后便离婚了,他的妻子嫁给了一个更适合自己的性格保守的男人。乌塔和乌梅一起去了香港,去投奔她那上了年纪的中文老师,老师最终收留了她们。马库茨基则被外派到一个偏远的县当县长,一段时间后他被委以重要的外交任务派往意大利,据说他在那里待了几年。在此期间,他从乌塔的中文老师那儿获悉了那次阴谋的全过程,也知道了乌塔为他所做的一切。他被乌塔高尚的情操和进步的思想吸引,为乌塔重新赎回了弁财天的神针。在去意大利的途中他在香港作了停留,马库茨基和乌塔举行了婚礼。就这样,作者给乌塔的故事安排了一个快乐却又不可思议的完美结局。然而就小说的政治层面而言,给出一个如此简单的解决方案显然是行不通的,所以艾玛·布劳恩斯就把对未来的期望作为结尾:"在日本帝国仍然有很多像伊万里这样的人,然而我们期待新一代有思想的爱国主义者能够像马库茨基先生一样,在自己国家成功地传播真正的文明,为造福全国人民竖起他们胜利的旗帜。"②

---

① 布劳恩斯:《弁财天的针》,载《现代日本小说》第二卷,柏林:奥托·詹克出版社1884年版,第133—134页。
② 同上书,第231页。

同时代的读者当然会赞同作者这个有点心高气傲的愿望。但在数百年后的今天我们可以看到，在日本政坛上占据统治优势的基本都是像伊万里一样的人。不向传统妥协会导致身份的丧失。小说描绘的现实也已经基本表明了发展趋势。乌塔对社会秩序和日本女性地位的批判来得太突然，让人在心理上不能信服。马库茨基这个人不仅在他周围的大环境面前显得苍白无力、思想简单，偶尔还很可笑，在读者面前也是如此。乌塔和马库茨基为了过上幸福的生活必须要离开日本，而伊万里虽然被刻画得几乎没有什么同情心，但作为政治家和一个人来说却是值得信赖的。

或许有人会问，为什么上述这类"日本"小说在今天都被遗忘了？显然这里涉及的是与时代相关的文学。一方面它为当时的读者提供了消遣，另一方面它也提供了有关日本的一些信息，不过这方面对今天的读者而言就失去了它的时效性，而且故事展现的异国情调的独特魅力也减少了。这些作品中没有一部是有艺术价值的：不管是罗森塔尔-博宁和艾玛·布劳恩斯爱情故事里的主角，还是林道犯罪小说中的主人公，他们都不是让人在心理上信服的人物。他们虽然有所行动，但没有明确的性格特征，他们被卷入神秘莫测的冲突中，却缺少丰富的内心活动。

这些小说的时代背景至今仍令人感兴趣。小说对历史关系的情况描述得相当详细，通过作者的描述也可以看出当时德国对日本态度的变化。与此同时，陌生的环境对叙述者而言是普遍问题的催化剂。林道对日本的态度十分冷漠，他运用日本的场景来展现社会边缘人物的悲剧命运。他的主人公们在既定的社会秩序之外要么经得起考验，要么以失败告终。在日本，不同的文化、政治观念和经济目标之间相互碰撞，往往以暴力收尾，谁能说出这种暴力是英雄行为还是犯罪行为？评价的标准会随着政治形势的变化而改变。

罗森塔尔-博宁对日本的态度则十分矛盾。除了林道，他也试图在自己的小说中反映日本人的思想和生活方式。另一方面，他无法抑制自己作为欧洲人的优越感，直到近代，大多数到日本的西方游客仍有这种优越感。

艾玛·布劳恩斯想让她的德国读者完全置身于日本的情境当中。与罗森塔尔-博宁不同，艾玛·布劳恩斯虽然把日本看作一个传统的国家，但总体上还是认为日本和欧洲地位平等。她并没有把欧洲人和日本人视为对立面，而是把思想进步的人们和有传统思想意识的人们进行对比，这样她的读者几乎不会有东西方之间存在文化落差这种印象。虽然艾玛·布劳恩斯希望日本尽可能地西化，但从她的小说中可以清楚地看出，日本除了走自上而下温和中庸的改革和现代化之路外，别无选择。

结束语

纵观19世纪欧洲与东亚之间的文化交流，各个参与国的反应有所不同，但也有相似之处，这是特别让人感兴趣的地方。中国在政治和文化领域都经受住了西方施加的压力，其传统华人中心主义世界观使得与西方文化融合变得不可想象。但是欧洲也形成了一种明显的民族优越感的文化意识，它把外来文化的人划分为"没有教养的野蛮人"和"高贵的野蛮人"。[①] 乌尔斯·比特利写到，一个"没有教养的野蛮人"和把自己视为人的群体是对立的；而"高贵的野蛮人"则是"没有教养的野蛮人"向积极方向转化的影像。在所有的外交尝试都以失败告终后，欧洲开始用攻击和蔑视的态度对待中国，贬低中国的文化已经"奄奄一息"，评价中国的艺术是在"古怪的幻想中毁灭"。[②] 他们认为中国能为他们提供的只有殖民地。如果说人们在18世纪还能看到不同文化之间的共性，那么现在他们强调的则是外来文化古怪异样又让人不舒服的特性，这种特性人们自认为已经摆脱。因此欧洲人喜欢赋予敌人以"中国人"的特征，以此让他们丢脸，这不仅可以在报纸文章和游记中

---

① 参见比特利：《野蛮与文明：欧洲与非欧洲文明之间的相遇》，慕尼黑：德国袖珍书出版社1982年版，第367—376页。
② 《文学回声》，1899年版，第438页。

得到证实,在政治抒情诗、民间戏剧、手工艺品和文学中也可以见到。如果人们考虑到,没有教养的野蛮人和高贵的野蛮人这种观念是"集体无意识的一种原型,且并不是某一种文化所独有的",那么19世纪中国人和欧洲人将彼此视为"没有教养的野蛮人"便不足为奇了。①

经过最初的抵抗,日本在和西方的文化碰撞中做出了妥协。日本在表面上是不加批判地全盘接收西方成果,只有当它在世界政治舞台上有了一席之地后,才转向了自身的"文化身份"问题。西方国家方面对日本的态度很友好。但在这种情况下,西方国家对混合文化的产生也表现出一种奇怪的厌恶:"我们发现……大多数西方人要么倾向于完全接纳外来文化从而转型,要么倾向于完全保持自己的文化。"②在我们看来,形成这种态度的原因在于欧洲人和美国人的民族中心主义的文化意识。日本如果是一个完全"现代化"的国家,那么它将一直是西方的模范学生,这恰好生动地证明了西方了不起的文化优越感。反之,如果日本是一个"保守的国家",至少拉迪亚德·吉卜林(Rudyard Kipling)希望它能成为"高尚野蛮人"的露天博物馆,在这里人们像在天堂一样和大自然亲密接触,把自己的生命献给美和艺术。③

---

① 比特利:《野蛮与文明:欧洲与非欧洲文明之间的相遇》,慕尼黑:德国袖珍书出版社1982年版,第374页。
② 莱曼:《日本形象:从封建孤立到世界大国(1850—1905)》,伦敦:乔治·艾伦和昂温出版社1978年版,第53页。
③ 吉卜林:《从海到海》第一册,莱比锡:陶赫尼茨出版社1900年版,第310页:"建立一个对日本的国际宗主权是值得的。消除对侵略或吞并的恐惧,并向法国支付它所选择的任何金额,条件是它只需静静地坐着,继续制造美丽的东西,而我们的人却在学习。把整个帝国放在一个玻璃盒子里,并在上面标上'非参赛国'展品A,这对我们来说是值得的。"

结束语

然而在100年前,不同文化间的碰撞形式并不是由欧洲民族中心主义的优越感决定的,那时首先发挥作用的是耶稣会士们在日本(和中国)的传教观:传教士们认识到,只有当他们一方面适应外国的本土文化,另一方面强调外国文化和西方文化之间的共性,这样他们才有可能真正地适应外国文化,也才能在这些国家成功传教。这种情况的前提条件是他们要入乡随俗,遵循当地的风俗习惯,学会当地的语言,使他们的价值观和东道国的价值观协调一致。只有当基督教的教义与日本生活的方方面面(如果一个日本基督徒在自己的国家不被视为异类的话)协调一致时,传教才能进行并持续下去。正是这个原因,传教士学校才有可能引入茶道;而前禅宗的追随者,如著名的亲王索林王子,也得以被指导参加伊格内修斯·冯·洛约拉关于"精神练习"的沉思冥想活动。

与此同时,耶稣会传教士在欧洲也竭力唤起人们对日本这个民族的理解和尊重,以便日本人能够成为被教会认可的成员。所以在写给耶稣会同胞们的报告中,他们重视强调日本生活可以作为典范的一面,并对在布道、宗教书籍、戏剧或学校课堂上可以作为"榜样"的事例进行了描述。值得注意的是,日本的基督徒在被介绍时并不是作为异类,而是作为同一教派的信徒,人们甚至还描写了那些没有受过洗礼的日本人的榜样行为。通过这种方式,很多不同时代的天主教徒不仅受到基督教典范行为的训诫,还被教导要对外国文化持宽容和理解的态度。不过,其间对基督徒的迫害丝毫没有改变。在报告中,传教士们很少谴责非基督教的统治者,更多的是赞扬日本基督教英雄和烈士们的勇气和顽强。

我们可以在18世纪和19世纪初的文学领域中发现类似的文

化融入机制。文学材料和文学作品中的母题都是从精神和社会关系视角被采用和改编的。在本书讨论的婚姻故事中,起决定作用的不是中国异域元素,而是跨越民族和种族的女性类型:热爱生活的女性、道德高尚的女性、恶魔般的女性。

在19世纪的最后几年,尤其是在先锋艺术家和作家圈内重新掀起了向世界开放的潮流。本土文化和以民族主义为中心的文化让人们痛苦不安,这也使得德国开始对外来文化充满热情,它不再试图通过对比异国情调来阐明自我,而是强调人与人之间的共性,不受文明畸变的影响。人们在日本艺术和中国唐诗中认识了不同的生活方式和艺术形式。对此,人们不再采取矛盾的疏远态度,而是努力追求对这些生活方式和艺术形式的认同。当然,要真正理解外来文化还有很长的路要走——很多地方的语言人们还不会说,对它们的地理位置和历史认识也不全面,却试图从局部文化推断出整个文化。尽管如此,这为新一轮的文化碰撞奠定了基础:在不同文化的碰撞方面,种族中心主义的优越感已经让位于对对方的尊重和发自内心的兴趣。①

---

① 从1890年到1925年的发展参见舒斯特:《德国文学中的中国和日本(1890—1925)》第一、三章,伯尔尼、慕尼黑:弗兰克出版社1977年版。

附录 I　德语区的耶稣会日式戏剧一览

年份	作　者	作　品　名　称
1607	格拉茨	《日本的殉教者》
1614	维也纳	《日本五烈士与暴君卡组扎》
1621	格拉茨	《日本烈士琼斯·因戈尔与孩子们》
1623	诺伊堡	《日本的提图斯》
1625	科布伦茨	《日本烈士,爱多曼尼亚》
1626	艾希施泰特	《日本少年烈士,贾斯图斯和雅各布斯》
1629	奥格斯堡	《日本的提图斯》
1631	慕尼黑	《夸巴肯多诺》
1632	施特劳宾	《有马多努斯》
1638	奥格斯堡	《日本少年烈士,贾斯图斯和雅各布斯》
1638	卢塞恩	《日本的奇里斯蒂亚诺马基亚》
1642	莱奥本	《琼斯·阿里曼多努斯》
1646	施佩耶尔	《日本烈士》
1647	维也纳	《普兰师司怙》
1656	罗特韦尔	《日本的提图斯》

德国文学中的中国和日本(1773—1890)

续 表

年份	作 者	作 品 名 称
1657	艾希施泰特	《日本的提图斯》
1659	费尔德基尔希	《日本的安东尼》
1660	英戈尔施塔特	《普罗泰西乌斯·有马·雷古鲁斯》
1661	希尔德斯海姆	《日本的提图斯》
1661	施特劳宾	《烈士杰蒙》
1662	迪林根	《烈士利奥·希奇耶蒙》
1662	索洛图恩	《普罗泰西乌斯》
1663	格拉茨	《西蒙·塔肯达》
1663	康斯坦茨	《日本的琼斯与有马·雷古鲁斯及其他烈士》
1663	慕尼黑	《日本王子尤斯托·乌孔多诺的勇气与基督教精神》
1664	艾希施泰特	《雅克布斯和他的儿子们,约翰、迈克尔、伊格纳蒂奥及阿特里布斯》
1664	英戈尔施塔特	《戏剧之日本兄弟弗朗西斯科和马修》
1664	维也纳	《日本三烈士》
1665	慕尼黑	《神圣与世俗力量下获胜的日本》
1665	罗滕堡	《日本之力(托马斯·费比奥亚)》
1666	维也纳	《尤斯托·乌孔多诺》
1667	安贝克	《布蒙多努斯(邦戈多努斯?)》
1667	康斯坦茨	《不忠的基督徒,国王普罗泰西乌斯·有马》
1667	施特劳宾	《日本之力(托马斯·费比奥亚)》

续 表

年份	作 者	作 品 名 称
1668	卢塞恩	《日本烈士,九月的少年》
1668	诺伊堡	《日本少年们坚定的基督教信仰》
1669	费尔德基尔希	《神圣的日本,米纳米·戈罗齐蒙·乔安妮斯》
1673	克拉根福	《日本王子尤斯托·乌孔多诺》
1673	兰茨胡特	《日本的阿克琉斯,尤斯托·乌孔多诺》
1673	诺伊斯	《基督之力(托马斯)》
1674	兰茨胡特	《三个孝子和一个母亲的贫困生活》
1678	兰茨胡特	《殉难的天主教徒,两位崇高的日本英雄》
1681	弗莱堡/瑞士	《曼柳斯·萨加多努斯》
1682	布里格	《国王米歇尔·有马》
1682	卢塞恩	《日本王子尤斯托·乌孔多诺的勇气与基督教精神》
1685	迪林根	《日本烈士安东尼奥》
1687	迪林根	《年轻而勇敢的日本基督徒》
1687	施特劳宾	《日本三个在职父母的虔诚儿子》
1688	科隆	《日本孩子对父母的爱》
1689	弗莱堡/瑞士	《孝行受到赞扬与嘉奖的日本基督徒三兄弟》
1689	明德尔海姆	《善良的三个儿子照料贫苦的父母》
1689	慕尼黑	《日本人菲利克斯》
1689	雷根斯堡	《烈士奥古斯丁努斯·楚切米多努斯,日本王子》
1691	希尔德斯海姆	《兰德拉多与卢多西沃在行动》

续表

年份	作者	作品名称
1694	迪伦	《丰后的普兰师司怙》
1695	波恩	《法外欢愉,日本的卢多维库姆与兰德拉德两兄弟》
1695	茵斯布鲁克	《康斯坦丁王》
1695	科隆	《照顾父母的义务》
1696	奥格斯堡	《日本天皇诺布南加》
1697	索洛图恩	《米歇尔·有马》
1698	罗滕堡	《从前日本有个诺布南加》
1698	维也纳	《红宝石般的坚强女人》
1699	布里格	《日本之力(托马斯·费比奥亚)》
1699	诺伊堡	《基督之力(梅尔基奥·布翁杜努斯)》
1701	布里格	《日本少年,背叛之心与纯净的信仰》
1705	罗特韦尔	《敬畏神灵与孝顺父母是光荣的行为》
1707	卢塞恩	《三兄弟照料父母》
1707	慕尼黑	《同室操戈——国王米歇尔·有马》
1709	迪伦	《国王兰德拉杜斯·有马》
1710	迪林根	《马修·有马之子,普兰师司怙》
1710	明斯特艾费尔	《王位继承人路易·有马》
1711	科隆	《日本兄弟》
1712	于利希	《彼得、安东尼与父亲约翰,三人共同战胜暴君》
1712	克拉根福	《勇敢的日本基督徒与他们的妻儿》

续表

年份	作者	作品名称
1713	奥格斯堡	《日本的提图斯》
1713	希尔德斯海姆	《迈克尔的父亲与王座》
1714	兰茨胡特	《基督复活了殉难者有马氏》
1714	明德尔海姆	《拨云见日（提图斯）》
1715	慕尼黑	《云层里的太阳（提图斯）》
1715	诺伊堡	《丰后的康斯坦丁》
1716	兰茨胡特	《基督徒提图斯》
1716	卢塞恩	《国王普罗泰西乌斯·有马》
1717	费尔德基尔希	《完整的工艺（？），詹姆斯主教》
1717	希尔德斯海姆	《理想与一致性的背后》
1718	诺伊堡	《提图斯》
1720	布雷斯劳	《提图斯》
1720	迪林根	《安比西奥萨·佩尔菲迪亚,悲伤的场景》
1721	哈尔	《基督之力在日本》
1721	茵斯布鲁克	《普罗塔西伊之父迈克尔》
1721	卢塞恩	《提图斯与基督教精神》
1722	艾恩西德尔恩	《高尚的日本殉难者卡塔春泽尼》
1722	兰茨贝格	《国王米歇尔·有马及兄弟们》
1723	布里格	《凯旋的圣十字》
1723	弗莱堡/瑞士	《受迫害的信仰》

337

续 表

年份	作 者	作 品 名 称
1723	科隆	《孝顺的基督徒》
1723	诺伊斯	《日本信徒的辉煌胜利》
1724	艾希施泰特	《困苦的菲利克斯与丰后人康斯坦丁》
1724	埃尔万根	《流亡中的崇高信念》
1724	希尔德斯海姆	《信仰基督的日本烈士路易、安东尼与托马斯》
1724	英戈尔施塔特	《孝心的回报》
1724	明德尔海姆	《基督之力在日本》
1725	费尔德基希	《国王米歇尔·有马,逃亡与杀戮》
1725	罗特韦尔	《日本基督教领袖托马斯·费比奥亚》
1726	希尔德斯海姆	《提图斯》
1728	卢塞恩	《丰后的康斯坦丁》
1729	诺伊堡	《日本基督教领袖托马斯·费比奥亚》
1729	雷根斯堡	《圣十字殉难者,国王达顿多诺》
1731	奥斯纳布吕克	《提图斯与其三个儿子的崇高美德》
1731	索洛图恩	《托马斯·费比奥亚》
1732	明斯特	《神圣凯旋》
1733	奥格斯堡	《国王普罗泰西乌斯·有马与殉难者的宽恕》
1733	康斯坦茨	《日本的托马斯》
1733	施特劳宾	《梅尔基奥雷·布延多诺,勇敢的基督徒之子》
1734	茵斯布鲁克	《国王普罗泰西乌斯·有马》

续表

年份	作者	作品名称
1735	艾希施泰特	《基督徒提图斯》
1735	卢塞恩	《提图斯》
1735	锡永	《忠于上帝者不会犯戒》
1736	考夫博伊伦	《子女的责任》
1736	康斯坦茨	《日本的小王子与春天》
1736	维也纳新城	《国王康斯坦丁》
1737	康斯坦茨	《基督徒雅各布(?)》
1738	费尔德基希	《孩子对父母的责任》
1738	英戈尔施塔特	《日本的提图斯》
1740	康斯坦茨	《国王普兰师司怙》
1740	林茨	《康斯坦丁,基督教信仰与婚姻的胜利》
1740	明德尔海姆	《尤斯图斯·乌顿多努斯》
1740	诺伊堡	《日本的克莱门斯》
1740	维也纳	《诚实的殉难者尤斯图斯·乌顿多努斯》
1741	希尔德斯海姆	《日本王子普兰师司怙的天主教运动》
1741	康斯坦茨	《日本的提图斯》
1741	卢塞恩	《奋斗27年,日本国王普兰师司怙取得了胜利》
1741	维也纳	《诚实的殉难者尤斯图斯·乌顿多努斯》
1741	维也纳新城	《两位年轻的西班牙人与日本官员》
1742	索洛图恩	《尤斯图斯·乌顿多努斯》

续表

年份	作者	作品名称
1744	康斯坦茨	《奥古斯丁·奇金根斯(?)》
1744	卢塞恩	《约瑟乌斯·苏努(?)》
1746	安贝克	《日本天皇费迪维奥鲁斯》
1747	布里格	《提图斯》
1747	雷根斯堡	《日本的提图斯》
1747	楚格	《烈火中的贫穷》
1748	费尔德基希	《法昆多尼与康斯坦提亚的胜利》
1748	塞莱斯塔	《日本王子提图斯对东正教的坚定信仰》
1749	兰茨胡特	《尤斯托·乌孔多诺》
1749	慕尼黑	《托马斯·庞多的起起落落(?)》
1749	锡永	《高尚的日本人克莱门斯》
1750	弗莱堡/瑞士	《王子康斯坦丁的胜利》
1751	茵斯布鲁克	《日本人克莱门斯》
1751	明德尔海姆	《康斯坦丁王》
1751	慕尼黑	《日本烈士保罗信仰基督》
1752	慕尼黑	《模范三兄弟照料父母》
1754	施泰尔	《高尚的日本基督徒提图斯》
1755	哈尔	《日本的提图斯》
1755	卢塞恩	《三兄弟对父母的爱》
1755	奥斯纳布吕克	《提图斯》

续 表

年份	作 者	作 品 名 称
1758	迪伦	《提图斯》
1758	康斯坦茨	《丰后之王,普兰师司估》
1759	弗里德贝格	《奥洛里努斯的年少时光》
1760	埃尔万根	《日本的提图斯》
1760	雷根斯堡	《丰后之王,普兰师司估》
1764	考夫博伊伦	《日本人古察》
1764	波朗特吕	《少年圣徒对双亲的爱》
1765	艾克斯拉沙佩尔	《提图斯》
1765	里斯埃丁根	《日本的提图斯》
1765	施特劳宾	《日本的提图斯》
1767	科隆	《日本亲王西蒙》
1768	英戈尔施塔特	《日本的提图斯》
1770	雷根斯堡	《日本天皇之子迪菲奥鲁斯·泰库萨马》
1788	布里格	《普罗泰西乌斯》
1794	索洛图恩	《胜利的基督徒》
1807	布里格	《家主普罗泰西乌斯·有马》
1807	索洛图恩	《日本基督徒之家》
1812	索洛图恩	《孝的胜利》
1826	锡永	《普罗泰西乌斯》

续 表

年份	作 者	作 品 名 称
1835	锡永	《日本兄弟或孝的胜利》
1836	锡永	《塞贡法托》
1857	布里格	《日本兄弟或孝的力量》

上表由作者、卡伦、杜尔、埃伯尔、埃雷特、菲亚拉、福莱士林、伊姆莫斯、路德维希、穆勒、索默沃格尔、瓦伦丁、沃特雷及韦勒等人编辑整理。题目中含"？"的作品，内容与日本并无明显关联。

附录Ⅱ　19世纪日本文学的知名译本

在日本决定全面步入现代化,以及不再限制外籍人士旅日之后,欧洲来访者开始对日本文学给予关注,并期望借此了解最真实的日本。

然而,译介工作应从哪里开始?

通过对日本及欧洲方面的观察可知,两方在译介初期的共通点在于迎合当时的读者群体。最早被日本读者接受的一批英语作家当中,爱德华·布尔沃-莱顿(Edward Bulwer-Lytton)即因此而闻名。另外,在翻译歌德与海涅的诗歌之余,人们出于上述原因,还翻译了奥西普·舒宾(Ossip Schubin)的短篇小说。当时欧洲境内的大部分日本文学作品,都仅在译出语国家获得过较少数的受众。这些作品大致分为三类:其一,仅发表在专业期刊当中;其二,因译入语过难而无优秀译本;其三,故事内容晦涩难懂。然而,仍存在极少数作品举世闻名,尽管这些作品并不能被称为文学巨著。这些作品包括:一部哀婉悲切的短篇小说,描写一对被迫分离的恋人;一个有关47个武士的故事,他们忠心耿耿,为替主人报仇而献出生命;一部爱情小说。

Ⅰ.《浮世形六扇屏》

柳亭种彦(1783—1842)著

年 份	作品及其译者
1847	《浮世形六扇屏》,德语版译者:奥古斯特·费茨梅尔,维也纳(附原文与木刻版画)
1870—1871	《日本女孩美佐》,英语版译者:S.C.马兰,收录于《不死鸟》
1872	意语版译者:A.塞韦里尼
1873	删减版作者:费茨梅尔,收录于骑士勋章获得者沃尔海姆:《东方民间传统文学全集》卷二,柏林
1875—1876	《浮世形六扇屏》,法语版译者:弗朗索瓦·图雷蒂尼,日内瓦
1876—1877	意语重译版
1879	图雷蒂尼版的内容摘要,见于杂志《外国文学》
1905	《小松与沙月》,收录于保罗·恩德林:《日本中篇小说与诗歌》,莱比锡
1923	《六扇屏》,收录于保罗·库内尔:《游乐——古代日本小说》,慕尼黑

Ⅱ.《忠臣藏》

为永春水(1789—1842)、近松门左卫门(1653—1724)等著

年 份	作品及其译者
1871	《四十七浪人》,收录于米特福德:《古日本传奇故事集》,伦敦,再版于1874、1876、1883、1886及1890年
1871—1872	《日本戏剧梗概:忠实者的智囊》,收录于《不死鸟》
1875	米特福德:《古日本传奇故事集》德语版,莱比锡
1875	F.V.迪金斯:《忠臣藏》,横滨

续　表

年　份	作品及其译者
1879	《忠臣藏》场景节选,收录于托马斯 R.H.麦克拉奇:《日本戏剧》,横滨
1880	迪金斯:《忠臣藏》,伦敦
1880	《忠臣——日本小说》,收录于 F.A.勇克·冯·朗格:《库萨瑞穗》卷一,莱比锡,1880—1881
1880	《忠诚的浪人———部历史小说》,英语版译者:斋藤真一郎与爱德华·格雷,纽约
1882	《忠诚的浪人》,由 B.H.高塞隆译自爱德华·格雷版,巴黎
1884	格雷版再版
1886	A.杜斯德贝斯:《日本的复仇》,巴黎
1895	《死忠》,德语版由安东·亨泽尔编译自斋藤真一郎、爱德华·格雷版,斯图加特
1915	约翰·马斯菲尔德:《忠》,伦敦

Ⅲ.《云妙间雨夜月》

曲亭马琴(1767—1848)著

年　份	作品及其译者
1876—1877	三部曲:《神埼市的街边旅馆》、《相模山巅》、《日本雷鸣》,德语版译者:奥古斯特·费茨梅尔,维也纳
1886	《爱的俘虏》,英语版译者:爱德华·格雷,波士顿
1887	再版至第四版
1887	《爱的束缚》,德语版译者:H.维尔纳,斯图加特

参考文献
（节选）

Abraham à St. Clara, *Judas der Ertzschelm*. Bd. I Salzburg 1686.

——: *Judas der Erzschelm*. Dem Geist und der Sprache unsers Zeitalters angepaßt von Dr. Joh. Anton Müller. Luzern 1822.

Akutagawa Ryunosuke, *Die Geschichte einer Rache*. Ausgewählte Kurzgeschichten und Erzählungen. Hrsg. von Jürgen Berndt. Berlin 1973.

Alcock, Rutherford, *The Capital of the Tycoons*, a narrative of three years residence in Japan. London 1863.

Alexander, G. G., *Teaou-shin. A Drama from the Chinese*. London 1869.

Allen, Clement F.A., *The Book of Chinese Poetry*. London 1891.

Andersen, Hans Christian, *Sämtiche Märchen* in zwei Bänden. Hrsg. von Erling Nielsen. München 1980.

Anderson, Aeneas, *A Narrative of the British Embassy to China, in the Years 1792, 1793 and 1794*. London 1795. (Franz. Ausgabe 1796.)

——: *Narrative of the British Embassy to and from China 1792 – 94*. Basel 1795.

——: *Erzählung der Reise und Gesandtschaft des Lord Macartney* nach China und von da zurück nach England in den Jahren 1792 bis 1794. Erlangen 1795.

——: Geschichte der britischen Gesandtschaft nach China in den Jahren 1792-94. Hamburg 1796. (= Neue Geschichte der See- und Landreisen, Bd.7.)

Anderson, William, *Descriptive and Historical Catalogue of a Collection of Japanese and Chinese Paintings in the British Museum*. London 1886.

Andreae, V. und Geiger, John: *Bibliotheca sinologica*. Übersichtliche Zusammenstellungen als Wegweiser durch das Gebiet der sinologischen Literatur. Frankfurt a.M. 1864.

Anecdotes chinoises, japonoises, siamoises, tonquinoises, etc. Paris 1774.

Angely, Louis, „Prinz Tu-Ta-Tu. Burleske mit Gesang nach Sauvage." In *Neuestes komisches Theater*. Bd. I. Hamburg 1836. Ebenfalls in *Fastnachtsbühne* Nr. 55, Berlin 1886.

Anson, George, *A Voyage Round the World 1740-44*; compiled by Rich. Walther. Dublin ^{4}1748. (Franz. Ausgabe 1750.)

Arendt, Carl, *Das schöne Mädchen von Pao*. Yokohama 1876.

Arène, Jules, *La Chine familière et galante*. Paris 1876.

Arnold, Edwin, *The Light of Asia*. London 1879.

——: *Die Leuchte Asiens*. Leipzig 1891.

——: *Japonica*. New York 1891.

——: *Adzuma*; or the Japanese Wife. A play. London 1892.

——: *Seas and Lands*. London 1892.

Arthur, M., *The Cherry Blooms of Yeddo*, and other poems. Boston 1882.

Aston, W.G., *A History of Japanese Literature*. London 1899.

Aurich, Ursula, *China im Spiegel der deutschen Literatur des 18. Jahrhunderts*, Berlin 1935.

Barloewen, Wolf-D. v. (Hrsg.), *Abriß der Geschichte außereuropäischer Kulturen*. Bd. II: Nord- und Innerasien, China, Korea, Japan. München-Wien 1964.

Barrow, John, *Travels in China*. London 1804. (Franz. Ausgabe 1805.)

--: *Reise durch China*. Aus dem Englischen von J.C. Hüttner. Weimar 1804. (= Bd. 14 und 16 der „Bibliothek der neuesten und wichtigsten Reisebeschreibungen und geographischen Nachrichten zur Erweiterung der Erdkunde etc.")

--: *Reise in China*. Hamburg 1805 (= Bd. 18 von „Neue Geschichte der See- und Landreisen")

Basil, Otto, *Johann Nestroy in Selbstzeugnissen und Bilddokumenten*. Reinbek 1967.

Bastian, Adolf, *Reisen in China von Peking zur mongolischen Grenze und Rückkehr nach Europa*. Jena 1871.

Bauer, Wolfgang, „Goethe und China: Verständnis und Mißverständnis" in *Goethe und die Tradition*, hrsg. von H. Reiss. Frankfurt a.M. 1972.

--: (Hrsg.): *China und die Fremden: 3000 Jahre Auseinandersetzung in Krieg und Frieden*. München 1980.

--: „Die Rezeption der chinesischen Literatur in Deutschland und Europa" in *Neues Handbuch der Literaturwissenschaft*, Bd. 23. Wiesbaden 1984.

Bazin, Antoine-Pierre-Louis, *Théâtre chinois* ou choix de pièces de théâtre composés sous les empereurs mongols. Paris 1838.

--: *Le Pi-pa-ki* ou l'Histoire du luth. Paris 1841.

--: *Le siècle des Youên* ou tableau historique de la littérature chinoise depuis l'avénement des empereurs mongols jusqu'à la restauration des Ming. Paris 1850. 1852.

--: (und Pauthier, G.): *Chine moderne*. Paris 1853.

Beauvoir, Cte de, *Péking, Yeddo, San Francisco* (= Bd. III von *Voyage autour du monde*). Paris 1872.

Belevitch-Stankevitch, Hélène, *Le goût chinois en France au temps de Louis XIV*. Paris 1910.

Benjowski, M. A. Graf von, *Schicksale und Reisen von ihm selbst beschrieben*. Dt. von G. Forster. Leipzig 1791.

Benl. Oscar und Hammitzsch, Horst, *Japanische Geisteswelt*. Baden-Baden 1956.

Berger, Klaus, *Japonismus in der westlichen Malerei 1860 - 1920*. München 1980.

Bergeron, Louis; Furet, Fraçois und Koselleck, Reinhart, *Das Zeitalter der europäischen Revolution*. Frankfurt a.M. 1969.

Beschreibung von China. In einzelnen Schilderungen der vorzüglichsten Merkwürdigkeiten des Staats, der Sitten, Gelehrsamkeit und Kunst. Straßburg, Leipzig 1789.

Besterman, Theodore, *Voltaire*. London 1969; dt. Ausgabe München 1971.

Betelheim, Bruno, *The Uses of Enchantment*. The Meaning and Importance of Fairy Tales. New York 1976.

Beurdeley, Cécile und Michel, *Chinesische Keramik. Ein Handbuch.* Fribourg 1974.

Beyer, Annette, *Faszinierende Welt der Automaten. Uhren. Puppen. Spielereien.* München 1983.

Biedermann, Woldemar Freiherr von, *Goethe-Forschungen.* Frankfurt a.M. 1879.

——: *Neue Folge.* Leipzig 1886.

——: *Anderweite Folge.* Leipzig 1899.

Bingham, J. Elliot, *Der Krieg mit China von seinem Entstehen bis zum gegenwärtigen Augenblicke. Nebst Schilderungen der Sitten und Gebräuche dieses merkwürdigen, bisher fast noch unbekannten Landes.* Nach dem Englischen von Dr. V.F. Petri. Braunschweig 1843.

Bird, Isabella L., *Unbeaten Tracks in Japan.* 2 Bde. London 1880. 4. Auflage 1881; in revidierter Form zahlreiche weitere Auflagen.

——: *Unbetretene Reisepfade in Japan.* 2 Bde. Jena 1882.

Bitterli, Urs, *Die „Wilden" und die „Zivilisierten". Grundzüge einer Geistes- und Kulturgeschichte der europäisch-überseeischen Begegnung.* München 1982.

Böhm, Gotfried, *Chinesische Lieder aus dem Livre de Jade von Judith Mendès*, München 1873.

Böttiger, K.W. (Hrsg.), *Literarische Zustände und Zeitgenossen. In Schilderungen aus Karl Aug. Böttiger's handschriftlichem Nachlasse.* Leipzig 1838.

Bonnant, Georges, „L'introduction de l'horlogerie occidentale en Chine" in *La Suisse Horlogère.* Edition Internationale 75 (1960) Nr.1.

――: „Quelques aspects du commerce d'horlogerie en Chine à la fin du XVIIIe et au cours du XIXe siècles" in *La Suisse Horlogère*. Edition Internationale 79 (1964) Nr. 3.

Bonnetain, P., *Le monde pittoresque et monumental: L'Extrême Orient: Indo-Chine, Chine, Japon*. Paris 1887.

Boscaro, A., *Sixteenth-century European printed works on the first Japanese mission to Europe. A descriptive bibliography*. Leiden 1973.

Bousquet, Georges, *Le Japon de nos jours et les échelles de l'Extrême Orient*. 2 Bde. Paris 1877.

Boxer, C.R., *The Christian Century in Japan 1549 - 1650*. London 1951; 2.Auflage Berkeley und Los Angeles 1967.

――: *Jan Compagnie in Japan 1600 - 1817*. An essay on the cultural, artistic and scientific influence exercised by the Hollanders in Japan from the seventeenth to the nineteenth centuries. Tokyo, London, New York 1968.

Brandes, Wilhelm, *Alte Japanische Uhren*. München 1984.

Brandt, Max von, *Aus dem Lande des Zopfes*. Plaudereien eines alten Chinesen. Leipzig 1894.

――: *Sittenbilder aus China*. Stutgart 1895.

――: *Die chinesische Philosophie und der Staats-Confucianismus*. Stuttgart 1896.

――: *Dreiunddreisig Jahre in Ostasien*. Leipzig 1901. 3 Bde.

Brauch, Margot und Bangert, Albrecht, *Blechspielzeug*. Mechanische Raritäten und ihre Hersteller. München 1980.

Brauns, C.W.E (mma), *Die Nadel der Benten*. Japanischer Roman aus der Jetztzeit. Berlin 1884.

Brauns, David, *Japanische Märchen und Sagen*. Leipzig und Berlin 1885.

Brodrick, James, *Abenteurer Gottes. Leben und Fahrten des hl. Franz Xaver 1505 – 1552*. Übers. von Oskar Simmel. Heidelberg ^{2}1959.

Butler, R., *Stories about Japan for the Young*. London 1888.

Caillot, Antoine (Hrsg.), *Morceaux choisis des lettres édifiantes et curieuses, écrites des missions etrangères*. 2 Bde. Paris ^{5}1826.

Caldarola, Carlo, *Christianity: TheJapanese Way*. Leiden 1979.

Carlen, Albert, *250 Jahre Studententheater im deutschen Wallis (1600 – 1850)*. Zug 1950.

Caron, François und Schouten, Jod., *Wahrhaftige Beschreibungen zweyer mächtigen Konigreiche / Japan und Siam*. Nurnberg 1663.

Chamberlain, Basil Hall, *The Classical Poetry of the Japanese*. London 1880.

――: *Things Japanese*, being notes on various subjects connected with Japan. London ^{5}1905.

Chambers, William, *Designs of Chinese Buildings, Furniture, Dresses, Machines and Urensils* [...] to which is annexed a description of their temples, houses, gardens, etc. London 1757.

――: *Plans, Elevations, Sections, and Perspective Views of the Gardens and Buildings at Kew in Surrey*, the Seat of Her Royal Highness, the Princess Dowager of Wales. London 1763.

Chambers, William, *A Dissertation on Oriental Gardening*. London

1772. (Dt. Ausgabe 1775.)

Chamisso, Adelbert von, *Werke*. Hrsg. von H. Tardel. Leipzig und Wien o.J., 3 Bde.

Chapuis, Alfred, *La Montre „Chinoise"*. Neuchâtel 1919. Neuausgabe: Lausanne 1983.

--: *Pendules Neuchâteloises*. Neuchâtel 1931.

--: „Horloges merveilleuses pour l'Empereur de Chine" in *Journal Suisse d'Horlogerie et de Bijouterie* (1941) Nr. 7/8.

--: *Les automates dans les oeuvres d'imagination*. Neuchâtel 1947.

--: *De Horlogiis in Arte*. Lausanne 1954.

--: und *Droz, Edmond, Les Automates*. Figures artificielles d'hommes et d'animaux. Histoire et technique. Neuchâtel 1949.

--: und Gélis, Edmond, *Le Monde des Automates*. Etude historique et technique. 2 Bde. Paris 1928.

--: und Jaquet, Eugène, *La Montre automatique ancienne*. Neuchâtel 1952.

Charlevoix, Pierre-François X. de, *Histoire et déscription générale du Japon*. 9Bde. Paris 1736.

Chassiron, Ch. de, *Notes sur le Japon, la Chine, l'Inde 1858-60*. Paris 1861.

Chen, Chuan, *Die chinesische schöne Literatur im deutschen Schriftum*. Kiel (Diss.) 1933.

Chibbett, David, *The History of Japanese Printing and Book Illustration*. Tokyo, New York, San Francisco 1977.

China, pictorial, descriptive and historical. London 1853.

China historisch, romantisch, malerisch. Carlsruhe o.J.

China und die Chinesen, *Land und Volk*. Stuttgart ² 1859.

Christie, Anthony, *Chinesische Mythologie*. Wiesbaden 1968.

Cieslik, Hubert, Rezension von Ebisawa, Arimichi, *Kirishitanshi no kenkyû*, in: *Monumenta Nipponica* VI (1943) Nr. 1/2.

Claudius, Mathias, *Werke*. Revidiert, mit Anmerkungen und einer Nachlese vermehrt von Dr. C. Redlich. Gotha ¹³ 1902.

Clifford, Derek, *Geschichte der Gartenkunst*. Hrsg. von H. Biehn. München 1966.

Cooper, Michael, *Rodrigues the Interpreter*; an Early Jesuit in Japan and China. New York, Tokyo 1971.

--: (Hrsg.), *They Came to Japan*. An Anthology of European Reports on Japan, 1543 - 1640. Berkeley und Los Angeles 1965.

--: (Hrsg.), *The Southern Barbarians*. The First Europeans in Japan. Palo Alto und Tokyo 1971.

Cooper. T.T., *Reise zur Auffindung eines Uberlandweges von China nach Indien*. Aus dem Englischen von Dr. H.L. von Klenze. Jena 1877.

Cordier, Henri, *Bibliotheca japonica*. Hildesheim 1969. (Nachdruck der Ausgabg von 1912).

--: *Bibliotheca sinica*. Paris ² 1904 - 1908. 4 Bde.

--: *La Chine en France au XVIIIe siècle*. Paris 1910.

--: Cordier, Jean. *La Famille sainte*, où il est traitté des devoirs de toutes les personnes qui composent une famille. Paris 1666.

Couplet, Philippe, *Confucius Sinarum philosophus*. Paris 1687.

Cramer. Johann (Hrsg.), *Das himmlische Reich* oder China's Leben, Denken, Dichten und Geschichte. Crefeld 1844.

Bd.Ⅰ: Die Chinesen wie sie sind. (S.a. unter T. Lay.)

Bd.Ⅱ: Pauthier, Confucius und Mencius

Bd.Ⅲ: LaCharme: Schi-King oder Chinesische Lieder.

Cranmer-Byng, J.L., *An Embassy to China*. Being the journal kept by Lord Macartney during his embassy to the Emperor Ch'ienlung 1793 - 1794, London 1962.

Crasset, Jean, *Ausfuehriche geschicht der in dem aeussersten welttheil gelegenen japonesischen kirch*. Augsburg 1738.

Cysat, Renward, *Warhafftiger Bericht von den Newerfundnen Japponischen Inseln und Königreichen*. Freiburg 1586.

Dahlmann, Joseph, *Japans älteste Beziehungen zum Westen 1542 - 1614*, in zeitgenössischen Denkmälern seiner Kunst. Freiburg 1923.

Davidson, Martha, *A List of Published Translations from Chinese into English, French and German*. New Haven 1957.

Davis, John Francis, *San-yü-low; the Three Dedicated Rooms*, a tale translated from the Chinese. Canton 1815.

--: *Lao-seng-urh, or An Heir in his Old Age*. A Chinese drama translated. London 1817.

--: *Chinese Novels*. London 1822.

--: *Han-koong-tsew, or The Sorrows of Han*. A Chinese tragedy. London 1829.

--: *Poeseos sinensis commentarii*. On the Poetry of the Chinese. London 1829. (Neue überarbeitete Ausgabe: London und Berlin 1870)

--: *The Chinese: a General Description of the Empire of China and its Inhabitants*. London 1836.

(Eine erweiterte Ausgabe erschien unter dem Titel: *China: A General Description of that Empire and its Inhabitants*. London 1857.)

——: *China*. Magdeburg 1839.

——: *China und die Chinesen*. Stuttgart 1847–48.

Dawson, Raymond, *The Chinese Chameleon*. An analysis of European conceptions of Chinese civilization. London 1967.

Debon, Günther, „*Goethes Chinesisch-Deutsche Jahres- und Tageszeiten* in sinologischer Sicht" in Euphorion 76 (1982) Heft 1/2.

——: *Schiller und der chinesische Geist*. Frankfurt a.M. 1983.

——: (Hrsg.), *Ostasiatische Literaturen* (Neues Handbuch der Literaturwissenschaft, Bd. 23). Wiesbaden 1984.

——: und Hsia, Adrian (Hrsg.), *Goethe und China-China und Goethe*. Bern, Frankfurt a.M., New York 1985.

Defoe, Daniel, *Robinson Crusoe and The Farther Adventures of Robinson Crusoe*. New York [9] 1968.

Depping, G., *Le Japon*. Paris 1883.

Deutsche Dichtung im 18. Jahrhundert. Hrsg. von Adalbert Elschenbroich. München 1960.

Deutsche National-Litteratur. Hrsg. von Joseph Kürschner. Berlin und Stuttgart o.J.

Devèze, Michel, *L'Europe et le Monde à la fin du XVIlle siècle*. Paris 1970.

Dickins, F.V., *Japanese Odes*. A Translation of the Hyaku-ninisshiu. London 1866.

——: *The Old Bamboo-hewer's Story*. London 1888.

Dickson, W.G., *Gleanings from Japan*. Edinburgh 1889.

Doflein, Franz, *Ostasienfahrt*. Berlin 1896.

Doi, Tadao, „Das Sprachstudium der Gesellschaft Jesu in Japan im 16.und 17. Jahrhundert" in *Monumenta Nipponica* II (1939).

Doolittle, Justus, *Social Life of the Chinese*. London 1870.

Douglas, Robert K., *The Language and Literature of China*. London 1875.

——: *Chinese Stories*. Edinburgh und London 1893.

Downing, Ch. T., *The Fan-qui in China, in 1836 – 37*. London 1838.

——: *Fan-Kuei oder der Fremdling in China*. Aachen und Leipzig 1841.

Dubois, Howard, *Die Schweiz und China* (Schweizer asiatische Studien. Studienheft 1). Bern, Frankfurt a.M., Las Vegas 1978.

Dülmen, Richard van und Schindler, Norbert (Hrsg.), *Volkskultur. Zur Wiederentdeckung des vergessenen Alltags* (16. – 20. Jahrhundert). Frankfurt a.M. 1984.

Duforest, Jules, *Dix ans en Chine 1860 – 1870. Souvenirs d'un militaire français*. Lausanne 1874.

DuHalde, J. B., *Déscription géographique, historique, chronologique, politique et physique de l'empire de la Chine et de la Tartarie chinois*. La Haye ² 1736. (Engl. Ausgabe: 1736)

——: *Ausführliche Beschreibung des Chinesischen Reichs und der großen Tartarey*. Rostock 1747 – 1756.

Duhr, Bernhard, *Geschichte der Jesuiten in den Ländern deutscher Zunge*. München, Regensburg 1921 – 1928.

Dulles, Foster Rhea, *Yankees and Samurai*. America's Role in the Emergence of Modern Japan: 1790 – 1900. New York 1965.

Dumoulin, Heinrich, *Zen. Geschichte und Gestalt*. Bern 1959.

――: *Östliche Meditation und christliche Mystik*. Freiburg, München 1966.

[Eberle, Ambros] *Die Schweiz in Japan*. Grobes japanesisch-schweizerisches Hof-und Volksfest. Schwyz 1863.

Eberle, Oskar, *Theatergeschichte der Innern Schweiz*. Königsberg 1929.

――: „Die Japanesenspiele in Schwyz" in *Fastnachtsspiele*, 7. Jahrbuch der Gesellschaft für schweiz. Theaterkultur, 1935.

Eggermont, J., *Le Japon, histoire et religion*. Paris 1885.

Ehrenstein, Albert, „Kleine chinesische Anthologie" in *Die literarische Welt* 4 (1928) Nr.34.

Ehret, Joseph, *Das Jesuitentheater zu Freiburg in der Schweiz*. Freiburg 1921.

Eichendorff, Joseph von, *Geschichte der poetischen Literatur Deutschlands*. Paderborn 1857.

Eichhorn, Werner, *Die Religionen Chinas*. Stuttgart, Berlin, Köln, Mainz 1973.

Elissen, Adolf, *Thee- und Asphodelosblüten*. Chinesische Gedichte. Göttingen 1840. (Neue Ausgabe: 1888)

L'Empire des sources du soleil ou Le Japon ouvert. Paris 1860.

Enomiya-Lasalle, Hugo, *Zen-Meditation*. Zürich, Einsiedeln, Köln

[1975].

Erdberg, Eleanor von, *Chinese Influence on European Garden Structures*. Cambridge, Mass. 1936.

Eulenburg, Graf Fritz zu, *Ostasien, 1860 – 1862, in Briefen*. Hrsg. von Philipp zu Eulenburg-Hertefeld. Berlin 1900.

Evett, Elisa, *The Critical Reception of Japanese Art in Late Nineteenth-Century Europe*. Ann Arbor 1982.

Exner, A. H., *Japanesische Skizzen von Land und Leuten* mit besonderer Bericksichtigung kommerzieller Verhältnisse. Leipzig 1891.

Faber, Enst, *Die Grundgedanken des alten chinesischen Socialismus oder die Lehre des Philosophen Micius*. Elberfeld 1877.

Fabritzek, Uwe, *Gelber Drache, schwarzer Adler*. München, Gutersloh, Wien 1973.

The, *Fan-Kwae' at Canton before Treaty Days 1825 – 1844*. By an old resident. London 1882.

Fehr, Max, „Die wandernden Theatertruppen inder Schweiz", in: *18. Jahrbuch der schweiz. Gesellschaft fur Theaterkultur*, 1948.

Geschichte der chinesischen Literatur. Dargestellt nach Nagasawa Kituya von E.Feifel. Darmstadt 1959.

Fiala, F., *Geschichtiches über die Schule von Solothurn*. Solothurn 1880.

Fieldhouse, David K., *Die Kolonialreiche seit dem 18.Jahrhundert*. Frankfurt a.M. 1965.

Fisher, Stanley W., *Porzellan und Steingut*. München 1976.

Fleischlin, Bernhard, „Die Schuldramen am Gymnasium und

Lyceum von Luzern von 1581-1797" in *Katholische Schweizerblätter*, N.F. I (1885).

Flemming, W., *Geschichte des Jesuitentheaters in den Landen deutscher Zunge.* Schriften der Gesellschaft für Theatergeschichte Bd. 32. Berlin 1923.

Florenz, Karl, *Dichtergrüße aus dem Osten.* Leipzig 1894.

--: *Japanische Dichtungen.* Leipzig 1895.

--: *Bunte Blätter.* Hamburg 1897.

--: *Japanische Dramen.* Leipzig ² 1901.

--: *Geschichte der japanischen Litteratur.* Leipzig ² 1909.

--: „Beiträge zur chinesischen Poesie" in *Mitteilungen der Deutschen Gesellschaft für Natur- und Völkerkunde Ostasiens* Bd. V (1889-1892).

Fontane, Theodor, *Efi Briest. Die Poggenpuhls.* München 1969.

Forke, Alfred, *Blüthen chinesischer Dichtung.* Magdeburg 1899.

Fraisinet, E., *Le Japon, histoire et déscription, moeurs, coutumes et religion.* Paris 1864. (Erweiterte Ausgabe)

France, Anatole, *Oeuvres complètes.* Paris 1926.

--: „*Die Dame mit dem weißen Fächer* ". Deutsch von Hans Jürgens, in Jugend III (1898) Nr. 1.

Franke, Herbert, *Sinologie.* Bern 1953.

-- und Trauzettel, Rolf, *Das chinesische Kaiserreich.* Frankfurt a. M. 1968.

Franke, Wolfgang, *China und das Abendland.* Göttingen 1962.

--: *Das Jahrhundert der chinesischen Revolution.* München 1958.

Freitag, Adolf, *Die Japaner im Urteil der Meiji-Deutschen.* Leipzig 1939.

Friedel, C., *Beiträge zur Kenntnis des Klimas und der Krankheiten Ost-Asiens.* Berlin 1863.

Friedell, Egon, *Kulturgeschichte der Neuzeit.* München o.J.

Friese, Eberhard, „ Zur universalen Konzeption des Japanwerks Philipp Franz von Siebolds" in *Alexander von Humboldt Stiftung. Mitteilungen* (1983) Heft 42.

Frenzel, Elisabeth, *Motive der Weltliteratur.* Stuttgart ² 1980.

Frois, Luis, *Die Geschichte Japans (1549 - 1578).* Nach der Handschrift der Ajudabibliothek in Lissabon übersetzt und kommentiert von G. Schurhammer und E.A. Voretzsch. Leipzig 1926.

Fukumoto, Kazuo, *Karakuri Gigei-shiwa.* Tokyo 1982.

Fung, Yu-lan, *A Short History of Chinese Philosophy.* Hrsg. von Derk Bodde. New York 1960.

Furet, L., *Lettres à M. Léon de Rosny sur l'archipel japonais et la Tartarie orientale.* Paris 1860.

Gautier (Mendès), Judith, *Le livre de Jade.* Paris 1867.

--: *Le Dragon Impérial. Roman chinois.* Paris 1869.

--: *La soeur du soleil* (L'Usurpateur). Roman japonais. Paris 1875.

--: *Poèmes de la libellule.* Paris 1884.

--: *La marchande de sourires.* Pièce japonaise. Paris 1888.

--: *Fleurs d'Orient.* Paris 1893.

--: *Le collier des jours.* Paris 1902 - 1909.

Geino-jiten. Tokyo ⁸ 1961.

Gerstäcker, Friedrich, *Reisen um die Welt*. Unter Berücksichtigung der neueren Forschungen bearbeitet und hrsg. von A.W. Grube. Leipzig ^{5} 1882.

--: *Gems of Chinese Literature*. London ^{2} 1923. Reprint: New York 1965.

--: *Chuang Tzu*. London 1889.

--: *A Chinese Biographical Dictionary*. Taipei o.J. (Nachdruck der Ausgabe von 1898.)

--: *A History of Chinese Literature*. London 1901.

Glück, Christian Wilhelm, *Die Jesuiten in ihrer Wirksamkeit von ihrer Entstehung bis auf unsere Tage*. Bern 1845.

Goch, M. van, *Der Heutigen Historie, oder des Gegenwärtigen Staats aller Nationen, Ersten Theils* [...]. Altona 1733.

Goepper, Roger, *Kunst und Kunsthandwerk Ostasiens*. München 1968.

Goethe, Johann Wolfgang von, *dtv-Gesamtausgabe*. München 1961 - 63.

--: *Werke*. Textkritisch durchgesehen und kommentiert von E. Trunz. München, Bd. I: ^{11} 1978; Bd. VIII: ^{9} 1977.

--: *Die Weimarer Dramen*. Einführung und Textüberwachung von K. May. Zürich 1954.

The Works of Oliver Goldsmith. Hrsg. von Peter Cunningham. London 1854.

Begebenheiten des Russ. kais. Marine-Capitains Golow[n]in in der Gefangenschaft bei den Japanern, in den Jahren 1811 - 13. Aus dem Russischen übersetzt von C.J. Schultz. Leipzig 1816.

Gottschall, Rudolf, *Die deutsche Nationalliteratur des neunzehnten Jahrhunderts*. Breslau ⁴ 1875.

Gottschall, Rudolf, *Das Theater und Drama der Chinesen*, Breslau 1887.

[Gräbner, Karl Friedrich], *Der Japanese oder der Teufels-Beschwörer, und Castruccio Castracani, oder der seltene Unbekannte*. Weimar 1834.

Gräf, Hans Gerhard und Leitzmann, Albert (Hrsg.), *Der Briefwechsel zwischen Schiller und Goethe*. Leipzig 1912.

Gray, John Henry, *China, a History of the Laws, Manners and Customs of the People*. London 1878.

Griffis, William Elliot, *The Mikado's Empire*. New York 1876.

——: *Honda the Samurai: a story of modern Japan*. Boston 1890.

Grimm, Herman, *Novellen*. Berlin 1856.

Grisebach, Eduard, *Die treulose Witwe*. - Eine chinesische Novelle und ihre Wanderung durch die Weltliteratur. Wien 1873.

——: *Kin-ku-ki-kuan*. Neue und alte Novellen der chinesischen 1001 Nacht. Stuttgart 1880.

——: *Chinesische Novellen*. Leipzig 1884.

——: *Kin-ku-ki-kuan*. Chinesisches Novelenbuch. Berlin 1887.

——: *Weltliteratur-Katalog eines Bibliophilen*. Berlin 1898.

Grohmann, Johann Gottfried, *Kleines Ideenmagazin für Gartenliebhaber*. Leipzig ³ 1816.

Grosier, Jean-Baptiste, *Description générale de la Chine*. Neue Ausgabe. Paris 1787.

——: *Allgemeine Beschreibung des Chinesischen Reiches*. Frankfurt &

Leipzig 1789.

Grube, Wilhelm, *Geschichte der chinesischen Litteratur.* Leipzig 1902.

Gruber, Alain, und Keller, Dominik, „Chinoiserie-China als Utopie" in *Du. Europäische Kunstzeitschrift* (1975) Nr.4.

Gützlaff, Carl, *A Sketch of Chinese History, Ancient and Modern: Comprising a Retrospect of the Foreign Intercourse and Trade with China.* London 1834.

——: *Geschichte des chinesischen Reiches.* Quedlinburg und Leipzig 1836.

Gützlaff's Reisen in China. Jahrbuch der Reisen für junge Freunde der Länder- und Völkerkunde. Hrsg. von E. Wendt und Th. Vockerode. 1. Jhrg. Leipzig 1843.

Guimet, Emile, *Promenades japonaises. Tokio-Nikko.* Paris, Bd. I: 1878; Bd. II: 1880.

Gundert, Wilhelm, *Die japanische Literatur.* Wildpark-Potsdam 1929.

Guy, Basil, *The French Image of China before and after Voltaire.* Genf 1963.

Guye, Samuel und Michel, Henri: *Mesures du temps et de l'espace. Horloges, montres et instruments anciens.* Fribourg 1970.

Hadley, Michael L., *The German Novel in 1790.* Ph. D. Diss., Queen's Universiy (Kingston, Canada) 1971.

——: *The Undiscovered Genre. A Search for the German Gothic Novel.* Bern, Frankfurt a.M., Las Vegas 1978.

Haffter, E., *Briefe aus dem Fernen Osten.* Frauenfeld 1885.

Hagdorm, Christ. W., *Aeyquan, oder der Große Mogol*. Amsterdam 1670.

Hall, Edward Hepple, *The Picturesque Tourist*: A Handy Guide Round the World for the Use of All Travellers Between Europe, America, Australia, India, China and Japan. New York, Philadelphia 1877.

Hall, John Whitney, *Das japanische Kaiserreich*. Frankfurt a. M. 1968.

Haller, Albrecht von, *Usong*. Bern 1778.

——: *Alfred*, Göttingen 1774.

——: *Die Alpen und andere Gedichte*. Stuttgart 1965.

Hammitzsch, Horst, *Cha-do, der Tee-Weg*. München 1958.

Hao ch'iu chuan:

Brüggemann, Hellmut (Übs.), *Die Geschichte einer vollkommenen Liebe*. Basel 1926.

D'Arcy, Guillard (Übs.), *Hao-khieou-t chouan, ou La femme accomplie*. Paris 1842.

Davis, John Francis (Übs.), *The Fortunate Union*. London 1829.

Eydous, M. A., *Hau-kiou-choaan*, histoire chinoise traduite de l'ang lais. Lyon 1766.

——: *Hau-kiou-choaan, ou L'Union bien assorti*. Paris 1828.

Kuhn, Franz (Übs.), *Eisherz und Edeljaspis oder Die Geschichte einer glücklichen Gattenwahl*. Leipzig [1926] 1927.

Murr, Christoph Gottlieb von (Übs.)., *Haoh Kjöh Tschwen*, d.i.

die angenehme Geschichte des Haoh Kjöh. Leipzig 1766.

Percy, Thomas (Hrsg.), *Hau kiou choaan*, or The pleasing history. London 1761.

Tieh und Pinsing. Ein chinesischer Familien-Roman. Bremen 1869.

Happell, Eberhardt Guerner, *Der Asiatsche Onogambo.* Hamburg 1673.

Harcourt-Smith, Simon, *A Catalogue of Various Clocks, Watches, Automat and Other Miscellaneous Objects of European Workmanship Dating from the XVIIIth and the Early XIXth Centuries in the Pace Museum and the Wu ying tien*, Peiping. Peiping 1933.

Hart, Julius, *Geschichte der Weltliteratur und des Theaters aller Zeiten und Völker.* Neudamm, Bd. I: 1894; Bd. II: 1896.

Hawks, Francis L., *Narrative of the Expedition of an American Squadron to the China Seas and Japan, performed in the years 1852, 1853 and 1854, under the Command of Commodore M.C. Perry, United States Navy* [...]. Compiled from the original notes and journals of Commodore Perry and his officers, at his request and under his supervision. New York 1856.

Hayn, Hugo und Gotendorf, Alfred N., *Bibliotheca Germanorum Erotica et Curiosa.* München [3] 1912.

Hazart, Cornelius, *Kirchen-Geschichte / Das ist Catholisches Christenthum / durch die gantze Welt außgebreitet.* Wien 1678.

Hearn, Lafcadio, *Glimpses of unfamiliar Japan.* Boston 1894.

--: *Out of the East.* Boston 1895.

Heckmann, Herbert, *die andere schöpfung*. Frankfurt a.M. 1982.

Heine, Heinrich, *Briefe*. Hrsg. und eingeleitet von F. Hirth. Mainz und Berlin 1965.

――: *Sämtliche Schriften*. Hrsg. von K. Briegleb. München 1968 – 1971.

Heine, Wilhelm, *Reise um die Erde nach Japan an Bord der Expeditions-Escadre unter Commodore M. C. Perry in den Jahren 1853, 1854 und 1855*. Leipzig 1856.

――: *Die Expedition in die Seen von China, Japan und Ochotsk*. Leipzig 1858 – 59.

――: *Japan und seine Bewohner*. Geschichtliche Rückblicke und ethnographische Schilderungen von Land und Leuten. Leipzig 1860.

――: Eine Weltreise um die nördliche Hemisphäre in Verbindung mit der Ostasiatischen Expedition in den Jahren 1860 und 1861. Leipzig 1864.

Helvetia Sacra. Abteilung VII: Der Regularklerus. Die Gesellschaft Jesu in der Schweiz. Bearbeitet von F. Strobel, SJ. Die Somasker in der Schweiz. Bearbeitet von P.U. Orelli, OFMCAP. Bern 1976.

Herder, Johann Gottfried, *Sämmtliche Werke*. Karlsruhe 1820 – 21.

D'Hervey, Marquis de Saint-Denys, *Les poésies de l'époque des Thang*. Paris 1862.

――: *Le Li-sao*. poème du IIIe siècle avant notre ère. Paris 1870.

――: *Trois nouvelles chinoises*. Paris 1885.

――: *La tunique de perles*. Paris 1889.

--: *Six nouvelles chinoises*. Paris 1892.

Herzenskron, Hermann, *Dramatische Kleinigkeiten*. Wien 1826.

Hesse-Wartegg, Ernst von, *China und Japan*. Erlebnisse, Studien, Beobachtungen auf einer Reise um die Welt. Leipzig 1897.

Heyse, Paul, *Gesammelte Novellen in Versen*. Berlin 1864.

Hichens, Robert, *The Woman with the Fan*. London 1904.

Hillier, Mary, *Automata and Mechanical Toys*. London 1976.

Historisches Museum Frankfurt a. M., *Laterna Magica-Vergnügen, Belehrung, Unterhaltung*. (= Kleine Schriften des Historischen Museums, Bd. 14). Frankfurt a.M. 1981.

Ho, John, *Quellenuntersuchung zur Chinakenntnis bei Leibniz und Wolff*. Hong-kong 1962.

Hobkirk, F., *China und Japan* (= Wanderungen auf dem Gebiete der Länder- und Völkerkunde, Bd. XVI). Detmold 1876.

Hoffmann, Detlev und Junker, Almut, *Laterna Magica*. Lichtbilder aus Menschenwelt und Götterwelt. Berlin 1982.

Hoffmann, E.T.A., *Späte Werke*. München 1965.

Hofmannsthal, Hugo von, „Der weiße Fächer" in *Die Zeit* vom 29. Januar und 5. Februar 1898.

Holmes, S., *The Journal of S. Holmes*, during his Attendance, as one of the Guard, on Lord Macartney's Embassy to China and Tartary, 1792 - 3. London 1798. (Deutsche Ausgabe: Weimar 1805.)

Honour, Hugh, *Chinoiserie, the Vision of Cathay*. London [2] 1973.

Hopfen, Hans, *Der Pinsel Ming's*. Eine chinesische Geschichte. Stuttgart und Leipzig 1868.

Howard, David, und Ayers, John, *China for the West. Chinese Porcelain and other Decorative Arts for Export*. London und New York 1978.

Hsia, C. T., *The Classic Chinese Novel*. New York und London 1968.

Hua ch'ien chi

Thoms, Peter Perring (Übs.), *Hwa-tseen. Chinese Courtship. In verse*. Macao, London 1824.

Kurz, Heinrich (Übs.), *Das Blumenblatt, eine epische Dichtung der Chinesen*. St. Gallen 1836.

Huc, E.-R., *L'Empire Chinois*. Paris 1854.

--: *Das chinesische Reich*. Leipzig 1856.

--: *Wanderungen durch das Chinesische Reich*. Von Huc und Gabet. Leipzig 1867.

Hudson, Geoffry Francis, *Europe and China*. London 1931.

Hübner, Freiherr Alexander von, *Promenade autour du monde en 1871*. Paris ² 1873.

--: *Ein Spaziergang um die Welt*. Leipzig ² 1875, ⁵ 1885. (Englishe Ausgabe 1874, amerikanische 1875.)

Hütther, Johann Chrstian, *Nachricht von der Britschen Gesandtschaftsreise durch China und einen Theil der Tartarei*. Berlin 1797.

Humbert, Aimé, *Le Japon illustré*. Paris 1870.

Humbertclaude, Pierre (Übs.), „*Myôrei Mondô. Une apologétique chrétienne japonaise de 1605.*" 1. Teil in *Monumenta Nipponica* I (1938) H. 2; 2. Teil in *Monumenta Nipponica* II (1939)

H. 2.

Hung-Cheng-Fu, *Un siècle d'influence Chinoise sur la literature Française* (*1815 – 1930*). Paris 1934.

Huonder, Anton, *Der chinesische Ritenstreit*. Aachen 1921.

Huth, Hans, *Abraham und David Roentgen und ihre Neuwieder Möbelwerk-statt*. München 1974.

Ignatius von Loyola, *Geistliche Übungen*. Übertragung und Erklärung von Adolf Haas. Mit einem Vorwort von Karl Rahner. Freiburg, Basel, Wien 1975.

——: „*Gott suchen in allen Dingen*". Hrsg. von Josef Stierli. Olten und Freiburg 1981.

Imbault-Huart, C., *La poésie Chinoise du XIVe au XIXe siècle*. Extraits des poètes Chinois. Paris 1886.

Immerwahr, Raymond, *Romantisch. Genese und Tradition einer Denkform*. Frankfurt a.M. 1972.

Immoos, Thomas, *Friedrich Rückerts Aneignung des Schi-King*. Ingenbohl 1962.

——: „Japanese themes in Swiss baroque drama" in: Roggendorf, Joseph, *Studies in Japanese Culture*. Tokyo 1963.

——: „Die Japanesenspiele in Schwyz" in *Nippon-Helvetia 1864 – 1964*. Hrsg. vom Comité du Centenaire. Tokyo 1964.

——: *Wie die Eidgenossen Japan entdeckten* (OAG aktuell). Tokyo 1982.

Jabs-Kriegsmann, Marianne, „ Felix und Hersilie" in *Studien zu Goethes Alterswerken*. Hrsg. von E. Trunz. Frankfurt a.M. 1971.

Die Jadegöttin. Zwölf Geschichten aus dem mittelalterlichen China.

Mit einem Nachwort von Jaroslav Prusek. Berlin ² 1968.

［Japanische Beziehungen zur Kultur des Westens］. *Monumenta Nipponica* XIX (1964) Nr. 3/4.

Le Japon à l'Exposition universelle à Paris en 1878, publié sous la direction de la Commission impériale japonaise. Paris 1878.

Jarry, Madeleine, *China und Europa. Der Einfluß Chinas auf die angewandten Künste Europas*. Stuttgart 1981.

Jennes, Joseph, *A History of the Catholic Church in Japan. From its Beginnings to the Early Meiji Era (1549 – 1873). A short handbook*. Tokyo 1973.

Jocelyn (Lord), *Six Months with the Chinese Expedition*. London 1841.

――: *Sechs Monate bei der Chinesischen Expedition* oder Blätter aus dem Tagebuch eines Soldaten. Braunschweig 1843.

Juillara, L.F., *Souvenirs d'un voyage en Chine*. Montbéliard 1868.

Julien, Stanislas, *Hoei-lan-ki, ou l'histoire du cercle de craie*. London 1832.

――: *Blanche et Bleue, ou les deux couleuvres-fées*. Paris 1834.

Julien, Stanislas, *Die wundersame Geschichte der weißen Schlange*. Deutsch nach dem Französischen von Johanna Boshamer-Koob und Kurt Boshamer. Zürich 1967.

――: *Tchao-chi-kou-eul, ou l'orphelin de la Chine* Paris 1834.

――: *Lao Tseu: Tao Te King. Le Livre de la Voie et de la Vertu*. Paris 1842.

――: *P'ing chan ling yeu. Les deux jeunes flles lettrées*. Paris 1845.

――: *Nouvelles chinoises*. Paris 1860.

——: *Yu-kiao-li, ou les deux cousines*. Paris 1864.

——: *Si-siang-ki, ou l'histoire du pavillon d'occident*. Genf 1872 – 80.

Kaempfer, Engelbert, *The History of Japan*. Translated from his original manuscript by J.C. Scheuchzer. London 1727, 1728.

——: *Geschichte und Beschreibung von Japan*. Nach der Lemgoer Handschrift 1777 hrsg. von C.W.v. Dohm. Lemgo 1777 – 79. Neudruck Stuttgart 1964.

Das Kaiserreich Japan. Von einem Vereine Gelehrter (= Die Außer-Europäsche Welt oder Jahrbuch des Wisenswürdigsten aus der Kunde fremder Länder und Völker, Bd. 2). Karlsruhe 1860.

Kataoka, Yakichi, „Takayama Ukon" in *Monumenta Nipponica* I (1938) H. 2.

Katscher, Leopold, *Bilder aus dem chinesischen Leben*. Leipzig 1881.

——: *Aus China*. Skizzen und Bilder. Leipzig [1887].

Keene, Donald, *The Japanese Discovery of Europe, 1720 – 1830*. Stanford 1969.

——: *World Within Walls*. Japanese literature of the premodern era, 1600 – 1867. London 1976.

Keller, Gottfried, *Sämtliche Werke*. Hrsg. von Jonas Fränkel und Carl Hebling. Erlenbach/Zürich und Bern 1926 – 1949.

——: *Gesammelte Briefe*. Hrsg. von Carl Helbling. Bern 1950 – 1954.

Kenshin (Samurai), *Japanische Briefe*. Berichte eines Japaners über deutsche Kulturzustände und europäische Verhältnisse überhaupt. Bamberg [1891].

Kindermann, Gottfried-Karl, *Der Ferne Osten in der Weltpolitik des industriellen Zeitalters*. Lausanne 1970.

Kindermann, Heinz, *Theatergeschichte Europas*. Salzburg, Bd. VII: 1965; Bd. VII: 1968.

King, Constance Eileen, *Das große Buch vom Spielzeug*. Zollikon 1978.

Kipling, Rudyard, *From Sea to Sea*. Leipzig 1900.

Kleiser, Alfons, „P. Alexander Valignanis Gesandtschaftsreise nach Japan zum Quambacudono Toyotomi Hideyoshi 1588 – 1591" in *Monumenta Nipponica* I (1938) H. 1.

Klemm, Gustav, *China, das Reich der Mitte*. Leipzig 1847.

Kracauer, Siegfried, *Jacques Offenbach und das Paris seiner Zeit*. Frankfurt a.M. 1976.

Kraemer, Hans (Hrsg.), *Das XIX. Jahrhundert in Wort und Bild. Politische und Kultur-Geschichte*. Berlin, Leipzig, Stuttgart, Wien o.J.

Kraft, J.Chr., *Plans des plus beaux jardins pittoresgues de France, d'Angleterre et d'Allmagne* […]. Bd. I: Paris 1809; Bd. II: Paris 1810.

Kreyher, J., *Die preußische Expedition nach Ostasien in den Jahren 1859 – 1862. Reisebilder aus Japan, China und Siam*. Hamburg 1863.

Der Krieg gegen China im Jahre 1860. Redigiert vom „Depôt de la Guerre" des kaiserlich-französischen Kriegs-Ministeriums. Leipzig 1865.

Krusenstern, A.J. von, *Reise um die Welt in den Jahren 1803*,

1804, 1805 und 1806. Berlin 1811.

Kuhn, Ferdinand, „The Yankee Sailor Who Opened Japan" in *The National Geographic Magazine* CIV (1953) Nr. 1.

Kuhn, Franz, *Kin Ku Ki Kwan. Wundersame Geschichten aus alter und neuer Zeit.* Zürich 1952.

Lach, Donald F., *China in the Eyes of Europe.* The Sixteenth Century. Chicago und London 1968.

--: *Japan in the Eyes of Europe.* The Sixteenth Century. Chicago und London 1968.

Lange, Rudolf, *Das Taketori Monogatari*, oder das Mädchen aus dem Monde. Yokohama 1879 (= Separatdruck aus H. 17 der *Mitteilungen der deutschen Gesellschaft für Natur- und Völkerkunde Ostasiens*).

--: *Altjapanische Frühlingslieder.* Berlin 1884.

Langegg, F. A. Junker von, *Midzuho-gusa. Segenbringende Reisähren.* Nationalroman und Schilderungen aus Japan. Leipzig 1880 - 81.

--: *Fu-sô Châ-wa. Japanische Theegeschichten.* Wien 1884.

Langsdorff, Georg Heinrich Freiherr von, *Bemerkungen auf einer Reise um die Welt in den Jahren 1803 - 1807.* Frankfurt a. M. 1812.

The Last Year in China. By a Field Officer, actively employed in that country. London 1843.

Laures, Johannes, *Takayama Ukon und die Anfänge der Kirche in Japan.* Münster 1954.

--: *The Catholic Church in Japan.* A Short History. Rutland, Vt.

und Tokyo ²1965.

Lay, T., *The Chinese as They are: their Moral, Social and Literary Character, a New Analysis of the Language*. London 1841. (Für die dt. Ausgabe s. unter Cramer).

Lechler, R., *Acht Vorträge über China*. Basel 1861.

LeComte, Louis, *Nouveaux mémoires sur l'état présent de la Chine*. Paris 1696.

--: *Das heutige Sina*. Frankfurt a.M. 1699.

Legge, James, *The Life and Teachings of Confucius*. London 1867.

--: *The She King or Book of Ancient Poetry*. London 1876.

--: *I Ching*. Oxford 1882.

--: *The Texts of Taoism*. Bd. I: The Tao Te Ching. Bd. II: Chuang Tzu. Oxford 1891.

--: *The Texts of Confucianism*. Oxford ²1899.

Lehmann, Jean-Pierre, *The Image of Japan: From Feudal Isolation to World Power, 1850-1905*. London 1978.

LeJeune, P.C., *Kritische und Philosophische Bemerkungen über Japan und die Japaner*. Breslau 1782.

Lettres édifantes et curieuses, écrites de Missions Etrangères par quelques Missionaires de la compagnie de Jésus. Vol. I-XXXII. Paris 1717-1776.

Lindau, Rudolf, *Un voyage autour du Japon*. Paris 1864.

--: „Simidso Sedji. Récit japonais" in *Revue des deux mondes* 87 (1870).

--: „Les peines perdues, souvenir d'un séjour au Japon" in *Revue des deux mondes* 98 (1872).

——: „Die kleine Welt" in *Neuer Deutscher Novellenschatz*. Hrsg. Von Paul Heyse und Ludwig Laistner. Bd. 7. Berlin o.J.

——: *Aus China und Japan*. Reise-Erinnerungen. Berlin 1896.

Liu, James J.Y., *The Art of Chinese Poetry*. Chicago 1962.

Lohenstein, Daniel Casper von, *Großmüthiger Feldherr Arminius*. Hrsg. von E.M. Szarota. Frankfurt a.M., Bern 1973.

Lohmeier, Georg, *Geistliches Donnerwetter*. Bayerische Barockpredigten. München 1967.

——: *Bayerische Barockprediger*. München 1961.

Loti, Pierre, *Madame Chrysanthème*. Paris 1887.

——: *Madame Chrysanthème*. Aus dem Französischen von H. Krämer. Stuttgart 1896.

——: *Japoneries d'automne*. Paris 1889.

——: *Japanische Herbsteindrücke*. Stuttgart 1896.

Lowe, Donald M, *The Function of „China" in Marx, Lenin, and Mao*. Berkely und Los Angeles 1966.

Lowell, Percival, *The Soul of the Far East*. Boston, New York 1888.

Lu Hsün, *Der Einsturz der Lei-feng Pagode*. Hrsg. von H.Ch. Buch und Wong May. Reinbek 1973.

Ludewig, Anton, „Das Feldkircher Schultheater im XVII. und XVIII. Jahrhundert" in *75 Jahre Stella Matutina*, Festschrift. Bd. I: Abhandlungen von Mitgliedern des Lehrkörpers. Feldkirch 1931.

Macartney: *Gesandtschaftsreise nach China*. Nach dem Englischen für die Jugend bearbeitet von Hirschmann. Berlin 1805.

Mann, Golo (Hrsg.), *Propyläen Weltgeschichte*. Bd. VIII; Das neunzehnte Jahrhundert. Berlin, Frankfurt, Wien 1960.

Maron, Hermann, *Japan und China*; Reiseskizzen entworfen während der preußischen Expedition nach Ostasien. Berlin 1863.

Martin, W. A. P., *The Chinese*; their education, philosophy, and letters. New York 1881.

Martini, Martin, *Histori von dem Tartarischen Kriege*. Amsterdam 1655.

--: *Histoire de la Chine*. Paris 1692.

Martino, Piere, *L'Orient dans la littérature française au XVlle et au XVIIIe siècle*. Paris 1906.

Marx, Karl, *Politische Schriften*. Bd. I. Hrsg. von H.-J. Lieber. Stuttgart 1960.

Karl Marx, *Friedrich Engels*. Studienausgabe in vier Bänden. Hrsg. von I. Fetscher. Frankfurt a.M. 1969.

Mason, M.G., *Western Concepts of China and the Chinese*, 1840 - 1876. New York (Diss.) 1939.

La Matrone du pays de Soung. -Les deux Jumelles. Contes chinois, avec une préface par E. Legrand. Paris 1884.

The Matrons. Six short Histories. London 1772.

Maurice, Klaus, *Von Uhren und Automaten*. München 1968.

--: und Mayr, Otto, *Die Welt als Uhr*. Deutsche Uhren und Automaten 1550 - 1650. München, Berlin 1980.

Mautner, Franz H. (Hrsg.), *Johann Nestroy Komödien*. Frankfurt a. M. 1967.

May, Karl, *Der blaurote Methusalem*. Stuttgart 1892.

Mayers, W. J., *The Chinese Reader's Manual*. A Handbook of Biographical, Historical, Mythological and General Literary Reference. Taipei 1964 (Nachdruck der Ausgabe von 1874).

McClatchie, Thomas R.H., *Japanese Plays*. Yokohama 1879.

Medhurst, W.H., *The Foreigner in Far Cathay*. London 1872.

Meltzl, H., *Die verhängnisvollen Thränen*. Ein Lustspiel nach dem Japanischen. Klausenburg 1877.

Mémoires concernant l'histoire, les sciences, les arts, les moeurs, les usages etc. des Chinois. Par les Missionaires de Pekin. Bd. I – XVI. Paris 1776 – 1814.

Memoirs of Father Ripa. Selected and translated from the Italian by Fortunato Prandi. London 1861.

Mexer, Richard M., *Die deutsche Literatur des Neunzehnten Jahrhunderts*. Berlin ³ 1906.

Miner, Earl R., *The Japanese Tradition in British and American Literature*. Princeton 1958.

Mitford, A.B., *Tales of Old Japan*. Rutland, Vt. und Tokyo 1966 (Reprint der Ausgabe von 1871).

—: *Geschichten aus Alt-Japan*. Leipzig 1875.

Moges, Alfred de, *Souvenirs d'une ambassade en Chine et au Japon en 1857/58*. Paris 1860.

Mohl, Julius (Hrsg.), *Confucii 'Chi-King', sive liber carminum*. Ex latina P. de LaCharme interpretatione. Stuttgart 1830.

Mommsen, Wolfgang J., *Das Zeitalter des Imperialismus*. Frankfurt a.M., 1969.

Moreau de Saint-Méry, L. C. (Hrsg.), *Voyage en Chine*.

Philadelphia 1797/98.

--: *Reise der Gesandtschaft der Holländisch-Ostindischen Compagnie an den Kaiser von China in den Jahren 1794 und 1795.* Leipzig 1798/99.

Moser-Rath, Elfriede (Hrsg.), *Predigtmärlein der Barockzeit.* Berlin 1964.

Moule, A. E., *Four Hundred Milions.* Chapters on China and the Chinese. London 1870.

--: *Chinese Stories for Boys and Girls and Chinese Wisdom for Old and Young.* London 1880.

Müller, Johannes, *Das Jesuitendrama in den Ländern deutscher Zunge.* Augsburg 1930.

Mulhern, Chieko, „Cinderella and the Jesuits. An Otogizôshi Cycle as Chritian Literature" in *Monumenta Nipponica* XXXIV (1979) Nr. 4.

Munzinger, Carl, *Die Japaner.* Wanderungen durch das geistige, soziale und religiöse Leben des japanischen Volkes. Berlin 1898.

Murdoch, James, *A History of Japan during the Century of Early Foreign Intercourse*, 1542 – 1651. London 1949.

Murray, David, *Handbook for Travellers.* Tokyo 1881.

Musäus, Johann Karl August, *Volksmärchen der Deutschen.* München 1976.

Nakai, Paul Akio, Das Verhältnis zwischen der Schweiz und Japan. Vom Begin der diplomatischen Beziehungen 1859 bis 1868. Bern und Stuttgart 1967.

Narciß, Georg Adolf (Hrsg.), *Im fernen Osten.* Forscher und

Entdecker in Tibet, China, Japan und Korea, 1689 – 1911. Tübingen und Basel 1978.

Needham, Noel J. T. M. (with the research assistance of Wang Ling), *Science and Civilisation* in China. Cambridge 1954.

Nestroy, Johann, *Sämtliche Werke*. Historisch-kritische Gesamtausgabe. Hrsg. von Fritz Brukner und Otto Rommel. Wien 1924 – 30.

Netto, Curt, *Papier-Schmetterlinge aus Japan*. Leipzig 1888.

Neuhof, Johan, *Die Gesantschaft der Ost-Indischen Gesellschaft in den Vereinigten Niederländern, an den Tartarischen Cham, und nunmehr auch Sinischen Keyser*, verrichtet durch P. d. Gojern und J. Keisern. Amsterdam [2] 1669.

Niedermayer, Georg, „Staberl in China oder: Der Sohn des Himmels", eingebunden in: *Ein Pagenstreich. Das 25 jährige Doctorjubiläum. Staberl in China*. Drei Lust- und Singspiele [...]. Gesammelt und herausgegeben von Georg Niedermayer. Regensburg 1877.

Nippold, Ottfried, *Wanderungen durch Japan*. Jena 1893.

Nippon-Helvetia, 1864 – 1964. Hrg. vom Comité du Centenaire. Tokyo 1964.

Noël, François, *Sinensis Imperii Libri Clasici Sex*. Prag 1711.

——: *Les Livres Classiques de l'Empire de la Chine*. Paris 1783 – 86.

Obrutschew, W., *Aus China. Reiseerlebnisse, Natur-und Völkerbilder*. Leipzig 1896.

Okasaki, Tomitsu, *Geschichte der japanischen Nationalliteratur von den ältesten Zeiten bis zur Gegenwart*. Leipzig 1899.

Oliphant, Laurence, *Narrative of the Earl of Elgin's Mission to China and Japan in the Years 1857, '58, '59*. Edinburgh und London [2] 1860.

Ono, Setsuko, *A Western Image of Japan. What did the West see through the eyes of Loti and Hearn?* Genf 1972.

D'Outreman, Philippes, *Le Vray Pedagogue Chretien*. Lyon 1686.

Pagès, Léon, *Histoire de la réligion chrétienne au Japon depuis 1598 jusqu' à 1651*. Paris 1869/70.

Pak, Hyobom, *China and the West; myths and realities in history*. Leiden 1974.

Pauthier, G., *China*. Stuttgart 1839.

Pavie, Théodore, *Choix de contes et nouvelles*. Paris 1839.

--: *San-koué-tchy. Histoire des trois royaumes. Roman historique, traduit sur les textes chinois et mandchou*. Paris 1845/51.

Penney, George F., *Popular Japanese Stories*. Kobe 1890.

Percy, Thomas, *Miscellaneous Pieces Relating to the Chinese*. London 1762.

Perregaux, Charles und Perrot, F.-Louis, *Les Jaquet-Droz et Leschot*. Neuchâtel 1916.

Pfeffel, Gottlieb Konrad, *Poetische Versuche*. Tübingen 1789 – 1810.

Pfizmaier, August, *Sechs Wandschirme in Gestalten der vergänglichen Welt*. Wien 1847.

--: „Das Li-sao und die neun Gesänge" in *Denkschriften der kaiserlichen Akademie der Wissenschaften, phil.-hist. Klasse*. Wien 1852.

——: *Die Aufzeichnungen der japanischen Dichterin Sei Seô-Na-Gon*. Wien 1875.

——: „Der chinesische Dichter Pe-lo-thien" in *Denkschriften der kaiserlichen Akademie der Wissenschaften, phil.-hist. Klasse*, Wien 1886.

Pfister, Louis, *Notices biographiques et bibliographiques sur les jésuites de l'ancienne mission de Chine, 1552 – 1775*. Nendeln 1971 (Neudruck der Ausgabe von 1932/34).

Philipps, Thomas, *The Chinese: A book for the day*. London 1854.

Pinot, Virgile, *La Chine et la formation de l'esprit philosophique en France (1640 – 1740)*. Paris 1932.

Pinto, J. A. Abranches und Bernard, Henri, „Les instructions du Père Valignano pour l'ambassade japonaise en Europe (Goa, 12 décembre 1583)" in *Monumenta Nipponica* VI (1943) Nr. 1/2.

Plath, J. H., *Die Religion und der Cultus der alten Chinesen*. München 1862.

——: *Über zwei Sammlungen chinesischer Gedichte aus der Dynastie Thang*. München 1869.

Poussielgue, Achille, *Voyage en Chine et en Mongolie*. Paris 1866.

Die Preußische Expedition nach Ost-Asien. Nach amtlichen Quellen. Berlin 1864ff.

Die preußische Expedition nach Ost-Asien; Ansichten aus Japan, China und Siam. Berlin 1864.

Pückler-Muskau, Hermann Fürst von, *Andeutungen über Landschaftsgärtnerei*. Stuttgart 1977.

*r, Reisen für die Jugend und ihre Freunde. 4. Theil: Kreuz-und

Querzüge in China. Leipzig 1843.

Raabe, Wilhelm, *Werke* in vier Bänden. Hrsg. von Karl Hoppe. Freiburg 1954.

Rathgen, Karl, *Die Entstehung des modernen Japans*. Fresden 1896.

Ratzeburg, J. A. H. C., *Skizzen aus dem Privattagebuche eines Seeoffziers*. Berlin 1864.

Reed, E.J., *Japan, its History, Traditions and Religions*. London 1880.

Reichwein, Adolf, *China und Europa*, geistige und künstlerische Beziehungen im 18. Jahrhundert. Berlin 1923.

Rein, JJ., *Japan nach Reisen und Studien*. Leipzig, Bd. I: 1881; Bd. II: 1886.

Plaenckner, Reinhold v., *Lao-tse. Táo-te-king*. Der Weg zur Tugend. Leipzig 1870.

Rémusat, Abel, *Le livre des récompenses et des peines*. Paris 1816.

--: *Ju-kiao-li, ou les deux cousines*. Paris 1826.

--: *Ju-Kiao-Li, oder die beiden Basen*. Stuttgart 1827.

--: (Hrsg.), *Contes chinois*. Paris 1827.

--: (Hrsg.), *Chinesische Erzählungen*. Leipzig 1827.

Renouard de Sainte-Croix, Félix, *Voyage commercial er politique aux Indes orientales, aux iles Philippines, à la Chine avec des notions sur la Cochinchine et le Tonquin*. Paris 1810.

Richomme, Charles, *Contes chinois*. Paris o.J.

Richthofen, Ferdinand von, *China*. Ergebnisse eigener Reisen und darauf gegründeter Studien. Berlin 1877.

[Rikord, Petr Ivanovich,] *Erzählung des Russischen Flott-Capitains*

Rikord von seiner Fahrt nach den japanischen Küsten in den Jahren 1812 und 1813. Leipzig 1817.

Riordan, Roger und Takayanagi, Tozo, *Sunrise Stories*. A Glance at the Literature of Japan. London 1896.

Riter, Carl, *Die Erakunde von Asien*. Bd. III: Der Süd-Osten von Hochasien. Berlin 1834.

Rochechouart, Julien de, *Excursions autour du Monde*. Pékin et L'Interieur de la Chine. Paris 1878

Rode, August, *Beschreibung des Fürstlichen Anhalt-Dessauischen Landhauses und Englischen Gartens zu Wörlitz*. Dessau 1798.

Roge, Helmuth, „Die Urschrift von Adelbert Chamissos, Peter Schlemihl" in *Abhandlungen der Preußischen Akademie der Wissenschaften* (Mitteilung vom 10. April 1919), Berlin.

Rohlfs, Gustav und R. - von Wittich, Anna, *Die schönsten Gärten Deutschlands*. Stuttgart 1967.

Rommel, Otto, *Johann Nestroy*. Ein Beitrag zur Geschichte der Wiener Volkskomik. Wien 1930.

Rose, Ernst, *Blick nach Osten*. Studien zum Spätwerk Goethes und zum Chinabild in der deutschen Literatur des neunzehnten Jahrhunderts. Hrsg. von Ingrid Schuster. Bern, Frankfurt a. M. 1981.

--: „China und die Spätromantik" in *Deutsche Kultur im Leben der Völker*. Mitteilungen der Akademie zur wissenschaftlichen Erforschung und Pflege des Deutschtums, Deutsche Akademie, Bd. 15 (1940).

--: „Paul Ernst und China" in *Modern Language Quarterly* 4

(1943) Nr. 3.

Rosenthal-Bonin, Hugo, „Der Fächermaler von Nagasaki" in *Neuer Deutscher Novellenschatz*. Hrsg. von Paul Heyse und Ludwig Laistner. Bd. 21. Berlin o.J.

Rosny, Léon de, *Anthologie japonaise*. Paris 1871.

Rousseau, Jean-Jacques, *Julie ou La Nouvelle Héloise*. Paris 1960.

Rowbotham, Arnold H., *Missionary and Mandarin. The Jesuits at the Court of China*. Berkeley und Los Angeles 1942.

Rückert, Friedrich, *Schi-King, Chinesisches Liederbuch*. Dem Deutschen angeeignet. Altona 1833.

Sadler, A. L., *Cha-no-yu. The Japanese Tea Ceremony*. Rutland, Vt. und Tokyo 1963.

Sauer, Lieselotte, *Marionetten, Maschinen, Automaten. Der künstliche Mensch in der deutschen und englischen Romantik*. Bonn 1983.

Scarborough, Will., *A Collection of Chinese Proverbs*. London 1875.

Scherzer, Karl Ritter von, *Reise der österreichischen Fregatte Novara um die Erde*. Wien 1864 – 1866.

――: *Die k. und k. österreichisch-ungarische Expedition nach Indien, China, Siam und Japan 1868 – 71*. Stuttgart [2] 1873.

Schller, Friedrich, *dtv-Gesamtausgabe*. München 1962.

Schilling, Dorotheus, *Das Schulwesen der Jesuiten in Japan 1551 – 1614*. Münster 1931.

Schlegel, Gustave, *Le vendeur d'huile*. Leyden und Paris 1877.

Schott, Kaspar, *Magia optica, Das ist Geheime doch naturmässige

Gesicht- und Augen-Lehr. Bamberg 1671.

Schott, Wilhelm, *Kung-fu Dsü: Werke.* 1. Teil: Halle 1826. (Vgl. dazu W. Lauterbach [J. Klaproth]: *Dr. W. Schotts vorgebliche Übersetzung der Werke des Confucius aus der Ursprache.* Leipzig und Paris 1828.) 2. Teil: Berlin 1832.

——: „Über die chinesische Verskunst" in *Abhandlungen der Königlichen Akademie der Wissenschaften zu Berlin*, 1857.

——: „Einiges zur japanischen Dicht- und Verskunst" in *Abhandlungen der Königlichen Akademie der Wisenschaften zu Berlin.* 1878.

——: *Entwurf einer Beschreibung der chinesischen Literatur.* Berlin 1854.

Schütte, Josef Franz, „Ignatianische Exerzitien im frühchristlichen Japan" in *Monumenta Nipponica* VI (1943) Nr. 1/2.

——: *Valignanos Missionsgrundsätze für Japan.* Rom, Bd. I, Teil 1: 1951; Bd. I, Teil 2: 1958.

Schurhammer, Georg, *Das kirchliche Sprachproblem in der japanischen Jesuitenmision des 16. und 17. Jahrhunderts. Ein Stück Ritenfrage in Japan.* Leipzig 1928.

——: Franz Xaver. *Sein Leben und seine Zeit.* Bd. II: Asien (1541 – 1552). Dritter Teilband: Japan und China. 1549 – 1552. Freiburg, Basel, Wien 1973.

Schuster, Ingrid, „Die ‚chinesische' Quelle des *Weißen Fächers*" in Hofmannsthal-Blätter (1972) H. 8/9.

——: „Effects of Japanese Art on French and German Literature in the Nineteenth Century" in *Canadian Review of Comparative*

Literature 1 (1974) Nr. 1.

--: *China und Japan in der deutschen Literatur 1890 - 1925.* Bern, München 1977.

--: „Die Schlangenfrau: Variationen eines chinesischen Motivs bei Herman Grimm und Gottfried Keller" in *Seminar XVIII* (1982) H. 1.

--: „Exotik als Chiffre: Zum Chinesen in *Effi Briest*" in *Wirkendes Wort* 33 (1983) H. 2.

--: „Konfuzianische Ethik als europäischer Bildungsgedanke" in *Bildungsforschung und Bildungspraxis* 7 (1985) H. 1.

--: „Uhren und Automaten: Medien und Spiegel kultureller Kontake mit Ostasien" in *Technikgeschichte* 52 (1985) H. 1.

--: „Goethe und der ‚chinesische Geschmack': Zum Landschaftsgarten als Abbild der Welt" in *arcadia* 20 (1985) H. 2.

Schwartz, William Leonhard, *The Imaginative Interpretation of the Far East in Modern French Literature.* Paris 1927.

Schwebell, Gertrude (Hrsg.), *Die Geburt des modernen Japan in Augenzeugenberichten.* Düsseldorf 1970.

Schweiz-Japan. Beiträge zu ihren Beziehungen. Hrsg. von der schweizerisch-japanischen Gesellschaft. Zürich 1975.

Scidmore, Eliza R., *Jinrikisha Days in Japan.* New York 1891.

Seckendorff, Karl Siegmund von, *Das Rad des Schicksals.* Dessau 1783.

--: „Der Chinesische Sittenlehrer" in *Das Journal von Tiefurt.* Mit einer Einleitung von Bernhard Suphan hrsg. von Eduard von der Hellen. Weimar 1892.

Selden, Elizabeth, *China in German Poetry from 1773 to 1833*. Berkeley und Los Angeles 1942.

Siebold, Philipp Franz von, *Nippon. Archiv zur Beschreibung von Japan und dessen Neben- und Schutzländern Jezo mit den südlichen Kurilen, Sachalin, Korea und den Luikiu-Inseln.* Würzburg und Leipzig ²1897.

Siemers, Bruno, *Japans Eingliederung in den Weltverkehr 1853 - 1869*. Berlin 1937; Vaduz: Kraus Reprint 1965.

Sirén, Osvald, *Gardens of China*. New York 1949.

--: *China and Gardens of Europe of the Eighteenth Century*. New York 1950.

Sloth [Robert Thom], *Wang Keaou Lwan Pih Neen Chang Han or the Lasting Resentment of Miss K.L. Wang*. Kanton 1839.

--: *Wang Keaou Lwan Pih Neen Chang Han, oder die blutige Rache einer jungen Frau*. Übersetzt von Adolf Böttiger. Leipzig 1846.

Smith, Arthur Henderson, *Chinese Characteristics*. New York 1894.

--: *Chinesische Charakterzüge*. Deutsch frei bearbeitet von F. C. Dürbig. Würzburg 1900.

Solier, François, *Histoire ecclésiastique des iles et royaumes du Iapon*. Paris Bd. I: 1627; Bd.II: 1629.

Sommervogel, C., *Bibliothèque de la Compagnie de Jesus*. Paris und Brüssel 1892.

Sonnerat, *Voyages aux Indes orientales et à la Chine, depuis 1774 jusqu'en 1781*. Paris 1782.

--: *Reise nach Ostindien und China vom Jahr 1774 - 81*. Zürich

1783.

Spiero, Heinrich, *Rudolf Lindau*. Berlin 1909.

Spies, Gustay, *Die preußische Expedition nach Ostasien während der Jahre 1860 – 62. Reiseskizzen aus Japan, China, Siam und der indischen Inselwelt*. Berlin 1864.

Spillmann, Joseph, *Durch Asien. Ein Buch mit vielen Bildern für die Jugend*. Freiburg 1890.

——: *Kreuz und Chrysanthemum*. Überarbeitete Neuausgabe von Eduard von Tunk unter dem Titel: *Das Kreuz über Japan. Historische Erzählung*. Luzern 1957.

St. Ursenkalender. Hrsg. vom Verein zur Verbreitung guter Bücher, 1863.

Staunton, Sir George Leonhard, *An Authentic Account of an Embassy from the King of Great Britain to the Emperor of China*. London 1797.

——: *Des Grafen Macartney Gesandtschaftsreise nach China*. Berlin 1798.

——: *Reise der britischen Gesandtschaft unter Macartney an den Kaiser von China. Aus dem Englischen von M. Chr. Sprengel*. Halle 1798.

——: *Historisch-genealogischer Kalender oder Jahrbuch der merkwürdigen Weltbegebenheiten für 1798 – 99, Teil 3*. (Aus dem Englischen von K. Spener.) Berlin 1798.

——: *Reise der englischen Gesandtschaft an den Kaiser von China, in den Jahren 1792 und 1793. Aus dem Englischen übersetzt von Johan Christian Hüttner*. Zürich, Bd. I: 1798; Bd. II: 1799.

——: *Voyage dans l'intérieur de la Chine et en Tartarie fait dans les années 1792, 1793 et 1794, par Lord Macartney*. Paris 1798. (Die 2. Ausgabe von 1799 enthält als 5. Bd. die Übersetzung von Hüttners eigener Reisebeschreibung.)

——: *Stauntons Beschreibung der Reise der Englischen Gesandtschaft an den Kaiser von China* (= Bd. 3 und 4 von „Länder- und Reisebeschreibungen"). Leipzig 1798 – 1800.

Steger, Friedrich, und Wagner, Hermann, *Die Nippon-Fahrer oder das wiedererschlossene Japan*. Leipzig 1861. (Neue Auflage 1874 unter dem Titel *Das alte und das neue Japan oder die Nipponfahrer*.)

Steinhauser, Robert, *Das deutsche Volkstheater in Wien 1889 – 1899*. Wien 1899.

Stent, G.C., *The Jade Chaplet*, in twenty four beads. A collection of songs, ballads etc. from the Chinese. London 1874.

——: *Chinesische Gedichte*. Nach der englischen Bearbeitung des G. E. [!] Stent deutsch von Adolf Seubert. Leipzig o.J.

Sternberg, Alexander von, *Tutu*. Phantastische Episoden und poetische Exkursionen. Meersburg 1936.

Stewart, Basil, *A Guide to Japanese Prints and Their Subject Matter*. New York 1979.

Stieglitz, Heinrich, *Bilder des Orients*. Leipzig 1831 – 33.

Stifter, Adalbert, *Werke und Briefe*. Historisch-kritische Gesamtausgabe, hrsg. von Alfred Doppler und Wolfgang Frühwald. Bd. I. Stuttgart, Berlin Köin, Mainz 1982.

Stoecker, Helmuth, *Deutschland und China im 19. Jahrhundert*.

Berlin 1958.

Strauß, Victor von, *Laó-tsès Taó tê king*. Leipzig 1870.

--: *Schi-king. Das kanonische Liederbuch der Chinesen*. Heidelberg 1880. Reprint der Wissenschaftlichen Buchgesellschaft: Darmstadt 1969.

Suyematz, Kenchio, *Genji Monogatari*. London 1882.

Suzuki, Daisetz T., *Zen and Japanese Culture*. Princeton 1971.

Swift, Jonathan, *Travels into Several Remote Nations of the World. By Lemuel Gulliver*. Hrsg. von John Hayward. London 1934.

--: *Gullivers Reisen*. Deutsch von Kurt Heinrich Hansen. München 1958.

Sarota, Elida Maria, *Das Jesuitendrama im deutschen Sprachgebiet. Eine Periochen-Edition. Texte und Kommentare*. München 1979 – 83.

Taschenbibliothek der wichtigsten und interessantesten See- und Land-Reisen von der Erfindung der Buchdruckerkunst bis auf unsere Zeiten. Hrsg. von Joachim Heinrich Jäck. Nürnberg 1828ff.

Tatsukawa, Shôji, *Karakuri*. Tokyo 1979.

Thoms, Peter Perring, *The Affectionate Pair, or The History of Sung-Kin. A Chinese tale*. London 1820.

Tin-Tun-Ling, *La petite pantoufle. Roman chinois*. Paris 1875.

Titsingh, Isaak, *Mémoires et anecdotes sur la dynastie régnante des Djogouns, souverains du Japon*. Paris 1820.

Tobel, Urs von, *China im Spiegel der britischen Presse 1896 – 1900*. Zürich 1975.

Trigault, Nicolas, *De Christiana expeditione apud Sinas, suscepta ab Societate Jesu*. Ex P. Matthaei Ricci eiusdem Societatis commentariis. Augsburg 1615.

--: *Historie von Einführung der Christlichen Religion in das große Königreich China durch die Societas Jesu*. Köln 1617.

Tscharner, Ed. Horst von, *China in der deutschen Dichtung bis zur Klassik*. München 1939.

Tscheng-Ki-Tong [Tcheng-Chi-Tong], *China und die Chinesen*. Leipzig 1885.

--: *Le Théâtre des Chinois*. Paris 1886.

--: *Les Chinois peints par eux-mêmes*. Contes chinois. Paris 1889.

--: *Les Parisiens peints par un Chinois*. Paris 1891.

Turrettini, François, *Heike Monogatari*. Récits de l'histoire du Japon au 12me siècle. Genf 1871. (= Atsume gusa Nr. 1)

--: *L'activité humaine*. Contes moraux de Tanuno Nigvai. Genf 1871.(= Atsume gusa Nr. 2.)

Ueda, Akinari, *Unter dem Regenmond*. Aus dem Japanischen von Oscar Benl. Stuttgart 1980.

Valentin, Jean-Marie. *Le théâtre des jésuites dans les pays de langue allemande: répertoire chronologique*. Stuttgart, Bd. I: 1983; Bd. II: 1984.

Van der Velde, Carl Franz, „Die Gesandtschaftsreise nach China" in *Sämmtliche Schriften*, Bd. VII. Reutlingen 1837.

--: *L'Ambassade en Chine*. Paris 1827.

Vautrey, Louis, *Histoire du Collège de Porrentruy 1590 – 1865*. Porrentruy 1866.

Venne, Peter, *China und die Chinesen in der neueren englischen* und amerikanischen Literatur. Zürich 1951.

Verne, Jules, *Tribulations d'un Chinois en Chine*. Paris 1879.

--: *Die Leiden eines Chinesen in China*. Zürich 1967.

Verwaltung der Staatlichen Schlösser und Gärten. *China und Europa.* Chinaverständnis und Chinamode im 17. und 18. Jahrhundert. Ausstellungskatalog. Berlin 1973.

Voltaire, *Oeuvres complètes*. Basel, Bd. 16 – 43: 1785 – 1786.

--: *Zadig, Micromégas. Candide*. Genf [1944].

--: *Sämtliche Romane und Erzählungen* in zwei Bänden. Berlin, Darmstadt, Wien 1964.

--: *Zadig. Die Prinzessin von Babylon*. Deutsch von Ilse Lehmann. Frankfurt a.M. und Hamburg 1964.

Vos, Frits, „A Distance of Thirteen Thousand Miles: The Dutch Through Japanese Eyes" in *delta. A Review of Arts Life and Thought in the Netherlands*. 16 (1973) Nr. 2.

Wagner-Dittmar, Christine, „Goethe und die chinesische Literatur" in *Studien zu Goethes Alterswerken*. Hrsg. von E. Trunz. Frankfurt a.M. 1971.

Walrond, Theodore (Hrsg.), *Letters and Journals of James, Eighth Earl of Elgin*. London 1872.

Wappenschmidt, Friederike, „Chinese Wallpapers in European Castles" in *German Research. Reports of the DFG* 3 (1983).

Weiss-Stauffacher, Heinrich und Bruhin, Rudolf (Hrsg.), *Mechanische Musikinstrumente und Musikautomaten*. Beschreibender Katalog der Seewener Privatsammlung, 1973.

Weisz, Leo, *Studien zur Handels- und Industrie-Geschichte der*

Schweiz. Bd. II, Zürich 1940.

Weller, E., *Die Leistungen der Jesuiten auf dem Gebiet der dramatischen Kunst*, bibliographisch dargestellt. Serapeum 25 (1864); 26 (1865); 27 (1866).

Wenckstern, Fr. von, *A Bibliography of the Japanese Empire*, being a classified list of all books, essays and maps in European languages relating to Dai Nihon published in Europe, America and in the East from 1859 – 93. To which is added a facsimile-reprint of Leon Pagès: Bibliographie Japonaise depuis le XVe siècle jusqu'à 1859. Leiden 1895.

Werner, Reinhold, *Die preussische Expedition nach China, Japan und Siam in den Jahren 1860, 1861 und 1862. Reisebriefe*. Leipzig 1863.

Wichman, Siegfried, *Japonismus*. Ostasien-Europa Begegnungen in der Kunst des 19. und 20. Jahrhunderts. Herrsching 1980.

Wichura, Max, *Aus vier Welttheilen. Ein Reise-Tagebuch in Briefen*. Breslau 1868.

Wieland, Christoph Martin, *Der goldne Spiegel* oder die Könige von Scheschian. Karlsruhe 1777.

Wihelm, Richard, *Dschuang Dsi. Das wahre Buch vom südlichen Blütenland*. Jena 1912.

――: *Chinesische Volksmärchen*. Jena 1914.

――: „Goethe und die chinesische Kultur" in „Die Einkehr". Unterhaltungs-Beilage der *Münchner Neuesten Nachrichten* vom 3. Februar 1926.

――: *Die chinesische Literatur*. Wildpark-Potsdam 1930.

Williams, S. Wells, *The Middle Kingdom*. New York 1857.

Williams, C.A.S., *Outlines of Chinese Symbolism and Art Motives*. New York 1976.

Wiliamson, Alexander, *Journeys in North China, Manchuria, and Eastern Mongolia*; with some account of Corea. London 1870.

Wimmer, Ruprecht, *Jesuitentheater, Didaktik und Fest*. Frankfurt a. M. 1982.

Windischmann, Carl Joseph Hieronymus, *Die Philosophie im Fortgang der Weltgeschichte*. Erster Theil: Die Grundlagen der Philosophie im Morgenland. Erste Abtheilung: Sina. Bonn 1827.

Wollheim, A. E., Chevalier da Fonseca (Hrsg.), *Die National-Literatur sämticher Völker des Orients*. Berlin 1873.

--: *Der Kreidekreis. Hoei-lan-ki*. Chinesisches Schauspiel in vier Aufzügen und einem Vorspiel. Leipzig 1876.

Wylie, Alexander, *Notes on Chinese Literature*. Shanghai 1867; ² 1902.

Yamada, Chisaburo, *Die Chinamode des Spätbarock*. Berlin 1935.

Yasuda, Fukiko, „Shodai Omi to Sendai Izumo" in Geinôshikenkyû 66 (1974).

Yoshida, Mitsukuni; Tanaka, Ikko und Sesoko, Tsune (Hrsg.), *The Hybrid Culture. What Happened When East and West Met*. Tokyo 1984.

Yuan, T.L., *China in Western Literature*. New Haven 1958.

Zeidler, Jakob, *Studien und Beiträge zur Geschichte der Jesuitenkomödie und des Klosterdramas*. Hamburg 1891. (Kraus-Reprint: Nendeln 1977.)

译后记

《德国文学中的中国和日本(1773—1890)》一书深入探讨了18世纪后半期至19世纪末,德国与中国、日本三国间错综复杂的历史背景及其政治经济发展。书中详细论述了德国文学作品中所蕴含的中国和日本符号,尤其是东亚形象在欧洲手工艺及民间舞台艺术中的表现。本书不仅是学术研究的结晶,更如一座文化桥梁,连接着不同历史时空的思想与情感。它揭示了德国文学如何接受并再现中国与日本的元素,同时反映了当时欧洲社会对这两个文明的认知与想象。这种认知不仅是对异域文化的好奇,更是对全球化背景下文化交流的深刻思考。通过细致分析,作者展示了这些文化符号如何交织在一起,如何形成一个多元而复杂的文化图景,令读者得以深入思考东方与西方之间的交互影响与融合。

翻译团队自2021年便启动了这部著作的翻译工作,尽管在新冠疫情期间,工作曾由于种种因素中断数月,然而,团队成员依然克服重重困难,按计划完成了整本书的译文。参与本书翻译的核心成员主要来自上海理工大学中德国际学院及外语学院德语系,汇聚了多位优秀教师与研究生。尽管译者在各自的研究领域中对德国文学与中国形象的表达有所涉猎,但真正从事中德文学文化关系的专家并不多见。该译著涉及的领域广泛,涵盖文学、文化、政治、地理、园林艺术及机械等多重知识体系。看似简单的一句话,往往需要查阅大量文献才能真正理解其深意。面对自然科学领域中的专业术语和复杂过程,译者必须通过查阅中、英、法、日、德等多种语言的资料进行反复核实。在处理诗歌与戏剧文本时,译者始终力求保持原著的风格与形式,避免过多主观的阐释,以忠实再现原文的独特韵味与神采。

翻译是一段充满痛苦与快乐的学习旅程。在这一翻译与学习的过程中,我们得到了许多师长和朋友的热心支持与帮助。特别感谢上海理工大学的卞虹老师与孟小果老师对部分章节译文的悉心指导,感谢山东科技大学的徐慧老师,为文中法语表述提供了宝贵的翻译支持。上海理工大学的翻译硕士万文俏与吴敏捷参与了部分章节的初稿翻译,陈琦与丁思雨承担了本书大部分章节的翻译、校对与统稿工作。译文中难免存在不足乃至错误,责任由译者团队独自承担,恳请专家与读者不吝赐教,给予指正与建议。

陈琦、丁思雨
2024 年 9 月

图书在版编目（CIP）数据

德国文学中的中国和日本：1773—1890／（德）英格里德·舒斯特著；陈琦，丁思雨译. -- 上海：上海社会科学院出版社，2024. -- （中德文化丛书）.
ISBN 978-7-5520-4465-2

Ⅰ.Ⅰ516.064

中国国家版本馆 CIP 数据核字第 2024WL0818 号

德国文学中的中国和日本（1773—1890）

著　　者：［德］英格里德·舒斯特
译　　者：陈　琦　丁思雨
责任编辑：张　宇　熊　艳
封面设计：黄婧昉
技术编辑：裘幼华
出版发行：上海社会科学院出版社
　　　　　上海顺昌路 622 号　邮编 200025
　　　　　电话总机 021－63315947　销售热线 021－53063735
　　　　　https://cbs.sass.org.cn　E-mail：sassp@sassp.cn
排　　版：南京展望文化发展有限公司
印　　刷：苏州市越洋印刷有限公司
开　　本：890 毫米×1240 毫米　1/32
印　　张：13.375
字　　数：307 千
版　　次：2024 年 10 月第 1 版　2024 年 10 月第 1 次印刷

ISBN 978－7－5520－4465－2/Ⅰ·540　　　定价：88.00 元

版权所有　翻印必究